março 2003

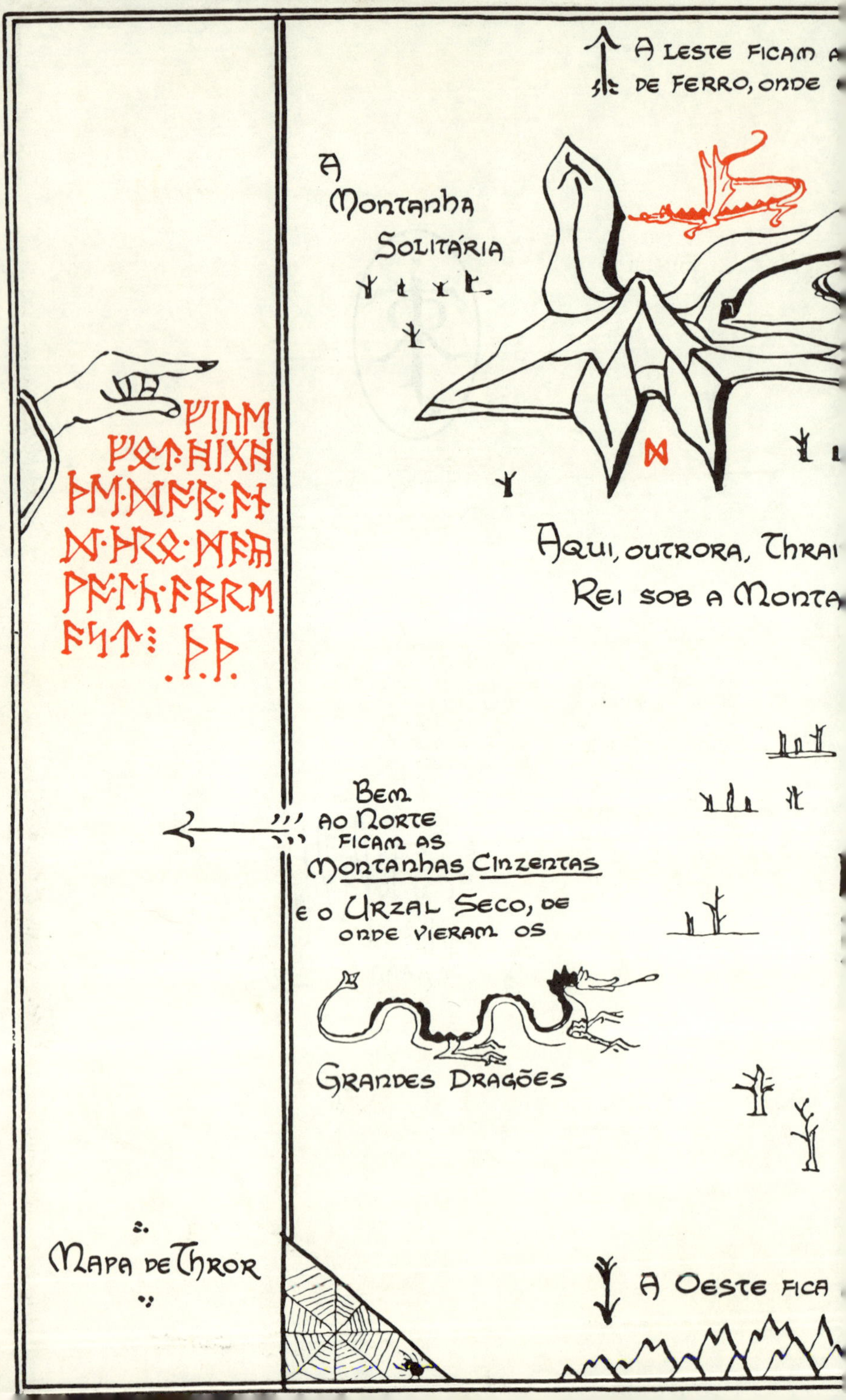
A Leste ficam a
de Ferro, onde
A Montanha Solitária
Aqui, outrora, Thrai
Rei sob a Monta
Bem ao Norte ficam as Montanhas Cinzentas
e o Urzal Seco, de onde vieram os
Grandes Dragões
Mapa de Thror
A Oeste fica

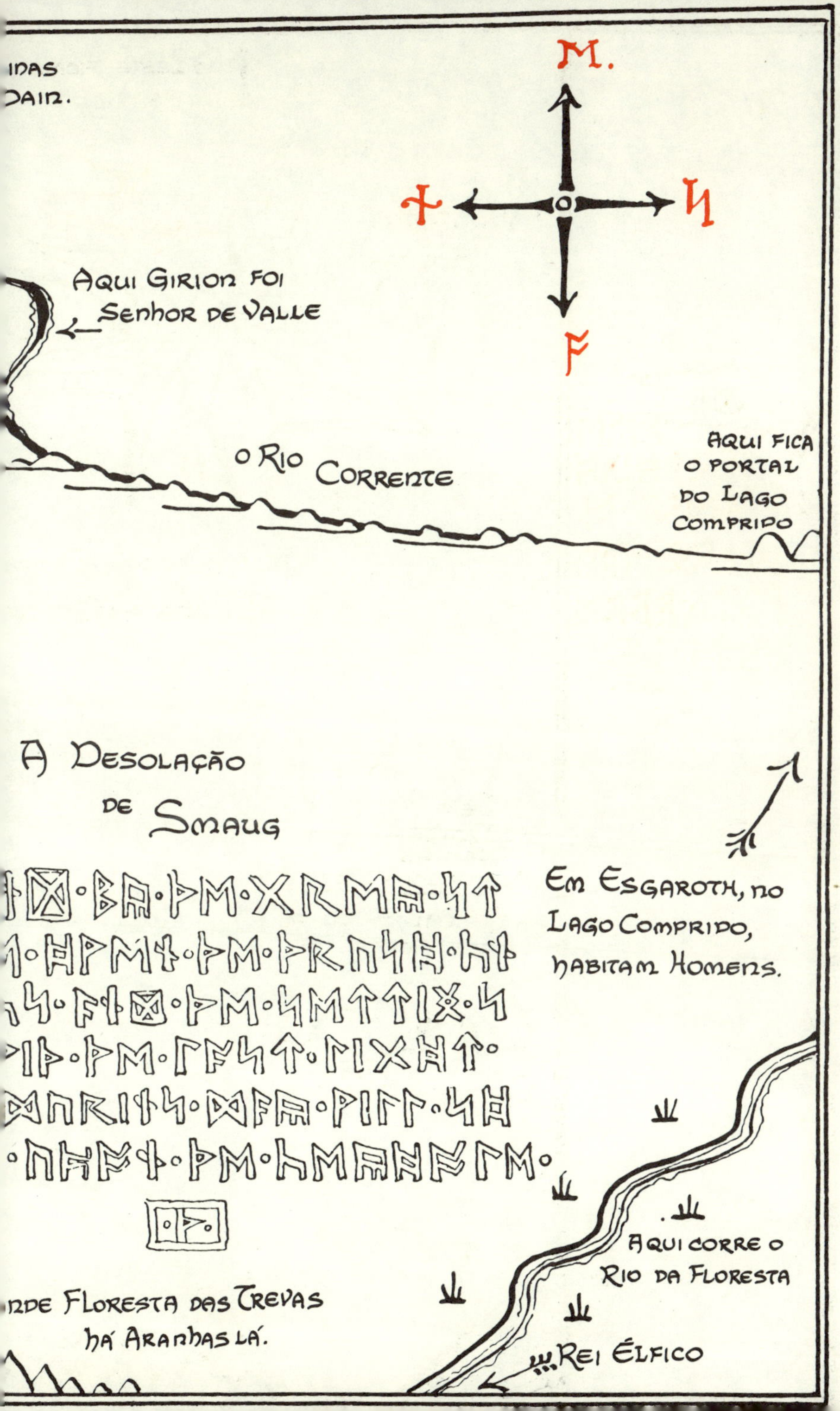
Aqui Girion foi
Senhor de Valle
o Rio Corrente
Aqui fica
o Portal
do Lago
Comprido
A Desolação
de Smaug
Em Esgaroth, no
Lago Comprido,
habitam Homens.
Aqui corre o
Rio da Floresta
Floresta das Trevas
há Aranhas lá.
Rei Élfico

O HOBBIT

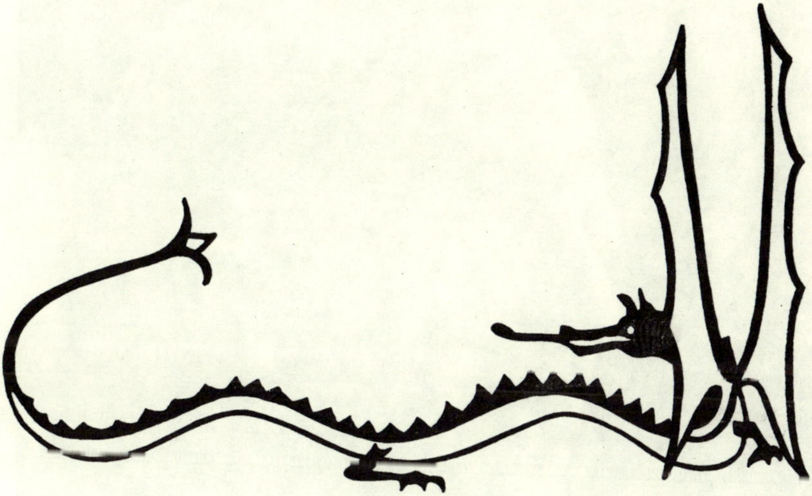

J. R. R. TOLKIEN

O HOBBIT

TRADUÇÃO

LENITA MARIA RÍMOLI ESTEVES
Mestre em Tradução pela Universidade de Campinas

ALMIRO PISETTA
Professor de Literatura de Língua Inglesa
da Universidade de São Paulo

REVISÃO TÉCNICA
E CONSULTORIA

RONALD EDUARD KYRMSE
Membro da Tolkien Society e do grupo lingüístico "Quendily"

COORDENAÇÃO

LUÍS CARLOS BORGES

Martins Fontes
São Paulo 2002

1ª edição com capa flexível
abril de 2002

Tradução
LENITA MARIA RÍMOLI ESTEVES

Tradução dos poemas e revisão da tradução
Almiro Pisetta
Revisão técnica e consultoria
Ronald Eduard Kymse
Coordenação da tradução e editor de texto
Luís Carlos Borges
Revisão gráfica
Ana Luiza França
Eliane Rodrigues de Abreu
Produção gráfica
Geraldo Alves
Paginação/Fotolitos
Studio 3 Desenvolvimento Editorial
Ilustrações
J. R. R. Tolkien

Dados Internacionais de Catalogação na Publicação (CIP)
(Câmara Brasileira do Livro, SP, Brasil)

Tolkien, J. R. R., 1892-1973.
O Hobbit / J. R. R. Tolkien ; tradução de Lenita Maria Rímoli Esteves ; revisão técnica e consultoria Ronald Eduard Kyrmse ; coordenação Luís Carlos Borges. – São Paulo : Martins Fontes, 2002.

Título original: The Hobbit.
ISBN 85-336-1554-X

1. Ficção inglesa – Século 20 I. Borges, Luís Carlos. II. Título.

02-0768 CDD-823.91

Índices para catálogo sistemático:
1. Ficção : Século 20 : Literatura inglesa 823.91
2. Século 20 : Ficção : Literatura inglesa 823.91

Rua Conselheiro Ramalho, 330/340 01325-000 São Paulo SP Brasil
Tel. (11) 3241.3677 Fax (11) 3105.6867
e-mail: info@martinsfontes.com.br http://www.martinsfontes.com.br

NOTA À EDIÇÃO BRASILEIRA

Esta nova tradução de *O hobbit* foi feita a partir da 4ª edição, *The Hobbit*, Londres, Harper Collins Publishers, 1991, e submetida à apreciação de Frank Richard Williamson e Christopher Reuel Tolkien, executores do espólio de John Ronald Reuel Tolkien.

A tradução ficou a cargo de Lenita Maria Rímoli Esteves, Mestre em Tradução pelo Instituto de Estudos da Linguagem da UNICAMP. A revisão do texto e a tradução dos poemas foram realizadas por Almiro Pisetta, Professor de Literatura de Língua Inglesa da Faculdade de Filosofia, Letras e Ciências Humanas da USP. Ronald Eduard Kyrmse, membro da Tolkien Society e de seu grupo de estudos lingüísticos, "Quendili", especialista na obra de Tolkien, encarregou-se da revisão final.

A tradução dos nomes próprios fundamentou-se nas diretrizes sugeridas em J. R. R. Tolkien, "Guide to the Names in *The Lord of the Rings*", *in* Jarred Lobdell (editor), *A Tolkien Compass*, Balantine Books, Nova York, 1980, e Jim Allan, "The Giving of Names", *in* Jim Allan (editor), *An Introduction to Elvish*, Bran's Head Books, Hayes, 1978.

As runas reproduzidas nas guardas deste livro e na introdução do autor significam "Five feet high the door and three may walk abreast" e "Stand by the grey stone when the thrush knocks and the setting sun with the last light of Durin's day will shine upon the keyhole", que, em português, correspondem a:

CINCO PÉS DE ALTURA TEM A PORTA, E TRÊS
PODEM PASSAR LADO A LADO

FIQUE AO LADO DA PEDRA CINZENTA
QUANDO O TORDO BATER E O SOL POENTE
COM A ÚLTIMA LUZ DO DIA DE DURIN
BRILHARÁ SOBRE A FECHADURA

E em runas assumiriam a seguinte forma:

De maneira similar, o título da introdução, p. XIII, significa "The Hobbit, or There and Back Again", que, em português, corresponde a:

O HOBBIT
ou
LÁ E DE VOLTA OUTRA VEZ

E em runas seria escrito da seguinte forma:

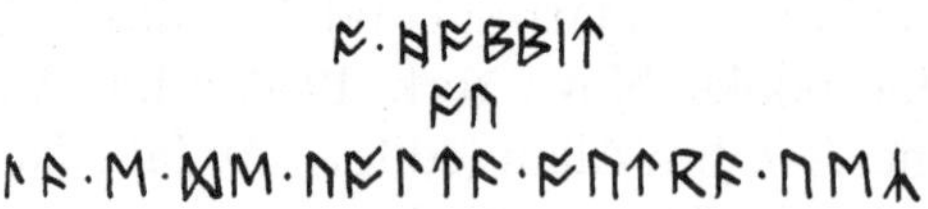

O EDITOR

ÍNDICE

I. Uma festa inesperada 1
II. Carneiro assado 27
III. Um breve descanso 45
IV. Montanha acima, montanha adentro 55
V. Adivinhas no escuro 69
VI. Da frigideira para o fogo 91
VII. Estranhos alojamentos 111
VIII. Moscas e aranhas 137
IX. Barris soltos 165
X. Uma acolhida calorosa 183
XI. Na soleira da porta 197
XII. Informação de dentro 207
XIII. Fora de casa 227
XIV. Fogo e água 239
XV. Tempestade à vista 249
XVI. Um ladrão na noite 259
XVII. Explode a tempestade 265
XVIII. A viagem de volta 277
XIX. A última etapa 285

ILUSTRAÇÕES

Mapa de Thror .... II-III
A Colina: Vila dos hobbits 18-A
Os Trolls 40
Valfenda 50-A
A Trilha da Montanha 57
As Montanhas Sombrias, vista para o Oeste 109
Bilbo acordou com o sol da manhã em seus olhos 114-A
O Salão de Beorn 121
O Portão do Rei Élfico 167
Bilbo chega às cabanas dos elfos-jangadeiros 178-A
Cidade do Lago 184
O Portão Dianteiro 198
Conversa com Smaug 210-A
O Salão do Bolsão 293
Mapa das Terras Ermas 294-5

ᚦᛖ·ᚻᚩᛒᛒᛁᛏ

ᚩᚱ

ᚦᛖᚱᛖ·ᚪᚾᛞ·ᛒᚪᚳᚳ·ᚪᚷᚪᛁᚾ

Esta é uma história de muito tempo atrás. Naquela época, as línguas e as letras eram muito diferentes das que empregamos hoje. O inglês foi usado para representar essas línguas. Mas dois pontos devem ser observados: (1) Em inglês, o único plural correto de *dwarf* [anão] é *dwarfs*, e o adjetivo é *dwarfish*. Nesta história, usam-se *dwarves* e *dwarvish**, mas apenas quando se fala do antigo povo a que pertenciam Thorin Escudo de Carvalho e seus companheiros. (2) *Orc* não é uma palavra inglesa. Ocorre em um ou dois lugares mas é geralmente traduzida como *goblin* (ou *hobgoblin* no caso das espécies maiores). *Orc* é a forma hobbit do nome dado naquele tempo a essas criaturas e não tem nenhuma relação com *orc*, *ork* [orca], que se aplicam a animais marinhos aparentados com o golfinho.

Runas eram antigas letras originalmente entalhadas ou riscadas em madeira, pedra ou metal e que, portanto, eram finas e angulosas. Na época desta história, apenas os anões empregavam-nas com regularidade, especialmente para registros privados ou secretos. Suas runas estão representadas neste livro

* O motivo para este uso é oferecido em *O Senhor dos Anéis*, III, p. 563.

por runas inglesas, que hoje são conhecidas por poucos. Se as runas no mapa de Thror forem comparadas com as transcrições em letras modernas (pp. 19-20 e 52-53), o alfabeto, adaptado ao inglês moderno, poderá ser descoberto e o título rúnico acima também poderá ser lido. No mapa são encontradas todas as runas normais, exceto ᛉ para X. I e U são usadas no lugar de J e V. Não havia runas para Q (use CW) nem para Z (pode-se usar a runa dos anões ᛦ se necessário). Descobrir-se-á, porém, que algumas runas individuais representam duas letras modernas: *th*, *ng*, *ee*; outras runas do mesmo tipo (ᛠ *ea* e ᛥ *st*) também foram usadas algumas vezes. A porta secreta estava marcada com ᛞ. Na borda havia uma mão apontando para esta e embaixo estava escrito:

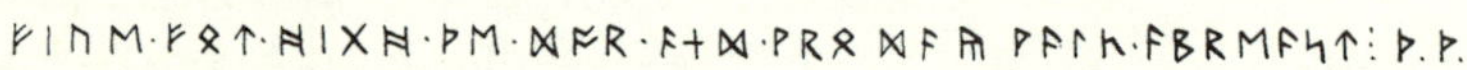

As duas últimas runas são as iniciais de Thror e Thrain.

As runas-da-lua lidas por Elrond eram:

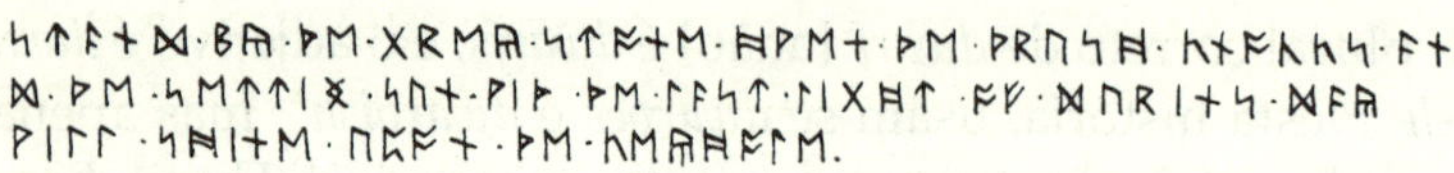

No mapa, os pontos cardeais são indicados por runas, como era costume nos mapas dos anões, e, assim, lêem-se em sentido horário: Leste (E), Sul (S), Oeste (W), Norte (N).

CAPÍTULO I
UMA FESTA INESPERADA

Numa toca no chão vivia um hobbit. Não uma toca desagradável, suja e úmida, cheia de restos de minhocas e com cheiro de lodo; tampouco uma toca seca, vazia e arenosa, sem nada em que sentar ou o que comer: era a toca de um hobbit, e isso quer dizer conforto.

A toca tinha uma porta perfeitamente redonda como uma escotilha, pintada de verde, com uma maçaneta brilhante de latão amarelo exatamente no centro. A porta se abria para um corredor em forma de tubo, como um túnel: um túnel muito confortável, sem fumaça, com paredes revestidas e com o chão ladrilhado e atapetado, com cadeiras de madeira polida e montes e montes de cabides para chapéus e casacos – o hobbit gostava de visitas. O túnel descrevia um caminho cheio de curvas, afundando bastante, mas não em linha reta, no flanco da colina – A Colina, como todas as pessoas num raio de muitas milhas a chamavam –, e muitas portinhas redondas se abriam ao longo dele, de um lado e do outro. Nada de escadas para o hobbit: quartos, banheiros, adegas, despensas (muitas delas), guarda-roupas (ele tinha salas inteiras destinadas a roupas), cozinhas, salas de jantar, tudo ficava no mesmo andar, e, na verdade, no mesmo corredor. Os melhores cômodos ficavam todos do lado esquerdo (de quem entra), pois eram os únicos que tinham janelas, janelas redondas e fundas, que davam para o jardim e para as campinas além, que desciam até o rio.

Esse hobbit era um hobbit muito abastado, e seu nome era Bolseiro. Os Bolseiros viviam nas vizinhanças da Colina desde tempos imemoriais, e as pessoas os consideravam muito respeitáveis, não apenas porque em sua maioria eram ricos, mas também porque nunca tinham tido nenhuma aventura ou feito qualquer coisa inesperada: você podia saber o que um Bolseiro diria sobre qualquer assunto sem ter o trabalho de perguntar a ele. Esta é a história de como um Bolseiro teve uma aventura, e se viu fazendo e dizendo coisas totalmente inesperadas. Ele pode ter perdido o respeito dos seus vizinhos, mas ganhou – bem, vocês vão ver se ele ganhou alguma coisa no final.

A mãe desse nosso hobbit – o que é um hobbit? Imagino que os hobbits requeiram alguma descrição hoje em dia, uma vez que se tornaram raros e esquivos diante das Pessoas Grandes, como eles nos chamam. Eles são (ou eram) um povo pequeno, com cerca de metade da nossa altura, e menores que os anões barbados. Os hobbits não têm barba. Não possuem nenhum ou quase nenhum poder mágico, com exceção daquele tipo corriqueiro de mágica que os ajuda a desaparecer silenciosa e rapidamente quando pessoas grandes e estúpidas como vocês e eu se aproximam de modo desajeitado, fazendo barulho como um bando de elefantes, que eles podem ouvir a mais de uma milha de distância. Eles têm tendência a serem gordos no abdome; vestem-se com cores vivas (principalmente verde e amarelo), não usam sapatos porque seus pés já têm uma sola natural semelhante a couro, e também pêlos espessos e castanhos parecidos com os cabelos da cabeça (que são encaracolados); têm dedos morenos, longos e ágeis, rostos amigáveis, e dão gargalhadas profundas e deliciosas (especialmente depois de jantarem, o que fazem duas vezes por dia, quando podem). Agora vocês sabem o suficiente para continuarmos. Como eu estava dizendo, a mãe desse hobbit – isto é, de Bilbo Bolseiro – era a famosa Beladona Tûk, uma das três notáveis filhas do Velho Tûk, chefe dos hobbits que viviam do outro lado do Água, o pequeno rio que passava ao pé da Colina. Freqüentemente se dizia (em outras famílias) que muito tempo atrás um dos ancestrais Tûk provavelmente se casara com uma fada. É claro que isso era um absurdo, mas, ainda assim, com certeza havia neles algo não de todo hobbitesco, e, de vez em quando, alguns membros do clã Tûk saíam em busca de aventuras. Desapareciam discretamente, e a família silenciava sobre o assunto; mas permanecia o fato de que os Tûks não eram tão respeitáveis como os Bolseiros, embora fossem indubitavelmente mais ricos.

Não que Beladona Tûk tivesse tido qualquer aventura depois de se tornar a Sra. Bungo Bolseiro. Bungo, o pai de Bilbo, construiu para ela (e em parte com o dinheiro dela) a toca mais luxuosa que jamais se pôde encontrar, quer sob a Colina, quer acima da Colina, ou mesmo do outro lado do Água, e ali eles permaneceram até o fim de seus dias. Ainda assim, é provável que Bilbo, seu único filho, embora se parecesse e se comportasse exatamente como uma segunda edição de seu firme e tranqüilo pai, tivesse em sua constituição alguma característica meio estranha do lado dos Tûk, algo que estivesse apenas esperando uma oportunidade para se manifestar. A oportunidade não apareceu até que Bilbo estivesse adulto, com mais ou menos cinqüenta anos, vivendo na bonita toca de hobbit construída por seu pai, e que eu acabei de descrever para vocês. Na verdade, até que estivesse totalmente acomodado na vida, pelo menos aparentemente.

Por um curioso acaso, numa manhã distante, na quietude do mundo, quando havia menos barulho e mais verde, e quando os hobbits eram ainda numerosos e prósperos, e Bilbo Bolseiro estava parado à sua porta depois do desjejum, fumando um enorme cachimbo de madeira que chegava quase até os lanudos dedos dos seus pés (cuidadosamente escovados), Gandalf apareceu. Gandalf! Se vocês tivessem ouvido apenas um quarto do que eu já ouvi a respeito dele, e eu ouvi só um pouco de tudo o que existe para ouvir, estariam preparados para qualquer tipo de história surpreendente. Histórias e aventuras brotavam por todo lado, onde quer que ele fosse, da maneira mais extraordinária. Ele não passava por aquele caminho sob a Colina havia muito tempo; na verdade, não passara por ali desde que seu amigo, o Velho Tûk, morrera, e os hobbits quase se haviam esquecido de seu aspecto. Estivera viajando, para além da Colina e do outro lado do Água, cuidando de seus próprios negócios, desde que eles todos eram meninos e meninas hobbits.

Tudo o que Bilbo, sem suspeitar de nada, viu naquela manhã foi um velho com um cajado. Usava um chapéu azul, alto e pontudo, uma capa cinzenta comprida, um cachecol prateado sobre o qual sua longa barba branca caía até abaixo da cintura, e imensas botas pretas.

– Bom dia! – disse Bilbo, sinceramente. O sol brilhava, e a grama estava muito verde. Mas Gandalf lançou-lhe um olhar por baixo de suas longas e espessas sobrancelhas, que se projetavam da sombra da aba do chapéu.

– O que você quer dizer com isso? – perguntou ele. – Está me desejando um bom dia, ou quer dizer que o dia está bom, não importa que eu queira ou não, ou quer dizer que você se sente bem neste dia, ou que este é um dia para se estar bem?

– Tudo isso de uma vez – disse Bilbo. – E uma manhã muito agradável para fumar um cachimbo ao ar livre, além disso. Se você tiver um cachimbo com você, sente-se e tome um pouco do meu fumo! Não há pressa, temos o dia todo pela frente! – E então Bilbo se sentou numa cadeira à sua porta, cruzou as pernas e soprou um belo anel de fumaça cinzento que se ergueu no ar sem se desmanchar e foi flutuando sobre a Colina.

– Muito bonito! – disse Gandalf. – Mas eu não tenho tempo para soprar anéis de fumaça esta manhã. Estou procurando alguém para participar de uma aventura que estou organizando, e está muito difícil achar alguém.

– Acho que sim, por estes lados! Nós somos gente simples e acomodada, e eu não gosto de aventuras. São desagradáveis e desconfortáveis! Fazem com que você se atrase para o jantar! Não consigo imaginar o que as pessoas vêem nelas – disse o nosso Sr. Bolseiro, colocando um polegar atrás dos suspensórios e soprando outro anel de fumaça ainda maior. Depois pegou sua correspondência matinal e começou a lê-la, fingindo não prestar mais atenção ao velho. Havia decidido que não era do tipo que o agradava e queria que ele fosse embora. Mas o velho não se mexeu. Ficou parado, apoiando-se no seu cajado, observando o hobbit sem dizer nada, até que Bilbo se sentiu meio embaraçado, e até um pouco contrariado.

– Bom dia! – disse ele finalmente. – Nós não queremos aventuras por aqui, obrigado! Você podia tentar além da Colina ou do outro lado do Água. – Com isso quis dizer que a conversa estava terminada.

– Você usa *Bom dia* para um monte de coisas! – disse Gandalf. – Agora está querendo dizer que quer se livrar de mim e que o dia não ficará bom até que eu vá embora.

– De jeito nenhum, de jeito nenhum, caro senhor! Deixeme ver, acho que não sei o seu nome.

– Sim, sim, meu caro senhor, e eu sei o seu, Sr. Bilbo Bolseiro. E você sabe o meu nome, embora não se lembre de que ele se refere a mim. Eu sou Gandalf, e Gandalf significa eu! E pensar que eu viveria para escutar um "Bom dia" do filho de Beladona Tûk como se fosse um simples mascate que bate de porta em porta!

– Gandalf, Gandalf! Puxa vida! Não o mago errante que deu ao Velho Tûk um par de abotoaduras de diamante que se abotoavam e nunca se soltavam até que fosse ordenado? Não o camarada que costumava contar histórias maravilhosas nas festas, sobre dragões, orcs e gigantes e sobre resgates de princesas e sobre a sorte inesperada de filhos de viúvas? Não o homem que costumava fazer fogos de artifício especialmente maravilhosos! Eu me lembro deles! O Velho Tûk costumava soltá-los na véspera do Solstício de Verão. Esplêndido! Eles subiam como grandes lírios e bocas-de-leão e laburnos de fogo, ficavam no céu durante todo o entardecer! – Vocês já devem ter notado que o Sr. Bolseiro não era tão prosaico como queria acreditar que fosse, e também que gostava muito de flores. – Ora, ora! – continuou ele. – Não o Gandalf que foi responsável por tantos moços e moças tranqüilos partirem em loucas aventuras? Qualquer coisa, desde subir em árvores até visitar elfos, ou navegar em navios, navegar para outras praias! Puxa! A vida costumava ser muito interessan... quero dizer, você costumava perturbar muito as coisas por estas bandas naquela época. Eu peço desculpas, mas não imaginava que ainda estava na ativa.

– Onde mais eu poderia estar? – disse o mago. – De qualquer forma, estou satisfeito em saber que você se lembra de alguma coisa a meu respeito. Parece que a lembrança dos meus fogos de artifício, pelo menos, lhe é agradável, e isto já é alguma coisa. Mas, em memória do seu velho avô Tûk e de sua mãe Beladona, darei o que você me pediu.

– Peço desculpas, mas não pedi nada!

– Você pediu sim, duas vezes agora. Desculpas. Está desculpado. Na verdade, vou muito além disso, vou mandá-lo nessa aventura. Muito divertido para mim, muito bom para você... e lucrativo também, muito provavelmente, se você conseguir chegar até o fim.

– Sinto muito! Eu não quero aventuras, muito obrigado. Hoje não. Bom dia! Mas, por favor, venha tomar chá, a qualquer hora que quiser! Por que não amanhã? Venha amanhã! Até logo! – Com isso o hobbit se virou e entrou por sua porta redonda e verde e a fechou o mais rápido que era possível sem parecer rude. Afinal de contas, magos são magos.

– Por que raios eu o convidei para o chá!? – perguntou para si mesmo, enquanto ia para a despensa. Tinha acabado de tomar o desjejum, mas achou que um pedaço de bolo ou dois, e um gole de alguma coisa, lhe fariam bem depois do susto.

Enquanto isso, Gandalf ainda estava parado do lado de fora da porta, rindo muito, mas sem fazer ruído. Depois de uns instantes ele se levantou, e com o cravo de seu cajado riscou um sinal estranho na bela porta verde da toca do hobbit. Depois foi embora, mais ou menos no momento em que Bilbo estava terminando o seu segundo pedaço de bolo e começando a pensar que se havia safado muito bem das aventuras.

No dia seguinte, quase havia esquecido Gandalf. Ele não se lembrava muito bem das coisas, a não ser que as anotasse em sua Agenda de Compromissos. Assim: *Gandalf – Chá, Quarta-Feira*. No dia anterior tinha ficado muito agitado para fazer qualquer coisa desse tipo.

Um pouco antes da hora do chá, um tremendo toque soou na campainha da porta da frente, e então ele se lembrou! Apressou-se e colocou a chaleira no fogo, pôs na mesa outra xícara e outro pires, um ou dois pedaços de bolo a mais, e correu para a porta.

– Desculpe por fazê-lo esperar! – ia dizer, quando viu que não era realmente Gandalf. Era um anão com uma barba azul enfiada num cinto de ouro, e olhos muito brilhantes sob seu capuz verde escuro. Assim que Bilbo abriu ele se enfiou porta adentro, como se fosse esperado.

Pendurou a capa com capuz no cabide mais próximo e: – Dwalin, às suas ordens! – disse ele, fazendo uma grande reverência.

– Bilbo Bolseiro às suas! – disse o hobbit, surpreso demais para perguntar qualquer coisa no momento. Quando o silêncio que se seguiu tornou-se incômodo, ele acrescentou: – Estava quase na hora do meu chá; por favor, venha e sirva-se. – Talvez ele tenha sido um pouco seco, mas suas intenções eram gentis. E o que vocês fariam, se um anão aparecesse sem ser convidado em sua casa, e pendurasse suas coisas no seu corredor sem uma palavra de explicação?

Não fazia muito tempo que eles estavam à mesa, na verdade, mal tinham chegado ao terceiro pedaço de bolo, quando veio um toque ainda mais alto da campainha.

– Com licença – disse o hobbit, e foi até a porta.

– Então, finalmente você chegou! – Era o que ele ia dizer para Gandalf desta vez. Mas não era Gandalf. Em vez dele, ali estava na entrada um anão que parecia muito velho, com uma barba branca e um capuz vermelho, que também pulou para dentro assim que a porta foi aberta, como se tivesse sido convidado.

– Vejo que já começaram a chegar – disse ele quando viu pendurado o capuz verde de Dwalin. Pendurou o seu perto do outro, e: – Balin, às suas ordens – disse, com a mão sobre o peito.

– Obrigado! – disse Bilbo, ofegante. Não era a coisa certa para dizer, mas o *já começaram a chegar* o agitara muito. Ele gostava de visitas, mas gostava de conhecê-las antes que chegassem, e preferia convidá-las por sua própria conta. Teve um pensamento horrível de que o bolo poderia não ser suficiente, e então ele, como anfitrião, que sabia de sua obrigação e se resignava a ela apesar do sofrimento, poderia ter de ficar sem.

– Entre e tome um pouco de chá! – conseguiu dizer, depois de respirar fundo.

– Um pouco de cerveja me cairia melhor, se não lhe fizer diferença, meu bom senhor – disse Balin, agitando a barba branca. – Mas eu não recuso um pouco de bolo... bolo de sementes, se você tiver.

– Um monte! – Bilbo se viu respondendo, para sua própria surpresa; e se viu também correndo até a adega para encher uma caneca de cerveja, e depois para a despensa para pegar dois belos e redondos bolos de sementes que fizera aquela tarde para petiscar depois do jantar.

Quando voltou, Balin e Dwalin estavam conversando à mesa como velhos amigos (na verdade, eles eram irmãos). Bilbo arriou a cerveja e o bolo com um baque na mesa diante deles, quando veio um toque forte da campainha de novo, e depois outro toque.

"Gandalf, com certeza, desta vez", pensou ele, enquanto arfava ao longo do corredor. Mas não era. Eram mais dois anões, ambos com capuzes azuis, cintos de prata e barbas amarelas; e cada um deles carregava um saco de ferramentas e uma pá. Quando saltaram para dentro, assim que a porta começou a se abrir, Bilbo não ficou nem um pouco surpreso.

– Em que posso ajudá-los, meus anões? – disse ele.

– Kili, às suas ordens! – disse o primeiro. – E Fili! – acrescentou o segundo, e ambos retiraram seus capuzes azuis e fizeram reverência.

– Às suas ordens, e de sua família – respondeu Bilbo, lembrando-se das boas maneiras desta vez.

– Dwalin e Balin já estão aqui, pelo que vejo – disse Kili. – Vamos nos juntar à multidão!

"Multidão!", pensou o Sr. Bolseiro. "Isso não soa bem. Realmente preciso me sentar um pouco e colocar a cabeça no lugar, e tomar alguma coisa." Ele só tinha tomado um gole – no canto, enquanto os quatro anões se sentavam em volta da mesa, e conversavam sobre minas e ouro e problemas com os orcs, e as depredações de dragões, e um monte de outras coisas que ele não entendia, e não queria entender, porque soavam aventureiras demais – quando *dingue-lingue-dongue-longue*, sua campainha tocou novamente, como se algum menino-hobbit travesso estivesse tentando arrancá-la fora.

– Alguém está à porta! – disse ele, piscando.

– Pelo som, eu diria que uns quatro – disse Fili. – Além disso, nós os vimos vindo atrás de nós ao longe.

O pobrezinho do hobbit sentou-se no corredor e colocou as mãos na cabeça, querendo saber o que havia acontecido e o que iria acontecer, e se eles todos iriam ficar para o jantar. Então a campainha tocou outra vez, mais alto que nunca, e ele correu para a porta. Não eram quatro no fim das contas, eram CINCO. Um outro anão juntara-se aos quatro enquanto ele estivera cismando no corredor. Mal havia girado a maçaneta e estavam todos dentro, fazendo reverências e dizendo "às suas ordens" um após o outro. Dori, Nori, Ori, Oin e Gloin eram seus nomes; e logo dois capuzes roxos, um cinza, um marrom e um branco estavam pendurados nos cabides, e eles marcharam para a frente com suas mãos largas enfiadas em seus cintos de ouro e prata para se juntarem aos demais. Aquilo já quase se transformara numa multidão. Alguns pediram cerveja clara, outros pediram cerveja escura, e um deles pediu café, e todos pediram bolo, o que manteve o hobbit ocupado por um bom tempo.

Um grande bule de café acabava de ser levado ao fogo, os bolos de sementes tinham acabado, e os anões estavam começando uma rodada de bolinhos amanteigados, quando veio uma batida forte. Não um toque de campainha, mas um grande *ratatá* na bela porta verde do hobbit. Alguém estava batendo com um cajado!

Bilbo correu pelo corredor, muito zangado e totalmente desnorteado e desconcertado – era a mais estapafúrdia quarta-feira de que ele se lembrava. Abriu a porta com um solavanco e todos caíram para dentro, um em cima do outro. Mais anões, mais quatro! E Gandalf estava atrás, inclinando-se sobre seu cajado e rindo. Tinha feito um estrago razoável na superfície da bela porta; a propósito, também tinha feito desaparecer o sinal secreto que deixara nela na manhã anterior.

– Cuidado! Cuidado! – disse ele. – Não é do seu feitio, Bilbo, deixar amigos esperando no capacho, e depois abrir a porta como uma espingarda de pressão! Deixe-me apresentar Bifur, Bofur, Bombur e, especialmente, Thorin!

– Às suas ordens! – disseram Bifur, Bofur e Bombur parados em fila. Penduraram dois capuzes amarelos e um verde-claro, e também um azul-celeste com uma longa borla prateada. Este último pertencia a Thorin, um anão enormemente importante, na verdade ninguém menos que Thorin Escudo de Carvalho em pessoa, que não estava de modo algum satisfeito por ter caído sobre o capacho de Bilbo como uma fruta madura, com Bifur, Bofur e Bombur em cima dele. Para começo de conversa, Bombur era imensamente gordo e pesado. Na verdade, Thorin era muito altivo, e não disse nada sobre *estar às ordens*, mas o pobre Sr. Bolseiro disse tantas vezes que sentia muito que finalmente ele resmungou um "não tem problema" e parou de franzir a testa.

– Agora estamos todos aqui! – disse Gandalf, olhando para a fileira de treze capuzes, capuzes de festa, removíveis, da melhor qualidade, e seu próprio chapéu, pendurados nos cabides. – Que reunião alegre! Espero que tenha sobrado alguma coisa para os atrasados comerem e beberem! O que é isso? Chá! Não, obrigado! Um pouco de vinho tinto para mim, eu acho.

– Para mim também – disse Thorin.

– E geléia de framboesa e torta de maçã – disse Bifur.

– E pastelão de carne com queijo – disse Bofur.

– E torta de carne de porco com salada – disse Bombur.

– E mais bolo, e cerveja clara, e café, se não se incomoda – disseram os outros anões através da porta.

– Sirva também alguns ovos, meu bom rapaz! – disse Gandalf para ele ouvir, enquanto o hobbit se esbaforia para as despensas. – E traga também a salada de galinha com picles.

"Parece que ele sabe tanto sobre o conteúdo das minhas despensas quanto eu", pensou o Sr. Bolseiro, que estava se sentindo positivamente aturdido e começava a se perguntar se a mais infame das aventuras não tinha vindo parar exatamente dentro de sua casa. Na hora em que tinha acabado de pegar todas as garrafas e comidas e facas e garfos e copos e pratos e colheres e coisas empilhadas em grandes bandejas, já estava ficando com muito calor, e com o rosto vermelho, e zangado.

– Raios partam esses anões! – disse em voz alta. – Por que eles não vêm dar uma ajuda? – Dito e feito! Lá estavam Balin e Dwalin na porta da cozinha, e Fili e Kili atrás deles, e antes que o hobbit pudesse dizer *faca* eles tinham arrebatado as bandejas e um par de mesinhas para a sala e arrumado tudo de novo.

Gandalf sentou-se à cabeceira, com todos os anões em volta: e Bilbo se sentou num banquinho ao lado do fogo, mordiscando um biscoito (estava totalmente sem apetite) e tentando fingir que tudo aquilo era perfeitamente normal e nada parecido com uma aventura. Os anões foram comendo e comendo, e conversando e conversando, e o tempo passou. Finalmente eles afastaram as suas cadeiras, e Bilbo foi retirar os pratos e copos.

– Imagino que vocês todos vão ficar para o jantar? – disse ele, com sua voz mais educada e calma.

– É claro! – disse Thorin. – E até depois disso. Não devemos terminar até muito tarde, e precisamos de um pouco de música primeiro. Agora vamos limpar tudo!

Então os doze anões – não Thorin, ele era importante demais e ficou conversando com Gandalf – puseram-se imediatamente de pé, e fizeram grandes pilhas com todas as coisas. E foram, sem esperar por bandejas, equilibrando colunas de pratos, cada uma com uma garrafa no topo, em uma única mão, enquanto o hobbit corria atrás deles quase gemendo de pavor: "Por favor, tenham cuidado" e "por favor, não se incomodem, eu posso cuidar disso!". Mas os anões apenas começaram a cantar:

Copos trincados e pratos partidos!
Facas cegas, colheres dobradas!
É isso que em Bilbo causa gemidos –
Garrafas em cacos e rolhas queimadas!

Pise em gordura, corte a toalha!
Sobre o tapete jogue os ossinhos!
O leite entornado no chão se coalha!
Em cada porta há manchas de vinho!

Jogue esta louça em água fervente;
Soque bastante com este bastão;
Se nada quebrar, por mais que se tente,
Faça rolar, rolar pelo chão!

Isso é o que Bilbo Bolseiro detesta!
Cuidado! Cuidado com os pratos da festa!

E é claro que eles não fizeram nenhuma dessas coisas terríveis, e que tudo estava limpo e guardado a salvo com a rapidez de um relâmpago, enquanto o hobbit ficava dando voltas e voltas na cozinha tentando ver o que eles estavam fazendo. Depois voltaram e encontraram Thorin com os pés sobre a guarda da lareira, fumando um cachimbo. Estava soprando os maiores anéis de fumaça, e, aonde quer que ordenasse que os anéis fossem, eles iam – para cima da chaminé, para baixo da mesa, ou dando voltas no forro; mas aonde quer que um anel fosse, não era rápido o suficiente para escapar de Gandalf. Pop! Ele enviava um anel de fumaça menor do seu pequeno cachimbo de barro direto no meio de cada um dos anéis de Thorin. Então o anel de fumaça de Gandalf ficava verde e voltava para flutuar sobre a cabeça do mago. Já havia uma nuvem deles sobre a sua cabeça, e na luz fraca aquilo o deixava estranho e misterioso. Bilbo estava quieto, olhando – adorava anéis de fumaça –, e então ficou vermelho ao pensar em como se orgulhara dos anéis de fumaça que tinha soprado no vento sobre a Colina.

– Agora, um pouco de música! – disse Thorin. – Tragam os instrumentos!

Kili e Fili correram até seus sacos e trouxeram pequenas rabecas; Dori, Nori e Ori tiraram flautas de algum lugar em seus casacos; Bombur trouxe um tambor do corredor; Bifur e

Bofur saíram também, e voltaram com clarinetas que haviam deixado entre as bengalas. Dwalin e Balin disseram: "Com licença, deixei a minha na varanda!". "Traga a minha também!", disse Thorin. Voltaram com violas tão grandes como eles próprios e com a harpa de Thorin embrulhada num pano verde. Era uma bonita harpa dourada, e quando Thorin a dedilhou a música irrompeu imediatamente, tão repentina e doce que Bilbo esqueceu todo o resto, e foi levado para terras escuras sob luas estranhas, lugares distantes do Água e muito distantes de sua toca de hobbit sob a Colina.

A escuridão entrava na sala pela pequena janela que se abria na encosta da Colina; a luz do fogo tremia – era abril – e, ainda assim, continuavam tocando, enquanto a sombra da barba de Gandalf se agitava contra a parede.

A escuridão encheu toda a sala, o fogo se extinguiu, as sombras se perderam e, ainda assim, continuaram tocando. E, de repente, primeiro um, e depois outro, começaram a cantar enquanto tocavam, o canto grave dos anões das profundezas de seus antigos lares; e este é como um fragmento de sua canção, se é que pode ser como uma de suas canções sem a sua música.

Para além das montanhas nebulosas, frias,
Adentrando cavernas, calabouços cravados,
Devemos partir antes de o sol surgir,
Em busca do pálido ouro encantado.

Operavam encantos anões de outrora,
Ao som de martelo qual sino a soar
Na profundeza onde dorme a incerteza,
Em antros vazios sob penhascos do mar.

Para o antigo rei e seu elfo senhor
Criaram tesouros de grã nomeada;
As pedras plasmaram, a luz captaram
Prendendo-a nas gemas do punho da espada.

Em colares de prata eles juntaram
Estrelas floridas; fizeram coroas
De fogo-dragão e no mesmo cordão
Fundiram a luz do sol e da lua.

Para além das montanhas nebulosas, frias,
Adentrando cavernas, calabouços perdidos,
Devemos partir antes de o sol surgir
Buscando tesouros há muito esquecidos.

Para seu uso taças foram talhadas
E harpas de ouro. Onde ninguém mora
Jazeram perdidas e suas cantigas
Por homens e elfos não foram ouvidas.

Zumbiram pinheiros sobre a montanha,
Uivaram os ventos em noites azuis.
O fogo vermelho queimava parelho,
As árvores-tochas em fachos de luz.

Tocaram os sinos chovendo no vale,
Erguiam-se pálidos rostos ansiosos;
Irado o dragão feroz se insurgira
Arrasando casas e torres formosas.

Sob a luz da lua fumavam montanhas;
Os anões ouviram a marcha final.
Fugiram do abrigo achando o inimigo
E sob seus pés a morte ao luar.

Para além das montanhas nebulosas, frias,
Adentrando cavernas, calabouços perdidos
Devemos partir antes de o sol surgir,
Buscando tesouros há muito esquecidos.

Enquanto eles cantavam, o hobbit sentiu agitar-se dentro de si o amor por coisas belas feitas por mãos, com habilidade e com mágica, um amor feroz e ciumento, o desejo dos corações dos anões. Então alguma coisa dos Tûk despertou no seu íntimo, e ele desejou ir ver as grandes montanhas, e ouvir os pinheiros e as cachoeiras, explorar as cavernas e usar uma espada ao invés de uma bengala. Olhou pela janela. As estrelas apareciam num céu escuro sobre as árvores. Pensou nas jóias dos anões brilhando em cavernas escuras. De repente, na floresta além do Água uma chama surgiu – provavelmente alguém acendendo uma fogueira – e ele pensou em dragões saqueadores alojando-se em sua calma Colina e transformando-a toda em chamas. Sentiu um tremor e muito rapidamente voltou a ser o Sr. Bolseiro de Bolsão, Sob-a-Colina, novamente.

Levantou-se tremendo. Estava muito pouco disposto a ir buscar uma lamparina, e muito disposto a fingir que ia fazê-lo e se esconder atrás dos barris de cerveja na adega e não sair mais de lá até que todos os anões tivessem ido embora. De repente descobriu que toda a música e cantoria haviam parado, e todos estavam olhando para ele com olhos que brilhavam no escuro.

– Aonde você vai? – perguntou Thorin, num tom de quem parecia estar adivinhando tudo sobre as disposições do hobbit.

– Que tal um pouco de luz? – disse Bilbo, como que pedindo desculpas.

– Nós gostamos do escuro – disseram todos os anões. – Escuro para negócios escusos! Ainda há muitas horas antes da alvorada.

– Claro! – disse Bilbo, sentando-se apressadamente. Não acertou o banquinho e acabou se sentando na guarda da lareira, derrubando o atiçador e a pá com muito barulho.

– Silêncio! – disse Gandalf. – Deixem Thorin falar! – E foi assim que Thorin começou.

– Gandalf, anões e Sr. Bolseiro! Estamos reunidos na residência de nosso amigo e companheiro de conspiração, este mui excelente e audacioso hobbit. Que o pêlo de seus pés jamais caia! Todos os elogios ao seu vinho e à sua cerveja! – Parou para tomar fôlego e receber um polido comentário do hobbit, mas os elogios haviam sido desperdiçados com o pobre Bilbo

Bolseiro, que estava fazendo muxoxos de protesto por estar sendo chamado de *audacioso* e, pior de tudo, *companheiro de conspiração*, embora não conseguisse emitir nenhum som, de tão desconcertado que estava. E Thorin continuou:

– Estamos reunidos para discutir nossos planos, caminhos, meios, política e estratégias. Deveremos, brevemente, antes do nascer do dia, iniciar uma longa viagem, uma viagem da qual alguns de nós, ou todos nós (com a exceção de nosso amigo e conselheiro, o engenhoso mago Gandalf), talvez nunca voltemos. Este é um momento solene. Nosso objetivo é, pelo que entendo, bem conhecido por todos. Para o estimável Sr. Bolseiro, e talvez para um ou dois dos anões mais jovens (acho que estou certo em citar Kili e Fili, por exemplo), a situação exata no momento parece exigir uma pequena e breve explicação...

Este era o estilo de Thorin. Ele era um anão importante. Se lhe fosse permitido, provavelmente continuaria assim até que estivesse sem fôlego, sem dizer a ninguém coisa alguma que ainda não fosse conhecida. Mas ele foi rudemente interrompido. O pobre Bilbo não podia suportar mais. Ao ouvir *talvez nunca voltemos*, começou a sentir um grito agudo vindo de seu interior, que logo irrompeu como o apito de uma locomotiva saindo de um túnel. Todos os anões pularam, derrubando a mesa. Gandalf acendeu uma luz azul na ponta de seu cajado mágico, e nesse brilho de fogo de artifício podia-se ver o pobre hobbit ajoelhado sobre o tapete da lareira, tremendo como gelatina derretendo. Então caiu duro no chão, e ficou gritando "atingido por um raio, atingido por um raio!" repetidas vezes; e isso foi tudo que conseguiram arrancar dele por um longo tempo. Então os anões o pegaram e o tiraram do caminho, levando-o para o sofá da sala de visitas e deixando uma bebida perto dele, e voltaram para seus negócios escusos.

– Sujeitinho impressionável – disse Gandalf, enquanto eles se sentavam. – Tem uns acessos estranhos, mas é um dos melhores, um dos melhores. Feroz como um dragão num aperto.

Se vocês alguma vez na vida já viram um dragão num aperto, irão perceber que essa comparação só podia ser uma licença poética quando aplicada a qualquer hobbit, mesmo no caso do tio-bisavô do Velho Tûk, Urratouro, que era tão grande (para um hobbit) que conseguia montar um cavalo. Ele atacou os pelotões dos orcs de Monte Gram, na Batalha dos Campos Verdes, e arrancou a cabeça de seu rei Golfimbul com um taco de madeira. A cabeça voou pelos ares cerca de cem jardas e caiu numa toca de coelho, e dessa maneira a batalha foi vencida e ao mesmo tempo foi inventado o jogo de golfe.

Enquanto isso, entretanto, o descendente mais pacífico de Urratouro estava voltando à vida na sala de visitas. Depois de um momento e de uma bebida, arrastou-se nervosamente até a porta da sala. Isto foi o que ouviu, Gloin falando: – "Hunf!" – ou algum resmungo mais ou menos assim. – Você acha que ele serve? Para Gandalf está tudo bem ficar falando da ferocidade desse hobbit, mas um acesso desses numa hora de agitação seria o suficiente para acordar o dragão e todos os seus parentes, e matar a todos nós. Eu acho que o acesso pareceu mais de medo do que de agitação! Na verdade, se não fosse pelo sinal na porta, eu teria a certeza de que tinha chegado à casa errada. Assim que bati os olhos nesse sujeitinho bufando e esperneando no tapete, eu tive minhas dúvidas. Ele parece mais um dono de armazém que um ladrão!

Então o Sr. Bolseiro girou a maçaneta e entrou. O lado Tûk havia vencido. De repente sentiu que poderia ficar sem comida ou descanso só para ser considerado feroz. Quanto a *sujeitinho bufando e esperneando no tapete*, isso quase o fez ficar *realmente* feroz. Muitas vezes no futuro a sua parte Bolseiro iria se arrepender do que estava fazendo agora e ele diria a si mesmo: "Bilbo, você foi um bobo; você caiu na armadilha e meteu os pés pelas mãos."

– Desculpem – disse ele – se, por acaso, ouvi o que vocês estavam dizendo. Não vou fingir que estou entendendo o que disseram, ou a referência que fizeram a ladrões, mas acho que estou certo em acreditar – isto é o que ele chamava "defender sua dignidade" – que acham que eu não sirvo. Eu vou lhes mostrar. Não tenho sinais na minha porta, que foi pintada há uma semana, e tenho certeza de que vocês vieram bater na casa errada. Assim que vi suas caras esquisitas na porta, tive minhas dúvidas. Mas façam de conta que esta é a casa certa. Digam-me o que vocês querem que seja feito e vou tentar fazê-lo, mesmo que eu tenha de andar daqui até o leste do leste e lutar contra os Homens-dragões selvagens no Último Deserto. Eu tive um tio-tetravô, Urratouro Tûk, que...

– É, sim, mas isso foi há muito tempo – disse Gloin. – Eu estava falando de *você*. E garanto que existe um sinal em sua porta... O sinal comum que usamos nesse negócio, ou costumava ser assim. *Ladrão procura por um bom emprego, com grandes Emoções e uma boa Recompensa*, geralmente é assim que se anuncia. Você pode dizer *Especialista em Caçadas de Tesouro* em vez de *ladrão*, se quiser. Alguns deles preferem. Para nós é a mesma coisa. Gandalf nos disse que havia um homem do tipo nestas redondezas procurando um emprego urgente, e que ele tinha acertado um encontro aqui nesta quarta-feira, na hora do chá.

– É claro que há um sinal – disse Gandalf. – Eu mesmo o coloquei. Por razões muito boas. Vocês me pediram para encontrar o décimo quarto homem para a sua expedição, e eu escolhi o Sr. Bolseiro. Se alguém disser que escolhi o homem errado, ou a casa errada, podem ficar em treze e com todo o azar que quiserem, ou então vão voltar à extração de carvão.

Ele franziu o cenho para Gloin com tanta raiva que o anão afundou na cadeira; e, quando Bilbo tentou abrir a boca para fazer uma pergunta, ele se virou e franziu-lhe a testa levantando as sobrancelhas espessas, e Bilbo fechou a boca imediatamente. – Assim está bem – disse Gandalf. – Não vamos mais discutir. Eu escolhi o Sr. Bolseiro e isto deve ser o suficiente para todos vocês. Se eu digo que ele é um ladrão, isso é o que ele é, ou será quando chegar a hora. Existe muito mais nele do que vocês podem imaginar, e muito mais do que ele mesmo possa ter idéia. Vocês vão (possivelmente) viver para me agradecer um dia. Agora, Bilbo, meu rapaz, traga a lamparina e vamos iluminar um pouco isto aqui.

Sobre a mesa, à luz de uma grande lamparina com um quebra-luz vermelho, ele desenrolou um pergaminho muito parecido com um mapa.

The Hill : Hobbiton-across-the Water

A Colina: Vila dos hobbits

– Isto foi feito por Thror, seu avô, Thorin – disse ele em resposta às perguntas excitadas dos anões. – É um mapa da Montanha.

– Acho que isso não vai ajudar muito – disse Thorin, desapontado, depois de dar uma olhada. – Eu me lembro muito bem da Montanha e das terras em volta dela. E eu sei onde fica a Floresta das Trevas, e também o Urzal Seco, onde os grandes dragões se reproduziam.

– Há um dragão marcado em vermelho na Montanha – disse Balin –, mas vai ser fácil encontrá-lo sem isso aí, se é que vamos conseguir chegar lá.

– Existe um ponto que vocês não notaram – disse o mago –, e é a entrada secreta. Estão vendo a runa no lado oeste, e a mão apontando para ela saindo das outras runas? Isso marca uma passagem secreta para os Salões Inferiores. (Olhem o mapa no início deste livro e lá verão as runas em vermelho.)

– Pode ter sido secreta uma vez – disse Thorin –, mas como podemos saber se ainda é secreta? O Velho Smaug viveu lá tempo suficiente para descobrir qualquer coisa que se possa conhecer sobre essas cavernas.

– Pode ser, mas ele não tem podido usá-la por muitos e muitos anos.

– Por quê?

– Porque a passagem é muito pequena. "Cinco pés de altura a porta, e três podem passar lado a lado", dizem as runas, mas Smaug não passaria por um buraco desse tamanho nem mesmo quando era um dragão jovem, e certamente não depois de ter devorado tantos anões e homens de Valle.

– Para mim parece um buraco bem grande – exclamou Bilbo (que não tinha nenhuma experiência com dragões, mas apenas com tocas de hobbits). Estava ficando entusiasmado e interessado de novo, tanto que se esqueceu de manter a boca fechada. Adorava mapas, e em seu corredor estava pendurado um bem grande da Região Circunvizinha com todas as suas caminhadas favoritas marcadas com tinta vermelha. – Como poderia uma porta tão grande ser mantida em segredo para todas as pessoas de fora, com exceção do dragão? – perguntou. Ele era apenas um pequeno hobbit, vocês devem se lembrar.

– De muitas maneiras – disse Gandalf. – Mas de que maneira esta porta foi escondida nós não saberemos sem ir lá verificar. Pelo que diz o mapa, posso adivinhar que existe uma porta fechada, que foi feita de modo a se parecer exatamente com a encosta da Montanha. Esse é geralmente o método dos anões... Acho que é isso, não é?

– Certo – disse Thorin.

– E também – continuou Gandalf – esqueci de mencionar que com o mapa havia uma chave, uma chave pequena e curiosa. Aqui está ela! – disse ele, entregando a Thorin uma chave com uma haste longa e dentes intricados, feita de prata. – Guarde-a em lugar seguro!

– Vou fazer isso – disse Thorin, e colocou a chave numa corrente fina que pendia de seu pescoço, sob o casaco. – Agora as chances parecem maiores. Essa notícia melhora muito as coisas. Até agora não tínhamos uma idéia clara do que fazer. Estávamos pensando em ir para o leste, com o maior cuidado e silêncio possível, até o Lago Comprido. Depois disso o problema iria começar...

– Muito antes disso, se é que sei alguma coisa sobre as estradas que levam para o leste – interrompeu Gandalf.

– Nós poderíamos sair daqui, subindo ao longo do Rio Corrente – continuou Thorin, sem prestar atenção –, e assim até as ruínas de Valle, a velha cidade naquele vale, sob a sombra da Montanha. Mas nenhum de nós gostou da idéia do Portão Dianteiro. O rio vem exatamente de dentro dele através do penhasco ao sul da Montanha, e por ali também sai o dragão; muito freqüentemente, a não ser que tenha mudado seus hábitos.

– Isso não adiantaria nada – disse o mago –, não sem um Guerreiro valente, até um Herói. Eu tentei achar um, mas os guerreiros estão ocupados lutando uns contra os outros em terras distantes, e por estes lados os heróis são raros, ou simplesmente impossíveis de encontrar. As espadas nestas partes estão em sua maioria cegas, os machados são usados para árvores, e os escudos como berços ou tampas de pratos; e os dragões estão confortavelmente distantes (e por isso são lendários). É por isso que optei pelo *roubo*, especialmente quando me lembrei da existência de uma porta lateral. E aqui está o nosso pequeno Bilbo Bolseiro, o ladrão, o escolhido e eleito ladrão. Então vamos continuar e fazer alguns planos.

– Então, muito bem – disse Thorin –, se o ladrão perito nos der algumas idéias e sugestões. – Virou-se para Bilbo, numa gentileza fingida.

– Primeiramente eu queria saber um pouco mais a respeito das coisas – disse este, sentindo-se todo confuso e um pouco amedrontado, mas, até o momento, determinado como um Tûk a ir adiante. – Quero dizer, sobre o ouro e o dragão, e tudo o mais, e como ele chegou até lá, e a quem ele pertence, e todo o resto.

– Por minhas barbas! – disse Thorin. – Você não viu o mapa? E não ouviu nossa música? E não estamos falando de tudo isso há horas?

– Mesmo assim, gostaria de tudo bem explicadinho – disse ele obstinadamente, adotando sua atitude de negócios (geralmente reservada para pessoas que tentavam tomar dinheiro emprestado dele), e fazendo de tudo para parecer sábio e prudente e profissional e à altura das recomendações de Gandalf. – Eu também gostaria de saber sobre os riscos, despesas extras, o tempo necessário e a remuneração, e tudo o mais. – Com isso ele queria dizer: "O que vou ganhar com isso?" e "Vou voltar vivo?"

– Muito bem – disse Thorin. – Há muito tempo, na época de meu avô Thror, nossa família foi expulsa do extremo norte, e voltou com toda sua riqueza e ferramentas para a Montanha deste mapa. Ela fora descoberta pelo meu ancestral distante, Thrain, o Velho, mas na época de Thror eles exploraram minas e fizeram salões maiores e oficinas maiores também, e, além disso, acho que encontraram uma grande quantidade de ouro, além de muitas jóias. De qualquer modo, ficaram imensamente ricos e famosos, e meu avô tornou-se Rei sob a Montanha novamente, e era tratado com grande reverência pelos homens mortais, que viviam no sul, e estavam se espalhando gradualmente ao longo do Rio Corrente até o vale que fica à sombra da Montanha. Naqueles dias, eles construíram a alegre cidade de Valle. Reis costumavam mandar buscar nossos artífices, e recompensavam muito bem até os menos habilidosos. Pais nos imploravam para aceitar seus filhos como aprendizes, e nos pagavam regiamente, sobretudo com suprimentos de comida, que nunca nos preocupávamos em procurar ou cultivar para nosso uso. Esses foram dias felizes, e os mais pobres de nós tinham dinheiro para gastar e emprestar, e tempo para fazer coisas bonitas por puro prazer, sem falar dos brinquedos mais mágicos e maravilhosos, do tipo que não se encontra em lugar algum no mundo hoje em dia. Desse modo, os salões de meu avô ficaram cheios de armaduras e jóias, de esculturas e taças, e o mercado de brinquedos de Valle era a maravilha do norte.

– Sem dúvida, foi isso que trouxe o dragão. Dragões roubam jóias e ouro, você sabe, dos homens, dos elfos e dos anões, onde quer que possam encontrá-los; e guardam o que roubaram durante toda a sua vida (o que é praticamente para sempre, a não ser que sejam mortos), e nunca usufruem nem sequer um anel de latão. Na verdade, eles mal sabem distinguir um trabalho bem feito de um trabalho ruim, embora tenham uma boa noção do valor de mercado corrente; e não conseguem fazer nada por si mesmos, nem sequer remendar uma escama solta de suas armaduras. Havia muitos dragões no norte naquela época, e o ouro estava provavelmente se tornando raro por lá, com os anões indo para o sul ou sendo mortos, e com todo o tipo de ermo e destruição geral que os dragões provocam, indo de mal a pior. Havia um dragão especialmente ganancioso, forte e mau, chamado Smaug. Um dia ele alçou vôo e veio para o sul. O primeiro sinal dele que ouvimos foi um barulho como um furacão vindo do norte, e os pinheiros das montanhas chiando e estalando com o vento. Alguns dos anões por acaso estavam do lado de fora (por sorte eu era um deles, um bom rapaz aventureiro, naqueles dias, sempre andando por aí, e isso salvou minha vida naquele dia) quando, de uma boa distância, vimos o dragão pousar na montanha num jato de fogo. Então ele desceu as encostas e, quando atingiu a floresta, ela se incendiou inteira. Naquele momento todos os sinos estavam repicando em Valle e os guerreiros estavam se armando. Os anões correram para fora pelo seu grande portão, mas lá estava o dragão à espera deles. Nenhum escapou por ali. O rio se ergueu em vapor e um nevoeiro cobriu Valle, e no nevoeiro o dragão avançou sobre eles e destruiu a maioria dos guerreiros; a triste história de sempre, isso era muito comum naquela época. Depois voltou e se arrastou através do Portão Dianteiro e saqueou todos os salões e alamedas, e túneis, becos, adegas, mansões e corredores. Depois disso, não restaram anões vivos no lado de dentro, e ele pegou toda a riqueza deles para si. Provavelmente, pois esse é o jeito dos dragões, empilhou tudo num grande monte bem no interior da montanha, e dorme sobre ela como se fosse uma cama. Depois, passou a se arrastar para fora do portão grande e vir à noite até Valle, e levar embora pessoas, principalmente donzelas, para devorar, até que Valle ficou arruinada, e todas as pessoas partiram ou morreram. O que acontece lá agora não sei com certeza, mas não acho que hoje em dia alguém viva em algum lugar mais próximo da Montanha do que a extremidade do Lago Comprido.

– Os poucos de nós que estavam do lado de fora e bem afastados sentaram-se e choraram escondidos, e amaldiçoaram Smaug; e ali juntaram-se a nós inesperadamente meu pai e meu avô, com as barbas chamuscadas. Eles pareciam muito soturnos, mas não disseram quase nada. Quando perguntei como tinham conseguido sair, disseram-me para fechar a boca e que no momento certo eu saberia. Depois disso fomos embora, e tivemos de aprender a ganhar nossas vidas da melhor maneira possível por esse mundo afora, muitas vezes tendo de nos rebaixar e fazer o trabalho de ferreiros e até de mineiros de carvão. Mas nunca nos esquecemos de nosso tesouro roubado. E, mesmo agora, quando admito que temos algumas reservas e não estamos tão pobres – nesse momento Thorin passou a mão sobre a corrente de ouro em seu pescoço –, nós ainda queremos o tesouro de volta, e fazer com que nossas maldições caiam sobre Smaug, se pudermos.

– Eu sempre me perguntei sobre a fuga de meu pai e meu avô. Vejo agora que deviam ter uma porta lateral particular que apenas eles conheciam. Mas, ao que parece, fizeram um mapa, e eu gostaria de saber como Gandalf se apoderou dele, e por que não chegou às minhas mãos, às mãos do herdeiro por direito.

– Eu não "me apoderei dele", o mapa me foi dado – disse o mago. – Seu avô Thror foi morto, você se lembra, nas minas de Moria por Azog, o Orc.

– Sim, maldito seja esse nome – disse Thorin.

– E seu pai Thrain foi-se embora no dia 21 de abril, fez cem anos na última quinta-feira, e nunca mais foi visto desde então.

– É verdade, é verdade – disse Thorin.

– Bem, o seu pai me entregou isto para que o desse a você; e se eu escolhi minha própria hora e meu próprio jeito de entregá-lo, você não pode me culpar, considerando a dificuldade que tive em encontrá-lo. Seu pai não conseguia se lembrar do próprio nome quando me deu o papel, e nunca me disse o seu; então, afinal, acho que devem me elogiar e agradecer! Aqui está – disse ele, entregando o mapa a Thorin.

– Não entendo – disse Thorin, e Bilbo sentiu que gostaria de ter dito o mesmo. A explicação não parecia explicar.

– Seu avô – disse o mago austera e lentamente – deu o mapa a seu filho por segurança antes de partir para as minas de Moria. Seu pai foi embora para tentar a sorte com o mapa depois que seu avô foi morto, e teve muitas aventuras da pior espécie, mas nunca conseguiu se aproximar da Montanha. Como ele chegou até lá eu não sei, mas encontrei-o aprisionado nas masmorras do Necromante.

– O que você estava fazendo lá? – perguntou Thorin, com um arrepio, e todos os anões tremeram.

– Isso não importa para você. Eu estava descobrindo coisas, como sempre, e era um negócio perigoso e desagradável. Mesmo eu, Gandalf, escapei por pouco. Tentei salvar o seu pai, mas era tarde demais. Ele estava fora de si e tinha se esquecido de quase tudo, a não ser do mapa e da chave.

– Nós nos vingamos há muito tempo dos orcs de Moria – disse Thorin. – Agora devemos pensar no Necromante.

– Não seja maluco! Ele é um inimigo acima dos poderes de todos os anões juntos, se eles pudessem ser reunidos de novo dos quatro cantos do mundo. A única coisa que seu pai queria é que o filho dele lesse o mapa e usasse a chave. O dragão e a Montanha são tarefas mais que grandes para você.

– Escutem, escutem! – falou Bilbo, e acidentalmente falou alto.

– Escutar o quê? – todos disseram, virando-se de repente para ele, que ficou tão atrapalhado que respondeu: – Escutem o que eu tenho a dizer!

– O que é? – perguntaram eles.

– Bem, gostaria de dizer que vocês devem ir para o leste e dar uma olhada no lugar. Afinal de contas, existe uma Porta Lateral, e os dragões devem dormir de vez em quando, creio eu. Se vocês ficarem sentados à porta tempo suficiente, acho que vão pensar em alguma coisa. E, bem, eu não sei, acho que conversamos muito para uma só noite, se vocês entendem o que quero dizer. Que tal dormir, e acordar cedo, e tudo o mais? Vou lhes oferecer um bom desjejum antes de partirem.

– Antes de *partirmos*, é o que você quer dizer, se não me engano – disse Thorin. – Você não é o ladrão? E sentar-se à porta não é o seu serviço, sem falar em entrar pela porta? Mas concordo sobre a cama e o desjejum. Eu gosto de seis ovos com presunto, quando vou começar uma viagem: fritos, não cozidos na água, e espero que você não rompa as gemas.

Depois que todos os outros fizeram seus pedidos sem nem um "por favor" (o que deixou Bilbo muito irritado), eles se levantaram. O hobbit teve de arrumar lugar para todos, e encheu todos os seus quartos de hóspedes, e improvisou camas em cadeiras e sofás antes de conseguir instalar todos eles e ir para sua caminha muito cansado e não muito feliz. Uma coisa que decidiu foi não acordar muito cedo para preparar o maldito desjejum de todos os outros. A Tûkidade estava desaparecendo, e ele agora não tinha muita certeza de que partiria em alguma viagem pela manhã.

Deitado em sua cama, podia ouvir Thorin ainda cantando baixinho no melhor quarto, ao lado do dele.

Para além das montanhas nebulosas, frias,
Adentrando cavernas, calabouços perdidos,
Devemos partir antes de o sol surgir,
Buscando tesouros há muito esquecidos.

Bilbo caiu no sono com aquilo em seus ouvidos, o que lhe proporcionou sonhos muito desagradáveis. Já passava muito do nascer do dia quando acordou.

CAPÍTULO II

CARNEIRO ASSADO

Bilbo se pôs em pé de um salto e, vestindo o roupão, foi para a sala de jantar. Ali não viu ninguém, mas apenas os vestígios de um desjejum farto e apressado. Havia uma bagunça horripilante na sala e pilhas de louça suja na cozinha. Quase todas as panelas e vasilhas pareciam ter sido usadas. Lavar a louça foi tão desanimadoramente real que Bilbo foi forçado a acreditar que a festa da noite anterior não tinha sido parte de seus pesadelos, como gostaria de crer. Na verdade, ficou bastante aliviado depois de pensar que todos se tinham ido sem ele, sem nem se darem ao trabalho de acordá-lo ("mas sem nem um muito-obrigado", pensou); mesmo assim, de certa forma não pôde evitar sentir-se ligeiramente desapontado. A sensação o surpreendeu.

– Não seja tolo, Bilbo Bolseiro! – disse para si mesmo. – Pensando em dragões e toda essa besteira estapafúrdia na sua idade! – Colocou então um avental, acendeu o fogo, ferveu água e lavou a louça. Depois fez um pequeno e agradável desjejum na cozinha antes de arrumar a sala de jantar. Nessa hora o sol estava brilhando; a porta da frente estava aberta, deixando entrar uma brisa morna de primavera. Bilbo começou a assobiar alto e a esquecer-se da noite anterior. Na verdade, estava justamente se sentando para um segundo ligeiro e agradável desjejum na sala de jantar, ao lado da janela aberta, quando eis que entrou Gandalf.

– Meu querido companheiro – disse ele –, quando é que você *vem*? E aquela conversa sobre *acordar cedo*? E aqui está você fazendo o seu desjejum, ou qualquer que seja o nome que dê a isso, às dez e meia! Eles lhe deixaram um recado porque não puderam esperar.

– Que recado? – disse o pobre Bilbo Bolseiro, todo atrapalhado.

– Grandes Elefantes! – disse Gandalf. – Você não parece o mesmo esta manhã. Nem tirou o pó do consolo da lareira!

– E o que isso tem a ver com o assunto? Tive muito o que fazer lavando a louça de quatorze pessoas!

– Se tivesse tirado o pó do consolo da lareira, teria encontrado isto bem debaixo do relógio – disse Gandalf, entregando a Bilbo um bilhete (obviamente escrito em seu próprio papel de anotações).

Foi isto o que leu:

"Thorin e Companhia para o Ladrão Bilbo, saudações! Pela sua hospitalidade, nossos mais sinceros agradecimentos, e pela sua oferta de ajuda profissional, nossa agradecida aceitação. Condições: pagamento contra entrega, até e não acima do valor de um quatorze avos do lucro total (se houver algum); todas as despesas de viagem garantidas em qualquer situação; despesas funerárias a serem custeadas por nós ou nossos representantes, se a ocasião se apresentar e se o assunto não se resolver de outra forma.

Julgando desnecessário perturbar seu precioso repouso, partimos na frente para fazer os preparativos necessários, e estaremos no aguardo de sua respeitável pessoa na Estalagem Dragão Verde, em Beirágua, às onze horas da manhã em ponto. Contamos com a sua *pontualidade*.

Reiterando nossos protestos
de elevada estima,
respeitosamente,
Thorin & Cia."

– Restam-lhe apenas dez minutos. Você vai ter de correr – disse Gandalf.

– Mas... – disse Bilbo.

– Não há tempo para isso – disse o mago.

– Mas... – disse Bilbo de novo.

– Também não há tempo para isso! Vamos indo!

Até o fim de seus dias Bilbo nunca pôde lembrar como se viu fora de casa, sem chapéu, bengala ou qualquer dinheiro, e sem nada do que geralmente levava quando saía, sem terminar o desjejum e muito menos lavar a louça, entregando as chaves de casa nas mãos de Gandalf e correndo o máximo que seus pés peludos conseguiam ladeira abaixo, passando pelo grande Moinho, atravessando o Água e depois continuando por uma milha ou mais.

Estava muito esbaforido quando chegou a Beirágua, bem no instante em que o relógio batia onze horas, e descobriu que viera sem um lenço no bolso!

– Bravo! – disse Balin, que estava na porta da estalagem aguardando a chegada dele.

Naquele mesmo momento todos os outros apareceram na curva da estrada que vinha da vila. Estavam montados em pôneis, e pendurados em cada pônei vinham todos os tipos de bagagens, pacotes, embrulhos e parafernália. Havia um pônei muito pequeno, aparentemente destinado a Bilbo.

– Subam, e vamos indo! – disse Thorin.

– Sinto imensamente – disse Bilbo –, mas vim sem o meu chapéu, e deixei para trás meu lenço e não trago nenhum dinheiro. Para ser preciso, só vi o seu bilhete às 10h45.

– Não seja preciso – disse Dwalin – e não se preocupe! Vai ter de se virar sem lenços, e sem mais um monte de coisas, antes de chegar ao fim da viagem. Quanto ao chapéu, tenho um capuz e uma capa a mais em minha bagagem.

Foi assim que todos vieram a partir, saindo da estalagem numa bela manhã de fim de abril, em pôneis carregados; Bilbo vestia um capuz verde-escuro (um pouco manchado pelo tempo) e uma capa verde-escura emprestados de Dwalin. Eram grandes demais para ele, que ficou com uma aparência bastante cômica. O que teria pensado seu pai, Bungo, não me atrevo a imaginar. Seu único consolo era que não poderia ser confundido com um anão, já que não tinha barba.

Não tinham cavalgado muito quando apareceu Gandalf, esplêndido num cavalo branco. Trouxera um monte de lenços, e também o cachimbo e o fumo de Bilbo. Assim, depois disso, o grupo continuou avançando muito alegre, e contavam histórias ou cantavam canções enquanto iam cavalgando durante todo o dia, exceto, é claro, quando paravam para as refeições. Estas não vinham com a freqüência de que Bilbo gostaria, mas, apesar disso, ele começou a sentir que aventuras, afinal de contas, não eram tão ruins assim.

Primeiro tinham passado através das terras dos hobbits, uma ampla e respeitável região, habitada por gente decente, com boas estradas, uma estalagem ou duas, e, de vez em quando, um anão ou um fazendeiro viajando a negócios. Depois chegaram a terras onde as pessoas falavam de modo estranho, e cantavam canções que Bilbo nunca ouvira antes. Agora tinham atingido as Terras Solitárias, onde não restava ninguém, nem estalagens, e as estradas ficavam cada vez piores. Não muito adiante havia montanhas desoladas, que subiam cada vez mais alto, cheias de árvores. Em algumas delas havia velhos castelos de aparência maligna, como se tivessem sido construídos por pessoas malvadas. Tudo parecia tristonho, pois naquele dia o tempo havia ficado ruim. Durante a maior parte do tempo, estivera tão bom como podia estar em maio, mesmo nas histórias alegres, mas agora estava frio e úmido. Nas Terras Solitárias eram obrigados a acampar, quando podiam, mas pelo menos não chovera.

– E pensar que logo estaremos em junho – resmungou Bilbo, chapinhando atrás dos outros numa trilha muito lamacenta. Já passara da hora do chá e chovia a cântaros, como chovera durante todo o dia; do capuz pingavam gotas que lhe entravam nos olhos, a capa estava cheia de água; o pônei estava cansado e tropeçava nas pedras; os outros estavam amuados demais para conversar. "Com certeza a chuva penetrou na roupa seca e nas mochilas de comida", pensou Bilbo. "Maldita ladroagem e tudo o que tem a ver com ela! Gostaria de estar em casa, na minha gostosa toca, ao lado do fogo, com a chaleira começando a cantar!" Não foi a última vez que desejou tal coisa!

Ainda os anões avançavam, nunca se voltando para trás ou prestando qualquer atenção ao hobbit. Em algum ponto atrás das nuvens cinzentas o sol devia ter se posto, pois começou a ficar escuro quando desciam um vale profundo em cujo leito corria um rio. O vento começou a soprar, e os salgueiros ao longo das margens curvavam-se e suspiravam. Por sorte a estrada passava por uma velha ponte de pedra, pois o rio, volumoso devido à chuva, descia em enxurrada das colinas e montanhas ao norte.

Já era quase noite quando atravessaram a ponte. O vento rompeu as nuvens cinzentas e uma lua surgiu vagando sobre as colinas entre os chumaços flutuantes. Então eles pararam e Thorin murmurou alguma coisa sobre cear e "onde vamos achar um canto seco para dormir?".

Foi só nessa hora que deram pela falta de Gandalf. Até aquele momento, ele os tinha acompanhado por todo o caminho, sem nunca dizer se estava participando da aventura ou apenas fazendo-lhes companhia por algum tempo. Era ele quem tinha comido mais, conversado mais e rido mais. Mas agora simplesmente desaparecera!

– E bem na hora em que um mago seria da maior utilidade – rosnaram Dori e Nori (que partilhavam com o hobbit a opinião sobre refeições regulares, fartas e freqüentes).

Por fim decidiram que teriam de acampar onde estavam. Dirigiram-se a um maciço de árvores e, embora estivesse mais seco embaixo delas, o vento derrubava a chuva das folhas, e o pinga-pinga era extremamente irritante. E também o azar parecia ter contaminado o fogo. Os anões conseguem fazer fogo em praticamente qualquer lugar, usando praticamente qualquer coisa, com ou sem vento; mas naquela noite não conseguiram, nem mesmo Oin e Gloin, que eram muito bons nisso.

Então um dos pôneis se assustou por nada e disparou. Entrou no rio antes que pudessem detê-lo, e, antes que pudessem retirá-lo da água, Fili e Kili estavam quase se afogando, e toda a bagagem que o pônei levava fora carregada pelas águas. É claro que a maior parte era comida, e restou muitíssimo pouco para a ceia, e menos ainda para o desjejum.

Lá estavam eles sentados, carrancudos, molhados e resmungando, enquanto Oin e Gloin continuavam tentando acender o fogo, e brigando por causa disso. Bilbo refletia tristemente que nas aventuras nem tudo são passeios de pônei ao sol de maio quando Balin, que sempre fazia o papel de vigia do grupo, disse: – Há uma luz lá adiante! – Havia uma colina a certa distância, com árvores nela, muito espessas em algumas partes. Saindo da massa escura das árvores podiam ver uma luz brilhante, uma luz avermelhada que prometia aconchego, pois podia vir de uma fogueira ou de tochas.

Depois de olharem por algum tempo, começaram a discutir. Alguns diziam "não" e outros diziam "sim". Alguns diziam que tinham mesmo de ir lá ver, e que qualquer coisa era melhor que pouca ceia, menos desjejum e roupas molhadas a noite toda.

Uns diziam: – Estas partes não são bem conhecidas, e ficam muito próximas das montanhas. Hoje raramente passam viajantes por aqui. Os velhos mapas não ajudam em nada: as coisas mudaram para pior e a estrada não é vigiada. Raramente se ouviu falar no rei por aqui, e quanto menos curioso você for enquanto passa por aqui, menos chance terá de encontrar problemas. – Outros diziam: – Afinal de contas, somos quatorze. – Outros ainda diziam: – Onde Gandalf se meteu? – Essa frase era repetida por todos. Então a chuva começou a cair mais forte do que nunca, e Oin e Gloin começaram a brigar.

Isso resolveu a questão. – Afinal de contas, temos conosco um ladrão – disseram eles; e assim partiram, conduzindo os pôneis (com todo o devido e necessário cuidado) na direção da luz. Atingiram a colina e logo estavam na floresta. Foram subindo a colina, mas não se encontrava uma trilha adequada, que pudesse levar a uma casa ou fazenda; e por mais que tentassem evitar houve muito farfalhar, estalar e ranger (e também resmungar e praguejar) enquanto avançavam por entre as árvores naquela escuridão de breu.

De repente, não muito distante, a luz vermelha brilhou intensamente através dos troncos das árvores.

– Agora é a vez do ladrão – disseram eles, referindo-se a Bilbo. – Você deve ir lá e descobrir tudo sobre aquela luz, e para o que ela serve, e se tudo está perfeitamente seguro e sob controle – Thorin disse ao hobbit. – Agora, vá depressa e volte logo, se tudo estiver bem. Caso contrário, volte se puder! Se não puder, pie duas vezes como uma coruja, e uma vez como um mocho, e faremos o que estiver ao nosso alcance.

Bilbo teve de ir, antes que pudesse explicar que podia piar como coruja tanto quanto podia voar como um morcego. Mas, de qualquer forma, os hobbits conseguem se movimentar em silêncio nas florestas, absolutamente em silêncio. Têm orgulho disso, e Bilbo, já mais de uma vez enquanto avançavam, torcera o nariz para o que ele chamava "toda essa barulheira de anões", embora eu ache que nem vocês nem eu teríamos notado qualquer coisa naquela noite de vento, nem que toda a comitiva tivesse passado a dois pés de distância. Quanto a Bilbo, caminhando com todo o cuidado na direção da luz vermelha, acho que nem mesmo uma doninha teria movido sequer um fio de bigode à sua passagem. Dessa forma, naturalmente, ele foi até a fogueira – pois era de fato uma fogueira – sem incomodar ninguém. E foi isto o que viu:

Três pessoas muito grandes sentadas em volta de uma fogueira muito grande de troncos de faia. Estavam assando pedaços de carneiro em longos espetos de madeira e lambendo o caldo dos dedos. Havia um cheiro agradável, de comida saborosa. Também havia um barril de boa bebida por perto, e eles estavam bebendo em canecas. Mas eram trolls. Obviamente trolls. Até Bilbo, apesar de sua vida pacata, podia perceber isso: pelas grandes caras pesadas, pelo tamanho, pelo formato de suas pernas, para não falar no linguajar, que estava longe de ser adequado para uma sala de visitas, muito longe.

– Carneiro ontem, carneiro hoje e raios me partam se não vai ser carneiro amanhã de novo – disse um dos trolls.

– Não comemos nem sombra de carne de homem faz um tempão – disse um segundo. – Que raios o William tinha na cabeça quando trouxe a gente pra este lugar, não consigo imaginar. E a bebida está acabando, o que é pior – disse ele, batendo no cotovelo de William, que estava dando uma golada em sua caneca.

William engasgou. – Cale a boca! – disse ele, assim que conseguiu. – Você não acha que o pessoal vai ficar aqui parado esperando para sempre, só para ser devorado por você e Bert. Vocês dois já devoraram uma aldeia e meia desde que descemos das montanhas. Quanto mais vão querer? E já teve um tempo em nossa vida em que vocês diriam "Obrigado, Bill" por um belo pedaço gordo de carneiro do vale como este aqui. – Arrancou um enorme pedaço da perna de carneiro que estava assando, e limpou os beiços na manga.

Sim, receio que os trolls realmente se comportem assim, até mesmo os que só tem uma cabeça. Depois de ouvir tudo isso, Bilbo devia ter feito alguma coisa imediatamente. Voltar em silêncio e avisar seus amigos que havia três grandes trolls mal-humorados por perto, que muito provavelmente gostariam de experimentar anão assado ou até mesmo pônei, para variar; ou então praticar um roubo rápido e eficiente. Um lendário ladrão de primeira classe, àquela altura, já teria saqueado os bolsos dos trolls – quase sempre vale a pena, se você consegue –, arrancado a carne dos espetos, afanado a cerveja e partido sem que ninguém notasse. Outros, mais práticos mas com menos orgulho profissional, teriam talvez enfiado um punhal em cada um deles antes que percebessem. Aí então a noite poderia passar alegremente.

Bilbo sabia disso. Já lera muitas coisas que nunca tinha visto ou feito. Estava muito alarmado, além de enojado; desejou estar a uma centena de milhas de distância e apesar disso – e apesar disso, de alguma forma, não podia voltar para Thorin e Companhia de mãos vazias. Assim, ficou parado, hesitando, nas sombras. Dos vários procedimentos de ladroagem sobre os quais ouvira falar, saquear os bolsos dos trolls parecia o menos difícil, então finalmente arrastou-se para trás de uma árvore bem atrás de William.

Bert e Tom dirigiram-se para o barril. William estava tomando mais um trago. Então Bilbo reuniu toda a sua coragem e enfiou mãozinha no enorme bolso de William. Havia uma bolsa nele, grande como um saco para Bilbo. "Ha!", pensou ele, pegando gosto pelo seu novo trabalho, enquanto retirava a bolsa com cautela, "isto é um grande começo!".

E foi! Bolsas de trolls são endiabradas, e esta não era exceção. – Ei, quem é você? – guinchou ela ao sair do bolso; William virou-se imediatamente e agarrou Bilbo pelo pescoço, antes que este pudesse se esconder atrás da árvore.

– Caramba, Bert! Olha o que eu apanhei! – disse William.

– O que é? – perguntaram os outros, aproximando-se.

– Não sei, não! O que é você?

– Bilbo Bolseiro, um ladr... hobbit – disse o pobre Bilbo, todo tremendo e perguntando-se como poderia emitir sons de coruja antes que eles o enforcassem.

– Um ladrhobbit? – indagaram eles, um pouco assustados. Os trolls demoram para entender as coisas e são muito desconfiados do que não conhecem.

– De qualquer maneira, o que um ladrhobbit tem a ver com meu bolso? – perguntou William.

– E não se cozinham eles? – perguntou Tom.

– A gente pode tentar – disse Bert, apanhando um espeto.

– Não ia render mais que um bocado – disse William, que já tivera uma boa ceia –, não quando estiver esfolado e desossado.

– Talvez tenha mais deles por aqui, e podemos fazer uma torta – disse Bert. – Ei, você, tem mais do seu tipo espreitando por aqui nestas florestas, seu coelhinho sujo? – disse ele, olhando para os pés peludos do hobbit; pegou-o pelos pés e o sacudiu.

– Sim, um monte – disse Bilbo, antes de lembrar que não devia entregar os amigos. – Nenhum, nenhum – disse logo em seguida.

– Que quer dizer? – disse Bert, segurando-o de cabeça para cima, pelos cabelos, desta vez.

– O que estou dizendo – disse Bilbo ofegante. – E, por favor, não me cozinhem, bondosos senhores! Sou um bom cozinheiro, e cozinho melhor do que sou cozinhado, se entendem o que quero dizer. Vou cozinhar muito bem para os senhores, um perfeito desjejum para os senhores, basta que não me sirvam na ceia.

– Pobre coitado – disse William, que já tinha comido até não poder mais e tomado um monte de cerveja. – Pobre coitado! Deixe ele ir!

– Não até que ele diga o que quer dizer com *um monte* e *nenhum* – disse Bert. – Não quero que me cortem a garganta enquanto durmo! Segure os pés dele no fogo, até que fale!

– Não vou permitir – disse William. – De qualquer jeito, quem pegou ele fui eu.

– Você é um grande idiota, William – disse Bert –, como eu já falei hoje mesmo.

– E você é um palerma!

– E eu não vou agüentar isso de você, Bill Huggins – disse Bert, dando um soco no olho de William.

Então houve uma bela briga. Bilbo teve esperteza suficiente para se desvencilhar dos pés deles quando Bert o derrubou no chão, antes que começassem a brigar feito cachorros, chamando um ao outro todos os tipos de nomes perfeitamente verdadeiros e aplicáveis, em vozes muito altas. Logo estavam agarrados, quase rolando para cima da fogueira, chutando e esmurrando, enquanto Tom golpeava ambos com um galho para devolver-lhes o bom senso – e isso, é claro, só os deixava mais furiosos que nunca.

Aquele teria sido o momento para Bilbo sair de lá. Mas seus pobres pezinhos tinham sido muito apertados na enorme pata de Bert, e ele estava sem fôlego, e sua cabeça rodava; assim ficou lá deitado por um momento, ofegando, logo depois do círculo formado pela luz da fogueira.

Bem no meio da luta surgiu Balin. Os anões tinham ouvido ruídos a distância, e depois de esperarem por algum tempo que Bilbo voltasse, ou que piasse como uma coruja, começaram um a um a se arrastar na direção da fogueira, no maior silêncio possível. Logo que Tom viu Balin surgir, soltou um uivo horrendo. Os trolls simplesmente detestam a mera visão de anões (não-cozidos). Bert e Bill pararam de lutar imediatamente e "um saco, Tom, rápido!", disseram eles. Antes que Balin, que se perguntava onde estaria Bilbo no meio de toda aquela confusão, percebesse o que estava acontecendo, um saco lhe cobriu a cabeça, e ele caiu.

– Ainda vão vir mais – disse Tom – ou estou redondamente enganado. Um monte e nenhum, é isso mesmo, disse ele. – Nenhum ladrhobbit, mas um monte destes anões aqui. Era disso que ele estava falando!

– Acho que tem razão – disse Bert – e é melhor a gente sair da luz.

E assim fizeram. Segurando nas mãos sacos que usavam para carregar carne de carneiro e outras pilhagens, esperaram nas sombras. Assim que cada anão se aproximava e olhava surpreso para a fogueira, para as canecas derrubadas e os ossos roídos, pop!, vinha um saco fedorento sobre sua cabeça e o anão caía. Logo Dwalin estava deitado ao lado de Balin, Fili e Kili juntos, e Dori, Nori e Ori num monte, e Oin e Gloin e Bifur e Bofur e Bombur desconfortavelmente amontoados perto do fogo.

– Isso vai ensinar a eles – disse Tom, pois Bifur e Bombur tinham dado um bocado de trabalho, lutando como doidos, como fazem os anões quando são acuados.

Thorin chegou por último – e não foi pego de surpresa. Já veio esperando problemas, e não foi preciso ver as pernas de seus amigos saindo de sacos para que percebesse que as coisas não iam bem. Parou na sombra, a certa distância, e disse: – O que significa toda esta confusão? Quem andou surrando minha gente?

– São trolls – disse Bilbo de trás de uma árvore. Os trolls tinham se esquecido completamente dele. – Estão escondidos nos arbustos com sacos, disse ele.

– Ah, é mesmo? – disse Thorin, e pulou à frente para a fogueira, antes que pudessem saltar sobre ele. Thorin apanhou um enorme galho com uma ponta toda em chamas; Bert levou aquela no olho antes que pudesse pular de lado. Isso o colocou fora da batalha por uns momentos. Bilbo fez o que pôde. Segurou a perna de Tom – tanto quanto podia, pois a perna era grossa como um tronco de árvore jovem –, mas saiu voando para cima de uns arbustos quando Tom chutou as fagulhas contra o rosto de Thorin.

Em troca, Tom levou o galho na boca, e perdeu um dente da frente. Isso o fez uivar, posso lhes garantir. Mas naquele exato momento William se aproximou por trás e jogou um saco bem na cabeça de Thorin, que ficou coberto até os pés. E assim a luta terminou. Agora estavam num belo apuro: todos arrumadinhos, amarrados em sacos, com três trolls furiosos (e dois com queimaduras e ferimentos memoráveis) sentados ao lado deles, discutindo se deviam assá-los devagar, fazer picadinho e cozinhá-los, ou ainda sentar em cima deles, um por um, e esmagá-los e transformá-los em geléia; e Bilbo em cima de um arbusto, com as roupas e a pele rasgadas, sem ousar se mexer, com medo de que pudessem ouvi-lo.

Foi exatamente nessa hora que Gandalf voltou. Mas ninguém o viu. Os trolls tinham acabado de decidir assar os anões agora e comê-los mais tarde – a idéia foi de Bert, e depois de muita discussão todos corcordaram com ela.

– Não adianta assar agora, ia levar a noite inteira – disse uma voz. Bert pensou que fosse William.

– Não comece a discussão toda de novo, Bill – disse ele –, ou *vai mesmo* levar a noite inteira.

– Quem está discutindo? – disse William, achando que era Bert que tinha falado.

– Você – disse Bert.

– Você é um mentiroso – disse William, e assim a discussão começou toda de novo. No fim decidiram fazer picadinho dos anões e cozinhá-los. Assim, pegaram uma grande vasilha preta e as facas.

– Não adianta cozinhar! Não tem água, e o poço fica longe, e tudo mais – disse uma voz. Bert e William pensaram que fosse Tom.

– Cale a boca! – disseram eles –, ou não vamos acabar nunca. E você mesmo vai buscar a água, se disser mais alguma coisa.

– Cale a boca você! – disse Tom, que pensava ter ouvido a voz de William. – Quem está discutindo além de você? Gostaria de saber.

– Você é um burro – disse William.

– Burro é você! – disse Tom.

E então a discussão começou toda de novo, e foi ficando mais acalorada do que nunca, até que por fim eles decidiram se sentar nos sacos um a um e esmagar os anões, e deixar para cozinhá-los da próxima vez.

– E em quem vamos sentar primeiro? – disse a voz.

– Melhor sentar primeiro no último – disse Bert, cujo olho tinha sido machucado por Thorin. Pensou que Tom estivesse falando.

– Não fique falando sozinho! – disse Tom. – Mas, se quiser sentar no último, sente. Qual é?

– Aquele com as meias amarelas – disse Bert.

– Besteira, aquele com as meias cinzentas – disse uma voz semelhante à de William.

– Eu tenho certeza de que eram amarelas – disse Bert.

– Eram amarelas mesmo – disse William.

– Então por que você disse cinzentas? – disse Bert.

– Eu não disse nada. Foi o Tom que disse.

– Isso eu não fiz mesmo! – disse Tom. – Foi você.

– Dois contra um, para calar a sua boca! – disse Bert.

– Com quem você está falando? – disse William.

– Agora, pare com isso! – disseram Tom e Bert juntos. – A noite está passando e o dia nasce cedo. Vamos fazer o serviço!

– Que o dia pegue vocês todos, e virem pedra vocês! – disse uma voz que parecia a de William. Mas não era. Pois bem naquele momento a luz surgiu sobre a colina e ouviu-se um grande alvoroço nos galhos. Não foi William quem falou, pois transformou-se em pedra no momento em que se agachou; Bert e Tom ficaram como rochas no momento em que olharam para ele. E lá estão eles até hoje, sozinhos, a não ser quando os pássaros os usam como poleiros; pois os trolls, como vocês provavelmente sabem, precisam entrar debaixo da terra antes que amanheça, caso contrário retornam ao material das montanhas, de que são feitos, e nunca mais conseguem se mexer. Foi isso o que aconteceu com Bert, Tom e William.

– Excelente! – disse Gandalf, enquanto saía de trás de uma árvore e ajudava Bilbo a descer de um espinheiro. Então Bilbo entendeu. Fora a voz do mago que mantivera os trolls discutindo e brigando, até que a luz chegou e acabou com eles.

Os Trolls

O próximo passo foi desamarrar os sacos e libertar os anões. Estavam quase sufocados, e muito furiosos: não tinham gostado nada de ficar ali jogados, ouvindo os trolls fazendo planos de assá-los e esmagá-los e fazer picadinho deles. Tiveram de ouvir duas vezes o relato de Bilbo sobre o que lhe acontecera antes de ficarem satisfeitos.

– Que hora idiota para ficar praticando furtos e afanando bolsos – disse Bombur –, quando o que queríamos era fogo e comida!

– Seja como for, é exatamente isso que vocês não iam conseguir desses camaradas sem lutar – disse Gandalf. – Em todo o caso, estão desperdiçando tempo agora. Não percebem que os trolls devem ter uma caverna ou um buraco em algum lugar aqui por perto para se esconderem do sol? Precisamos olhar lá dentro!

Procuraram, e logo encontraram marcas das botas de pedra dos trolls, distanciando-se por entre as árvores. Seguiram as pegadas colina acima, até que, oculta pelos arbustos, encontraram uma grande porta de pedra que dava acesso a uma caverna. Mas não conseguiram abri-la, embora empurrassem todos juntos e Gandalf tentasse vários encantamentos.

– Será que isto ajudaria? – perguntou Bilbo, quando todos estavam ficando cansados e furiosos. – Encontrei-a no chão enquanto os trolls estavam brigando. – Estendeu uma chave enorme, embora sem dúvida William a tivesse achado muito pequena e discreta. Devia ter caído do bolso dele, por muita sorte, antes que o troll fosse transformado em pedra.

– Por que raios não mencionou isso antes? – gritaram eles. Gandalf agarrou a chave e a encaixou no buraco da fechadura. Então, com um grande empurrão, a porta de pedra cedeu e todos entraram. Havia ossos no chão e um cheiro nauseabundo no ar. Mas havia uma boa quantidade de comida espalhada em prateleiras e no chão, em meio a uma confusão de objetos saqueados de todos os tipos, desde botões de latão até potes cheios de moedas de ouro num canto. Havia muitas roupas, também, penduradas nas paredes – pequenas demais para trolls, receio que pertencessem a vítimas –, e entre elas várias espadas de diferentes tipos, formatos e tamanhos. Duas chamaram particularmente a atenção deles, por causa de suas belas bainhas e punhos adornados com pedras preciosas.

Gandalf e Thorin ficaram com elas; Bilbo pegou uma faca com bainha de couro. Para um troll, não passaria de uma faca de bolso, mas para o hobbit era tão boa como uma pequena espada.

– Estas lâminas parecem boas – disse o mago, desembainhando-as até a metade e examinando-as curiosamente. – Não foram feitas por nenhum troll, nem por nenhum ferreiro dos homens destas bandas e destes tempos, mas, quando conseguirmos ler as runas, saberemos mais sobre elas.

– Vamos sair deste cheiro horrível! – disse Fili. Então eles levaram para fora os potes de moedas e a comida que não fora tocada e parecia boa para comer; levaram também um barril de cerveja que ainda estava cheio. Naquela hora, sentiam vontade de fazer um desjejum e, famintos como estavam, não torceram o nariz diante do que conseguiram na despensa dos trolls. As provisões que traziam eram muito escassas. Agora tinham pão e queijo, e muita cerveja, e toucinho para tostar nas brasas da fogueira.

Depois disso dormiram, pois a noite fora conturbada, e nada mais fizeram até a tarde. Depois subiram com os pôneis e levaram os potes de ouro, enterrando-os num lugar bem escondido, não muito distante da trilha, perto do rio, lançando vários encantamentos sobre eles, pensando na possibilidade de conseguirem retornar e recuperá-los. Feito isso, todos montaram mais uma vez e foram avançando pela trilha na direção do leste.

– Aonde você foi, se me permite perguntar? – disse Thorin a Gandalf enquanto os dois cavalgavam.

– Fui olhar à frente – disse ele.

– E o que o trouxe de volta bem na hora?

– O olhar para trás – disse ele.

– Exatamente! – disse Thorin. – Mas você poderia ser mais claro?

– Eu avancei para espionar nossa estrada. Logo ela ficará perigosa e difícil. E também eu estava preocupado em reabastecer nosso pequeno estoque de provisões. Não tinha ido muito longe, porém, quando encontrei alguns amigos de Valfenda.

– Onde fica isso? – perguntou Bilbo.

– Não interrompa! – disse Gandalf. – Você chegará lá daqui a alguns dias, se tivermos sorte, e então descobrirá tudo sobre Valfenda. Como estava dizendo, eu encontrei duas pessoas do povo de Elrond. Estavam correndo de medo dos trolls. Foram eles que me disseram que três deles tinham descido das montanhas e se fixado na floresta não muito longe da estrada: tinham afugentado todo mundo do distrito e emboscavam forasteiros. Tive imediatamente uma sensação de que deveria voltar. Olhando para trás vi uma fogueira ao longe e corri até ela. O resto vocês já sabem. Por favor, sejam mais cautelosos da próxima vez, ou nunca chegaremos a lugar nenhum!

– Obrigado – disse Thorin.

CAPÍTULO III

UM BREVE DESCANSO

Naquele dia não cantaram nem contaram histórias, embora o tempo tivesse melhorado; nem no dia seguinte, nem no outro. Tinham começado a sentir que o perigo não estava longe, de ambos os lados. Acamparam sob as estrelas, e os cavalos tinham mais comida do que eles, pois havia capim em abundância, mas não havia muito em suas mochilas, mesmo com o que tinham conseguido dos trolls. Uma manhã atravessaram um rio num trecho largo e raso, cheio do barulho de água espumando nas pedras. A margem oposta era íngreme e escorregadia. Quando chegaram ao topo dela, levando os pôneis, perceberam que as grandes montanhas estavam mais perto deles. Já pareciam estar a apenas um dia de viagem fácil até a base da montanha mais próxima. Ela surgia escura e desolada, embora houvesse trechos ensolarados nas encostas escuras, e atrás de seus contrafortes brilhavam as pontas de picos cobertos de neve.

– Aquela é *A* Montanha? – perguntou Bilbo numa voz solene, olhando para ela com os olhos esbugalhados. Nunca vira antes algo que parecesse tão grande.

– Claro que não! – disse Balin. – Ali é apenas o começo das Montanhas Sombrias, e nós temos de achar um meio de atravessá-las, ou passar por cima ou por baixo delas de alguma forma, antes de podermos entrar nas Terras Ermas do outro lado. E depois de lá ainda tem muito chão até a Montanha Solitária no leste, onde Smaug repousa sobre o nosso tesouro.

– Oh! – disse Bilbo, e naquele mesmo momento sentiu o maior cansaço que lembrava já ter sentido. Estava mais uma vez pensando em sua confortável cadeira diante do fogo, na sala favorita de sua toca, e na chaleira cantando. Não pela última vez!

Agora Gandalf ia na frente. – Não devemos perder a estrada, ou estaremos acabados – disse ele. – Precisamos de comida, para começar, e precisamos descansar em segurança razoável. Também é extremamente necessário chegar às Montanhas Sombrias pela trilha certa, caso contrário vocês vão se perder lá, e terão de voltar e começar tudo de novo (se é que conseguirão voltar).

Perguntaram-lhe para onde se dirigia, e ele respondeu: – Vocês chegaram ao limite do Ermo, como alguns de vocês devem saber. Escondido em algum lugar à nossa frente está o belo vale de Valfenda, onde Elrond mora na Última Casa Amiga. Enviei uma mensagem por meus amigos, e estamos sendo esperados.

Aquilo soou agradável e consolador, mas ainda não tinham chegado lá, e não era tão fácil quanto parecia encontrar a Última Casa Amiga a oeste das Montanhas. Parecia não haver árvores, vales ou colinas para quebrar a monotonia do terreno à sua frente, apenas uma vasta ladeira que subia lentamente até encontrar o pé da montanha mais próxima, um trecho extenso, da cor da urze e cheio de pedras se esboroando, com trechos e manchas de verde-grama e verde-musgo, indicando onde poderia haver água.

A manhã se foi, a tarde chegou, mas em toda a vastidão não se via sinal de nenhuma moradia. Estavam ficando ansiosos, pois percebiam que a casa poderia estar escondida em praticamente qualquer lugar entre eles e as montanhas. Depararam com vales inesperados, estreitos e com paredes íngremes, que se abriam de repente diante de seus pés, e, descendo os olhos, ficavam assombrados ao verem árvores e água correndo lá no fundo. Havia gargantas que quase podiam transpor com um salto, mas muito fundas e com cachoeiras em seu interior. Havia ravinas escuras que ninguém conseguiria saltar ou escalar. Havia pântanos, alguns deles verdes e agradáveis de olhar, com flores altas e coloridas, mas um pônei que entrasse ali com uma carga no lombo jamais conseguiria sair de novo.

Na realidade, a terra que se estendia do vau até as montanhas era muito mais vasta do que se poderia imaginar. Bilbo estava estupefato. A única trilha era marcada com pedras brancas, algumas pequenas, outras estavam meio cobertas de musgos e urzes. Definitivamente, seguir a trilha era um trabalho muito demorado, mesmo com a liderança de Gandalf, que parecia conhecer muito bem seu caminho.

A cabeça e a barba do mago iam de um lado para o outro enquanto procurava as pedras, e os outros o seguiam, mas não pareciam estar mais perto de seu destino quando começou a escurecer. A hora do chá já passara havia muito, e tudo indicava que logo aconteceria o mesmo com a hora da ceia. Mariposas voejavam ao redor, e a luz ficou muito fraca, pois a lua ainda não havia nascido. O pônei de Bilbo começou a tropeçar em pedras e raízes. Chegaram tão de repente à borda de uma descida íngreme que o cavalo de Gandalf quase escorregou ladeira abaixo.

– Aqui está, finalmente – gritou ele, e os outros se juntaram em volta para olhar por sobre a borda. Viram um vale lá embaixo. Conseguiam ouvir a voz da água correndo num leito pedregoso; a fragrância das árvores se espalhava no ar e havia uma luz na encosta do vale, do outro lado do rio.

Bilbo jamais esqueceu como derraparam e escorregaram na meia-luz, descendo o ziguezague íngreme da trilha que conduzia ao vale secreto de Valfenda. O ar ficava mais quente à medida que desciam, o cheiro dos pinheiros deixava-o sonolento, e de vez em quando ele cabeceava e quase caía ou batia com o nariz no pescoço do pônei. O ânimo de todos melhorava à medida que desciam. As árvores eram agora faias e carvalhos, e havia uma sensação confortável no crepúsculo. O último tom de verde quase desaparecera da grama quando finalmente chegaram a uma clareira não muito acima das margens do rio.

"Hmmm! Isto está me cheirando a elfo!", pensou Bilbo, erguendo os olhos para as estrelas, que fulgiam claras e azuis. Naquele momento uma canção explodiu feito risada nas árvores:

Ei! Que você está tramando?
Aonde você está indo?
Os pôneis mal andando!
O rio vai fluindo
Ei! tra-la-la-láli
Aqui embaixo no vale!

Ei! Que você está buscando?
O que você está fazendo?
A lenha fumegando,
E as tortas já se assando!
Ei! tril-lil-lil-lesta
O vale está em festa!
ha! ha!

Ei! Aonde você está indo
As barbas sacudindo?
Ninguém está sabendo
O que Bolseiro vem trazendo
E Dwalin e Balin
Para o nosso vale
Em junho!
ha! ha!

Ei! Você não vai ficar?
Você não vai fugir!
Os pôneis vão pastar!
O sol já vai sumir!
Ficar é bem melhor
E ouvir com atenção
Até o amanhecer
A nossa canção
ha! ha!

Assim eles riam e cantavam nas árvores; e imagino que vocês achem tudo uma bela bobagem. Mas eles não ficariam preocupados; apenas ririam mais ainda se vocês lhes dissessem isso. Eram elfos, é claro. Logo Bilbo podia vê-los, à medida que a escuridão se tornava mais profunda. Amava os elfos, embora raramente os encontrasse; mas eles também o assustavam um pouco. Os anões não se dão bem com eles. Até mesmo anões bastante decentes como Thorin e seus amigos acham que eles são tolos (o que é uma coisa tola de achar), ou irritam-se com eles. Pois alguns elfos os provocam e riem deles, principalmente de suas barbas.

– Bem, bem! – disse uma voz. – Olhem só! Bilbo, o hobbit, num pônei, ora, ora! Não é engraçado?

– Espantosamente maravilhoso!

Então continuaram com uma nova canção, tão ridícula como a que eu transcrevi aqui. Por fim um deles, um camarada alto e jovem, saiu do meio das árvores e fez uma reverência para Gandalf e Thorin.

– Bem-vindos ao vale! – disse ele.

– Obrigado! – disse Thorin, meio ríspido; Gandalf, porém, já tinha descido do cavalo e estava entre os elfos, conversando alegremente.

– Vocês se desviaram um pouco do caminho – disse o elfo –, isto é, se estão indo para a única trilha que atravessa o rio e conduz até a casa lá adiante. Vamos mostrar o caminho certo, mas é melhor irem a pé, até chegarem à ponte. Vão ficar um pouco e cantar conosco ou vão seguir em frente? A ceia está sendo preparada lá adiante – disse ele. – Posso sentir o cheiro da lenha queimando na cozinha.

Mesmo cansado como estava, Bilbo gostaria de ficar um pouco. Elfos cantando em junho sob as estrelas não é algo que se possa perder, não quando se gosta dessas coisas. Além disso, teria gostado de trocar algumas palavras em particular com aquela gente que parecia saber seu nome e tudo sobre ele, embora nunca os tivesse visto antes. Achava que a opinião deles sobre a sua aventura poderia ser interessante. Os elfos sabem muita coisa, são espantosos quando se trata de notícias, e ficam sabendo o que acontece com os povos da terra com a rapidez da correnteza, ou mais rápido ainda.

Mas os anões só pensavam em cear o mais cedo possível, e não quiseram ficar. Eles prosseguiram a pé, conduzindo os pôneis, até chegarem a uma boa trilha e, por fim, à margem do rio. Este corria ligeiro e ruidoso, como os rios das montanhas costumam fazer nas noites de verão, depois que o sol bateu o dia todo na neve lá em cima. Havia apenas uma ponte estreita de pedra, sem parapeito, com largura suficiente para que um pônei pudesse atravessá-la; e por ela tiveram de passar, lenta e cuidadosamente, um a um, cada qual levando seu pônei pela rédea. Os elfos haviam trazido lamparinas cintilantes para a margem, e cantavam uma canção alegre enquanto o grupo atravessava.

– Não afunde a barba na espuma, tio! – gritaram eles para Thorin, que estava curvado, quase de quatro no chão. – Já é comprida o suficiente sem regar.

– Cuide para que Bilbo não coma todos os bolos! – gritaram eles. – Ele está gordo demais para passar por buracos de fechadura!

– Pssiu, pssiu! Boa Gente! E boa noite! – disse Gandalf, que vinha por último. – Os vales têm ouvidos, e alguns elfos têm línguas soltas demais. Boa noite!

Assim, finalmente, chegaram à Última Casa Amiga e encontraram suas portas abertas.

É estranho, mas as coisas boas e os dias agradáveis são narrados depressa, e não há muito que ouvir sobre eles, enquanto as coisas desconfortáveis, palpitantes e até mesmo horríveis podem dar uma boa história e levar um bom tempo para contar. Eles ficaram bastante tempo naquela casa agradável, quatorze dias pelo menos, e acharam difícil partir. Bilbo, de bom grado, teria permanecido lá para todo o sempre – mesmo que um desejo pudesse levá-lo de volta para sua toca de hobbit sem problemas. Apesar disso, há pouco a dizer sobre a estada deles lá.

O dono da casa era um amigo-dos-elfos – uma dessas pessoas cujos antepassados entravam nas estranhas histórias antes do início da História, nas guerras dos orcs malignos, dos elfos e dos primeiros homens do norte. Na época de nossa his-

VALFENDA

tória ainda havia algumas dessas pessoas que tinham por ancestrais tanto elfos como heróis do norte, e Elrond, o dono da casa, era o seu chefe.

Era nobre e tinha o rosto belo de um senhor élfico, era forte como um guerreiro, sábio como um mago, venerável como um rei dos anões, generoso como o verão. Ele aparece em muitas histórias, mas seu papel na história da grande aventura de Bilbo é pequeno, embora seja importante, como vocês vão ver, se conseguirmos chegar ao fim dela. Sua casa era perfeita, para quem gostasse de comer, dormir, trabalhar, contar histórias, cantar ou apenas de ficar sentado pensando, ou ainda de uma mistura agradável de tudo isso. Seres malignos nunca entravam naquele vale.

Eu gostaria de ter tempo para lhes contar apenas algumas das histórias, ou mostrar uma ou duas das canções que eles ouviram naquela casa. Todos eles, inclusive os pôneis, ficaram descansados e fortes em poucos dias. Consertaram suas roupas, assim como seus ferimentos, ânimos e esperanças. Encheram as mochilas de comida e provisões, leves de carregar mas fortes o bastante para levá-los até o outro lado das montanhas. Seus planos foram enriquecidos com os mais sábios conselhos. Assim, chegou o dia da véspera do solstício de verão, e eles deveriam partir outra vez com os primeiros raios de sol do dia seguinte.

Elrond sabia tudo sobre qualquer tipo de runas. Naquele dia examinou as espadas que tinham trazido da caverna dos trolls e disse: – Estas não foram feitas por trolls. São espadas antigas, espadas muito antigas dos Altos Elfos do Oeste, meus parentes. Foram feitas em Gondolin para as guerras contra os orcs. Devem ter vindo do tesouro de algum dragão ou da pilhagem de algum orc, pois os dragões e os orcs destruíram aquela cidade há muito tempo. Esta, Thorin, as runas chamam de Orcrist, Fende-Orc, na antiga língua de Gondolin; foi uma espada famosa. Esta, Gandalf, era Glamdring, Martelo do Inimigo, que o rei de Gondolin usava outrora. Tomem conta delas!

– Onde os trolls as conseguiram? – perguntou Thorin, examinando a espada com novo interesse.

– Não sei dizer – disse Elrond –, mas pode-se deduzir que seus trolls andaram saqueando outros saqueadores, ou encontraram sobras de velhos assaltos em algum esconderijo nas montanhas antigas. Ouvi dizer que ainda há tesouros escondidos nas cavernas abandonadas das minas de Moria, desde a guerra entre orcs e anões.

Thorin ponderou essas palavras. – Vou guardar esta espada com todo o respeito – disse ele. – Que ela logo possa fender orcs outra vez.

– Um desejo que provavelmente será concedido em breve nas montanhas! – disse Elrond. – Mas mostre-me o seu mapa!

Ele pegou o mapa, examinou-o por um longo tempo e depois balançou a cabeça; pois, se não aprovava totalmente os anões e o amor que sentiam pelo ouro, odiava dragões e sua maldade cruel, e se entristecia em lembrar a ruína da cidade de Valle e seus sinos alegres, e as margens queimadas do brilhante Rio Corrente. A lua reluzia num grande crescente de prata. Elrond ergueu o mapa, e a luz branca brilhou através dele. – O que é isto? – perguntou ele. – Há letras-da-lua aqui, ao lado das runas comuns que dizem "cinco pés de altura tem a porta, e três podem passar lado a lado".

– Que são letras-da-lua? – perguntou o hobbit, muito interessado. Adorava mapas, como eu já lhes disse antes, e, além disso, adorava runas e letras e caligrafia habilidosa, embora a sua fosse meio fina e trêmula.

– Letras-da-lua são letras rúnicas, mas não se podem vê-las – disse Elrond. – Não quando se olha diretamente. Só podem ser vistas quando a lua brilha atrás delas, e, além disso, com o tipo mais sofisticado, tem de ser uma lua da mesma forma e da mesma estação do dia em que foram escritas. Os anões as inventaram e as escreviam com penas de prata, como seus amigos podem lhe contar. Estas devem ter sido escritas numa véspera de solstício de verão, com lua crescente, muito tempo atrás.

– O que dizem? – perguntaram Thorin e Gandalf ao mesmo tempo, talvez um pouco vexados por justamente Elrond ter descoberto aquilo primeiro, embora realmente não tivesse havido uma oportunidade antes, e sabe-se lá quando haveria outra.

– Fique ao lado da pedra cinzenta quando o tordo bater – leu Elrond –, e o sol poente com a última luz do Dia de Durin brilhará sobre a fechadura.

– Durin, Durin! – disse Thorin. – Ele foi o pai dos pais da mais antiga raça de Anões, os Barbas-Longas, e meu primeiro ancestral: sou seu herdeiro.

– Então, o que é o Dia de Durin? – perguntou Elrond.

– O primeiro dia do Ano Novo dos Anões – disse Thorin – é, como todos devem saber, o primeiro dia da última lua do outono, no limiar do inverno. Ainda o chamamos Dia de Durin, quando a última lua do outono e o sol aparecem juntos no céu. Mas isso não ajudará muito, receio eu, pois está além de nossas habilidades saber quando isso acontecerá de novo.

– É o que veremos – disse Gandalf. – Ainda há mais alguma coisa escrita?

– Nada que possa ser visto nesta lua – disse Elrond, devolvendo o mapa a Thorin; então eles desceram até a água para ver os elfos dançando e cantando em celebração da véspera do solstício de verão.

A manhã seguinte foi uma manhã de solstício de verão tão bela e fresca quanto se possa imaginar: céu azul sem nenhuma nuvem, e o sol dançando na água. Eles partiram em meio a canções de despedida e boa viagem, com os corações prontos para mais aventuras, e sabendo qual estrada deviam seguir nas Montanhas Sombrias até as terras além.

CAPÍTULO IV

MONTANHA ACIMA, MONTANHA ADENTRO

Havia muitas trilhas que conduziam àquelas montanhas, e muitas passagens que as atravessavam. Mas a maior parte das trilhas era engano ou decepção, e não levava a lugar nenhum ou acabava mal; a maioria das passagens estava infestada de coisas malignas e perigos terríveis. Os anões e o hobbit, auxiliados pelo sábio conselho de Elrond e pelo conhecimento e memória de Gandalf, tomaram o caminho certo para a passagem certa.

Longos dias após terem partido do vale e deixado a Última Casa Amiga milhas atrás, ainda continuavam subindo. Era uma trilha difícil, uma trilha perigosa, um caminho tortuoso, solitário e comprido. Agora podiam contemplar atrás de si as terras que haviam deixado, estendendo-se lá embaixo. A oeste, muito longe, onde as coisas pareciam azuis e apagadas, Bilbo sabia que estava a sua terra, de coisas seguras e confortáveis, e a pequena toca de hobbit. Teve um calafrio. Fazia um frio cortante lá em cima, e o vento soava estridente por entre as rochas. Às vezes grandes pedras despencavam pelas encostas das montanhas, libertadas do gelo pelo sol do meio-dia, e passavam pelo meio deles (o que era uma sorte) ou sobre suas cabeças (o que era assustador). As noites eram desconfortáveis e frias, e eles não ousavam cantar ou falar muito alto, pois os ecos eram esquisitos, e o silêncio parecia não gostar de ser interrompido – exceto pelo barulho da água, pelo gemido do vento e pelo trincar das pedras.

"Lá embaixo o verão está avançando", pensou Bilbo, "o feno está sendo cortado, e há piqueniques acontecendo. No passo em que vamos, estarão todos fazendo a colheita e apanhando amoras antes que comecemos a descer do outro lado." Os outros estavam tendo pensamentos igualmente melancólicos, embora, ao dizerem adeus a Elrond, movidos pelas grandes esperanças de um manhã de verão, tivessem falado com alegria sobre a passagem das montanhas e sobre cavalgar depressa através das terras além. Haviam pensado em chegar à porta secreta na Montanha Solitária talvez na próxima lua, que era a primeira do outono – "e talvez seja o Dia de Durin", disseram eles. Apenas Gandalf sacudira a cabeça sem dizer nada. Nenhum anão passava por aquele caminho havia muitos anos, mas Gandalf sim, e ele sabia em que extensão o mal e o perigo haviam crescido e prosperado no Ermo desde que os dragões tinham expulsado os homens das terras, e os orcs haviam se espalhado em segredo, depois da batalha das Minas de Moria. Quando se parte para aventuras perigosas, além do Limiar do Ermo, até mesmo bons planos de magos sábios como Gandalf e de bons amigos como Elrond às vezes dão errado; e Gandalf era um mago sábio o suficiente para saber disso.

Ele sabia que alguma coisa inesperada poderia acontecer, e não se atrevia a ter esperanças de que pudessem atravessar aquelas altas montanhas de picos solitários e aqueles vales onde nenhum rei governava sem aventuras atemorizantes. E não puderam mesmo. Estava tudo bem, até que um dia depararam com uma trovoada – mais que uma trovoada, uma verdadeira guerra de trovões. Vocês sabem como pode ser terrível uma grande tempestade sobre a terra num vale de rio, especialmente quando duas grandes tempestades se encontram e se chocam. Mais terríveis ainda são trovões e relâmpagos nas montanhas à noite, quando as tempestades vêm do leste e do oeste e guerreiam. Os relâmpagos se estilhaçam nos picos, as rochas tremem e grandes estrondos partem o ar e vão ecoando e invadindo cada caverna e cada gruta, e a escuridão se enche de um ruído esmagador e de clarões inesperados.

Bilbo nunca vira ou imaginara qualquer coisa semelhante. Estavam lá em cima, num lugar estreito, um terrível precipício sobre um vale escuro bem ao lado. Estavam abrigados sob uma pedra saliente onde pretendiam passar a noite, e ele estava deitado debaixo de um cobertor, tremendo da cabeça aos pés. Quando espiava os clarões dos relâmpagos, via os gigan-

A Trilha da Montanha

tes de pedra do outro lado do vale, lançando pedras uns sobre os outros, como num jogo, apanhando-as, jogando-as na escuridão embaixo, onde elas se despedaçavam por entre as árvores ou se estilhaçavam em mil fragmentos com um ruído ensurdecedor. Então vinham vento e chuva, e o vento sacudia chuva e granizo em todas as direções, de tal modo que uma pedra saliente não representava proteção nenhuma. Logo estavam todos quase encharcados, e os pôneis estavam parados com as cabeças baixas e os rabos entre as pernas; alguns gemiam de pavor. Ouviam os gigantes gargalhando e gritando por todas as encostas das montanhas.

– Assim não dá! – disse Thorin. – Se o vento não nos levar, se não nos afogarmos, se um raio não cair em nossas cabeças, seremos apanhados por algum gigante e chutados para o céu como uma bola de futebol.

– Bem, se você conhece algum lugar melhor, leve-nos para lá! – disse Gandalf, que estava muito irritado e nada satisfeito com os gigantes.

A discussão terminou quando enviaram Fili e Kili para procurar um abrigo melhor. Os dois tinham olhos muito perspicazes, e, sendo uns cinqüenta anos mais jovens que os outros anões, ficavam sempre com esse tipo de trabalho (quando todos percebiam que não adiantava absolutamente nada enviar Bilbo). Nada como procurar quando se quer achar alguma coisa (pelo menos foi o que Thorin disse aos jovens anões). Quando se procura geralmente se encontra alguma coisa, sem dúvida, mas nem sempre o que estávamos procurando. E foi assim naquela ocasião.

Logo Fili e Kili voltaram se arrastando, segurando-se nas rochas por causa do vento. – Encontramos uma caverna seca – disseram – não muito longe, depois da próxima curva; dá para entrar com os pôneis e tudo o mais.

– Vocês fizeram uma exploração *meticulosa*? – perguntou o mago, que sabia que as cavernas das montanhas raramente ficavam desocupadas.

– Fizemos, sim – responderam eles, embora todos soubessem que os dois não podiam ter gasto muito tempo com isso;

tinham voltado depressa demais. – A caverna não é muito grande nem muito profunda.

Este, sem dúvida, é o perigo das cavernas: às vezes, não se sabe a profundidade delas, ou onde um corredor pode levar, ou o que está esperando lá dentro. Mas naquele momento a notícia de Fili e Kili parecia bastante boa. Então todos se levantaram e se prepararam para sair dali. O vento uivava, o trovão ainda rugia, e tiveram grande trabalho para avançar com os pôneis. Mesmo assim, não era muito longe, e logo depararam com uma grande rocha sobre a trilha. Atrás dela, encontrava-se um arco baixo na encosta da montanha. Com o espaço que havia, os pôneis entraram se espremendo, mesmo depois de livres das selas e bagagens. Depois que passaram, foi com prazer que ouviram o vento e a chuva lá fora, e não ao redor deles, e sentiram-se protegidos dos gigantes e de suas pedras. Mas o mago não estava disposto a correr riscos. Ele acendeu o cajado – como fizera aquele dia na sala de jantar de Bilbo, aquele dia que parecia tão distante, se vocês se lembram – e, auxiliados pela luz, exploraram a caverna de ponta a ponta.

Parecia ter um tamanho razoável, mas não era grande nem misteriosa demais. O chão estava seco e tinha alguns cantos confortáveis. Numa extremidade havia espaço para os pôneis, e ali eles ficaram (extremamente contentes com a mudança) com seus embornais, resfolegando e mastigando ruidosamente. Oin e Gloin queriam acender uma fogueira na entrada para secar as roupas, mas Gandalf não quis nem ouvir falar nisso. Então estenderam as coisas molhadas no chão e tiraram outras secas dos embrulhos; depois aconchegaram-se nos cobertores, pegaram os cachimbos e começaram a soprar anéis de fumaça, que Gandalf tingia de várias cores e fazia dançar perto do teto para divertir os companheiros. Conversaram muito, esqueceram-se da tempestade e discutiram o que cada um ia fazer com sua parte do tesouro (quando o conseguissem, o que, no momento, não parecia tão impossível), e assim caíram no sono um a um. Foi a última vez que usaram os pôneis, pacotes, bagagens, ferramentas e toda a parafernália que haviam levado.

No fim das contas, naquela noite acabou por se revelar uma boa coisa terem trazido o pequeno Bilbo consigo. Pois, de alguma forma, ele não conseguiu dormir por um bom tempo e quando dormiu teve sonhos terríveis. Sonhou que uma fenda na parede no fundo da caverna ficava cada vez maior, cada vez mais larga, e ele sentia muito medo mas não conseguia gritar nem fazer nada, exceto ficar deitado olhando. Depois sonhou que o chão da caverna estava cedendo e ele estava escorregando – começando a cair, cair, sabe lá para onde.

Então acordou com um susto terrível e percebeu que parte do sonho era verdade. Uma fenda se abrira no fundo da caverna e já se transformara numa passagem larga. Acordou bem a tempo de ver a ponta das caudas dos pôneis desaparecendo dentro dela. É claro que soltou um grito muito forte, como só um hobbit sabe fazer, o que é surpreendente para o tamanho deles.

Da fenda saltaram os orcs, grandes orcs, grandes e horríveis orcs, um monte de orcs, antes que alguém pudesse dizer *rocha e tocha*. Havia seis para cada anão, pelo menos, até mesmo dois para Bilbo, e eles foram todos agarrados e levados pela fenda, antes que alguém pudesse dizer *isqueiro e pedra*. Menos Gandalf. O grito de Bilbo fizera isso de bom. Acordara-o completamente numa fração de segundo, e, quando os orcs vieram agarrá-lo, um terrível clarão, feito relâmpago, tomou a caverna, depois um cheiro de pólvora, e vários deles caíram mortos.

A fenda fechou-se com um estrondo e Bilbo e os anões ficaram do lado errado! Onde estava Gandalf? Disso nem eles nem os orcs tinham a menor idéia, e os orcs não esperaram para descobrir. Agarraram Bilbo e os anões e os forçaram a andar. Estava muito, muito escuro, uma escuridão em que apenas orcs acostumados a viver no coração das montanhas conseguem enxergar. Os corredores se cruzavam e se emaranhavam em todas as direções, mas os orcs sabiam o caminho, tão bem como vocês sabem o caminho para o correio mais próximo; e o caminho descia mais e mais, e o ar estava terrivelmente abafado. Os orcs eram muito rudes, e beliscavam sem dó, riam e gargalhavam com suas vozes horríveis e cruéis; Bilbo estava ainda mais infeliz do que na ocasião em que o troll o suspendera pelos pés. Mais uma vez desejou muito estar em sua toca de hobbit. Não pela última vez.

Surgiu diante deles o vislumbre de uma luz vermelha. Os orcs começaram a cantar, ou grasnar, e marcavam o ritmo batendo na pedra os pés chatos e sacudindo os prisioneiros.

Bate! Rebate! É opaco o buraco!
Agarra, petisca! Prende, belisca!
Descendo, descendo à cidade dos orcs
Se vai, meu rapaz!

Quebra, requebra! Esmigalha, estraçalha!
Martelos e travas! Gongos e aldravas!
Soca, soca, no fundo da toca!
Ho! ho!, meu rapaz.

Zunido, estalido! Chicote, estampido!
Bate e martela! Chora e tagarela!
Trabalha, trabalha e não atrapalha!
Em meio à bebida, alegres da vida,
Os orcs tocam no fundo da toca
Lá embaixo, rapaz!

O som era verdadeiramente horripilante. As paredes ecoavam o *bate, rebate!* e o *esmigalha, estraçalha!* e o riso hediondo daquele *ho, ho! meu rapaz!* O sentido geral da canção era evidente até demais, pois os orcs pegaram chicotes e, com um *zunido, estalido!*, faziam-nos correr a mais não poder na frente deles, e mais de um anão já choramingava e berrava feito louco quando caíram todos dentro de uma grande caverna.

Estava iluminada por uma grande fogueira no centro e por tochas ao longo das paredes, e estava cheia de orcs. Todos riram, bateram os pés e aplaudiram quando os anões (com o pobre Bilbo no fim e mais perto dos chicotes) entraram correndo, com os condutores-orcs logo atrás, gritando e estalando os chicotes. Os pôneis já estavam lá, amontoados num canto; e lá também estavam as bagagens e pacotes, todos abertos, sendo vistoriados por orcs, farejados por orcs, manuseados por orcs e disputados por orcs.

Receio que essa tenha sido a última vez que viram aqueles excelentes poneizinhos, entre os quais um alegre e robusto animal que Elrond emprestara a Gandalf, uma vez que seu cavalo não era adequado para as trilhas das montanhas. Pois os orcs comem cavalos, pôneis e burros (e outras coisas muito mais terríveis) e estão sempre famintos. Naquele momento, porém, os prisioneiros só pensavam em si mesmos. Os orcs acorrentaram-lhes as mãos por trás, prenderam todos juntos numa enfiada e arrastaram-nos até a outra extremidade da caverna, com o pequeno Bilbo a reboque no fim da linha.

Lá nas sombras, numa pedra grande e plana, estava sentado um tremendo orc com uma cabeça enorme, e orcs armados postavam-se ao redor, carregando os machados e as espadas tortas que eles usam. Ora, os orcs são cruéis, malvados e perversos. Não fazem coisas bonitas, mas fazem muitas coisas engenhosas. Podem cavar túneis e minas tão bem quanto qualquer um, exceto os anões mais habilidosos, quando se dão ao trabalho, embora geralmente sejam desorganizados e sujos. Martelos, machados, espadas, punhais, picaretas, tenazes, além de instrumentos de tortura, eles fazem muito bem, ou mandam outras pessoas fazerem conforme o seu padrão, prisioneiros e escravos que têm de trabalhar até morrer por falta de ar e luz. Não é improvável que tenham inventado algumas das máquinas que desde então perturbam o mundo, especialmente os instrumentos engenhosos para matar um grande número de pessoas de uma só vez, pois sempre gostaram muito de rodas e motores e explosões, como também de não trabalhar com as próprias mãos além do estritamente necessário; mas naqueles dias e naquelas regiões selvagens ainda não tinham avançado (como se diz) tanto. Não odiavam os anões de modo especial, não mais do que odiavam tudo e todo mundo, particularmente os ordeiros e prósperos; em algumas partes, anões malvados tinham até mesmo se aliado a eles. Tinham, porém, um rancor especial pelo povo de Thorin, por causa da guerra da qual vocês ouviram falar, mas que não entra nesta história; de qualquer forma, os orcs não se preocupam com o que capturam, desde que tudo seja feito com habilidade e em segredo e os prisioneiros não sejam capazes de se defender.

– Quem são essas pessoas miseráveis? – perguntou o Grão-Orc.

– Anões, e isto! – disse um dos condutores, puxando a corrente de Bilbo e fazendo-o cair de joelhos. – Encontramos eles se protegendo em nosso Pórtico de Entrada.

– O que significa isso? – disse o Grão-Orc voltando-se para Thorin. – Não pode ser boa coisa, garanto! Espionando os negócios secretos de meu povo, aposto! Ladrões, eu não ficaria surpreso em saber! Assassinos e amigos de elfos, é bem capaz! Vamos! O que tem a dizer?

– Thorin, o anão, às suas ordens! – respondeu ele. Era apenas polidez sem significado. – Das coisas que suspeita ou imagina não tínhamos a menor idéia. Nós nos abrigamos da tempestade no que parecia ser uma caverna conveniente e vazia; não havia nada mais distante de nossos pensamentos que perturbar orcs de alguma maneira.

Isso era bem verdade!

– Hum! – disse o Grão-Orc. – É o que você diz! Posso lhe perguntar o que estavam fazendo aqui em cima nas montanhas, de onde estavam vindo e aonde estavam indo? Na verdade, gostaria de saber tudo sobre vocês. Não que isso vá lhe trazer algum benefício, Thorin Escudo de Carvalho. Já sei demais sobre o seu povo; mas vamos à verdade, ou vou preparar algo particularmente desconfortável para vocês!

– Estávamos viajando para visitar nossos parentes, nossos sobrinhos e sobrinhas, e nossos primos em primeiro, segundo e terceiro grau, e os demais descendentes de nossos avós, que moram do lado leste destas montanhas verdadeiramente hospitaleiras – disse Thorin, sem saber muito bem o que falar, assim de repente, quando era óbvio que a verdade exata não serviria de jeito nenhum.

– Ele é um mentiroso, ó, verdadeiramente tremendo – disse um dos condutores. – Vários de nosso povo foram feridos por raios na caverna quando convidamos essas criaturas para descer; e eles estão mortos feito pedras. E ele também não explicou isto! – O orc estendeu a espada que Thorin usara, a espada da caverna dos trolls.

O Grão-Orc soltou um uivo de raiva verdadeiramente hediondo quando viu a espada, e todos os seus soldados rangeram os dentes, bateram os escudos e os pés. Reconheceram a espada imediatamente. Ela matara centenas de orcs em sua época, quando os belos elfos de Gondolin os caçavam nas colinas ou travavam batalhas diante de seus muros. Eles a haviam denominado Orcrist, Fende-Orc, mas os orcs a chamavam simplesmente de Mordedora. Odiavam-na, e odiavam mais ainda qualquer um que a carregasse.

– Assassinos e amigos de elfos! – gritou o Grão-Orc. – Chicote neles! Batam! Mordam! Triturem! Levem-nos para buracos escuros cheios de cobras e que nunca mais vejam a luz outra vez! – Estava tomado de tal fúria que saltou de seu assento e partiu para cima de Thorin com a boca aberta.

Naquele exato momento, todas as luzes da caverna se apagaram, e a grande fogueira se extinguiu, puf!, em uma nuvem de fumaça azul e brilhante, que subia até o teto e espalhava faíscas brancas e lancinantes por entre os orcs.

Os gritos e urros, grasnidos e guinchos, resmungos e uivos, rosnados e maldições, chiados e rangidos que se seguiram estão além de qualquer descrição. Várias centenas de gatos selvagens e lobos sendo assados vivos ao mesmo tempo não poderiam comparar-se àquilo. As faíscas abriam buracos nos orcs, e a fumaça que caía do teto deixava o ar espesso, tornando a visão difícil até para eles. Logo estavam caindo uns sobre os outros, rolando aos montes no chão, mordendo, chutando e lutando como se estivessem todos enlouquecidos.

De repente uma espada cintilou com sua própria luz. Bilbo viu-a atravessar o Grão-Orc, aturdido no meio de sua fúria. Caiu morto, e os soldados-orcs fugiram da espada, guinchando escuridão adentro.

A espada voltou para sua bainha. – Sigam-me depressa! – disse uma voz baixa e feroz; e, antes que Bilbo pudesse entender o que estava acontecendo, viu-se correndo de novo, o mais rápido que podia, no fim da fila, descendo por outras passagens escuras, os gritos no salão dos orcs ficando cada vez mais fracos atrás dele. Uma luz pálida os conduzia.

– Mais rápido, mais rápido! – dizia a voz. – Logo as tochas vão se acender de novo.

– Um minutinho! – disse Dori, que estava no fim da fila perto de Bilbo, e era um sujeito decente. Fez com que o hobbit subisse em seus ombros, tão bem quanto era possível com as mãos atadas, e então voltaram todos a correr, com um *clinque-clinque* de correntes e muitos tombos, uma vez que não podiam contar com as mãos para se equilibrar. Não pararam por um bom tempo e, naquela altura, já deviam ter descido até o coração da montanha.

Então Gandalf acendeu o cajado. Claro que era Gandalf; mas naquele momento estavam muito ocupados para perguntar como ele havia chegado até lá. O mago sacou a espada de novo, e mais uma vez ela brilhou no escuro. A espada queimava com uma fúria que a fazia brilhar quando havia orcs por perto; agora brilhava como uma chama azul, pelo prazer de ter matado o grande senhor da caverna. Não foi problema nenhum cortar as correntes dos orcs e libertar todos os prisioneiros o mais rápido possível. O nome da espada era Glamdring, Martelo do Inimigo, se vocês se lembram. Os orcs chamavam-na simplesmente Batedora, e a odiavam ainda mais que a Mordedora, se isso é possível. Orcrist também fora salva; Gandalf a trouxera, arrancando-a de um dos terríveis guardas. Gandalf pensava em quase tudo, e, embora não pudesse fazer tudo, podia fazer muita coisa por amigos numa enrascada.

– Estamos todos aqui? – perguntou ele, devolvendo a espada a Thorin com uma reverência. – Deixe-me ver: um, este é Thorin; dois, três, quatro, cinco, seis, sete, oito, nove, dez, onze; onde estão Fili e Kili? Aqui estão eles! doze, treze, e aqui está o Sr. Bolseiro: quatorze. Bem, bem! Poderia ser pior mas, por outro lado, poderia ser bem melhor. Sem pôneis, sem comida, e sem saber exatamente onde estamos, e com tropas de orcs furiosos nos nossos calcanhares. Em frente!

Em frente eles foram! Gandalf estava certo: começaram a ouvir ruídos e gritos horríveis atrás de si, nos corredores por onde haviam passado. Isso os fez correr mais que nunca, e, como o pobre Bilbo não conseguia acompanhá-los – pois os anões, posso lhes garantir, avançam com grande rapidez quando precisam –, eles se revezaram e o carregaram nas costas.

Mas orcs correm mais ainda que anões, e aqueles orcs conheciam melhor o caminho (eles mesmos tinham feito as trilhas) e estavam loucos de raiva; dessa forma, por mais que fizessem, os anões ouviam os gritos e uivos chegando cada vez mais perto, e, logo depois, até os pés dos orcs, muitos e muitos pés que pareciam estar logo ali, na última curva. Podiam ver o brilho de tochas vermelhas atrás de si, no túnel que estavam atravessando; e estavam ficando extremamente cansados.

– Por quê, por que fui deixar minha toca de hobbit? – disse o pobre Sr. Bolseiro, aos solavancos nas costas de Bombur.

– Por quê, por que fui trazer um hobbitzinho ignóbil numa caça ao tesouro? – disse o pobre Bombur, que era gordo e avançava aos tropeços, o suor de medo e calor a escorrer-lhe pelo nariz.

Nesse momento, Gandalf ficou para trás, e Thorin com ele. Fizeram uma curva fechada. – Meia-volta! – gritou ele. – Saque a espada, Thorin!

Não havia mais nada a fazer, e os orcs não gostaram. Vinham correndo na curva, aos berros, e encontraram Fende-Orc e Martelo do Inimigo brilhando frias e claras bem diante de seus olhos atônitos. Os que vinham na frente deixaram cair as tochas e soltaram um grito antes de serem mortos. Os que vinham logo depois gritaram mais ainda e saltaram, caindo em cima dos que vinham atrás. – Mordedora e Batedora! – guinchavam eles; e logo estavam todos confusos e a maioria correndo de volta pelo caminho por onde tinham vindo.

Demorou muito para que algum deles ousasse ultrapassar aquela curva. Quando isso aconteceu, os anões tinham fugido de novo, distanciando-se muito no interior dos túneis escuros do reino dos orcs. Quando os orcs descobriram, apagaram as tochas, calçaram sapatos macios, escolheram os corredores mais velozes, de olhos e ouvidos mais aguçados. Estes partiram, ágeis como doninhas no escuro, e quase tão silenciosos como morcegos.

Foi por isso que nem Bilbo, nem os anões, nem mesmo Gandalf os ouviram chegando. E não os viram. Mas foram vistos pelos orcs que corriam em silêncio logo atrás, pois o cajado de Gandalf emitia uma luz fraca para ajudar os anões enquanto eles avançavam.

De repente, Dori, agora no fim da fila e carregando Bilbo, foi agarrado por trás no escuro. Gritou e caiu, e o hobbit rolou de seus ombros para dentro da escuridão, bateu a cabeça numa pedra e não se lembrou de mais nada.

CAPÍTULO V
ADIVINHAS NO ESCURO

Quando Bilbo abriu os olhos, duvidou que o tivesse feito, pois tudo continuava tão escuro como antes de abri-los. Não havia ninguém por perto. Imaginem só o pavor que ele sentiu! Não conseguia ouvir nada, ver nada, e não sentia nada exceto o chão de pedra.

Muito devagar ele se levantou e, de quatro, tateou o chão, até tocar a parede do túnel, mas não encontrou nada nem acima nem abaixo: absolutamente nada, nenhum sinal de anões. Sua cabeça rodava, e ele não tinha idéia nem mesmo da direção em que estavam correndo quando caiu. Tentou adivinhar da melhor maneira possível e arrastou-se por um bom trecho, até que de repente sua mão tocou o que parecia ser um minúsculo anel de metal frio no chão do túnel. Era um ponto decisivo em sua carreira, mas ele não sabia. Colocou o anel no bolso quase sem pensar; com certeza não parecia ter nenhuma utilidade especial naquele momento. Não foi muito longe; sentou-se no chão frio e entregou-se à mais completa infelicidade por um longo tempo. Imaginou-se fritando ovos com toucinho na cozinha de sua casa – pois sentia por dentro que já estava mais que na hora de fazer alguma refeição –, mas isso só fez com que ficasse ainda mais arrasado.

Não conseguia pensar no que fazer, não conseguia imaginar o que acontecera, nem por que tinha sido deixado para trás, nem por que, se tinha sido deixado para trás, os orcs não o tinham capturado, nem mesmo por que sentia a cabeça tão dolorida. A verdade era que ficara deitado e imóvel, desaparecido e desacordado, num canto muito escuro por um longo tempo.

Depois de algum tempo, tateou em busca de seu cachimbo. Não estava quebrado, e isso já era alguma coisa. Então pegou a bolsa, e havia um pouco de fumo nela, e isso era mais alguma coisa. Então procurou fósforos, mas não encontrou nenhum, e isso destruiu completamente suas esperanças. Era melhor assim, como acabou admitindo, quando pôs a cabeça no lugar. Sabe-se lá o que fósforos acesos e o cheiro do fumo teriam trazido dos buracos escuros daquele lugar horrível. Mesmo assim, naquela hora sentiu-se aniquilado. Mas, enquanto tateava em todos os bolsos e apalpava-se de cima a baixo em busca dos fósforos, sua mão acabou tocando o punho da pequena espada – o pequeno punhal que conseguira dos trolls e do qual se esquecera completamente; por sorte, os orcs também não haviam percebido a arma já que Bilbo a usava dentro das calças.

Sacou-a. A espada emitiu um brilho fraco e pálido diante de seus olhos. "Então esta também é uma espada élfica", pensou ele, "e os orcs não estão muito perto, mas também não longe o suficiente."

Mas, de certa forma, sentiu-se consolado. Era esplêndido estar usando uma espada feita em Gondolin para as guerras dos orcs celebradas por tantas canções; e além disso Bilbo notara que essas armas exerciam grande impacto sobre os orcs que atacavam de repente.

"Voltar?", pensou ele. "Não adianta nada! Ir para os lados? Impossível! Ir em frente? A única coisa a fazer! Adiante, então!" Levantou-se e avançou, segurando à frente a pequena espada e tateando a parede, o coração batendo como um tambor.

Agora, com certeza, Bilbo estava no que se pode chamar de aperto. Mas vocês devem se lembrar de que o aperto não era tão grande para ele como teria sido para mim ou para vocês. Os hobbits não são como as pessoas comuns; e, afinal, se as tocas deles são lugares alegres e adequadamente arejados, bem diferentes dos túneis dos orcs, ainda assim eles estão mais acostumados a túneis do que nós, além de não perderem o senso de direção debaixo da terra – não quando suas cabeças já se recuperaram de uma pancada. Além disso, conseguem se mover sem muito barulho, escondem-se com facilidade, se recuperam maravilhosamente de quedas e contusões e têm um cabedal de sabedoria e frases sábias que a maioria dos homens nunca ouviu ou esqueceu há muito tempo.

De qualquer modo, eu não gostaria de estar no lugar do Sr. Bolseiro. O túnel parecia não ter fim. Tudo o que ele sabia é que o túnel prosseguia para baixo e que se mantinha na mesma direção, apesar de uma ou duas curvas. De vez em quando, havia passagens que conduziam para os lados, que ele percebia à luz débil da espada ou tocando a parede com as mãos. Bilbo não lhes dava atenção, exceto para passar correndo por elas, com medo de que dali saíssem orcs ou seres sombrios semi-imaginados. Foi avançando, sempre em frente, descendo e descendo, e ainda assim não ouvia som algum, a não ser, de vez em quando, asas de morcego, o que a princípio o assustara, mas que acabou por se tornar muito freqüente para causar preocupação. Não sei quanto tempo Bilbo continuou assim, odiando ter de ir em frente, sem se atrever a parar, avançando, avançando, até ficar mais que cansado. Era como correr todo o caminho até o dia seguinte e mais alguns dias.

De repente, sem qualquer aviso, estava chapinhando na água! Ugh! Era fria como gelo. Aquilo o fez estacar. Bilbo não sabia se era apenas uma poça na trilha, a margem de um rio subterrâneo que cruzava o corredor ou, ainda, a beira de um profundo e sombrio lago subterrâneo. A espada quase não brilhava. Parou e conseguiu ouvir, com muito esforço, gotas pinga-pinga-pingando de um teto invisível e caindo na água: mas não parecia haver qualquer outro tipo de som.

"Então é um lago, e não um rio subterrâneo", pensou ele. Mesmo assim, não se arriscou a atravessar na escuridão. Não sabia nadar, e também imaginava seres nojentos e viscosos, com grandes olhos cegos e esbugalhados, serpenteando na água. Há seres estranhos vivendo nos lagos no coração das montanhas: peixes cujos antepassados entraram, sabe-se lá quantos anos atrás, e nunca mais saíram, enquanto seus olhos iam crescendo, crescendo, crescendo, de tanto tentarem enxergar no escuro; e há também outras coisas, mais viscosas que peixes. Mesmo nos túneis e cavernas que os orcs fizeram para si, há outras coisas vivas que eles desconhecem, coisas que entraram furtivamente e se entocaram no escuro. Além disso, algumas dessas cavernas tiveram origem em eras anteriores aos orcs, que apenas as alargaram e interligaram com corredores, e os proprietários originais ainda permanecem lá em cantos escusos, movimentando-se furtivamente e farejando tudo.

Ali no fundo, na beira da água escura, vivia o velho Gollum, uma pequena criatura viscosa. Não sei de onde veio, nem quem ou o que ele era. Era um Gollum – escuro como a escuridão, exceto por dois grandes olhos redondos e pálidos no rosto magro. Tinha um pequeno barco e remava no lago quase sem nenhum ruído; pois era mesmo um lago, largo, profundo e extremamente frio. Ele impelia o barco com os pés grandes pendendo das bordas, mas nunca erguia uma onda na água. Não ele. Olhos pálidos feito lamparinas, ele procurava peixes cegos, que agarrava com os dedos longos num piscar de olhos. Gostava também de carne. Gostava de orcs, quando conseguia apanhá-los, mas tomava cuidado para que nunca o descobrissem. Ele apenas os estrangulava por trás, quando algum descia sozinho até a beira da água enquanto ele rondava por ali. Era raro acontecer, pois os orcs tinham a sensação de que havia algo desagradável espreitando lá embaixo, nas próprias raízes da montanha. Haviam chegado até o lago quando perfuravam os túneis, muito tempo atrás, e descobriram que não podiam avançar; assim, sua estrada terminava naquela direção, e não havia motivo para irem ali – a não ser que o Grande Orc os mandasse. Algumas vezes ele sentia vontade de comer peixe do lago, e algumas vezes nem orc nem peixe retornavam.

Na realidade, Gollum vivia numa ilha de pedra viscosa no meio do lago. Estava observando Bilbo a distância com seus olhos pálidos, que pareciam telescópios. Bilbo não podia vê-lo, mas ele imaginava um monte de coisas sobre Bilbo, pois podia muito bem ver que não se tratava de um orc.

Gollum entrou no barco e afastou-se da ilha enquanto Bilbo estava sentado na borda, completamente atarantado, no fim do caminho e com o juízo no fim. De repente surgiu Gollum, sussurrando e chiando:

– Que beleza e que moleza, meu preciossso! Acho que temos um lauto banquete; pelo menos um bom bocado para nós, gollum! – E quando ele dizia *gollum*, fazia um ruído horrível na garganta, como se estivesse engolindo alguma coisa. Era assim que tinha conseguido esse nome, embora sempre chamasse a si mesmo "meu precioso".

O hobbit quase pulou fora da própria pele quando o chiado chegou-lhe aos ouvidos, e, de repente, viu os olhos pálidos e salientes voltados para ele.

– Quem é você? – perguntou ele, erguendo o punhal à sua frente.

– Quem é ele, meu preciossso? – sussurrou Gollum (que sempre falava consigo mesmo porque nunca tinha com quem falar). Era o que vinha descobrir, pois, na verdade, não estava muito faminto no momento, apenas curioso; caso contrário, teria agarrado primeiro e sussurrado depois.

– Sou o Sr. Bilbo Bolseiro. Perdi os anões, perdi o mago, e não sei onde estou; e não quero saber, se puder sair daqui.

– O que ele tem nass mãoses? – perguntou Gollum, olhando a espada, da qual não gostou muito.

– Uma espada, uma lâmina que vem de Gondolin!

– Sssss – disse Gollum, ficando muito polido. – Você pode sentar aqui e conversar com nós um pouquinho, meu preciosso. Você gosta de adivinhas, vai ver que gosta, não gosta? – Estava ansioso por parecer amigável, pelo menos no momento, e até descobrir mais sobre a espada e o hobbit, se ele estava realmente sozinho, se era bom para comer, e se Gollum estava faminto de verdade. Só conseguiu pensar em adivinhas. Propô-las e algumas vezes decifrá-las era o único jogo que já tinha jogado com outras criaturas divertidas, sentadas em suas tocas, muito, muito tempo atrás, antes que ele perdesse todos os amigos e fosse expulso, sozinho, e descesse mais, cada vez mais, na escuridão sob as montanhas.

– Muito bem – disse Bilbo, que estava ansioso para concordar, até descobrir mais sobre a criatura, se estava realmente sozinho, se era feroz, se estava faminto e se era amigo dos orcs.

– Você pergunta primeiro – disse ele, pois não tivera tempo de pensar numa adivinha.

Então Gollum chiou:

Tem raízes misteriosas,
É mais alta que as frondosas
Sobe, sobe e também desce,
Mas não cresce nem decresce.

– Fácil! – disse Bilbo. – Montanha, acho eu.

– Ele adivinha fácil? Precisa fazer uma competição com nós, meu preciosso. Se o preciosso perguntar e ele não responder, nós come ele, meu preciosso. Se ele pergunta e nós não ressponde, então nós faz o que ele quer, que tal? Nós mosstra a saída, é ssim!

– Está certo – disse Bilbo, sem se atrever a discordar, e quase estourando os miolos para lembrar-se de adivinhas que pudessem salvá-lo de ser devorado.

Trinta cavalos na colina encarnada,
Primeiro cerceiam,
Depois pisoteiam,
Depois não fazem nada.

Foi tudo o que conseguiu lembrar para perguntar – a idéia de comida povoava seus pensamentos. A adivinha era bem velha também, e Gollum sabia a resposta tão bem quanto vocês.

– Barbada, barbada! – chiou ele. – Dentess! dentess!, meu preciosso; mas nós só tem seis! – Então ele propôs sua segunda adivinha:

Sem asas volita,
Sem voz ele ulula,
Sem dentes mordica,
Sem boca murmura.

– Um minutinho! – gritou Bilbo, ainda incomodado pensando em comida. Por sorte já ouvira algo parecido antes e, colocando a cabeça no lugar, pensou na resposta. – Vento, vento, é claro – disse ele, e ficou tão satisfeito que inventou uma na hora. "Esta vai confundir essa criaturinha subterrânea nojenta", pensou ele:

Um olho no azul dum rosto
Viu outro olho no verde de outro.
"Aquele olho é como este olho"
Disse o primeiro olho,
"Mas lá embaixo é o seu lugar,
Aqui em cima é o meu lugar".

– Ss, ss, ss – disse Gollum. Estivera debaixo da terra por um longo tempo, e já começava a esquecer esse tipo de coisa. Mas exatamente quando Bilbo começava a alimentar esperanças de que o patife não conseguiria responder, Gollum trouxe memórias de muitas eras passadas, de quando vivia com a avó numa toca na margem de um rio. – Sss, sss, meu preciosso – disse ele. – Sol sobre as margaridas, é essa a resposta, é sim.

Mas aquele tipo de adivinhas comuns, de cima da terra, estavam começando a cansá-lo. Além disso, faziam-no lembrar de tempos em que era menos solitário, furtivo e nojento, e isso deixava-o nervoso. Mais ainda, deixavam-no faminto; então, dessa vez, tentou algo mais difícil e desagradável:

Não se pode ver, não se pode sentir,
Não se pode cheirar, não se pode ouvir.
Está sob as colinas e além das estrelas,
Cavidades vazias – ele vai enchê-las.
De tudo vem antes e vem em seguida,
Do riso é a morte, é o fim da vida.

Infelizmente para Gollum, Bilbo já ouvira esse tipo de coisa antes, e, de qualquer modo, a resposta o envolvia. – O escuro! – disse ele, sem coçar nem quebrar a cabeça.

Caixinha sem gonzos, tampa ou cadeado,
Lá dentro escondido um tesouro dourado,

perguntou ele para ganhar tempo, até que pudesse pensar numa verdadeiramente difícil. Aquela ele considerava uma barbada, terrivelmente fácil, embora não a tivesse apresentado nas palavras de costume. Mas acabou sendo um desafio para Gollum. Ele chiava para si mesmo, sem responder; balbuciava e sussurrava.

Depois de algum tempo, Bilbo ficou impaciente. – Então, o que é? – perguntou ele. – A resposta não é uma chaleira fervendo, como você está dando a entender com esse barulho todo que está fazendo.

– Dê uma chance pra nóss, preciosso; deixe ele dar uma chance, meu preciosso – ss-ss.

– Então – disse Bilbo, depois de lhe dar uma longa chance –, já adivinhou?

Mas, de repente, Gollum lembrou-se de quando roubava ninhos, muito tempo atrás, e sentava-se à margem do rio, ensinando a avó, ensinando a avó a chupar. – Óvosos! – chiou ele. – Óvosos, isso mesmo! – Então ele perguntou:

Como a morte não tenho calor,
Vivo, mas sem respirar;
Sem sede, sempre a beber
Encouraçado, sem tilintar.

Ele, por sua vez, também achava aquela adivinha terrivelmente fácil, porque estava sempre pensando na resposta. Mas não podia pensar em nada melhor naquele momento, de tão atrapalhado que ficara com a do ovo. Apesar disso, era uma pergunta difícil para o pobre Bilbo, que nunca tinha nada a ver com água, a não ser por obrigação. Imagino que vocês conhecem a resposta, é claro, ou podem adivinhá-la num piscar de olhos, já que estão sentados em casa, confortavelmente, e sem o perigo de serem devorados atrapalhando seus pensamentos. Bilbo sentou-se e limpou a garganta uma ou duas vezes, mas não lhe veio nenhuma resposta.

Depois de algum tempo, Gollum começou a chiar de prazer para si mesmo: – É bom, meu preciosso? Apetitoso? Deliciosamente triturável? – Começou a espiar Bilbo da escuridão.

– Um minutinho – disse o hobbit, tremendo. – Eu lhe dei uma longa chance agora há pouco.

– Ele deve se apressar, apresssar! – disse Gollum, começando a descer do barco para atacar Bilbo. Mas, quando colocou o comprido pé de pato na água, um peixe pulou assustado e caiu aos pés de Bilbo.

– Ugh! – disse ele – que coisa fria e viscosa! – e assim adivinhou. – Peixe! Peixe! – gritou ele. – É peixe!

Gollum ficou terrivelmente desapontado; mas Bilbo perguntou outra adivinha o mais rápido possível, e Gollum precisou voltar para o barco e pensar.

Sem-pernas ficou sobre uma-perna, duas-pernas sentou perto sobre três-pernas, quatro-pernas conseguiu alguma coisa.

Não era exatamente o momento certo para essa adivinha, mas Bilbo estava com pressa. Gollum poderia ter tido algum problema para adivinhá-la, se Bilbo a tivesse apresentado em outra ocasião. Naquelas circunstâncias, falando de peixe, *sem-pernas* não foi muito difícil, e depois disso o resto ficou fácil. "Peixe sobre uma pequena mesa, homem à mesa sentado num banco, o gato fica com as espinhas", essa é obviamente a resposta, e logo Gollum a deu. Então pensou que chegara a vez de perguntar algo difícil e horrível. Foi isto o que disse:

Essa é a coisa que tudo devora
Feras, aves, plantas, flora.
Aço e ferro são sua comida,
E a dura pedra por ele moída;
Aos reis abate, a cidade arruína,
E a alta montanha faz pequenina.

O pobre Bilbo ficou sentado no escuro, pensando em todos os nomes horríveis de todos os gigantes e ogros de que já ouvira falar em histórias, mas nenhum deles tinha feito todas essas coisas. Teve uma intuição de que a resposta era bem diferente e que deveria conhecê-la, mas não conseguia pensar nela. Começou a ficar com medo, e isso é ruim quando se precisa pensar. Gollum começou a sair do barco. Pulou na água e avançou para a margem; Bilbo não conseguia ver os olhos dele vindo em sua direção. Parecia que sua língua estava presa na boca; queria gritar: "Me dê mais tempo! Me dê mais tempo!" Mas tudo o que saiu num grito repentino foi:

– Tempo! Tempo!

Bilbo se salvou por pura sorte. Pois essa, é claro, era a resposta.

Gollum ficou mais uma vez desapontado; e agora estava ficando furioso, além de cansado do jogo. Aquilo o deixara realmente muito faminto. Desta vez não voltou para o barco. Sentou-se no escuro perto de Bilbo. Isso fez com que o hobbit ficasse terrivelmente incomodado.

– Ele tem que fazer uma pergunta pra nóss, meu preciosso, é, sssim, sssim. Sssó mais uma pergunta para adivinhar, é, sssim – disse Gollum.

Mas Bilbo simplesmente não conseguia pensar pensar numa pergunta com aquela coisa nojenta, fria e úmida sentada ao lado dele, apalpando e cutucando. Ele se coçava, se beliscava, e mesmo assim não conseguia pensar em nada.

– Pergunte pra nóss! Pergunte pra nóss! – disse Gollum.

Bilbo se beliscou e deu-se um tapa; agarrou a pequena espada; chegou até a colocar a outra mão no bolso. Ali encontrou o anel que apanhara no corredor e do qual se esquecera.

– O que eu tenho no bolso? – disse ele em voz alta. Estava falando sozinho, mas Gollum pensou que fosse uma adivinha, e ficou terrivelmente perturbado.

– Não é jussto! Não é jusssto! – chiou ele. – Não é jussto, meu preciosso, ou é, perguntar pra nós o que ele tem nos bolssinhos nojentos?

Bilbo, percebendo o que acontecera, e sem ter nada melhor para perguntar, ateve-se à pergunta. – O que eu tenho no bolso? – disse ele mais alto ainda.

– S-s-s-s – chiou Gollum. – Ele deve dar três chancess, meu preciosso, trêss chancesss.

– Está bem! Adivinhe! – disse Bilbo.

– Mãoses! – disse Gollum.

– Errado – disse Bilbo, que por sorte acabara de tirar a mão do bolso. – Tente de novo!

– S-s-s-s-s – disse Gollum, mais furioso que nunca. Pensou em todas as coisas que ele mesmo guardava nos bolsos; espinhas de peixe, dentes de orcs, conchas molhadas, um pedaço de asa de morcego, uma pedra pontuda para afiar as presas, e outras coisas desagradáveis. Tentou pensar no que outras pessoas levavam nos bolsos.

– Faca! – disse ele finalmente.

– Errado! – disse Bilbo, que perdera a sua havia algum tempo. – Última chance!

Agora Gollum estava num estado muito pior do que quando Bilbo lhe propusera a pergunta do ovo. Chiava, resmungava e balançava o corpo para a frente e para trás, batia os pés no chão, contorcendo-se e entortando-se todo; mas, ainda assim, não se atrevia a desperdiçar sua última chance.

– Vamos! – disse Bilbo. – Estou esperando! – Tentou parecer corajoso e alegre, mas não tinha certeza de como o jogo iria terminar, Gollum acertando ou não a resposta.

– O tempo acabou! – disse ele.

– Barbante, ou nada! – guinchou Gollum, o que não foi muito honesto, tentar duas respostas de uma vez.

– Ambas erradas! – exclamou Bilbo, muito aliviado, e levantou-se imediatamente, apoiando as costas na parede mais próxima, e ergueu a pequena espada. Sabia, é claro, que o jogo de adivinhas era sagrado e extremamente antigo, e que mesmo criaturas malvadas tinham medo de trapacear quando jogavam. Mas sentia também que não podia confiar que aquela coisa pegajosa fosse manter alguma promessa numa enrascada. Qualquer desculpa serviria para ele se safar. E, afinal de contas, a última pergunta não fora uma adivinha genuína, de acordo com as leis antigas.

Mas, de qualquer forma, Gollum não o atacou imediatamente. Conseguia ver a espada na mão de Bilbo. Ficou sentado, tremendo e sussurrando. Por fim, Bilbo não pôde esperar mais.

– E então? – disse ele. – E a sua promessa? Quero ir embora. Você tem de me mostrar o caminho.

– Nós dissse issso, preciosso? Mostrar a saída para o Bolsseirinho nojento, é, ssim. Mas o que ele tem nos bolssos, hein? Não é barbante, preciosso, mas não é nada. Não é, não!, gollum!

– Não se incomode com isso! – disse Bilbo. – Promessa é promessa.

– Está nervoso e impaciente, meu preciosso – chiou Gollum. – Mas ele precisa esperar, é sim, precisa. Nós não pode subir nos túneiss com tanta pressa. Precisa pegar umas coisas antes, é sim, coisas pra ajudar nós.

– Bem, apresse-se! – disse Bilbo, aliviado com o pensamento de que Gollum ia embora. Achava que ele estava apenas dando uma desculpa, e que não iria voltar. De que estaria Gollum falando? Que coisa útil poderia ele guardar no lago escuro? Mas Bilbo estava errado. Gollum tinha a intenção de voltar. Agora estava com fome, e furioso. Era uma criatura miserável e malvada, e já arquitetara um plano.

Não muito longe ficava sua ilha, da qual Bilbo nada sabia, e ali, em seu esconderijo, ele guardava algumas ninharias desprezíveis, e uma coisa muito bonita, muito bonita, muito maravilhosa. Ele tinha um anel, um anel de ouro, um anel precioso.

– Meu presente de aniversário! – sussurrou consigo mesmo, como tantas vezes fizera nos intermináveis dias escuros. – É isso que nós quer agora, é ssim, nós quer ele.

Ele o queria porque se tratava de um anel de poder, e, se alguém colocava aquele anel no dedo, ficava invisível e só podia ser visto em plena luz do dia e, mesmo assim, apenas pela sombra, que aparecia trêmula e apagada.

– Meu presente de aniversário! Chegou pra mim no dia do meu aniversário, meu preciosso. – Assim ele sempre dissera a si mesmo. Mas quem pode saber como Gollum conseguiu aquele presente, em priscas eras, nos dias antigos quando ainda havia anéis desse tipo espalhados pelo mundo? Mesmo o Mestre que os governava talvez não soubesse dizer. Gollum costumava usá-lo no início, até que ficou enjoado; depois passou a guardá-lo numa bolsa junto ao corpo, até ficar com a pele esfolada; agora geralmente o escondia num buraco na pedra em sua ilha, e estava sempre voltando lá para olhar para ele. E ainda o colocava algumas vezes, quando não suportava mais ficar separado do anel, ou então quando estava com muita, muita fome, ou cansado de comer peixe. Nessas ocasiões, arrastava-se por corredores escuros, procurando orcs desgarrados. Podia até se aventurar em lugares onde houvesse tochas acesas, que faziam seus olhos piscar e arder, pois estaria a salvo. É sim, são e salvo. Ninguém o veria, ninguém o notaria, até sentir seus dedos na garganta. Apenas algumas horas antes Gollum o usara para capturar um filhotinho de orc. Como ele guinchara! Ainda lhe restava um osso ou dois para roer, mas ele queria algo mais macio.

– Bem a salvo, é sim – sussurrou para si mesmo. – Ele não vai ver nós, vai, meu preciosso? Não. Ele não vai ver nós, e sua espadinha nojenta vai ser inútil, totalmente inútil.

Era isso o que estava em sua pequena mente malvada quando saiu repentinamente do lado de Bilbo, e, batendo os pés até o barco, sumiu no escuro. Bilbo achou que nunca mais teria notícias dele. Mesmo assim, esperou um pouco, pois não tinha idéia de como encontrar a saída sozinho.

De repente ouviu um grito agudo. Um calafrio correu-lhe espinha abaixo. Gollum estava praguejando e gemendo no escuro, não muito longe, a julgar pelo som. Estava em sua ilha, escarafunchando aqui e ali, procurando e buscando em vão.

– Onde esstá? Onde esstá? – Bilbo o ouvia gritar. – Ssumiu, meu preciosso, sumiu, sumiu! Droga e praga, meu preciosso sumiu!

– Qual é o problema? – gritou Bilbo. – O que você perdeu?

– Ele não deve perguntar pra nós – guinchou Gollum. – Não é da conta dele, não, gollum! Perdido, gollum, gollum, gollum.

– Bem, eu também estou – gritou Bilbo – e quero ficar desperdido. E ganhei o jogo, e você prometeu. Então venha! Venha e me mostre a saída, e então pode continuar a procurar! – Por mais infeliz que Gollum parecesse, Bilbo não conseguia sentir muita pena em seu coração, e tinha a sensação de que algo que Gollum desejasse tanto não podia ser coisa boa. – Venha! – gritou ele.

– Ainda não, meu preciosso! – respondeu Gollum. – Precisamos procurar ele, sumiu, gollum.

– Mas você não adivinhou minha última pergunta, e você prometeu – disse Bilbo.

– Não adivinhei! – disse Gollum. Então, de repente, da escuridão, veio um chiado agudo. – O que ele tem no bolsso? Conta pra nós. Ele precisa contar primeiro.

Pelo que Bilbo sabia, não havia nenhum motivo especial para não contar. A mente de Gollum chegara a uma suposição mais rápido que a dele; muito natural, pois Gollum cismara com um único objeto durante anos e anos, e sempre tivera medo de que fosse roubado. Mas Bilbo irritava-se com a demora. Afinal de contas, ele ganhara o jogo, com toda a justiça, correndo um risco terrível. – As respostas devem ser adivinhadas, e não dadas – disse ele.

– Mas não foi uma pergunta honesta – disse Gollum. – Não foi uma adivinha, precioso, não foi não.

– Muito bem, se é uma questão de perguntas comuns – Bilbo respondeu – então eu lhe fiz uma primeiro. O que foi que você perdeu? Conte!

– O que ele tem nos bolssos? – O som chegava chiando, cada vez mais alto e agudo, e, olhando na direção de onde vinha, Bilbo viu, apavorado, dois pequenos pontos de luz a observá-lo. À medida que a suspeita crescia na mente de Gollum, a luz de seus olhos queimava com uma chama pálida.

– O que você perdeu? – persistiu Bilbo.

Mas agora a luz nos olhos de Gollum transformara-se num fogo verde que se aproximava rapidamente. Gollum estava no barco de novo, e remava freneticamente em direção à margem escura; sentia no coração tal raiva pela perda e pela suspeita, que agora nenhuma espada lhe causava terror.

Bilbo não conseguiu imaginar o que enlouquecera a desprezível criatura, mas percebia que estava tudo acabado, e que Gollum pretendia matá-lo a qualquer custo. Bem na hora ele se virou e correu às cegas pelo corredor escuro de onde viera, mantendo-se próximo da parede e tateando com a mão esquerda.

– O que ele tem no bolsso? – Bilbo ouviu o chiado alto atrás de si e a água espirrando no momento em que Gollum saltou do barco. "O que será que eu tenho?", disse consigo mesmo, esfalfando-se e tropeçando no caminho. Colocou a mão esquerda no bolso. O anel estava muito frio quando escorregou em seu indicador tateante.

O chiado estava logo atrás. Bilbo se virou e viu os olhos de Gollum, feito pequenas lamparinas verdes, subindo a ladeira. Apavorado, tentou correr mais, mas, de repente, bateu o pé numa saliência do chão e caiu estatelado em cima da pequena espada.

Num segundo Gollum estava sobre ele. Mas antes que Bilbo pudesse fazer qualquer coisa, recuperar o fôlego, levantar-se ou brandir a espada, Gollum passou, sem se dar conta dele, praguejando e sussurrando enquanto corria.

O que aquilo poderia significar? Gollum enxergava no escuro. Bilbo podia ver a luz de seus olhos brilhando palidamente até mesmo por trás. Com esforço levantou-se, embainhou a espada, que agora voltara a brilhar, e depois, com todo o cuidado, seguiu Gollum. Não parecia haver mais nada a fazer. Não adiantava arrastar-se de volta até a água de Gollum. Talvez, se o seguisse, Gollum pudesse levá-lo a alguma saída sem querer.

– Maldito! maldito! maldito! – chiava Gollum. – Maldito Bolseiro. Ele se foi! O que ele tem nos bolssos? Nós adivinha, nós adivinha, meu preciosso. Achou ele, é sim, deve ter achado. Meu presente de aniversário.

Bilbo aguçou os ouvidos. Finalmente estava ele mesmo começando a adivinhar. Correu um pouco mais, aproximando-se tanto quanto se atrevia de Gollum, que ainda avançava depressa, sem olhar para trás, mas virando a cabeça de um lado para o outro, como Bilbo pode perceber pelo reflexo pálido nas paredes.

– Meu presente de aniversário! Maldito! Como nós foi perder ele, meu preciosso? É isso mesmo. Quando nós passou por aqui da última vez, quando torcemos aquele guinchadorzinho nojento. É isso mesmo. Maldito! Escorregou da nossa mão, depois de todos esses anos e anos! Ele se foi, gollum.

De repente Gollum sentou-se e começou a chorar, num ruído assobiado e gorgolejante, horrível de ouvir. Bilbo parou e encostou-se contra a parede do túnel. Depois de algum tempo, Gollum parou de chorar e começou a falar. Parecia estar tendo uma discussão consigo mesmo.

– Não adianta voltar lá para procurar, não adianta. Nós não lembra todos os lugares que visitou. E não adianta. O Bolseiro está com ele no bolssso; o xereta nojento encontrou ele, é isso mesmo, nós diz.

– Nóss acha, preciosso, só acha. Nós não pode saber até encontrar a criatura nojenta e espremer ela. Mas ele não sabe o que o presente pode fazer, sabe? Só vai ficar com ele no bolssso. Ele não sabe, e não pode ir muito longe. Ele se perdeu, aquela coisinha xereta. Ele não sabe a saída. Disse que não sabe.

– Ele disse, sim; mas ele é traiçoeiro. Não diz o que está pensando. Não quer dizer o que tem nos bolsssos. Ele sabe. Conhece uma entrada, deve conhecer uma saída, é sim. Ele foi para a porta de trás, é sim, a porta de trás.

– Os orcses vão pegar ele então. Ele não pode sair por ali, preciosso.

– Ssss, sss, gollum! Orcses! Sim, mas se ele está com o presente, nosso preciosso presente, então os orcses vão pegar ele, gollum! Vão encontrar ele, vão descobrir o que ele faz. Nunca mais nós vai ficar a salvo de novo, nunca mais, gollum! Um dos orcses vai colocar ele no dedo, e então ninguém vai enxergar ele. Ele vai estar lá mas não vai ser visto. Nem nossos ólhosos espertos vão notar a presença dele, e ele vai chegar, matreiro e sorrateiro para pegar nós, gollum, gollum!

– Então vamos parar de conversar, preciosso, e vamos correr. Se o Bolseiro foi por aquele caminho, nós precisa ir depressa ver. Vamos! Não está muito longe agora. Depressa!

Com um salto, Gollum se levantou e começou a andar em passos largos e desajeitados. Bilbo correu atrás dele, ainda com cautela, embora seu maior medo agora fosse o de tropeçar numa outra saliência, cair e fazer barulho. Sua cabeça era um torvelinho de esperança e surpresa. Pelo jeito, o anel que tinha era mágico: tornava a pessoa invisível! Bilbo já ouvira falar sobre tais coisas, é claro, em histórias muito antigas; mas era difícil acreditar que tivesse realmente achado um por acidente. Mesmo assim, lá estava: Gollum, com seus olhos brilhantes, tinha passado por ele, a menos de um metro de distância.

Foram avançando, Gollum flape-flapeando à frente, chiando e praguejando; Bilbo atrás, silencioso como só um hobbit pode ser. Logo chegaram a lugares onde, como Bilbo notara durante a descida, passagens laterais abriam-se, de um lado e de outro. Gollum imediatamente começou a contá-las.

– Uma à esquerda, sim. Uma à direita, sim. Duas à direita, sim, sim. Duas à esquerda, sim, sim. – E assim por diante.

À medida que a conta avançava, ele diminuía o passo, e começou a ficar trêmulo e choroso, pois estava deixando a água cada vez mais longe e tinha medo. Podia haver orcs por perto, e ele perdera o anel. Por fim parou ao lado de uma abertura baixa, do lado esquerdo de quem subia.

– Sete à direita, sim. Seis à esquerda, sim! – sussurrou ele. – É esta. Este é o caminho para a porta de trás, sim. Aqui está a passagem!

Espiou lá dentro, e recuou encolhido. – Mas nós não arrisca entrar, preciosso, não, nós não arrisca. Orcses lá embaixo. Um monte de orcses. Nós sente o cheiro deles. Ssss!

– O que nós vai fazer? Que morram esses malditos! Nós precisa esperar aqui, preciosso, esperar um pouco para ver.

Assim, chegaram a um impasse. Gollum trouxera Bilbo até a saida no final das contas, mas Bilbo não podia sair! Lá estava Gollum sentado, acocorado bem na abertura, os olhos brilhando frios em sua cabeça, enquanto ele a virava de um lado para o outro entre os joelhos.

Bilbo afastou-se da parede, mais silencioso que um camundongo; mas Gollum enrijeceu-se de imediato, e farejou; seus olhos ficaram verdes. Soltou um chiado baixo, mas ameaçador. Gollum não conseguia ver o hobbit, mas estava alerta, e tinha outros sentidos que a escuridão aguçara: a audição e o olfato. Parecia estar agachado com as mãos chatas espalmadas no chão e a cabeça lançada à frente, com o nariz quase colado à pedra. Embora fosse apenas uma sombra negra no brilho dos próprios olhos, Bilbo podia ver ou sentir que ele estava tenso como a corda de um arco, pronta para o disparo.

Bilbo quase parou de respirar, enrijecendo-se também. Estava desesperado. Tinha de sair dali, daquela escuridão horrível, enquanto ainda lhe restavam forças. Tinha de lutar. Tinha de apunhalar a coisa maligna, apagar seus olhos, matá-la. Ela queria matá-lo. Não, não seria uma luta justa. Agora ele estava invisível. Gollum não tinha espada. Gollum não havia ameaçado matá-lo, nem havia tentado ainda. E estava arrasado, sozinho, perdido. Uma compreensão repentina, um misto de pena e horror, cresceu no coração de Bilbo: um vislumbre de dias infindáveis e indistintos, sem luz ou esperança de melhora, cheios de pedra dura, peixe frio, movimentos furtivos e sussurros. Todos esses pensamentos lhe passaram pela mente num lampejo. Estremeceu. Depois, de súbito, num outro lampejo, como se impelido por uma nova força e resolução, deu um salto.

Um salto não muito grande para um homem, mas um salto no escuro. Exatamente por cima da cabeça de Gollum ele pulou, sete pés à frente e três no ar; na realidade, Bilbo nem percebeu que por um triz não havia rachado a cabeça no arco baixo da passagem.

Gollum jogou-se para trás, e tentou agarrar o hobbit no momento em que este voava sobre ele, mas era tarde demais: suas mãos fecharam-se no ar vazio, e Bilbo, caindo sobre os pés firmes, saiu correndo pelo túnel. Não se virou para ver o que Gollum estava fazendo. A princípio ouviu-o chiar e praguejar bem atrás de si. Depois o ruído cessou. De repente, ouviu um grito de gelar o sangue, cheio de ódio e desespero. Gollum estava derrotado. Não ousava ir além. Tinha perdido: perdido a presa, e perdido, também, a única coisa de que gostava, o seu precioso. O grito fez com que o coração de Bilbo lhe viesse à boca, mas mesmo assim ele continuou correndo. Agora, fraca como um eco, mas ainda ameaçadora, ouvia a voz ao longe:

– Ladrão, ladrão, ladrão! Bolseiro! Nós odeia ele, nós odeia ele, nós odeia ele pra sempre!

Depois fez-se silêncio. Mas para Bilbo também o silêncio parecia ameaçador. "Se os orcs estão tão próximos que ele os farejou", pensou ele, "então terão ouvido seus guinchos e xingamentos. Cuidado agora, ou esse caminho o conduzirá a coisas piores."

A passagem era baixa e tosca. Não era muito difícil para o hobbit, a não ser quando, a despeito de todo o cuidado, batia os pobres pés contra as pedras pontudas no chão, e isso aconteceu várias vezes. "Um pouco baixa para orcs, pelo menos para os grandes", pensava Bilbo, sem saber que mesmo os grandes, os orcs das montanhas, avançam em grande velocidade com o corpo abaixado, as mãos quase tocando o solo.

A passagem, que até então levava para baixo, logo começou a subir outra vez e, depois de algum tempo, tornou-se íngreme. Isso fez com que Bilbo diminuísse o passo. Mas, por fim, a subida terminou, a passagem fez uma curva e começou a descer de novo, e lá, no fundo de um pequeno declive, ele viu, infiltrando-se por outra curva – um vislumbre de luz. Não era vermelha, como de fogo ou lamparina, mas uma luz pálida de ar livre. Então Bilbo começou a correr.

Correndo tanto quanto as pernas podiam, fez a última curva e de repente chegou a um espaço aberto, onde a luz, depois de todo aquele tempo no escuro, parecia estonteantemente clara. Na realidade, não passava de uma réstia de sol que entrava por uma soleira, onde uma grande porta, uma porta de pedra, fora deixada aberta.

Bilbo piscou, e então, de repente, viu os orcs: orcs vestindo armaduras completas, com espadas desembainhadas, sentados logo na entrada, vigiando-a com olhos bem abertos, vigiando a passagem que conduzia até ali. Estavam despertos, alertas, prontos para qualquer coisa.

Viram-no antes que ele os visse. Sim, eles o viram. Talvez por acidente, talvez como um último truque do anel antes de aceitar o novo dono, ele não estava no dedo de Bilbo. Com gritos de prazer os orcs partiram para cima dele.

Um espasmo de medo e perda, como um eco do desespero de Gollum, tomou conta de Bilbo, que, esquecendo-se até de puxar a espada, enfiou as mãos nos bolsos. E ali, no bolso esquerdo, ainda estava o anel, que escorregou para o seu dedo. Os orcs pararam de repente. Não viam sinal dele. Ele desaparecera. Soltaram um grito duas vezes mais forte, mas não com o mesmo prazer.

– Onde está ele? – gritavam.

– Voltem para a passagem! – gritavam alguns.

– Por aqui! – berravam alguns. – Por ali! – berravam outros.

– Fiquem vigiando a porta – urrou o capitão.

Soavam assobios, armaduras se chocavam, espadas tilintavam, orcs praguejavam, xingavam e corriam de um lado para o outro, caindo uns sobre os outros, cada vez mais furiosos. Azáfama terrível, tumulto e desordem.

Bilbo estava terrivelmente amedrontado, mas teve o bom senso de compreender o que acontecera e de se esconder atrás de um grande barril que continha bebida para os guardas-orcs, saindo assim do caminho e evitando que tropeçassem nele, que o pisoteassem até a morte ou que o capturassem pelo tato.

– Preciso chegar até a porta, preciso chegar até a porta! – dizia a si mesmo, mas demorou muito até que se arriscasse a tentar. E então foi como um terrível jogo de cabra-cega. O lugar estava cheio de orcs correndo de lá para cá, e o pobrezinho do hobbit, esquivando-se para um lado e para o outro, foi derrubado por um orc, que não conseguiu descobrir no que tropeçara, afastou-se de quatro, passou entre as pernas do capitão no último momento, levantou-se e correu para a porta.

Ainda estava aberta, mas um orc a havia empurrado e ela quase se fechara. Bilbo fez força mas não conseguiu movê-la. Tentou esgueirar-se pela fresta. Espremeu-se, espremeu-se e entalou. Foi horrível. Os botões de sua roupa se engancharam entre a borda da porta e o batente. Ele podia ver lá fora, o ar livre: havia alguns degraus que desciam para um vale estreito entre altas montanhas; o sol surgia por trás de uma nuvem e brilhava por trás da porta – mas ele não conseguia passar.

De repente, um dos orcs gritou lá dentro: – Há uma sombra ao lado da porta. Tem alguma coisa lá fora!

Bilbo ficou com o coração na boca. Fez uma tremenda contorção. Os botões voaram em todas as direções. Passou, com um casaco e um colete rasgados, descendo os degraus aos saltos como um cabrito, enquanto orcs perplexos ainda catavam seus belos botões de latão na soleira da porta.

É claro que logo vieram atrás dele, gritando, chamando e caçando em meio às árvores. Mas eles não gostam do sol: ele deixa suas pernas bambas e sua cabeça tonta. Não conseguiram encontrar Bilbo, que estava usando o anel, e entrava e saía furtivamente das sombras das árvores, depressa e em silêncio, e mantendo-se fora do alcance do sol; assim, logo voltaram, resmungando e praguejando, para guardar a porta. Bilbo tinha escapado.

CAPÍTULO VI

DA FRIGIDEIRA PARA O FOGO

Bilbo escapara dos orcs, mas não sabia onde estava. Perdera capuz, capa, comida, pônei, seus botões e seus amigos. Foi seguindo em frente a esmo, até que o sol começou a descer para o oeste – atrás das montanhas. A sombra delas atravessava o caminho de Bilbo, e ele olhou para trás. Depois olhou para a frente e só conseguiu ver cordilheiras e taludes descendo na direção de baixadas e planícies que vislumbrava ocasionalmente em meio às árvores.

– Céus! – exclamou ele. – Parece que cheguei ao outro lado das Montanhas Sombrias, bem no limite da Terra Além! Onde será que se meteram Gandalf e os anões? Só espero que não estejam ainda lá em poder dos orcs!

Continuou avançando, saiu do vale alto e estreito, e desceu as ladeiras além; mas, o tempo todo, um pensamento muito incômodo crescia dentro dele. Perguntava-se se não deveria, agora que tinha o anel mágico, voltar para os horríveis, horríveis túneis e procurar os amigos. Acabara de decidir que esse era o seu dever, que devia voltar – e sentia-se arrasado com a decisão –, quando ouviu vozes.

Parou para escutar. Não pareciam vozes de orcs; então, Bilbo avançou cautelosamente. Estava numa trilha de pedra que serpeava ao longo de uma muralha rochosa à esquerda; do outro lado o chão inclinava-se e havia vales abaixo do nível da trilha, cobertos de arbustos e árvores baixas. Em um desses vales, sob os arbustos, havia gente conversando.

Bilbo aproximou-se mais ainda, e de repente viu, espreitando entre dois rochedos, uma cabeça coberta com um capuz vermelho: era Balin em seu posto de sentinela. Poderia ter batido palmas e gritado de alegria, mas não fez nada disso. Ainda estava usando o anel, devido ao medo de encontrar algo inesperado e desagradável, e percebeu que Balin olhava na sua direção sem notá-lo.

"Vou fazer uma surpresa a todos", pensou ele, enquanto se arrastava para dentro dos arbustos na borda do vale. Gandalf estava discutindo com os anões. Ponderavam tudo o que acontecera nos túneis, perguntando-se e discutindo o que deveriam fazer. Os anões estavam resmungando, e Gandalf dizia que não podiam continuar a viagem deixando o Sr. Bolseiro nas mãos dos orcs, sem tentar descobrir se ele estava vivo ou morto, e sem tentar resgatá-lo.

– Afinal de contas, ele é meu amigo – disse o mago –, e não é um mau sujeito. Sinto-me responsável por ele. Queria imensamente que não o tivessem perdido.

Os anões queriam saber por quê, afinal de contas, o tinham trazido, por que ele não conseguia ficar com os amigos e vir junto com eles, e por que o mago não escolhera alguém com mais juízo. – Até agora ele mais atrapalhou do que ajudou – disse um deles. – Se tivermos de voltar agora, entrar naqueles túneis abomináveis para procurá-lo, então que ele se dane, é o que eu digo.

Gandalf respondeu enfurecido: – Eu o trouxe, e não trago coisas que não são de utilidade. Ou vocês me ajudam a procurá-lo, ou eu os abandono aqui, e vão ter de sair dessa confusão por si próprios. Se conseguirmos encontrá-lo de novo, vocês vão me agradecer antes que tudo esteja terminado. Por que diabos você o deixou cair, Dori?

– Você o teria deixado cair – respondeu Dori – se um orc de repente agarrasse suas pernas por trás no escuro, desse-lhe uma rasteira e chutasse suas costas!

– Então por que não o pegou de novo?

– Ora essa! Que pergunta! Orcs lutando e mordendo no escuro, todo mundo caindo sobre os outros e batendo uns nos outros! Você quase cortou fora minha cabeça com Glamdring, e Thorin golpeava com Orcrist a torto e a direito. De repente você soltou um de seus clarões ofuscantes, e vimos os orcs fugindo e ganindo. Você gritou: "Sigam-me, todos!", e todos deveriam tê-lo seguido. Pensamos que todo mundo tivesse feito isso. Não havia tempo para contar, como você sabe muito bem, até que tivéssemos escapulido pelos portões da guarda, pela porta de baixo, chegando aos trambolhões até aqui. E aqui estamos, sem o ladrão, maldito!

– E aqui está o ladrão! – disse Bilbo, descendo para o meio deles e retirando o anel.

Céus! Como pularam! Depois gritaram de surpresa e alegria. Gandalf estava tão atônito quanto qualquer um deles, mas provavelmente mais alegre que todos os outros. Chamou Balin e disse-lhe o que pensava de vigias que deixavam alguém aparecer no meio deles daquele jeito, sem nenhum aviso. É fato que a reputação de Bilbo entre os anões cresceu muito depois disso. Se eles ainda tinham dúvidas, apesar das palavras de Gandalf, de que ele era um ladrão de primeira classe, deixaram de tê-las. Balin foi o que ficou mais perplexo; mas todos disseram que foi uma façanha de muita esperteza.

Na verdade, Bilbo ficou tão satisfeito com os elogios deles que apenas riu por dentro e não disse nada sobre o anel; e, quando lhe perguntaram como fizera aquilo, ele disse: – Ah, eu só cheguei sorrateiramente, vocês sabem, com toda a cautela e silêncio.

– Bem, nunca me aconteceu nem mesmo de um rato passar, com toda a cautela e silêncio, bem debaixo do meu nariz sem ser visto – disse Balin –, e tiro o meu capuz para você. – E foi o que ele fez.

– Balin, às suas ordens – disse ele.

– Bolseiro, seu criado – disse Bilbo.

Então quiseram saber tudo sobre as suas aventuras depois que o haviam perdido, e Bilbo sentou-se e contou tudo, exceto sobre o anel ("não agora", pensou ele). Ficaram particularmente interessados na competição de adivinhas, e tremeram, muito impressionados, ao ouvirem a descrição de Gollum feita por Bilbo.

– E então eu não conseguia pensar em nenhuma outra pergunta com ele sentado ao meu lado – terminou Bilbo. – Aí eu disse: "O que eu tenho no bolso?" E ele não conseguiu adivinhar em três tentativas. Então eu disse: "E sua promessa? Mostre-me a saída!" Mas ele partiu para cima de mim com a intenção de me matar, e eu corri, caí e ele me perdeu na escuridão. Então fui atrás dele, porque o ouvi conversando consigo mesmo. Pensava que eu realmente conhecia a saída, e por isso estava indo para lá. E então ele se sentou na entrada, e eu não conseguia passar. Então saltei por cima dele e escapei, e desci correndo até o portão.

– E os guardas? – perguntaram eles. – Não tinha nenhum?

– Tinha sim!, um monte, mas eu me esquivei deles. Fiquei entalado na porta, que só estava um pouquinho aberta, e perdi um monte de botões – disse ele tristemente, olhando para as roupas rasgadas. – Mas consegui me espremer e passar; e aqui estou.

Os anões o olharam com um respeito inteiramente novo, quando ele falou sobre esquivar-se de guardas, saltar sobre Gollum e se espremer e passar, como se não fosse nada muito difícil ou alarmante.

– O que foi que eu lhes disse? – disse Gandalf rindo. – O Sr. Bolseiro tem muito mais talentos do que vocês imaginam. – No momento em que dizia isso, lançou a Bilbo um olhar estranho por baixo das grossas sobrancelhas, e o hobbit ficou imaginando se ele não adivinhara a parte da história que ele havia omitido.

Depois, ele tinha suas próprias perguntas, pois, se Gandalf explicara tudo aos anões, ele não ouvira. Queria saber como o mago aparecera de novo e onde todos eles haviam se metido.

O mago, para falar a verdade, não se incomodava em explicar sua esperteza mais de uma vez; então disse a Bilbo que tanto ele como Elrond sabiam muito bem da presença de orcs malignos naquela região das montanhas. Mas seu portão principal ficava numa passagem diferente, mais fácil de atravessar, de modo que freqüentemente pegavam pessoas surpreendidas pela noite perto de seus portões. Evidentemente as pessoas haviam deixado de trilhar aquele caminho, e os orcs provavelmente tinham aberto a nova entrada no topo da passagem que os anões haviam escolhido, e muito recentemente, porque até então ela parecera bastante segura.

– Preciso ver se encontro um gigante mais ou menos confiável para bloqueá-la de novo – disse Gandalf – ou logo não haverá como atravessar as montanhas.

Assim que Gandalf ouvira o grito de Bilbo, percebeu o que acontecera. No clarão que matara os orcs que o agarravam, ele se enfiara na fenda, bem no momento em que ela se fechava. Seguiu os condutores e os prisioneiros até o limiar do grande salão, e ali sentou-se e preparou a melhor mágica que podia naquela escuridão.

– Um negócio bastante melindroso – disse ele. – Muito arriscado!

Mas, sem dúvida, Gandalf fizera um estudo especial de encantamentos com fogo e luzes (mesmo o hobbit nunca esquecera os fogos de artifício mágicos nas festas do solstício de verão do Velho Tûk, como vocês devem lembrar). O resto todos sabemos – exceto que Gandalf sabia tudo sobre a porta dos fundos, que os orcs chamavam portão de baixo, onde Bilbo perdera seus botões. Na verdade, todos os que estavam familiarizados com aquela região das montanhas conheciam-na muito bem; mas era preciso um mago para manter a cabeça fria nos túneis e guiar o grupo na direção certa.

– Eles fizeram o portão eras atrás – disse ele –, em parte como um caminho de fuga, se precisassem de um, e em parte como saída para as terras além, aonde ainda vão no escuro e onde causam grandes estragos. Eles a guardam constantemente, e ninguém jamais conseguiu bloqueá-la. Depois disso, vão dobrar a vigilância – disse ele, rindo.

Todos os outros também riram. Afinal de contas, tinham perdido muita coisa, mas haviam matado o Grão Orc, além de muitos outros; e todos tinham escapado, de modo que se podia dizer que, até o momento, haviam levado vantagem.

Mas o mago chamou-os à razão. – Precisamos partir imediatamente, agora que descansamos um pouco – disse ele. – Vão sair atrás de nós às centenas quando cair a noite, e as sombras já estão se alongando. Eles podem farejar nossas pegadas horas e horas depois de termos passado. Precisamos estar milhas à frente antes do crepúsculo. Haverá um pouco de lua, se o tempo continuar bom, e isso é sorte. Não que se incomodem muito com a lua, mas ela nos dará um pouco de luz para que possamos nos guiar.

– Ah, sim! – disse ele, em resposta a mais perguntas do hobbit. – A gente perde a noção do tempo nos túneis dos orcs. Hoje é quinta-feira, e foi na segunda à noite ou na terça cedo que fomos capturados. Andamos milhas e milhas, e passamos através do coração das montanhas, e agora estamos do outro lado – um belo atalho. Mas não estamos no ponto que nossa passagem nos teria conduzido; estamos muito ao norte, e temos um bom trecho de terreno acidentado à frente. E ainda estamos muito no alto. Vamos!

– Estou com uma fome terrível! – resmungou Bilbo, que, de repente, percebeu que não tivera uma refeição desde a noite de antes de anteontem. Imaginem o que é isso para um hobbit! Seu estômago parecia vazio e frouxo, e suas pernas completamente bambas, agora que a excitação passara.

– Não há nada a fazer – disse Gandalf –, a não ser que você queira voltar e pedir aos orcs com toda a educação que lhe devolvam o pônei com a bagagem.

– Não, obrigado! – respondeu Bilbo.

– Então muito bem, só nos resta apertar os cintos e avançar, ou seremos transformados em comida, e isso será muito pior do que ficarmos sem comer.

Enquanto avançavam, Bilbo olhava de um lado para o outro procurando algo para comer; mas as amoreiras estavam apenas em flor, e é claro que não havia nozes, nem mesmo frutinhas de espinheiro. Mordiscou umas folhas de azedinha, bebeu de um pequeno riacho da montanha que cruzava a trilha, e comeu três morangos silvestres que encontrou na margem, mas não adiantou muito.

Ainda continuaram avançando. A trilha acidentada desapareceu. Os arbustos, e o capim alto entre os rochedos, os trechos de relva tosada pelos coelhos, o tomilho, a sálvia e a manjerona, as estevas amarelas, todos desapareceram, e eles se viram no topo de uma encosta larga e íngreme, de pedras soltas, os restos de uma avalanche. Quando começaram a descer, entulho e pedregulhos rolaram de seus pés; logo, pedaços maiores de pedra partida começaram a cair, fazendo deslizar outros pedaços mais abaixo; depois, grandes pedaços de rocha soltaram-se e caíram, partindo-se com estrondo e poeira. Logo, toda a encosta, acima e abaixo deles, parecia estar em movimento, e eles se viram deslizando, amontoados, numa confusão medonha de pedaços de rocha que escorregavam, estrepitavam e arrebentavam.

Foram as árvores no fundo do vale que os salvaram. Escorregaram para dentro de um bosque de pinheiros que naquele trecho subia a encosta da montanha, vindo das florestas mais escuras e profundas do vale lá embaixo. Alguns se agarraram aos troncos e foram descendo até os galhos mais baixos; outros (como o pequeno hobbit) ficaram atrás de alguma árvore para se protegerem do ataque furioso das rochas. Logo o perigo passou; a avalanche havia parado, e podiam-se ouvir os últimos estrondos abafados, enquanto rochedos deslocados saltavam, rodopiando por entre as samambaias e as raízes dos pinheiros lá embaixo.

– Bem, isso nos fez avançar um bocado – disse Gandalf –, e até mesmo orcs em nosso encalço vão ter trabalho para descer até aqui sem barulho.

– Talvez – resmungou Bombur –, mas não vai ser difícil rolar pedras sobre nossas cabeças. – Os anões (e Bilbo) estavam longe de se sentirem felizes, e esfregavam as pernas e os pés esfolados e feridos.

– Besteira! Vamos virar aqui e sair da trilha do deslizamento. Precisamos ser rápidos! Vejam a luz!

O sol já se escondera atrás das montanhas havia muito tempo. As sombras já se adensavam ao redor deles, embora, na distância, por entre as árvores e sobre as copas negras das que cresciam mais abaixo, ainda pudessem ver as luzes do entardecer nas planícies além. Foram avançando com dificuldade, tão rapidamente quanto podiam, pelas encostas suaves de um bosque de pinheiros, numa trilha oblíqua, que seguia sempre para o sul. Às vezes abriam caminho através de um mar de samambaias com frondes altas, erguendo-se acima da cabeça do hobbit; às vezes avançavam com o maior silêncio sobre um leito de agulhas de pinheiros; e a cada momento a escuridão da floresta ficava mais pesada e o silêncio mais profundo.

Naquela noite não havia vento que trouxesse nem sequer um suspiro de oceano aos ramos das árvores.

– Precisamos avançar mais ainda? – perguntou Bilbo, quando estava tão escuro que só conseguia ver a barba de Thorin balançando ao seu lado, e tão silencioso que até a respiração dos anões fazia barulho. – Meus pés estão machucados e bambos, minhas pernas doem e meu estômago está balançando como um saco vazio.

– Um pouco mais – respondeu Gandalf.

Depois do que pareceu séculos, chegaram de repente a uma clareira onde não crescia nem uma árvore. A lua estava alta e brilhava na clareira. De alguma forma, todos tiveram a impressão de que aquele não era um bom lugar, embora não se visse nada de errado.

De repente, ouviram um uivo colina abaixo, um uivo longo e assustador. Foi respondido por outro à direita, muito mais próximo; depois, por outro, não muito longe, à esquerda. Eram lobos uivando para a lua, lobos se juntando!

Não havia lobos perto da toca do Sr. Bolseiro, mas ele conhecia aquele barulho. Ouvira a descrição em histórias muitas vezes. Um de seus primos mais velhos (do lado dos Tûks), que fora um grande viajante, costumava imitar o barulho para amedrontá-lo. Ouvi-lo na floresta ao luar era demais para Bilbo. Mesmo anéis mágicos não são de grande utilidade contra lobos – especialmente contra as alcatéias malignas que viviam à sombra das montanhas infestadas de orcs, além do Limiar do Ermo, nos limites do desconhecido. Lobos desse tipo têm o faro mais apurado que os orcs, e não precisam enxergar para pegar alguém!

– O que vamos fazer, o que vamos fazer? – gritou ele. – Escapar dos orcs para ser apanhado pelos lobos! – disse ele, e a frase tornou-se um provérbio, embora hoje em dia digamos "saltar da frigideira para cair no fogo" no mesmo tipo de situação incômoda.

– Subam nas árvores, depressa! – gritou Gandalf. E eles correram para as árvores na borda da clareira, procurando aquelas que tinham galhos bastante baixos ou que eram esguias o suficiente para permitir a escalada. Encontraram-nas com a maior rapidez possível, vocês podem imaginar, e subiram nos galhos mais altos em que podiam confiar. Vocês teriam rido (a uma distância segura) se tivessem visto os anões empoleirados nas árvores com as barbas balançando, como velhos cavalheiros malucos brincando de ser meninos. Fili e Kili estavam em cima de um lariço alto, que parecia uma enorme árvore de Natal. Dori, Nori, Ori, Oin e Gloin ficaram mais confortáveis num enorme pinheiro com galhos que saíam do tronco em intervalos regulares, como os raios de uma roda. Bifur, Bofur e Bombur e Thorin estavam em outro. Dwalin e Balin haviam trepado num abeto alto, delgado e com poucos galhos e tentavam encontrar um lugar para sentar entre a folhagem dos ramos mais altos. Gandalf, que era bem mais alto que os outros, encontrara uma árvore na qual eles não podiam subir, um grande pinheiro bem na borda da clareira. Estava bem escondido entre os galhos, mas podia-se ver seus olhos brilhando à luz da lua quando ele espiava lá fora.

E Bilbo? Não conseguiu subir em nenhuma árvore, e corria de um tronco para outro, como um coelho que perdeu a toca e está fugindo de um cachorro.

– Você deixou o ladrão para trás outra vez! – disse Nori a Dori, olhando para baixo.

– Não posso ficar o tempo todo carregando ladrões nas costas – disse Dori –, descendo túneis e subindo em árvores. O que acha que eu sou? Um carregador?

– Ele vai ser devorado se não fizermos algo – disse Thorin, pois ouviam-se uivos em toda a volta, chegando cada vez mais perto. – Dori! – chamou ele, pois Dori estava mais embaixo, na árvore mais fácil – seja rápido e ajude o Sr. Bolseiro a subir!

Dori era realmente um sujeito decente, apesar de resmungão. O pobre Bilbo não conseguia alcançar sua mão mesmo depois que ele desceu até o galho mais baixo e esticou o braço o máximo possível. Dori então desceu da árvore e permitiu que Bilbo subisse em suas costas.

Naquele exato momento os lobos invadiram a clareira uivando. De repente, havia centenas de olhos fixados sobre eles. Mesmo assim, Dori não abandonou Bilbo. Esperou que ele se desprendesse de seus ombros e subisse na árvore, e depois ele mesmo saltou para os galhos. Por um triz! Um lobo tentou abocanhar sua capa no momento em que subia, e quase conseguiu. Em um minuto já havia um bando inteiro ganindo em volta da árvore e saltando contra o tronco, os olhos flamejantes e línguas à mostra.

Mas nem mesmo os Wargs selvagens (pois esse era o nome dos lobos malignos que habitavam o Limiar do Ermo) conseguem subir em árvores. Por algum tempo o grupo estava a salvo. Felizmente, o tempo estava quente e sem vento. Não é muito confortável ficar sentado numa árvore por muito tempo, em qualquer ocasião, mas, no frio e no vento, com lobos por toda a volta esperando a gente lá embaixo, as árvores podem se transformar em lugares absolutamente deploráveis.

Aquela clareira no círculo de árvores era evidentemente um local de encontro dos lobos. Mais e mais continuavam a chegar. Deixaram guardas no pé da árvore em que estavam Dori e Bilbo, e depois foram farejando até descobrirem cada árvore que abrigava alguém. Estas também ficaram sob vigia, enquanto todos os outros lobos (ao que parecia, centenas e centenas) foram sentar-se num grande círculo na clareira; e no meio do círculo havia um enorme lobo cinzento. Dirigiu-se a eles na terrível língua dos Wargs. Gandalf a entendia. Bilbo não, mas aquilo lhe pareceu horrível, como se toda a conversa fosse sobre coisas cruéis e malvadas, e de fato era. De quando em quando todos os Wargs no círculo respondiam ao chefe cinzento numa só voz, e seu clamor medonho quase fazia com que o hobbit caísse de seu pinheiro.

Vou lhes contar o que Gandalf ouviu, embora Bilbo não tenha entendido. Os Wargs e os orcs freqüentemente se ajudavam uns aos outros em feitos maldosos. Os orcs geralmente não se arriscam a ir muito longe de suas montanhas, a não ser que sejam expulsos e estejam procurando novas moradias, marchando para a guerra (o que, alegro-me em dizer, não acontece há muito tempo). Mas, naquela época, eles às vezes organizavam ataques, especialmente para conseguir comida ou escravos que trabalhassem para eles. Nessas ocasiões, muitas vezes chamavam os Wargs para ajudá-los e dividiam o espólio com eles. Às vezes montavam nos lobos como os homens montam em cavalos. Aparentemente um grande ataque-orc fora planejado para aquela noite. Os Wargs tinham vindo encontrar-se com os orcs e os orcs estavam atrasados. O motivo, sem dúvida, era a morte do Grão-Orc, além de toda a confusão causada pelos anões, Bilbo e o mago, que eles provavelmente ainda estavam caçando.

Apesar dos perigos daquela terra longínqua, homens corajosos ultimamente retornavam do sul, cortando árvores e construindo moradias nas florestas mais agradáveis dos vales e ao longo das margens dos rios. Havia muitos deles, eram corajosos e estavam bem-armados, e mesmo os Wargs não ousavam atacá-los quando estavam em grupos grandes, ou em plena luz do dia. Mas, dessa vez, tinham planejado, com a ajuda dos orcs, atacar de noite algumas vilas mais próximas das montanhas. Se o plano fosse levado até o fim, não teria sobrado ninguém no dia seguinte; todos teriam sido mortos, exceto os poucos que os orcs protegessem dos lobos e levassem como prisioneiros para suas cavernas.

Era uma conversa horrível de ouvir, não só por causa dos bravos homens da florestas, suas mulheres e crianças, mas também devido ao perigo que agora ameaçava Gandalf e seus amigos. Os Wargs estavam furiosos e perplexos por tê-los encontrado exatamente em seu local de encontro. Achavam que eram amigos dos homens da floresta, que tinham vindo espioná-los, e levariam notícias de seus planos para os vales, e então os orcs e os lobos teriam de travar uma terrível batalha em vez de capturar prisioneiros e devorar pessoas surpreendidas durante o sono. Assim, os Wargs não tinham intenção de ir embora e deixar escapar as pessoas em cima das árvores, pelo menos não até de manhã. E, muito antes disso, diziam eles, soldados orcs viriam das montanhas, e orcs podem subir em árvores ou cortá-las.

Agora vocês podem entender por que Gandalf, ouvindo aqueles rosnados e ganidos, começou a ficar terrivelmente amedrontado, mesmo sendo um mago, e a sentir que estavam num lugar muito ruim e que ainda não tinham escapado. Mesmo assim, não estava disposto a permitir que eles fizessem tudo como desejavam, embora não pudesse fazer muita coisa pendurado numa árvore alta e com lobos por toda a volta no chão lá embaixo. Apanhou as grandes pinhas dos galhos de sua árvore. Então, ateou em uma delas um fogo azul e brilhante e arremessou-a zunindo no meio do círculo de lobos. Acertou um nas costas, e imediatamente seu pêlo emaranhado pegou fogo, e ele começou a saltar de um lado para o outro com ganidos horríveis. Então veio outra, e mais outra, uma com fogo azul, outra com fogo vermelho, outra ainda com chamas verdes. Explodiam no chão no meio do círculo e se apagavam em faíscas coloridas e fumaça. Uma especialmente grande acertou o focinho do chefe dos lobos, que deu um pulo de dez pés e depois começou a correr em volta do círculo, mordendo e tentando abocanhar até mesmo os outros lobos em sua fúria e medo.

Os anões e Bilbo gritavam e aplaudiam. Era terrível a fúria dos lobos, e o tumulto que faziam enchia toda a floresta. Os lobos têm medo do fogo em todas as ocasiões, mas aquele fogo era terrível e estranho demais. Quando uma faísca atingia o pêlo, grudava nele e queimava-lhes a carne e, a menos que rolassem rápido no chão, logo estavam completamente em chamas. Em pouco tempo, havia por toda a clareira lobos rolando no chão tentando apagar as faíscas das costas, enquanto os que estavam queimando corriam por todos os lados, uivando e ateando fogo aos outros, até que seus próprios amigos passaram a acossá-los, e eles fugiram descendo as encostas, gritando e gemendo à procura de água.

– Que alvoroço é este na floresta? – perguntou o Senhor das Águias. Estava pousado, negro ao luar, no topo de um solitário pináculo de pedra na borda leste das montanhas. – Ouço vozes de lobos! Será que os orcs estão aprontando alguma maldade na floresta?

Ergueu-se no ar, e imediatamente dois de seus guardas, das rochas dos dois lados, saltaram atrás dele. Voavam em círculos e olhavam o círculo dos Wargs, um pequeno ponto distante, bem lá embaixo. Mas as águias têm olhos penetrantes e podem enxergar coisas pequenas a uma grande distância. O senhor das águias das Montanhas Sombrias tinha olhos que podiam contemplar o sol sem piscar e enxergar um coelho movendo-se no solo uma milha abaixo, mesmo à luz da lua. Assim, embora não conseguisse ver as pessoas nas árvores, pôde perceber a confusão entre os lobos, ver os pequenos clarões de fogo e ouvir os uivos e ganidos que lhe chegavam fracos lá de baixo. Também pôde ver o reflexo da luz nas lanças e capacetes dos orcs, quando longas fileiras do povo maligno desciam pelas encostas, saindo de seus portões e entrando na floresta.

As águias não são pássaros amigáveis. Algumas são covardes e cruéis. Mas as da raça antiga das montanhas do norte eram as mais nobres de todas as aves; eram altivas, fortes e de coração nobre. Não gostavam de orcs, nem tinham medo deles. Quando lhes davam alguma atenção (o que era raro, pois não comiam tais criaturas), precipitavam-se sobre eles num vôo rasante e os empurravam, aos gritos, de volta para suas cavernas, interrompendo qualquer maldade que estivessem fazendo. Os orcs odiavam as águias e tinham medo delas, mas não conseguiam alcançar seus altos domínios, ou expulsá-las das montanhas.

Naquela noite, o Senhor das Águias estava cheio de curiosidade para saber o que estava se passando; então reuniu muitas outras águias, e todas alçaram vôo das montanhas, e lentamente, voando em espiral, foram descendo, descendo na direção do círculo de lobos e do local de encontro dos orcs.

Foi ótimo! Coisas terríveis estavam acontecendo lá embaixo. Os lobos que tinham pegado fogo e fugido floresta adentro tinham-na incendiado em vários trechos. Era pleno verão, e no lado oriental das montanhas houvera pouca chuva. Samambaias amarelecidas, galhos caídos, grandes montes de agulhas de pinheiros e, aqui e ali, árvores mortas, logo estavam em chamas. À volta de toda a clareira dos Wargs o fogo subia. Mas os guardas-lobos não abandonavam as árvores. Enlouquecidos e furiosos, saltavam e uivavam ao redor dos troncos, amaldiçoando os anões em sua língua horrível, com as línguas para fora e os olhos brilhando, tão rubros e ferozes como as chamas.

Então, de repente, orcs chegaram, correndo e gritando. Achavam que se travava uma batalha contra os homens da floresta, mas logo perceberam o que realmente acontecera. Alguns deles sentaram-se para rir. Outros agitavam as lanças e batiam as hastes contra os escudos. Os orcs não têm medo de fogo, e logo já tinham um plano que lhes pareceu bastante divertido.

Alguns reuniram todos os lobos. Outros amontoaram samambaias e gravetos em volta dos troncos das árvores. Outros ainda corriam de um lado para outro, pisando e batendo os pés, batendo os pés e pisando, até que todas as chamas estivessem extintas – mas não apagaram o fogo mais próximo às árvores onde estavam os anões. Este fogo alimentaram com folhas, galhos e samambaias mortas. Logo havia um anel de fumaça e chamas ao redor dos anões, um anel que impediam que se alastrasse para fora, mas que se fechava cada vez mais, até que o fogo começou a lamber o combustível amontoado sob as árvores. Os olhos de Bilbo encheram-se de fumaça, ele sentia o calor das chamas, e através da fumaça podia ver os orcs dançando num círculo, como pessoas em volta de uma fogueira no solstício de verão. Ao redor do círculo, guerreiros com lanças e machados mantinham os lobos a uma distância respeitosa, observando e esperando.

Bilbo pôde ouvir os orcs entoando uma canção horrível:

Em cinco pinheiros, quinze passarinhos,
brisa de fogo os mantém quentinhos!
Estranhos pássaros, todos desasados!
Que vamos fazer com esses coitados?
Assá-los vivos ou à cabidela;
fritá-los, fervê-los, servir na panela?

Depois pararam e gritaram: – Voem, passarinhos! Voem, se puderem! Desçam, passarinhos, ou vão se tostar em seus ninhos! Cantem, cantem, passarinhos! Por que não cantam?

– Vão embora, moleques! – gritou Gandalf em resposta. – Não é época de roubar ninhos. Além disso, meninos travessos que brincam com fogo levam castigo. – Disse isso para deixá-los furiosos, e para mostrar que não estava com medo, embora fosse óbvio que estava, mesmo sendo um mago. Mas eles não tomaram conhecimento e continuaram a cantar.

Queimar, queimar, samambaia e abeto alvar!
Mirrar, sapecar! a tocha que chia
A noite ilumina pra nossa alegria,
Ya hey!

Assar e tostar, fritar e torrar!
Que haja barbas ardentes e olhos vidrados;
Cheiro de cabelos e ossos queimados
em cinzas jazendo
expostos ao relento!
Assim vão os anões morrendo,
e acendendo a noite para nosso deleite,
Ya hey!
Ya-harri-hey!
Ya hoy!

E com aquele *Ya hoy!* as chamas estavam sob a árvore de Gandalf. Num instante espalharam-se para as outras. Os troncos pegaram fogo e os galhos mais baixos estalavam.

Então Gandalf subiu até o topo de sua árvore. O esplendor repentino brilhou de seu cajado como um relâmpago, no momento em que se preparava para saltar de lá de cima bem no meio das lanças dos orcs. Teria sido o seu fim, embora ele provavelmente viesse a matar vários ao se arremessar como um raio. Mas não chegou a saltar.

Naquele exato momento o Senhor das Águias deu um vôo rasante, prendeu-o nas garras e se foi.

Os orcs soltaram um uivo de raiva e surpresa. O Senhor das Águias emitiu um grito forte, pois Gandalf agora lhe falara. As aves que estavam com ele voltaram e desceram como enormes sombras negras. Os lobos gemiam e rangiam os dentes; os orcs gritavam e batiam os pés no chão, cheios de ira, arremessando em vão as pesadas lanças no ar. Sobre suas cabeças as águias atacavam; a arremetida negra de suas asas derrubava-os no chão ou empurrava-os para longe; suas garras dilaceravam as caras dos orcs. Outras aves voaram até as copas das árvores e agarraram os anões, que agora subiam mais alto do que jamais teriam ousado.

O pobrezinho do Bilbo quase foi deixado para trás de novo! Conseguiu apenas agarrar as pernas de Dori, no momento em que Dori era levado, por último; e assim os dois passaram juntos por sobre o tumulto e o incêndio, Bilbo balançando no ar, com os braços quase se quebrando.

Agora, lá embaixo, os orcs e os lobos se dispersavam pela floresta. Algumas águias ainda voavam em círculos e faziam rasantes sobre o campo de batalha. As chamas ao redor das árvores saltaram de repente para os galhos mais altos. Subiram num fogo crepitante. Houve uma rajada súbita de faíscas e fumaça. Bilbo escapara por um triz!

Logo o incêndio era uma luz fraca lá embaixo, um ponto vermelho piscando no chão negro, e eles estavam no céu, subindo sempre em círculos possantes e largos. Bilbo nunca se esqueceu daquele vôo, pendurado nos tornozelos de Dori. Gemia "meus braços, meus braços"; mas Dori resmungava "minhas pobres pernas, minhas pobres pernas!"

Na melhor das hipóteses, alturas deixavam Bilbo zonzo. Ficava tonto quando olhava por sobre a borda de um penhasco, mesmo baixo; e jamais gostara de escadas, muito menos de árvores (nunca tivera de escapar de lobos antes). Então vocês podem imaginar como a cabeça dele rodava, agora que ele olhava para baixo, por entre seus pés suspensos no ar, e via terras escuras estendendo-se abaixo dele, tocadas aqui e acolá pela luz da lua numa encosta rochosa ou num rio das planícies.

Os picos pálidos das montanhas estavam mais perto, espigões de pedra iluminados pelo luar, projetando-se de sombras negras. Verão ou não, parecia estar muito frio. Bilbo fechou os olhos e ficou imaginando se conseguiria agüentar mais. Depois imaginou o que aconteceria se não agüentasse. Sentiu enjôos.

O vôo terminou na hora exata para ele, um momento antes de seus braços cederem. Ele largou os tornozelos de Dori com um suspiro e caiu em cima da plataforma áspera de um ninho de águia. Ali ficou deitado, sem falar nada, e seus pensamentos eram uma mistura de surpresa por ter sido salvo do fogo e medo de cair daquele lugar estreito e mergulhar nas sombras profundas dos dois lados. Agora sentia-se realmente zonzo, depois das terríveis aventuras dos últimos três dias, sem quase nada para comer, e viu-se dizendo em voz alta: – Agora eu sei como um pedaço de toucinho se sente quando o pegam da panela com um garfo e colocam de volta na prateleira!

– Não, você não sabe! – ele ouviu Dori respondendo –, porque o toucinho sabe que mais cedo ou mais tarde voltará para a panela: é de esperar que nós não vamos voltar. Além disso, águias não são garfos!

– Ah, não! Nem um pouco parecidas com garças, garfos, quero dizer – disse Bilbo, recostando-se e olhando ansiosamente para a águia pousada ali perto. Perguntou-se que outras besteiras estivera dizendo, e se a águia o consideraria rude. Não se deve ser rude com uma águia quando se tem o tamanho de um hobbit e se está no ninho dela de noite!

A águia apenas afiou o bico numa pedra, aprumou as penas e não deu a mínima atenção.

Logo outra águia surgiu. – O Senhor das Águias ordena que leve seus prisioneiros para o Grande Patamar – gritou ela, e foi-se embora de novo. A outra pegou Dori em suas garras e voou com ele para dentro da noite, deixando Bilbo sozinho. Ele teve forças apenas para se perguntar o que o mensageiro quisera dizer com "prisioneiros", e para começar a se imaginar sendo desmembrado para a ceia como um coelho, quando então chegou a sua vez.

A águia voltou, pegou-o pelo casaco com as garras e levantou vôo. Desta vez foi apenas uma viagem curta. Logo depois

Bilbo era colocado, tremendo de medo, numa ampla plataforma de pedra na encosta da montanha. Não havia um caminho até o alto, a não ser voando, e nenhum caminho para baixo, a não ser pulando do precipício. Ali encontrou todos os outros, recostados na parede da montanha. O Senhor das Águias também estava lá e conversava com Gandalf.

Parecia que, afinal de contas, Bilbo não seria devorado. O mago e o senhor-águia pareciam conhecer-se ligeiramente, e davam até a impressão de que mantinham relações amistosas. Na realidade, Gandalf, que estivera várias vezes nas montanhas, outrora prestara um serviço às águias, curando o seu senhor de um ferimento de flecha. Então, como vocês podem perceber, "prisioneiros" queria dizer apenas "prisioneiros resgatados dos orcs", e não cativos das águias. Ouvindo a conversa de Gandalf, Bilbo percebeu que finalmente iriam escapar de verdade das terríveis montanhas. O mago estava discutindo com a Grande Águia planos para carregar para longe os anões, ele mesmo e Bilbo, e deixá-los prosseguir sua viagem através das planícies lá embaixo.

O Senhor das Águias não estava disposto a levá-los a nenhum lugar onde houvesse homens. – Eles atirariam em nós com seus grandes arcos de teixo – disse ele –, pois pensariam que estamos atrás de suas ovelhas. E, em outra ocasião, estariam certos. Não! Estamos satisfeitos por atrapalhar as brincadeiras dos orcs e satisfeitos por retribuir o que nos fez, mas não vamos nos arriscar por anões nas planícies do sul.

– Muito bem – disse Gandalf. – Levem-nos para onde e até onde quiserem! Já estamos profundamente agradecidos a vocês. Mas, enquanto isso, estamos com uma fome terrível!

– Estou quase morto de fome – disse Bilbo numa vozinha fraca que ninguém ouviu.

– Talvez possa dar-se um jeito nisso – disse o Senhor das Águias.

Mais tarde vocês poderiam ver uma fogueira brilhando no patamar de pedra e os vultos dos anões ao redor dela, cozinhando e produzindo um cheiro agradável de assado. As águias haviam trazido galhos secos para o fogo, coelhos, lebres e uma

As Montanhas Sombrias, vista para o Oeste

ovelha pequena. Os anões fizeram todos os preparativos. Bilbo estava fraco demais para ajudar, e, de qualquer forma, não era muito bom para esfolar coelhos e picar carne, acostumado que estava a recebê-la do açougueiro prontinha para cozinhar. Gandalf também estava deitado, depois de ter feito a sua parte acendendo o fogo, já que Oin e Gloin tinham perdido suas pederneiras. (Os anões ainda não usavam fósforos.)

Assim terminaram as aventuras nas Montanhas Sombrias. Logo o estômago de Bilbo estava cheio e confortável de novo, e ele tinha a impressão de que poderia dormir satisfeito, embora, na verdade, preferisse pão com manteiga a pedaços de carne assada em espetos. Dormiu na rocha dura, mais profundamente do que jamais dormira na cama de penas em sua pequena toca. Mas toda a noite sonhou com a própria casa e em seu sonho caminhou em todos os cômodos, procurando algo que não conseguia encontrar nem lembrar como era.

CAPÍTULO VII
ESTRANHOS ALOJAMENTOS

No dia seguinte Bilbo acordou com os primeiros raios do sol batendo em seus olhos. Levantou-se num salto para ver as horas e pôr a chaleira no fogo – e percebeu que não estava em casa. Sentou-se e desejou em vão poder se lavar e pentear. Não conseguiu nem uma coisa nem outra, nem chá nem torradas, nem toucinho para o desjejum, apenas carne fria de carneiro e coelho. E depois daquilo teve de aprontar-se para enfrentar outro dia.

Desta vez permitiram que subisse no dorso de uma águia e se segurasse no meio das asas. O vento batia-lhe no rosto e ele fechou os olhos. Os anões gritavam adeus e prometiam recompensar o Senhor das Águias se algum dia tivessem a oportunidade, enquanto quinze grandes aves alçavam vôo da encosta da montanha. O sol ainda estava perto da borda leste das coisas. A manhã estava fria, e a névoa enchia os vales e recôncavos, enrolando-se aqui e ali ao redor dos picos e pináculos das montanhas. Bilbo abriu um olho para dar uma espiada e viu que as aves já voavam alto, o mundo ficava distante, e as montanhas sumiam na distância. Fechou os olhos de novo e segurou mais forte.

– Não belisque! – disse a sua águia. – Não precisa ficar amedrontado feito um coelho, mesmo parecendo um. A manhã está bonita, com pouco vento. O que pode ser melhor que voar?

Bilbo teria gostado de dizer: "Um banho quente e depois um desjejum tardio no gramado", mas achou melhor não dizer nada, e afrouxou as mãos só um pouquinho.

Depois de um bom tempo as águias devem ter avistado o ponto para onde se dirigiam, mesmo da altura em que se encontravam, pois começaram a descer, desenhando grandes espirais. Fizeram isso por um longo período, e por fim o hobbit abriu os olhos de novo. A terra estava bem mais próxima, e embaixo deles havia árvores que pareciam carvalhos e olmos, amplos descampados e um rio que atravessava tudo. Mas, surgindo da terra, bem no caminho do rio que a contornava, havia uma grande rocha, quase uma colina de pedra, como que um último posto avançado das distantes montanhas, ou um enorme pedaço de rocha jogado a milhas de distância planície adentro por algum gigante entre gigantes.

As águias desceram rápidas para o topo da rocha, uma a uma, e apearam seus passageiros.

– Boa viagem! – gritaram elas –, por onde quer que viajem antes que seus ninhos os recebam no fim do caminho! – É a coisa educada que se deve dizer entre as águias.

– Que o vento sob suas asas possa levá-las para onde o sol navega e a lua caminha – respondeu Gandalf, que sabia a resposta correta.

E assim se despediram. E embora o Senhor das Águias, nos tempos que se seguiram, tenha se transformado no Senhor de Todas as Aves, usando uma coroa de ouro, e seus quinze líderes, colares dourados (feitos do ouro que os anões lhes deram), Bilbo nunca chegou a revê-los – a não ser ao longe, nas alturas, na batalha dos Cinco Exércitos. Mas como isso aparece no fim desta história, não vamos contar mais nada agora.

Havia um espaço plano no topo da colina de pedra e uma trilha gasta com muitos degraus, que conduzia para o rio lá embaixo, através do qual um vau de enormes pedras chatas levava ao prado além das águas. Via-se uma pequena caverna (um lugar acolhedor, com o chão de seixos) ao pé dos degraus e perto da extremidade do vau rochoso. Ali o grupo se reuniu e discutiu o que deveria ser feito.

– Minha intenção sempre foi fazê-los atravessar a salvo (se possível) as montanhas – disse o mago –, e agora, graças ao bom planejamento e à boa sorte, consegui. Na verdade, agora estamos muito mais ao leste do que jamais pensei em vir com vocês, pois, afinal de contas, esta aventura não é minha. Posso envolver-me nela outra vez antes do fim, mas, enquanto isso, tenho alguns negócios urgentes para resolver.

Os anões gemeram e pareciam extremamente abatidos; Bilbo chorou. Tinham começado a pensar que Gandalf iria acompanhá-los o tempo todo, e sempre estaria ali para ajudá-los a se livrarem das dificuldades. – Não vou desaparecer neste instante – disse ele. – Posso lhes conceder mais um ou dois dias. Provavelmente posso ajudá-los a sair desta situação, e eu mesmo preciso de alguma ajuda. Estamos sem comida, sem bagagem e sem pôneis para montar, e vocês não sabem onde estão. Posso lhes dizer agora. Estão ainda algumas milhas ao norte da trilha que deveríamos estar seguindo, se não tivéssemos deixado a passagem das montanhas às pressas. Pouquíssimas pessoas vivem nestas partes, a não ser que tenham vindo para cá depois da última vez que estive por aqui, o que já faz alguns anos. Mas existe *alguém* que eu conheço, e que não mora muito longe. Esse Alguém fez os degraus na grande rocha, a Carrocha, creio que ele a chama assim. Não vem aqui com freqüência, com certeza não durante o dia, e não adianta ficarmos esperando que venha. Na verdade, seria muito perigoso. Precisamos ir procurá-lo e, se tudo correr bem no nosso encontro, acho que vou embora e desejar, como as águias, "boa viagem, por onde quer que viajem!".

Imploraram para que o mago não os abandonasse. Ofereceram-lhe ouro de dragão, prata e pedras preciosas, mas ele não mudou de idéia. – Vamos ver, vamos ver! – disse ele –, e acho que já ganhei uma parte do seu ouro de dragão... quando o tiverem conseguido.

Depois disso, pararam de implorar. Tiraram as roupas e se banharam no rio, que no vau era raso, cristalino e pedregoso. Após se secarem ao sol, que agora estava forte e quente, sentiram-se reconfortados, apesar de ainda doloridos e com um pouco de fome. Logo atravessaram o vau (carregando o hobbit) e começaram a avançar através da grama verde e alta e das fileiras de carvalhos de braços largos e de altos olmos.

– E por que isto aqui se chama Carrocha? – perguntou Bilbo, que ia ao lado do mago.

– Ele a chamou de Carrocha porque carrocha é o nome que dá para isso. Ele chama coisas assim de carrochas, e esta uma é a Carrocha porque é a única perto de sua casa e ele a conhece bem.

– Quem a chama? Quem a conhece?

– O Alguém de quem falei, uma grande pessoa. Vocês todos devem ser muito educados quando eu os apresentar. Vou apresentá-los devagar, dois a dois, eu acho; e vocês *devem* tomar cuidado para não irritá-lo; caso contrário, sabe-se lá o que pode acontecer. Ele pode ser terrível quando se enfurece, embora seja bastante gentil quando está de bom humor. Ainda assim aviso que ele se enfurece com facilidade.

Todos os anões se juntaram em volta quando ouviram o mago falando daquela maneira com Bilbo. – É essa a pessoa a quem você está nos levando agora? – perguntaram eles. – Não poderia achar alguém menos irritável? Não seria melhor explicar tudo um pouco melhor? – e assim por diante.

– Claro que é! Não, não posso! E eu estava explicando com todo o cuidado – respondeu o mago, zangado. – Se querem saber mais, o nome dele é Beorn. É muito forte e é um troca-peles.

– O quê? Um peleiro, um homem que chama coelhos de estolas, quando não transforma suas peles em casaco de esquilo? – perguntou Bilbo.

– Ai, céus, não, não, *não*, NÃO! – disse Gandalf. – Não seja idiota, senhor Bolseiro, se puder evitar, e, em nome do que há de mais sagrado, não volte a mencionar a palavra "peleiro" enquanto estiver num raio de cem milhas da casa dele, nem tapete, pelerine, palatina, regalo, nem qualquer outra dessas palavras infelizes! Ele é um troca-peles. Ele troca de pele: algumas vezes é um enorme urso negro, outras é um homem grande e forte, de cabelos negros, com enormes braços e longas barbas. Há pouco mais que eu possa dizer, mas isto deve ser suficiente. Alguns dizem que é um urso descendente dos grandes e antigos ursos das montanhas, que viveram lá antes da chegada dos gigantes. Outros dizem que é um homem descendente dos primeiros homens que viveram antes que Smaug ou os outros dragões viessem para esta parte do mundo, e antes que os orcs viessem do norte e invadissem as colinas. Não sei dizer, embora imagine que a última história seja a verdadeira. Ele não é o tipo de pessoa a quem se fazem perguntas.

Bilbo acordou com o sol da manhã em seus olhos.

– De qualquer forma, ele não está sob nenhum encantamento, a não ser o seu próprio. Mora numa floresta de carvalhos e tem uma grande casa de madeira; e, como homem, tem gado e cavalos que são quase tão maravilhosos como ele. Trabalham para ele e conversam com ele. Ele não os come, nem caça ou come animais selvagens. Tem muitas colmeias de grandes abelhas ferozes, e sobrevive principalmente de creme e mel. Como urso, percorre um longo e vasto território. Uma vez eu o vi de noite sentado sozinho no topo da Carrocha, observando a lua que afundava na direção das Montanhas Sombrias, e o ouvi resmungar na língua dos ursos: "Dia virá em que desaparecerão e eu voltarei!" É por isso que acredito que ele mesmo tenha surgido das montanhas.

Bilbo e os anões tinham muito em que pensar, e não perguntaram mais nada. Ainda tinham diante de si um longo caminho a trilhar. Avançavam com dificuldade, vale acima e ladeira abaixo. Ficou muito quente. Algumas vezes descansavam sob as árvores, e nesses momentos Bilbo sentia tanta fome que poderia comer bolotas de carvalho, se alguma já tivesse caído de madura.

Só no meio da tarde notaram que grandes extensões de flores começavam a brotar do chão, todas da mesma espécie, juntas como se tivessem sido plantadas. Em especial havia trevos, extensões ondulantes de trevo-copado, de trevo-vermelho, e largos trechos de pequenos trevos-brancos, com um doce perfume de mel. Ouvia-se um zumbido, um murmúrio, um sussurro no ar. Abelhas trabalhavam por todos os lados. E que abelhas! Bilbo nunca vira nada como elas.

"Se uma me picasse", pensou ele, "eu incharia o dobro de meu tamanho!"

Eram maiores que marimbondos. Os zangões eram maiores que um polegar, bem maiores, e as faixas amarelas nos seus corpos de um negro profundo brilhavam como ouro flamante.

– Estamos chegando perto – disse Gandalf. – Estamos na borda das pastagens de suas abelhas.

Depois de um tempo chegaram a um cinturão de carvalhos altos e muito antigos; atrás destes havia uma alta sebe de espinhos através da qual era impossível enxergar ou passar.

– É melhor esperarem aqui – disse o mago aos anões. – E, quando eu chamar ou assobiar, comecem a vir atrás de mim. Vão ver o caminho que farei. Mas apenas aos pares, vejam bem, e esperem uns cinco minutos entre um par e outro. Bombur é o mais gordo, e valerá por dois; é melhor que venha por último e sozinho. Vamos, Sr. Bolseiro! Há um portão em algum lugar por aqui. – E, dizendo isso, foi indo ao longo da sebe, levando consigo o amedrontado hobbit.

Logo chegaram a um portão de madeira, alto e largo, atrás do qual podiam ver jardins e um agregado de construções baixas de madeira, algumas com tetos de palha e feitas de troncos irregulares: celeiros, estábulos, barracões e uma casa de madeira comprida e baixa. Lá dentro, no lado sul da grande sebe, havia fileiras e fileiras de colmeias com topos de palha, em forma de sino. O ruído das abelhas gigantes voando de um lado para o outro, entrando e saindo, enchia o ar.

O mago e o hobbit empurraram o pesado portão, que rangeu ao se abrir, e foram por uma trilha larga na direção da casa. Alguns cavalos, muito lustrosos e bem tratados, vieram trotando pela grama e olharam atentos para eles com feições muito inteligentes; depois foram galopando na direção das construções.

– Foram avisá-lo da chegada de estranhos – disse Gandalf.

Logo chegaram a um pátio, do qual três paredes eram formadas pela casa de madeira e seus dois compridos pavilhões laterais. No meio jazia um grande tronco de carvalho e, ao lado, vários galhos cortados. Perto estava um homem enorme com barba e cabelos negros espessos, os braços e as pernas descobertos, grandes, negros e musculosos. Vestia uma túnica que lhe descia até os joelhos e apoiava-se num grande machado. Os cavalos estavam ao lado, os focinhos à altura de seus ombros.

– Ugh! Aqui estão eles – disse aos cavalos. – Não parecem perigosos. Podem sair! – O homem soltou uma gargalhada estrondosa, pôs o machado no chão e veio em frente.

– Quem são vocês e o que querem? – perguntou num tom rude, parado à frente dos dois, sua estatura elevando-se muito acima da de Gandalf. Quanto a Bilbo, poderia com facilidade passar por baixo das pernas dele, sem abaixar a cabeça para desviar da franja de sua túnica marrom.

– Sou Gandalf – disse o mago.

– Nunca ouvi falar dele – resmungou o homem. – E o que é esse sujeitinho? – perguntou ele, abaixando-se e franzindo as sobrancelhas negras e hirsutas diante do hobbit.

– Este é o Sr. Bolseiro, um hobbit de boa família e reputação inatacável – respondeu Gandalf. Bilbo fez uma reverência. Não tinha chapéu para tirar e estava dolorosamente consciente dos botões que lhe faltavam. – Sou um mago – continuou Gandalf. – Ouvi falar de você, embora não tenha ouvido falar de mim; mas quem sabe ouviu falar em meu primo, Radagast, que mora perto da fronteira sul da Floresta das Trevas?

– Sim; não é um mau sujeito, mesmo sendo um mago, eu acho. Costumava vê-lo de vez em quando – disse Beorn. – Bem, agora sei quem são vocês, ou quem dizem que são. O que querem?

– Para falar a verdade, perdemos nossa bagagem e quase perdemos o caminho; precisamos muito de ajuda, ou pelo menos de conselhos. Posso dizer que passamos maus bocados com os orcs nas montanhas.

– Orcs? – disse o homem grande num tom menos rude. – Ah, ha! Então vocês estiveram tendo problemas com *eles*, é? Por que se aproximaram deles?

– Não era nossa intenção. Eles nos surpreenderam durante a noite numa passagem que tínhamos de atravessar; estávamos vindo das Terras a Oeste para cá – é uma longa história.

– Então é melhor entrarem e contarem uma parte dela, se não for levar o dia todo – disse o homem mostrando o caminho através de uma porta escura que se abria do pátio para o interior da casa.

Indo atrás dele, os dois viram-se num salão amplo com uma lareira no meio. Embora fosse verão, havia lenha queimando e a fumaça subia até as vigas enegrecidas procurando a saída através de uma abertura no teto. Atravessaram esse salão escuro, iluminado apenas pelo fogo e pela abertura acima dele, e passaram por uma outra porta menor, por onde entraram num tipo de varanda escorada em postes feitos de grandes troncos de árvores. A varanda dava para o sul e ainda estava quente e cheia da luz do sol, que caía a oeste e a invadia com seus raios oblíquos, deitando-se dourado sobre o jardim cheio de flores que avançava até a escada.

Ali sentaram-se em bancos de madeira enquanto Gandalf começava sua hitória, e Bilbo balançava as pernas penduradas e olhava as flores no jardim, perguntando-se como seriam seus nomes, pois nunca vira antes metade delas.

– Eu estava atravessando as montanhas com um ou dois amigos... – disse o mago.

– Ou dois? Só estou vendo um, e bem pequeno – disse Beorn.

– Bem, para lhe dizer a verdade, não quis incomodá-lo chegando em turma, até descobrir se estava ocupado. Vou chamar, se puder.

– Vamos, chame!

Então Gandalf soltou um assobio longo e agudo, e logo Thorin e Dori contornaram a casa pelo caminho do jardim, pararam diante deles e curvaram-se.

– Um ou três, você quer dizer, pelo que vejo! – disse Beorn. – Mas estes não são hobbits, são anões!

– Thorin Escudo de Carvalho, ao seu serviço! Dori, ao seu serviço! – disseram os dois anões curvando-se outra vez.

– Não preciso do serviço de vocês, obrigado – disse Beorn –, mas desconfio de que precisam do meu. Não morro de amores por anões; mas se é verdade que você é Thorin (filho de Thrain, filho de Thror, acho eu), e que esse seu companheiro é respeitável, e que vocês são inimigos dos orcs e não estão fazendo nenhuma maldade em minhas terras; por falar nisso, o que estão fazendo aqui?

– Eles estão a caminho para visitar a terra de seus antepassados, lá no leste além da Floresta das Trevas – interrompeu Gandalf –, e o fato de estarmos em suas terras é um mero acidente. Estávamos atravessando a Passagem Alta que nos deveria ter levado até a estrada que fica ao sul de seu território, quando fomos atacados por orcs malignos, como eu ia lhe contar.

– Então continue contando! – disse Beorn, que nunca era muito educado.

– Houve uma terrível tempestade; gigantes de pedra jogavam rochas, e no topo da passagem buscamos refúgio numa caverna, o hobbit e eu e vários de nossos companheiros...

– Você chama dois de vários?

– Bem, não. Na realidade, havia mais de dois.

– Onde estão eles? Mortos, devorados, foram para casa?

– Bem, não. Parece que não vieram todos quando eu assobiei. Tímidos, acho eu. Você entende, estamos com um grande receio de sermos muitos para você receber.

– Vamos, assobie de novo! Acho que vou participar de uma festa, ao que parece, e um ou dois a mais não vão fazer diferença – resmungou Beorn.

Gandalf assobiou de novo; mas Nori e Ori já estavam lá, quase antes de o assobio terminar, pois, se vocês se lembram, Gandalf tinha lhes dito que chegassem aos pares a cada cinco minutos.

– Olá! – disse Beorn. – Chegaram bem rápido, onde estavam escondidos? Aproximem-se, meus bonecos-de-caixa-de-surpresa!

– Nori, ao seu serviço. Ori a... – começaram eles; mas Beorn interrompeu-os.

– Obrigado! Quando precisar de vocês eu peço. Sentem-se e vamos continuar com a história, ou já será hora da ceia quando tiver terminado.

– Assim que adormecemos – continuou Gandalf –, uma fenda se abriu no fundo da caverna; orcs surgiram e agarraram o hobbit, os anões e nossa tropa de pôneis...

– Tropa de pôneis? O que são vocês, um circo itinerante? Ou estavam carregando um monte de mercadorias? Ou será que sempre chamam seis de uma tropa?

– Oh, não! Na verdade, havia mais de seis pôneis, pois havia mais de seis de nós; e, bem, aqui estão mais dois! – Justo nesse momento Balin e Dwalin apareceram e curvaram-se tanto que suas barbas roçaram o chão de pedra. O homenzarrão franziu a testa no início, mas eles estavam fazendo o possível para ser tremendamente educados, e ficaram balançando as cabeças, curvando-se, fazendo reverências e sacudindo os capuzes diante dos joelhos (bem à moda dos anões), até que ele parou de franzir a testa e explodiu numa gargalhada: eles estavam tão engraçados.

– Tropa, estava certo – disse ele. – Uma tropa bem engraçada. Entrem, alegres homenzinhos, e quais são os *seus* nomes? Não quero seu serviço agora, só quero seus nomes; depois sentem-se e parem de se balançar!

– Balin e Dwalin – disseram eles, sem ousarem ficar ofendidos, e caíram sentados no chão, com um ar bastante surpreso.

– Agora continue outra vez! – disse Beorn para o mago.

– Onde eu estava? Ah, sim! Eu *não* fui agarrado. Matei um ou dois orcs com um clarão...

– Bem! – resmungou Beorn. – Então ser mago tem algo de bom.

– ... e escorreguei para dentro da fenda antes que ela se fechasse. Fui descendo e cheguei ao salão principal, que estava abarrotado de orcs. O Grão-Orc estava lá com trinta ou quarenta guardas armados. Pensei comigo: "Ainda que não estivessem todos acorrentados, o que poderia uma dúzia contra tantos?"

– Uma dúzia! É a primeira vez que ouço um grupo de oito ser chamado de uma dúzia. Ou será que você ainda tem mais bonecos que não saíram das caixas de surpresa?

– Bem, sim, agora parece haver mais dois deles aqui... Fili e Kili, eu acho – disse Gandalf, no momento em que os dois apareceram e postaram-se diante dele sorrindo e fazendo reverências.

– Já basta! – disse Beorn. – Sentem-se e fiquem quietos! Agora continue, Gandalf.

Então Gandalf prosseguiu com a história, até chegar à luta no escuro, à descoberta do portão inferior e ao horror que sentiram ao descobrirem que o Sr. Bolseiro se perdera. – Fizemos uma contagem e vimos que não havia hobbit. Só restavam quatorze de nós.

O SALÃO DE BEORN

– Quatorze! Esta é a primeira vez que vejo dez menos um dar quatorze. Você está querendo dizer nove, ou então ainda não me disse todos os nomes de seu grupo.

– Bem, é claro que você ainda não viu Oin e Gloin. E, céus! Aqui estão eles. Espero que os desculpe pelo incômodo.

– Oh, deixe-os vir! Apressem-se! Aproximem-se, vocês dois, e sentem-se! Mas olhe aqui, Gandalf, mesmo agora temos apenas você, dez anões e o hobbit que se perdeu. Isso dá só onze (mais um perdido) e não quatorze, a não ser que os magos contem de um modo diferente do das outras pessoas. Mas agora continue com a história. – Beorn tentava não deixar transparecer, mas começara a ficar muito interessado. Vocês entendem, nos dias antigos ele conhecera justamente aquela parte das montanhas que Gandalf estava descrevendo. Balançou a cabeça e resmungou ao ouvir sobre o reaparecimento do hobbit, a descida durante a avalanche e o círculo de lobos na floresta.

Quando Gandalf chegou ao momento em que subiram nas árvores com os lobos todos lá embaixo, Beorn levantou-se, pôs-se a andar de um lado para o outro e murmurou: – Gostaria de ter estado lá! Teria oferecido mais do que fogos de artifício.

– Bem – disse Gandalf, muito satisfeito em ver que sua história estava causando uma boa impressão –, fiz o melhor que pude. Ali estávamos nós, com lobos enfurecidos lá embaixo e a floresta começando a queimar aqui e acolá, quando os orcs desceram das colinas e nos descobriram. Gritaram de prazer e cantaram canções zombando de nós. *Em cinco pinheiros quinze passarinhos...*

– Céus! – resmungou Beorn. – Não me diga que os orcs não sabem contar. Eles sabem. Doze não são quinze, e eles sabem disso.

– E eu também sei. Havia também Bifur e Bofur. Não ousei apresentá-los antes, mas aqui estão eles.

Chegaram Bifur e Bofur. – E eu! – disse Bombur, que vinha ofegante logo atrás. Era gordo e além disso estava zangado por ter sido deixado por último. Recusou-se a esperar cinco minutos, e veio imediatamente após os outros dois.

– Bem, agora vocês *são* quinze, e, já que os orcs sabem contar, imagino que é tudo o que havia nas árvores. Agora talvez possamos terminar a história sem mais nenhuma interrupção. – O Sr. Bolseiro percebeu como Gandalf fora esperto. As interrupções realmente tinham deixado Beorn mais interessado na história, e a história tinha evitado que ele mandasse os anões embora imediatamente, como se fossem mendigos suspeitos. Ele nunca convidava ninguém para sua casa, se pudesse evitar. Tinha muito poucos amigos e estes viviam a uma boa distância; nunca convidava mais do que uns dois amigos de cada vez. Agora estava com quinze estranhos em seu alpendre!

Quando Gandalf tinha terminado a história e contado do resgate das águias e de como elas os haviam trazido até a Carrocha, o sol já desaparecera atrás dos picos das Montanhas Sombrias e as sombras estavam alongadas no jardim de Beorn.

– Uma história muito boa! – disse ele. – A melhor que escutei em muito tempo. Se todos os mendigos pudessem contar uma história tão boa, talvez me achassem mais gentil. Vocês podem estar inventando tudo, é claro, mas assim mesmo merecem uma ceia pela história. Vamos comer alguma coisa.

– Sim, vamos! – disseram todos juntos. – Muito obrigado.

Estava bem escuro dentro do salão. Beorn bateu palmas e entraram trotando quatro belos pôneis brancos e vários cães grandes, cinzentos e de corpo alongado. Beorn disse-lhes algo numa língua estranha, que parecia ruídos animais transformados em fala. Eles saíram de novo e logo voltaram carregando tochas na bocas, que acenderam na fogueira e colocaram em suportes baixos nos pilares do salão, ao redor da lareira central. Os cães conseguiam ficar de pé nas patas traseiras quando desejavam, e carregar coisas com as patas dianteiras. Logo tiraram tábuas e cavaletes das paredes laterais e montaram mesas perto do fogo.

Então, ouviu-se um *méé-méé-méé!* e entraram algumas ovelhas brancas como a neve, conduzidas por um grande carneiro da cor do carvão. Uma delas trazia uma toalha branca bordada nas extremidades com figuras de animais; outras traziam nos dorsos largos bandejas com tigelas, pratos, facas e colheres de pau, que os cães pegaram e logo colocaram nas mesas. Estas eram muito baixas, baixas o bastante até para Bilbo sentar-se confortavelmente. De um lado da mesa um pônei empurrou dois bancos baixos, com assentos largos de junco e pernas pequenas e curtas para Gandalf e Thorin, enquanto na outra extremidade colocou a grande cadeira preta de Beorn, do mesmo tipo (na qual ele se sentou esticando bem as longas pernas embaixo da mesa). Eram todas as cadeiras que havia em sua casa, e provavelmente eram baixas como as mesas para a conveniência dos maravilhosos animais que o serviam. E onde os outros se sentaram? Eles não foram esquecidos. Os outros pôneis entraram rolando pedaços de troncos cilíndricos, desbastados e polidos, e baixos o suficiente até para Bilbo; assim logo estavam todos sentados à mesa de Beorn, e havia muitos anos o salão não reunia tantas pessoas assim.

Ali fizeram uma ceia, ou um jantar, como não faziam desde que haviam deixado a Última Casa Amiga no Oeste e dito adeus a Elrond. A luz das tochas e do fogo bruxuleava ao redor deles, e sobre a mesa havia duas velas de cera de abelha, longas e vermelhas. Durante toda a refeição, Beorn, com sua voz grave e retumbante, contou histórias das terras selvagens daquele lado das montanhas, e especialmente da mata escura e perigosa que se estendia ao norte e ao sul, a um dia de cavalgada, barrando-lhes o caminho para o leste, a terrível Floresta das Trevas.

Os anões ouviam e balançavam as barbas, pois sabiam que logo deveriam se aventurar por aquela floresta e que, depois das montanhas, ela era o pior dos perigos que tinham de enfrentar antes de chegarem à fortaleza do dragão. Quando o jantar terminou, começaram a contar histórias suas, mas Beorn parecia estar ficando com sono e prestava pouca atenção. Falaram principalmente de ouro, prata e pedras preciosas e sobre a fabricação de objetos de ourivesaria, e Beorn não parecia ligar para essas coisas: não havia objetos de ouro ou prata em seu salão e, exceto pelas facas, poucos eram de metal.

Ficaram sentados à mesa por um longo tempo, as tigelas de madeira cheias de hidromel. A noite escura chegou lá fora.

Acendeu-se o fogo no meio do salão com lenha nova, as tochas foram apagadas, e, ainda assim, continuavam sentados à luz das chamas dançantes, os pilares da casa erguendo-se altos atrás deles, escuros no topo como as árvores da floresta. Fosse ou não por mágica, Bilbo teve a impressão de ouvir soprando nas vigas um som como o do vento nos galhos e o piar de corujas. Logo começou a cabecear de sono, e as vozes começaram a ficar distantes, até que ele acordou assustado.

A grande porta tinha rangido e batido. Beorn se fora. Os anões estavam sentados, de pernas cruzadas, no chão ao redor do fogo, e de repente começaram a cantar. Alguns dos versos eram assim, mas havia muitos mais, e a cantoria se estendeu por um bom tempo.

No campo ressecado vento havia,
mas na floresta nada se movia:
Trevas soturnas, diurnas, noturnas,
coisas turvas o calor escondia.

O vento desceu dos montes gelados,
rugindo em ondas qual mar agitado;
os ramos fremiam, a floresta bramia,
de folhas o chão estava forrado.

De Oeste para Leste o vento em festa;
cessara o movimento na floresta,
mas aguda e fatal, pelo pantanal,
sua voz sibilante uiva e protesta.

Assobia o capim curvando as flores,
batem os juncos, seguem-se temores:
sobre o lago agitado um céu calado,
nuvens correndo rasgadas e horrores.

As desertas montanhas lá se vão,
Varre ele agora a toca do dragão:
trevas e negrume, pedras em cardume,
fumaça impregna o ar de escuridão.

Deixa o mundo e sua fuga continua,
sobre os mares da noite ele recua.
Ao som doce da brisa a lua desliza,
acende-se uma estrela e a luz flutua.

Bilbo começou a cabecear de novo. De repente levantou-se Gandalf.

– É hora de dormirmos – disse ele – nós, mas não Beorn, acho eu. Neste salão podemos descansar sãos e salvos, mas advirto todos vocês para que não se esqueçam do que Beorn disse antes de sair: não devem sair da casa antes que o sol tenha nascido, pois estariam se expondo a risco.

Bilbo viu que já haviam sido preparadas camas na lateral do salão, numa espécie de plataforma elevada entre os pilares e a parede externa. Para ele havia um pequeno colchão de palha e cobertores de lã. Enrolou-se neles todo contente, embora fosse verão. O fogo ardia baixo e ele adormeceu. Mas durante a noite acordou: o fogo reduzira-se a umas poucas brasas; os anões e Gandalf estavam todos dormindo, a julgar pela sua respiração; a lua alta, que espiava através da abertura no teto, lançava uma mancha branca sobre o chão.

Havia lá fora um rosnado, e um ruído como o de algum animal grande arranhando a porta. Bilbo perguntou-se o que era aquilo, se poderia ser Beorn transformado por encanto, e se ele entraria ali como um urso e os mataria. Afundou-se nos cobertores, escondeu a cabeça, e finalmente adormeceu outra vez, apesar de seus receios.

A manhã já avançava quando acordou. Um dos anões caíra sobre ele nas sombras onde estava, e com um baque rolara da plataforma para o chão. Era Bofur, que resmungava sobre o acontecido, quando Bilbo abriu os olhos.

– Levante-se, preguiçoso – disse ele –, ou não vai sobrar desjejum para você.

Bilbo levantou-se de um salto. – Desjejum! – exclamou ele. – Onde está o desjejum?

– A maior parte já está dentro de nossas barrigas – responderam os outros anões que andavam pelo salão –, mas o que sobrou está lá na varanda. Estivemos procurando Beorn desde que o sol nasceu, mas não há sinal dele em lugar nenhum, embora tenhamos encontrado o desjejum servido assim que saímos.

– Onde está Gandalf? – perguntou Bilbo, correndo para encontrar algo que comer o mais rápido possível.

– Ah!, em algum lugar por aí – disseram eles. Mas Bilbo não viu sinal do mago durante todo o dia, até o fim da tarde. Um pouco antes do pôr-do-sol ele entrou no salão, onde o hobbit e os anões estavam ceando, servidos pelos maravilhosos animais de Beorn, como acontecera durante todo o dia. De Beorn não haviam ouvido ou visto nada desde a noite anterior, e estavam ficando perplexos.

– Onde está nosso anfitrião e *onde* você andou o dia todo? – gritaram todos eles.

– Uma pergunta de cada vez, e nenhuma até depois da ceia! Não comi nada desde o desjejum.

Por fim Gandalf empurrou seu prato e caneca (comera dois pães inteiros, com montes de manteiga, mel e creme azedo, e bebera pelo menos dois quartilhos de hidromel) e pegou o cachimbo. – Vou responder a segunda pergunta primeiro – disse ele –, mas vejam só! Este é um lugar esplêndido para anéis de fumaça! – Na verdade, por um longo tempo, não conseguiram arrancar mais nada dele; estava ocupado, soltando anéis de fumaça que se esgueiravam pelos pilares do salão, transformando-os nas mais variadas formas e cores, e mandando-os por fim, um atrás do outro, pela abertura no teto. Vistos do lado de fora, deviam parecer muito esquisitos, aparecendo no ar um após o outro, verdes, azuis, vermelhos, prateados, amarelos, brancos, grandes, pequenos, pequenos esgueirando-se no meio dos grandes, juntando-se em formatos de oito, sumindo como um bando de pássaros na distância.

– Estive procurando pegadas de ursos – disse ele, finalmente. – Deve ter havido uma verdadeira reunião de ursos aqui fora ontem à noite. Logo vi que Beorn não poderia ter feito todas aquelas pegadas: havia muitas e eram também de vários tamanhos. Diria que havia ursos pequenos, ursos grandes, ursos comuns e ursos gigantescos, todos dançando lá fora desde o cair da noite até o nascer do dia. Vieram praticamente de todas as direções, exceto do oeste, do outro lado do rio, das Montanhas. Naquela direção havia apenas um conjunto de pegadas; nenhuma vindo, apenas pegadas indo embora. Segui-as até a Carrocha. Ali desapareceram no rio, mas a água era muito funda e forte além da rocha para que eu pudesse atravessar. É muito fácil, como vocês lembram, chegar desta margem até a Carrocha através do vau, mas do outro lado há um penhasco que se ergue de um canal de águas em torvelinho. Tive de andar milhas até encontrar um lugar onde o rio fosse largo e raso o suficiente para que eu pudesse caminhar e nadar, e depois mais milhas de volta para encontrar as pegadas de novo. Já era tarde para segui-las muito longe. Iam direto para os bosques de pinheiros, do lado leste das Montanhas Sombrias, onde tivemos nossa agradável festinha com os Wargs na noite de anteontem. E agora acho que também respondi sua primeira pergunta – terminou Gandalf, e permaneceu sentado em silêncio por um longo tempo.

Bilbo achava que sabia o que o mago queria dizer. – O que vamos fazer? – exclamou ele. – Se ele conduzir todos os Wargs e orcs até aqui? Seremos todos pegos e devorados! Pensei que você tinha dito que ele não era amigo dessas criaturas.

– E disse mesmo. E não seja tolo! É melhor ir para a cama. Sua inteligência está com sono.

O hobbit sentiu-se aniquilado e, como parecia não haver mais nada a fazer, ele realmente foi para a cama e, enquanto todos os anões ainda estavam cantando, adormeceu, ainda quebrando a cabecinha com Beorn, até que sonhou com centenas de ursos negros dançando danças lentas e pesadas, rodando, rodando no pátio à luz do luar. Acordou quando estavam todos dormindo e novamente ouviu arranharem e rosnarem à porta.

Na manhã seguinte todos foram acordados pelo próprio Beorn. – Então ainda estão aqui! – disse ele. Levantou o hobbit e riu: – Ainda não foi devorado por Wargs, orcs ou ursos malvados, pelo que estou vendo – cutucou o colete do Sr. Bolseiro sem o menor respeito. – O coelhinho está ficando bonito e gordinho de novo, à custa de pão e mel – disse ele, rindo à socapa. – Venha e coma mais um pouco!

Assim foram todos fazer o desjejum com ele. Beorn estava muito alegre, para variar; na verdade parecia estar num humor esplêndido, e pôs todos a rir com suas histórias engraçadas; nem tiveram de pensar muito para saber onde estivera ou por que estava sendo tão agradável com eles, pois ele mesmo disse. Atravessara o rio e fora até as montanhas; pelo que vocês podem adivinhar que ele podia viajar depressa, na forma de urso, pelo menos. Pela clareira queimada dos lobos, logo descobriu que parte da história deles era verdadeira; mas descobrira mais do que isso: pegou um Warg e um orc vagando na floresta. Destes conseguira notícias: as patrulhas dos orcs, junto com os Wargs, ainda estavam caçando os anões, e estavam terrivelmente zangados por causa da morte do Grão-Orc, e também por causa da queimadura no focinho do lobo chefe e da morte de muitos de seus principais servidores causada pelo fogo do mago. Contaram-lhe essas coisas quando forçados por Beorn, mas ele desconfiava que mais maldade estava a caminho, e que nas terras cobertas pelas sombras das montanhas poderia em breve acontecer um grande ataque de todo o exército orc, com seus aliados lobos, à procura dos anões, ou para vingarem-se dos homens e criaturas que lá viviam, que eles julgavam estarem lhes dando proteção.

– Foi uma história muito boa, aquela que vocês contaram – disse Beorn –, mas gosto mais dela agora que sei que é verdadeira. Devem perdoar-me por não ter aceitado a palavra de vocês. Se morassem perto das bordas da Floresta das Trevas, não acreditariam nas palavras de ninguém, a não ser que o conhecessem como a seu próprio irmão, ou melhor. Sendo as coisas como são, só posso dizer que corri para casa tão rapidamente quanto pude para ver se estavam a salvo e para oferecer-lhes qualquer ajuda que estiver ao meu alcance. Pensarei nos anões com mais respeito depois disto. Mataram o Grão-Orc, mataram o Grão-Orc! – disse ele, rindo consigo mesmo.

– O que você fez com o orc e o Warg? – perguntou Bilbo, de repente.

– Venham ver! – disse Beorn, e todos o seguiram dando a volta na casa. Havia uma cabeça de orc espetada do lado de fora do portão, e uma pele de lobo estava pregada em uma árvore logo atrás. Beorn era um inimigo feroz. Mas agora era amigo deles, e Gandalf julgou sensato contar-lhe toda a história e o motivo da viagem, para que pudessem conseguir toda a ajuda que Beorn pudesse oferecer.

Eis o que prometeu fazer por eles. Arranjaria pôneis para cada um, e um cavalo para Gandalf, para a viagem pela floresta, e iria providenciar um carregamento de comida que duraria semanas se consumido com parcimônia, embalado de modo fácil de carregar: castanhas, farinha, potes lacrados de frutas secas e vasilhas de barro vermelho cheias de mel, biscoitos que se conservariam por longo tempo e que, mesmo em pequena quantidade, levariam os viajantes bem longe. O modo de preparar esses biscoitos era um dos segredos de Beorn, mas havia mel neles, como na maioria das comidas que fazia, e eram saborosos, embora provocassem sede. Água, disse ele, não precisariam carregar daquele lado da floresta, pois havia rios e fontes ao longo da estrada. – Mas seu caminho através da Floresta das Trevas é escuro, difícil e perigoso – disse ele. – Não é fácil achar água lá, nem comida. Ainda não é tempo de castanhas (embora possa já ter passado quando chegarem ao outro lado), e castanhas são a única coisa comestível que cresce por lá; ali os seres selvagens são escuros, estranhos e brutos. Vou dar-lhes odres para que possam levar água e alguns arcos e flechas. Mas duvido que alguma coisa que encontrem na Floresta das Trevas seja apropriada para comer ou beber. Há um rio ali, eu sei, negro e de correnteza forte, que atravessa a trilha. Não devem beber nem banhar-se na sua água, pois ouvi dizer que carrega encantamento, e causa grande sonolência e esquecimento. E, nas sombras escuras daquele lugar, não acho que possam atirar em coisa alguma, comestível ou não, sem saírem da trilha. E isso vocês NÃO DEVEM FAZER, por motivo nenhum.

– É todo o conselho que posso lhes dar. Além da floresta não posso ajudar muito; devem depender de sua própria sorte e coragem, e da comida que mando com vocês. Na entrada da floresta, devo pedir que mandem de volta o cavalo e os pôneis. Mas desejo-lhes toda a sorte, e minha casa estará aberta se algum dia voltarem por este caminho.

Eles agradeceram, é claro, com muitas reverências e acenos de capuzes, além de inúmeros "ao seu dispor, ó, mestre dos amplos salões de madeira!". Mas os espíritos abateram-se diante daquelas palavras graves, e todos sentiam que a aventura era muito mais perigosa do que haviam imaginado, que, o tempo todo, mesmo que conseguissem passar por todos os perigos da estrada, o dragão estaria esperando no fim.

Durante toda aquela manhã ocuparam-se dos preparativos. Logo depois do meio-dia, comeram com Beorn pela última vez e, depois da refeição, montaram nos animais que ele lhes emprestava, e com muitas despedidas passaram pelo portão em bom passo.

Assim que deixaram as altas sebes a leste das terras de Beorn, viraram para o norte e depois para noroeste. Seguindo seu conselho, não mais rumavam para a estrada principal da floresta, que ficava ao sul de suas terras. Se seguissem o passo, a trilha os levaria até um riacho que vinha das montanhas e desembocava no grande rio milhas ao sul da Carrocha. Naquele ponto havia um vau profundo, que poderiam atravessar se ainda estivessem com os pôneis, e, mais além, uma trilha que conduzia à orla da mata e ao início da antiga estrada da floresta. Mas Beorn prevenira-os de que aquele caminho era muito usado por orcs, enquanto a própria estrada da floresta, ouvira ele dizer, estava coberta de mato e não era usada na extremidade leste, e conduzia a pântanos intransponíveis onde as trilhas tinham se perdido havia muito tempo. Sua abertura leste também localizara-se sempre muito ao sul da Montanha Solitária e, assim, ainda lhes restaria uma marcha longa e difícil para o norte quando chegassem ao outro lado. Ao norte da Carrocha, a fronteira da Floresta das Trevas aproximava-se da margem do Grande Rio e, embora ali também as Montanhas estivessem mais perto, Beorn aconselhou-os a seguirem aquele caminho, pois, num local ao norte da Carrocha, a poucos dias de cavalgada, estava o início de uma trilha pouco conhecida, que atravessava a Floresta das Trevas e levava quase em linha reta na direção da Montanha Solitária.

– Os orcs – dissera Beorn – não ousarão atravessar o Grande Rio cem milhas ao norte da Carrocha, nem chegar perto de minha casa (ela fica bem protegida à noite!), mas eu cavalgaria rápido; pois, se eles atacarem logo, vão atravessar o rio ao sul e varrer toda a orla da floresta a fim de interceptá-los, e Wargs correm mais que pôneis. Vocês ainda estarão mais seguros indo para o norte, embora pareçam estar aproximando-se outra vez das fortalezas deles, pois isso é o que eles menos esperam e vão fazer o caminho mais longo para pegá-los. Agora partam com a maior rapidez possível!

Era por isso que agora cavalgavam em silêncio, galopando nos trechos onde o chão era gramado e macio, com as montanhas escuras à esquerda e, na distância, a linha do rio com suas árvores cada vez mais próximas. O sol acabava de voltar-se para o oeste quando partiram e até o começo da noite ainda espalhava seus raios dourados sobre a terra ao redor deles. Era difícil imaginar orcs perseguindo-os, e quando muitas milhas os separavam da casa de Beorn começaram a conversar e cantar de novo, esquecendo-se da escura trilha da floresta que os aguardava à frente. Mas, no fim da tarde, quando chegou o crepúsculo e os picos das montanhas brilhavam ao pôr-do-sol, fizeram um acampamento e colocaram um vigia, e a maior parte deles dormiu um sono inquieto e sonhou com o uivar dos lobos caçadores e os gritos dos orcs.

Apesar disso, a manhã seguinte raiou clara e bela de novo. Havia uma névoa outonal, branca sobre o solo, e o ar estava frio, mas logo o sol surgiu vermelho no leste e a névoa desapareceu, e, enquanto as sombras ainda estavam alongadas, eles partiram de novo. Assim cavalgaram por mais dois dias e durante todo esse tempo não viram nada, a não ser grama, flores, pássaros, árvores espalhadas e, ocasionalmente, pequenos bandos de cervos vermelhos pastando ou deitados à sombra ao meio-dia. Às vezes Bilbo via os chifres dos veados aparecendo em meio ao capim alto e, a princípio, imaginava que fossem galhos mortos de árvores. Naquela terceira tarde estavam tão ansiosos por avançar, pois Beorn dissera que chegariam à entrada da floresta no início do quarto dia, que continuaram cavalgando depois do crepúsculo e noite adentro, sob a lua. À medida que a luz desaparecia Bilbo teve a impressão de ver na distância, à direita ou à esquerda, a forma sombria de um grande urso, avançando sorrateiro na mesma direção. Mas quando ousou mencionar isso a Gandalf, o mago apenas disse: – Psiu! Ignore.

No dia seguinte partiram antes da aurora, embora a noite tivesse sido curta. Tão logo a luz apareceu puderam ver a floresta vindo, por assim dizer, ao encontro deles, ou aguardando-os como uma muralha negra e sisuda. O terreno começou a subir cada vez mais, e o hobbit tinha a impressão de que um silêncio começava a envolvê-los. Os pássaros passavam a cantar menos. Não havia mais cervos; não se viam nem mesmo coelhos. À tarde tinham atingido a fronteira da Floresta das Trevas, e descansavam quase embaixo dos grandes ramos que se projetavam das árvores da orla. Os troncos eram enormes e nodosos, os galhos retorcidos, as folhas escuras e longas. A hera crescia sobre as árvores e arrastava-se pelo chão.

– Bem, aqui está a Floresta das Trevas! – disse Gandalf. – A maior das florestas do mundo do norte. Espero que gostem do aspecto dela. Agora devem mandar de volta esses excelentes pôneis que tomaram emprestados.

Os anões estavam inclinados a reclamar, mas o mago disse-lhes que eram tolos. – Beorn não está tão longe como vocês parecem imaginar e, de qualquer forma, é melhor manterem suas promessas, pois ele é um inimigo feroz. Os olhos do Sr. Bolseiro são mais penetrantes que os seus, se não viram todas as noites, depois de escurecer, um grande urso nos acompanhando ou sentado a distância à luz da lua, vigiando nossos acampamentos. Não só para protegê-los e guiá-los, mas também para vigiar os pôneis. Beorn pode ser seu amigo, mas ama seus animais como se fossem seus filhos. Vocês não imaginam a gentileza que demonstrou permitindo que anões os cavalgassem tão depressa e tão longe, nem o que lhes aconteceria se tentassem levá-los para dentro da floresta.

– E o cavalo, então? – disse Thorin. – Você não disse nada sobre mandá-lo de volta.

– Não disse porque não vou mandá-lo.

– E como fica a sua promessa então?

– Vou mantê-la. Não vou mandar o cavalo de volta, vou montado nele até lá!

Ficaram então sabendo que Gandalf ia abandoná-los bem na fronteira da Floresta das Trevas, e se desesperaram. Mas nada que dissessem iria fazê-lo mudar de idéia.

– Ora, nós tínhamos discutido tudo isso antes, quando chegamos à Carrocha – disse ele. – Não adianta discutir. Tenho, como já lhes disse, alguns negócios urgentes no sul, e já estou atrasado de tanto me ocupar com vocês. Podemos nos encontrar de novo antes que tudo esteja terminado, e também podemos não nos encontrar. Isso depende de sua sorte, coragem e bom senso, e estou mandando o Sr. Bolseiro com vocês. Já lhes disse antes que ele é mais do que imaginam, e logo descobrirão isso. Então, anime-se, Bilbo, e não fique com essa cara amarrada. Animem-se, Thorin e Companhia! Afinal de contas, essa expedição é sua. Pensem no tesouro no final, e esqueçam a floresta e o dragão, pelo menos até amanhã cedo!

Quando o "amanhã cedo" chegou ele ainda dizia a mesma coisa. Então, não restava mais nada a fazer, exceto encher os odres de água numa fonte límpida que encontraram perto da entrada da floresta, e descarregar os pôneis. Distribuíram os pacotes tão igualmente quanto possível, embora Bilbo achasse a sua parte terrivelmente pesada e não gostasse nem um pouco da idéia de arrastar-se penosamente por milhas e milhas com tudo aquilo nas costas.

– Não se preocupe! – disse Thorin. – Vai ficar mais leve rápido até demais. Logo, logo, quando a comida começar a escassear, acho que todos estaremos desejando que nossas mochilas estivessem mais pesadas.

Então, por fim, disseram adeus aos pôneis e os puseram na direção de casa. Os animais saíram trotando alegremente, parecendo muito felizes em virar as caudas para a sombra da Floresta das Trevas. Quando se afastavam, Bilbo poderia jurar que viu uma coisa parecida com um urso deixando a sombra das árvores e correndo desajeitadamente atrás deles.

Gandalf também disse adeus. Bilbo sentou-se no chão, sentindo-se muito infeliz e desejando estar ao lado do mago em seu grande cavalo. Havia entrado na floresta depois do desjejum (muito pobre), e teve a impressão de que lá o dia era tão escuro quanto a noite, e tudo era muito misterioso: "uma sensação de estar sendo vigiado e aguardado", disse ele para si mesmo.

– Adeus! – disse Gandalf a Thorin. – E adeus a todos vocês! Adeus! Direto pela floresta é o seu caminho agora. Não saiam da trilha! Se fizerem isso, têm uma chance em mil de encontrá-la de novo e de sair da Floresta das Trevas; e, então, acho que nem eu nem qualquer outra pessoa voltará a revê-los.

– Temos realmente de atravessá-la? – resmungou o hobbit.

– Têm, sim! – disse o mago –, se quiserem chegar ao outro lado. Ou atravessam ou desistem da busca. E não vou permitir que recue agora, Sr. Bolseiro. Sinto vergonha por você pensar nisso. Tem de cuidar de todos esses anões por mim – disse ele, rindo.

– Não! Não! – disse Bilbo. – Não quis dizer isso. Queria dizer, não há um caminho por fora?

– Há, se você se dispuser a desviar-se do caminho umas duzentas milhas ao norte, e duas vezes isso ao sul. Mas, mesmo assim, não acharia uma trilha segura. Não há trilhas seguras nesta parte do mundo. Lembrem-se de que passaram do Limiar do Ermo e agora estão expostos a toda a sorte de divertimento, aonde quer que possam ir. Antes que contornassem a Floresta das Trevas no norte estariam entre as encostas das Montanhas Cinzentas, que estão simplesmente infestadas de orcs da pior espécie. Antes que pudessem contorná-la ao sul, entrariam nas terras do Necromante, e nem você, Bilbo, vai precisar que lhe conte histórias daquele feiticeiro negro. Não os aconselho a se aproximarem de nenhum lugar que seja vigiado por sua torre escura! Fiquem na trilha da floresta, mantenham o ânimo, esperem pelo melhor e, com uma grande sorte, *pode ser* que um dia vejam os Pântanos Compridos estendendo-se abaixo de vocês, e além deles, no leste, lá no alto, a Montanha Solitária, onde vive o velho Smaug, embora eu tenha esperanças de que ele não esteja aguardando vocês.

– Você com certeza é bastante consolador – resmungou Thorin. – Adeus! Se não vem conosco, é melhor partir sem dizer mais nada.

– Adeus, então, e realmente adeus! – disse Gandalf, virando o cavalo e cavalgando para o oeste. Mas não resistiu à tentação de dizer a última palavra. Enquanto ainda podia ser ouvido, virou-se, colocou as mãos em concha e gritou. Eles ouviram sua voz chegar enfraquecida: – Adeus! Sejam bons, cuidem-se e NÃO SAIAM DA TRILHA!

Então afastou-se galopando e logo sumiu. – Oh, adeus e vá embora! – resmungaram os anões, com mais raiva ainda porque estavam realmente desolados por perdê-lo. Agora começava a parte mais perigosa de toda a viagem. Cada um colocou nos ombros a pesada mochila e o odre de água que lhe cabia; viraram as costas para a luz que cobria as terras do lado de fora e mergulharam na floresta.

CAPÍTULO VIII

MOSCAS E ARANHAS

Andavam em fila indiana. A entrada para a trilha era como uma espécie de arco que conduzia a um túnel sombrio e era formada por duas grandes árvores que se inclinavam uma em direção à outra, por demais antigas e por demais estranguladas pela hera e cobertas de liquens para poderem suportar mais do que algumas folhas enegrecidas. A própria trilha era estreita e serpenteava em meio aos troncos. Logo depois, a luz na entrada era apenas um pequeno buraco brilhando lá atrás e o silêncio era tão profundo que seus pés pareciam retumbar no chão, enquanto todas as árvores se debruçavam para escutar.

À medida que seus olhos se acostumavam à escuridão, conseguia enxergar, até certa distância dos dois lados da trilha, um vislumbre de luz verde e escurecida. Às vezes um fino raio de sol, que tivera a sorte de penetrar através de alguma abertura nas folhas lá em cima, e ainda mais sorte por não ficar preso nos galhos emaranhados e nos arbustos entrelaçados lá embaixo, cortava o ar, tênue e claro diante deles. Mas isso era raro, e logo cessou por completo.

Havia esquilos negros na floresta. À medida que os olhos agudos e inquisitivos de Bilbo acostumavam-se a enxergar as coisas, conseguia vê-los de relance, passando ligeiros pela trilha e escondendo-se atrás dos troncos das árvores. Também havia ruídos estranhos, grunhidos, passos arrastados e correrias na vegetação rasteira e entre as folhas, que em certos pontos empilhavam-se em inúmeras camadas no chão da floresta; mas o que causava os ruídos ele não conseguia ver. As coisas mais nojentas que viam eram as teias de aranhas: teias escuras e densas, com fios extraordinariamente grossos, muitas vezes estendendo-se de árvore a árvore, ou emaranhados nos ramos mais baixos dos dois lados. Não se via nenhuma estendida no meio da trilha, mas, se era alguma mágica que mantinha o caminho limpo ou algum outro motivo, eles não sabiam dizer.

Não demorou muito para que começassem a odiar a floresta com a mesma intensidade com que haviam odiado os túneis dos orcs, e ela parecia oferecer ainda menos esperanças de chegar ao fim. Mas tinham de avançar sempre, mesmo muito depois de começarem a morrer de vontade de ver o sol e o céu e de ansiarem pelo vento em seus rostos. O ar não se movimentava sob o teto da floresta, era eternamente parado, escuro e abafado. Até mesmo os anões, que estavam acostumados a escavar túneis e algumas vezes viviam por longos períodos sem a luz do sol, sentiam isso; mas o hobbit, que gostava de tocas para morar, mas não de passar dias de verão dentro delas, sentia que estava sendo lentamente sufocado.

As noites eram a pior parte. Tudo ficava escuro como breu – não o que vocês chamam cor de breu, mas breu de verdade: tão negro que realmente não se podia ver nada. Bilbo experimentou abanar a mão na frente do nariz, mas não conseguiu enxergá-la de jeito nenhum. Bem, talvez não seja verdade que não pudessem ver nada: podiam ver olhos. Dormiam todos juntos, aconchegados um ao outro, revezando-se para montar guarda, e, quando era a vez de Bilbo, ele via clarões na escuridão ao redor e às vezes pares de olhos amarelos, vermelhos ou verdes observavam-no a certa distância, e depois lentamente se apagavam e desapareciam, para lentamente surgirem brilhando de novo em outro lugar. Algumas vezes brilhavam nos galhos logo acima dele, e isso era aterrorizante. Mas os olhos de que menos gostava eram de um tipo horrível, pálido e bulboso. "Olhos de insetos", pensou ele, "e não de animais, só que são muitos grandes."

Embora ainda não estivesse muito frio, tentaram acender fogueiras de vigia durante a noite, mas logo desistiram. O fogo parecia atrair centenas de olhos ao redor deles, embora as criaturas, o que quer que fossem, tomassem o cuidado de nunca exibir seus corpos no bruxuleio das chamas. Pior ainda, atraía também milhares de mariposas cinza-escuras e negras, algumas quase do tamanho de uma mão, que batiam as asas e zumbiam em volta de seus ouvidos. Não podiam agüentar aquilo, nem os enormes morcegos, negros como uma cartola; por isso desistiram das fogueiras e à noite sentavam-se e cochilavam na escuridão enorme e sinistra.

Tudo isso se estendeu por um tempo que para o hobbit parecia séculos; e ele estava sempre com fome, pois todos tomavam extremo cuidado com as provisões. Mesmo assim, conforme os dias passavam e, ainda assim, a floresta parecia sempre a mesma, começaram a ficar apreensivos. A comida não duraria para sempre: na verdade, já estava começando a minguar. Tentaram atirar nos esquilos e desperdiçaram muitas flechas até conseguirem abater um na trilha. Mas, quando o assaram, viram que o gosto da carne era horrível, e não mataram mais nenhum esquilo.

Sentiam sede também, pois tinham muito pouca água, e durante aquele tempo todo não haviam visto nem fonte nem riacho. Era esse o seu estado quando um dia viram seu caminho bloqueado por um curso de água. Corria rápido e forte, mas não era muito largo, e era negro, ou assim parecia na escuridão. Foi bom que Beorn os tivesse avisado sobre esse rio, ou teriam bebido de sua água, qualquer que fosse a sua cor, e enchido alguns dos odres já vazios. Naquela situação, pensavam apenas em como cruzar o rio sem se molharem. Outrora uma ponte de madeira o atravessava, mas havia apodrecido e caíra, deixando apenas as vigas quebradas nas margens.

Bilbo, ajoelhando-se na borda e fixando os olhos à frente, gritou: – Há um barco na margem oposta! Por que não podia estar deste lado?

– A que distância acha que está? – perguntou Thorin, pois agora sabiam que Bilbo era o que melhor enxergava entre eles.

– Não está longe, acho que umas doze jardas, no máximo.

– Doze jardas! Eu teria pensado que eram no mínimo trinta, mas meus olhos não enxergam tão bem como cem anos atrás. Mesmo assim, doze jardas é a mesma coisa que uma milha. Não podemos saltar, e não nos arriscaremos a andar nesta água ou nadar.

– Algum de vocês consegue jogar uma corda?

– De que adiantaria isso? Mesmo que pudéssemos enganchá-lo, o que duvido, é claro que o barco está amarrado.

– Não acho que esteja amarrado – disse Bilbo –, mas é claro que não posso ter certeza nesta luz; mas parece que foi apenas arrastado para a margem, que é baixa ali onde a trilha desce até a água.

– Dori é o mais forte, mas Fili é o mais jovem e ainda tem a visão melhor – disse Thorin. – Venha aqui, Fili, e veja se consegue enxergar o barco de que o Sr. Bolseiro está falando.

Fili achava que podia; então, quando tinha observado um longo tempo para ter uma idéia da direção, os outros trouxeram-lhe uma corda. Levavam muitas consigo, e na extremidade da mais longa fixaram um dos grandes ganchos de ferro que usavam para prender as mochilas nas tiras em seus ombros. Fili pegou o gancho, balançou-o por um momento e então lançou-o através do rio.

Caiu na água! – Não foi longe o suficiente! – disse Bilbo, olhando para a frente. – Um pouco mais à frente e teria caído dentro do barco. Tente de novo. Não acho que a mágica seja forte o suficiente para machucá-lo, se você apenas tocar num pedaço de corda molhada.

De qualquer forma, depois de puxar o gancho de volta, Fili apanhou-o cheio de dúvidas. Desta vez arremessou-o com mais força.

– Vá com calma! – disse Bilbo. – Agora você jogou o gancho bem no meio do mato do outro lado. Puxe com cuidado. – Fili puxou a corda devagar, e, depois de algum tempo, Bilbo disse: – Cuidado! Já está no barco; tomara que enganche.

Enganchou. A corda ficou tesa, e Fili puxou em vão. Kili veio ajudá-lo, e depois Oin e Gloin. Puxaram e puxaram, e de repente todos caíram para trás. Mas Bilbo estava atento, pegou a corda e com um pedaço de galho desviou o pequeno barco preto no momento em que vinha veloz pela correnteza. – Socorro! – gritou ele, e Balin chegou bem na hora para agarrar o barco antes que ele flutuasse correnteza abaixo.

– Estava amarrado, afinal de contas – disse ele, observando o cabo de atracação rompido, ainda pendurado no barco. – Foi um belo puxão, meus rapazes, e ainda bem que nossa corda era a mais forte.

– Quem atravessa primeiro? – perguntou Bilbo.

– Eu – disse Thorin –, e você vem comigo, e Fili e Balin. É tudo o que o barco agüentará de cada vez. Depois disso Kili, Oin, Dori e Gloin; depois Ori e Nori, Bifur e Bofur; por último Dwalin e Bombur.

– Sou sempre o último e não gosto disso! – disse Bombur. – Hoje é a vez de outra pessoa.

– Você não deveria ser tão gordo. Do jeito que é, deve ir com o último carregamento, o mais leve. Não comece a resmungar contra as ordens, ou algo ruim lhe acontecerá.

– Não temos nenhum remo. Como vocês vão empurrar o barco até a outra margem? – perguntou o hobbit.

– Dê-me mais um pedaço de corda e outro gancho – disse Fili, e, quando estava tudo pronto, jogou-o na escuridão, tão alto e distante quanto pôde. Como o gancho não caiu de novo, perceberam que devia ter se prendido nos galhos. – Entrem agora – disse Fili – e um de vocês puxa a corda que está presa a uma árvore do outro lado. Um dos outros deve segurar o gancho que usamos primeiro e, quando estivermos a salvo do outro lado, poderemos enganchá-lo no barco, e vocês podem puxá-lo de volta.

Dessa forma, logo estavam todos sãos e salvos do outro lado do rio encantado. Dwalin acabara de descer com a corda enrolada no braço, e Bombur (ainda reclamando) aprontava-se para desembarcar quando algo ruim realmente aconteceu. Ouviu-se na trilha à frente o som de cascos velozes. Da escuridão surgiu de repente a forma de um veado correndo. Avançou na direção dos anões e derrubou-os, e depois preparou-se para pular. Saltou bem alto e atravessou a água num salto poderoso. Mas não atingiu a salvo o outro lado. Thorin fora o único que se mantivera calmo e de pé. Logo depois de chegarem à outra margem, preparara o arco e flecha para o caso de surgir algum guardião oculto do barco. Agora desferira um tiro rápido e certeiro na direção do animal saltador. No momento em que atingia a margem oposta, o veado tropeçou. As sombras o engoliram, mas eles ainda ouviram o som de cascos logo vacilando e depois silêncio.

Antes que pudessem aclamar o tiro, entretanto, um terrível lamento de Bilbo fez desaparecer de suas mentes qualquer pensamento sobre carne de veado. – Bombur caiu na água! Bombur está se afogando! – gritou ele. Era a pura verdade. Bombur estava apenas com um pé na terra quando o veado o derrubou ao saltar. Havia tropeçado, empurrando o barco para longe da margem, e depois caiu dentro da água escura, as mãos tentando agarrar as raízes escorregadias da borda, enquanto o barco lentamente se afastava e desaparecia.

Ainda conseguiram ver seu capuz boiando na água quando correram para a margem. Jogaram depressa uma corda com um gancho em sua direção. Ele a agarrou e foi puxado até a margem. Estava encharcado do cabelo até as botas, é claro, mas isso não era o pior. Quando o deitaram na margem, já estava num sono profundo, uma mão segurando a corda com tanta força que era impossível tirá-la dali; e num sono profundo permaneceu, apesar de tudo o que fizeram.

Ainda estavam ao lado dele, amaldiçoando sua má sorte e a inabilidade de Bombur, lamentando a perda do barco, que os impossibilitava de voltar e apanhar o veado, quando perceberam o som enfraquecido de trompas na floresta e de cães latindo na distância. Todos ficaram quietos, e ali, sentados, tiveram a impressão de ouvir o barulho de uma grande caçada ao norte da trilha, embora não pudessem ver nenhum sinal dela.

Ali permaneceram por um bom tempo, sem ousar se mexer. Bombur continuava dormindo com um sorriso na cara gorda, como se não mais se preocupasse com todos os problemas que os afligiam. De repente, na trilha à frente apareceram alguns veados brancos, uma fêmea e alguns filhotes tão brancos como o outro era preto. Reluziam nas sombras. Antes que Thorin pudesse gritar, três dos anões já se haviam levantado de um salto e disparado flechas de seus arcos. Nenhuma pareceu acertar o alvo. Os veados viraram-se e desapareceram entre as árvores tão silenciosamente como tinham surgido, e em vão os anões continuaram atirando flechas.

– Parem! parem! – gritou Thorin; mas era tarde demais, os anões entusiasmados tinham desperdiçado as últimas flechas, e agora os arcos que Beorn tinha lhes dado eram inúteis.

Naquela noite o grupo esteve tristonho, e a tristeza tornou-se ainda mais forte em seus corações nos dias seguintes. Tinham atravessado o rio encantado, mas, além dele, a trilha parecia continuar como antes, e na floresta não se via nenhuma mudança. Mas, se soubessem mais sobre ela e considerassem o significado da caçada e dos veados brancos que haviam aparecido na trilha, saberiam que estavam finalmente aproximando-se da borda leste e que logo encontrariam, se pudessem manter a coragem e a esperança, árvores mais esparsas e lugares onde a luz do sol voltava a penetrar.

Mas não sabiam disso, e havia o pesado corpo de Bombur, que tinham de carregar da melhor forma possível, e nessa exaustiva tarefa eles se revezavam de quatro em quatro, enquanto os outros dividiam as mochilas. Se estas não se tivessem tornado leves demais nos últimos dias, nunca teriam conseguido; mas um Bombur adormecido e sorridente por mochilas cheias de comida era uma permuta pobre, por mais pesado que fosse. Em poucos dias chegou um momento em que não havia praticamente mais nada que comer ou beber. Não se via nada comestível crescendo na floresta, apenas fungos e ervas com folhas amareladas e cheiro desagradável.

A uns quatro dias de distância do rio encantado chegaram a uma região onde a maioria das árvores eram faias. A princípio sentiram-se inclinados a alegrar-se com a mudança, pois não havia vegetação rasteira e a sombra não era tão densa. Ao redor deles havia uma luz esverdeada, e em alguns trechos conseguiam enxergar até certa distância dos dois lados da trilha. Mesmo assim, a luz mostrava-lhes apenas fileiras intermináveis de troncos cinzentos e retos, como os pilares de algum enorme salão ao crepúsculo. Havia um sopro de ar e barulho de vento, mas o som era triste. Algumas folhas caíam farfalhando para lembrá-los de que lá fora o outono se aproximava. Seus pés afundavam nas folhas mortas de outros incontáveis outonos, trazidas pelo vento dos espessos tapetes rubros da floresta para as margens da trilha.

Bombur ainda dormia, e eles estavam ficando muito cansados. Às vezes ouviam um riso perturbador. Outras, também cantoria na distância. O riso era o riso de vozes belas, não de orcs, e a cantoria era bonita, mas soava misteriosa e estranha, e eles não se sentiam consolados; ao invés disso, apressavam-se a deixar a região com toda a força que lhes restava.

Dois dias mais tarde viram que a trilha começava a descer, e logo estavam num vale quase que inteiramente coberto por uma vigorosa mata de carvalhos.

– Será que esta maldita floresta não tem fim? – perguntou Thorin. – Alguém precisa subir numa árvore e ver se consegue enxergar por cima das copas. A única maneira é escolher a árvore mais alta sobre a trilha.

É claro que "alguém" queria dizer Bilbo. Eles o escolheram porque, para obter algum sucesso, quem subisse precisaria erguer a cabeça acima das folhas mais altas, e, portanto, tinha de ser leve o suficiente para que os galhos mais altos e finos pudessem sustentá-lo. O pobre Sr. Bolseiro nunca tivera muita prática em subir em árvores, mas eles o levantaram até os galhos mais baixos de um enorme carvalho que crescia bem na trilha e, assim, ele subiu da melhor maneira que pôde. Abriu caminho através dos galhos entrelaçados, levando muitos golpes nos olhos; a casca envelhecida dos galhos maiores deixou-o esverdeado e encardido, mais de uma vez escorregou e quase não conseguiu segurar-se a tempo, e, finalmente, depois de uma terrível batalha, num ponto difícil onde parecia não haver nenhum galho conveniente, Bilbo chegou perto do topo. Todo o tempo imaginava se não havia aranhas nas árvores, e como iria descer de novo (se não fosse caindo).

No fim, enfiou a cabeça acima do teto de folhas e aí, sim, encontrou aranhas. Mas eram só aranhas pequenas, de tamanho comum, e estavam caçando borboletas. A luz quase cegou os olhos de Bilbo. Podia ouvir os anões gritando para ele lá de baixo, mas não conseguia responder, conseguia apenas ficar ali piscando. O sol brilhava muito, e demorou um longo tempo até que conseguisse suportá-lo. Quando conseguiu, viu por toda a volta um mar verde-escuro, agitado aqui e ali pela brisa, e centenas de borboletas por todos os lados. Acho que eram uma espécie de "imperador purpúreo", uma borboleta que adora as copas das matas de carvalho, mas aquelas não eram nem um pouco purpúreas, eram de um negro aveludado muito profundo, sem qualquer marca que se pudesse ver.

Bilbo ficou observando os "imperadores negros" por longo tempo, e apreciando a sensação da brisa em seu cabelo e seu rosto, mas, por fim, os gritos dos anões, que agora simplesmente sapateavam de impaciência lá embaixo, fizeram-no lembrar de sua verdadeira missão. Não adiantava. Por mais que olhasse, não via o fim das árvores e das folhas em nenhuma direção. Seu coração, que se alegrara com a visão do sol e a sensação do vento, voltou a mergulhar no mais profundo desânimo: não haveria comida lá embaixo quando descesse.

Na verdade, como eu já lhes disse, não estavam longe da borda da floresta e, se Bilbo tivesse o bom senso de perceber, a árvore na qual subira, embora fosse alta, erguia-se perto do fundo de um amplo vale, de modo que de seu topo as árvores pareciam elevar-se por toda a volta, formando como que uma grande tigela, e ele não conseguiria ver até que distância ainda se estendia a floresta. Mas não percebeu, e desceu tomado pelo desespero. Finalmente chegou lá embaixo, arranhado, com calor e arrasado, e, depois de descer, não conseguia ver nada na escuridão. Seu relato logo deixou os outros tão arrasados quanto ele.

– A floresta continua para todo o sempre em todas as direções! O que vamos fazer? E de que adianta mandar um hobbit? – exclamaram eles, como se a culpa fosse de Bilbo. Não deram a mínima atenção às borboletas e só ficaram mais enfurecidos quando ele lhes contou da agradável brisa, que não poderiam apreciar por serem pesados demais para subir.

Naquela noite comeram os últimos restos e migalhas de comida, e na manhã seguinte, quando acordaram, a primeira coisa que perceberam foi que ainda estavam morrendo de fome, e a segunda coisa foi que estava chovendo e que aqui e ali pingos caíam pesadamente na floresta. Isso só os fez lembrar que também estavam morrendo de sede, sem que pudessem fazer nada para aliviá-la: não se pode matar uma sede terrível debaixo de carvalhos gigantes, esperando que uma gota caia na língua. O único pingo de consolo que tiveram veio inesperadamente de Bombur.

Ele acordou de repente e sentou-se, coçando a cabeça. Não tinha a menor idéia de onde estava, nem por que sentia tanta fome, pois esquecera tudo o que tinha acontecido desde que haviam iniciado a viagem naquela manhã de maio, muito tempo atrás. A última coisa de que se lembrava era a festa na casa do hobbit, e tiveram muita dificuldade em fazê-lo acreditar na história das muitas aventuras vividas desde então.

Quando ouviu que não havia nada para comer, Bombur sentou-se e chorou, pois sentia-se fraco e com as pernas bambas. – Por que fui acordar! – exclamou ele. – Estava sonhando coisas tão lindas! Sonhei que estava caminhando numa floresta muito parecida com esta, mas iluminada por tochas nas árvores, por lamparinas penduradas nos galhos e fogueiras queimando no chão; e havia um banquete, que continuava para sempre. Um rei da floresta estava lá, com uma coroa de folhas, e havia uma cantoria alegre, e eu não poderia contar ou descrever as coisas que havia para comer e beber.

– Nem precisa tentar – disse Thorin. – Na verdade, se não consegue falar de outra coisa, é melhor ficar calado. Já estamos suficientemente zangados com você. Se não tivesse acordado, teríamos deixado você na floresta com seus sonhos idiotas; não é brincadeira carregá-lo, mesmo depois de semanas de provisões escassas.

Agora não restava nada a fazer exceto apertar os cintos ao redor das barrigas vazias, pegar os sacos e mochilas vazios e avançar pela trilha sem nenhuma grande esperança de chegar ao fim antes de caírem no chão e morrerem de fome. Foi o que fizeram durante todo aquele dia, avançando bem devagar e exaustos, enquanto Bombur continuava queixando-se de que suas pernas não conseguiriam levá-lo e que só queria deitar e dormir.

– Não, você não quer! – disseram eles. – Deixe que suas pernas façam a sua parte, nós já o carregamos o suficiente.

Mesmo assim, ele de repente se recusou a dar um passo à frente, e jogou-se no chão. – Continuem se quiserem – disse ele. – Eu vou deitar aqui, dormir e sonhar com comida, já que não posso consegui-la de nenhuma outra forma. Espero nunca acordar de novo.

Naquele exato momento, Balin, que estava um pouco à frente, gritou: – Que foi aquilo? Tive a impressão de ter visto uma luz piscando na floresta.

Todos olharam e, a uma grande distância, ao que parecia, viram um brilho vermelho no escuro; depois outro e outro surgiram ao lado do primeiro. Até mesmo Bombur se levantou, e eles correram pela trilha, sem se preocuparem se eram trolls ou orcs. A luz estava adiante e à esquerda da trilha, e, quando finalmente emparelharam com ela, parecia claro que havia tochas e fogueiras queimando sob as árvores, mas a uma boa distância da trilha.

– Parece até que meus sonhos estão se tornando realidade – disse Bombur ofegante, bufando atrás dos outros. Queria correr direto para dentro da floresta atrás das luzes. Mas os outros lembravam-se muito bem das recomendações do mago e de Beorn.

– Um banquete não adiantaria nada, se nunca conseguíssemos voltar vivos dele – disse Thorin.

– Mas sem um banquete não permaneceremos vivos por muito tempo, de qualquer forma – disse Bombur, e Bilbo concordou com ele vigorosamente. Discutiram e rediscutiram o assunto por um longo tempo, até que por fim todos concordaram em mandar dois espiões chegar sorrateiramente perto das luzes e descobrir mais sobre elas. Mas, então, não conseguiram concordar sobre quem deveria ser enviado: nenhum deles parecia ansioso por correr o risco de se perder e nunca mais encontrar os amigos. No fim, apesar de todas as recomendações, a fome decidiu por eles, porque Bombur continuava descrevendo todas as coisas boas que havia para comer, de acordo com seu sonho, no banquete silvestre; então todos deixaram a trilha e mergulharam juntos na floresta.

Depois de se arrastarem por um bom tempo, espiaram por trás dos troncos e avistaram uma clareira onde algumas árvores haviam sido derrubadas e o chão nivelado. Havia muitas pessoas ali, com aparência de elfos, todos vestidos de verde e marrom, e sentados em anéis serrados das árvores derrubadas, formando um grande círculo. Havia uma fogueira no meio, e tochas amarradas a algumas das árvores ao redor; e a visão mais esplêndida de todas: estavam comendo, bebendo e rindo muito.

O cheiro de carnes assadas era tão encantador que, sem esperar para consultar os outros, cada um deles se levantou e correu para o círculo com a única idéia de implorar por um pouco de comida. Logo que o primeiro pisou na clareira, todas as luzes se apagaram como que por mágica. Alguém chutou o fogo e ele subiu em faíscas cintilantes e desapareceu. Ficaram perdidos numa escuridão completa e não podiam nem enxergar uns aos outros, não por um bom tempo, pelo menos. Depois de andarem às cegas freneticamente no escuro, caindo sobre troncos, trombando com árvores, gritando e chamando até provavelmente acordarem todos os seres da floresta num raio de milhas, finalmente conseguiram reunir-se e contarem pelo tato quantos eram. Já tinham então esquecido, é claro, a direção em que ficava a trilha, e estavam completamente perdidos, pelo menos até a manhã seguinte.

Não restava mais nada a fazer a não ser acomodarem-se ali durante a noite; nem mesmo ousaram vasculhar o chão à cata de restos de comida, com medo de se separarem de novo. Mas não fazia muito tempo que estavam deitados, e Bilbo estava apenas começando a sentir sono, quando Dori, cujo turno de guarda era o primeiro, sussurrou:

– As luzes estão aparecendo de novo lá adiante, e agora há mais luzes do que nunca.

Pularam todos de pé. Ali, com certeza, não muito longe, havia vários pontos de luz piscando, e eles ouviam claramente as vozes e os risos. Esgueiraram-se lentamente na direção delas, em fila indiana, cada um segurando as costas do que ia à frente. Quando chegaram perto, Thorin disse: – Nada de correr desta vez! Ninguém deve sair do esconderijo até que eu diga. Vou mandar primeiro o Sr. Bolseiro sozinho para conversar com eles. Não sentirão medo dele ("E eu não vou sentir medo deles?", pensou Bilbo) e, de qualquer forma, espero que não lhe façam nenhum mal.

Quando chegaram à borda do círculo de luzes, empurraram Bilbo à frente. Antes que tivesse tempo de colocar o anel, ele tropeçou e foi iluminado pelo brilho das fogueiras e tochas. Não adiantava. Todas as luzes se apagaram de novo, e fez-se escuridão completa.

Se fora difícil reunirem-se antes, desta vez foi muito pior. E eles simplesmente não conseguiam encontrar o hobbit. Toda vez que se contavam, a soma dava treze. Gritavam e chamavam: "Bilbo Bolseiro! Hobbit! Seu hobbit miserável! Ei, hobbit! maldito seja, onde você se meteu?" e outras coisas do tipo, mas não houve resposta.

Estavam quase perdendo as esperanças, quando Dori tropeçou nele por mera sorte. No escuro, o anão caiu sobre algo que julgou ser um tronco, e descobriu que era o hobbit dormindo profundamente. Foi necessário sacudi-lo bastante para acordá-lo e, quando ele acordou, não ficou nem um pouco satisfeito.

– Estava tendo um sonho tão adorável – resmungou ele –, um jantar esplêndido.

– Céus!, ele ficou como Bombur – disseram eles. – Não nos diga nada sobre sonhos. Jantares sonhados não servem para nada e não dá para dividir.

– São os melhores que posso conseguir neste lugar horrível – murmurou ele, deitando-se ao lado dos anões e tentando adormecer para encontrar de novo seu sonho.

Mas aquela não foi a última das luzes na floresta. Mais tarde, quando a noite devia estar já avançada, Kili, que estava de vigia, veio e acordou todos de novo, dizendo:

– Há um clarão razoável não muito longe daqui: centenas de tochas e muitas fogueiras devem ter sido acesas de repente e por mágica. E escutem a cantoria e as harpas!

Depois de ficarem deitados escutando por um tempo, perceberam que não podiam mais resistir ao desejo de chegar mais perto e tentar mais uma vez conseguir ajuda. Levantaram-se de novo, e desta vez o resultado foi desastroso. O banquete que viram era maior e mais magnífico que antes, e na cabeceira de uma longa fila de pessoas sentava-se um rei da floresta com uma coroa de folhas sobre os cabelos dourados, muito semelhante à figura que Bombur descrevera em seus sonho. O povo élfico passava tigelas de mão em mão e através das fogueiras, e alguns tocavam harpas enquanto outros cantavam. Seus cabelos dourados estavam enfeitados com flores, pedras verdes e brancas brilhavam em seus colares e cintos, e seus rostos e canções eram cheios de alegria. As canções eram altas, belas e cristalinas, e Thorin surgiu no meio deles.

No meio de uma palavra, completo silêncio. Todas as luzes se apagaram. As fogueiras transformaram-se em fumaça negra. Cinzas e fuligem cobriram os olhos dos anões, e a floresta se encheu mais uma vez com seus clamores e gritos.

Bilbo viu-se correndo em círculos (pelo menos essa era a impressão que tinha), chamando repetidas vezes: "Dori, Nori, Ori, Oin, Gloin, Fili, Kili, Bombur, Bifur, Bofur, Dwalin, Balin, Thorin Escudo de Carvalho", enquanto pessoas que ele não conseguia sentir ou ver faziam a mesma coisa a sua volta (de vez em quando com um "Bilbo" no meio). Mas os gritos dos outros foram ficando cada vez mais fracos e distantes e, embora depois de algum tempo Bilbo tivesse a impressão de que se transformavam em berros e pedidos de ajuda muito distantes, todos os ruídos por fim silenciaram, e ele ficou sozinho em total silêncio e escuridão.

Foi um de seus momentos mais terríveis. Mas logo o hobbit decidiu que não adiantava fazer qualquer coisa até que o dia chegasse com alguma luz, e era inútil ficar vagando ao léu e se cansando sem nenhuma esperança de um desjejum que pudesse reanimá-lo. Então recostou-se numa árvore e, não pela última vez, ficou pensando em sua distante toca de hobbit, com suas belas despensas. Estava perdido em pensamentos de toucinho com ovos e torradas com manteiga quando sentiu algo tocá-lo. Algo como uma corda forte e pegajosa estava em sua mão esquerda, e, quando tentou se mover, percebeu que suas pernas já estavam presas na mesma coisa, de modo que caiu quando tentou se levantar.

Então a grande aranha, que se ocupara em amarrá-lo enquanto ele cochilava, veio por trás dele e o atacou. Bilbo só conseguia ver os olhos da coisa, mas sentia suas pernas peludas enquanto ela lutava para enrolá-lo em seus abomináveis fios. Teve sorte por voltar a si em tempo. Logo não poderia mais se mexer. Do jeito que estava, lutou desesperadamente até se libertar. Repeliu a criatura com as mãos – ela tentava envenená-lo para mantê-lo imóvel, como as aranhas pequenas fazem com as moscas –, até que se lembrou de desembainhar a espada. Então a aranha deu um salto para trás e ele teve tempo de cortar os fios e libertar as pernas. Depois disso era a sua vez de atacar. Era evidente que a aranha não estava acostumada a seres com esse tipo de ferrão, ou teria se afastado mais depressa. Bilbo atacou-a antes que ela pudesse desaparecer e feriu-a com a espada bem nos olhos. Então ela enlouqueceu e saltou, dançou, e jogou as pernas em espasmos hediondos, até que ele a matou com outro golpe; depois, caiu no chão e não se lembrou de mais nada por um longo tempo.

Quando voltou a si, viu ao seu redor a costumeira luz cinzenta e fraca do dia da floresta. A aranha jazia morta ao seu lado, e a lâmina da espada estava manchada de negro. De alguma forma, ter matado a aranha gigante, sozinho na escuridão, sem a ajuda do mago ou dos anões ou de qualquer outra pessoa, fez uma grande diferença para o Sr. Bolseiro. Sentiu-se uma nova pessoa, muito mais feroz e corajosa, a despeito do estômago vazio, enquanto limpava a espada na grama e a colocava de volta na bainha.

– Vou dar-lhe um nome – disse a ela o hobbit –, vou chamá-la *Ferroada*.

Depois disso, partiu em exploração. A floresta estava sinistra e silenciosa, mas era óbvio que, antes de mais nada, tinha de procurar os amigos, que provavelmente não estavam muito longe, a não ser que tivessem sido aprisionados pelos elfos (ou coisas piores). Bilbo sentia que não era seguro gritar, e ficou parado por um longo tempo, perguntando-se em que direção ficava a trilha, e em que direção deveria procurar os anões.

– Ah! Por que não nos lembramos do conselho de Beorn e de Gandalf! – lamentou ele. – Em que enrascada nós estamos agora! Nós! Bem que eu queria dizer *nós*: é horrível ficar sozinho.

No final, tentou adivinhar da melhor maneira possível a direção de onde vinham os gritos de socorro que ouvira durante a noite – e por sorte (Bilbo nascera com uma boa quantidade dela) adivinhou mais ou menos certo, como vocês vão ver. Depois de decidir, esgueirou-se com a maior perícia possível. Os hobbits são peritos no que se refere ao silêncio, especialmente em florestas, como eu já lhes disse; além disso, Bilbo colocara o anel no dedo antes de partir. É por isso que as aranhas não o viram nem o ouviram chegando.

Avançara por alguma distância furtivamente, quando notou um lugar de sombra densa e negra à frente, mais negra até que a floresta, como um trecho de meia-noite que tivesse ficado para trás. Quando se aproximou, viu que era feito de teias de aranhas, entrelaçadas umas às outras, por cima, e por trás. De repente viu também que havia aranhas enormes e horríveis nos galhos acima de sua cabeça e, com ou sem anel, tremeu de medo de que elas pudessem descobri-lo. Parado atrás de uma árvore, Bilbo observou um grupo delas por algum tempo e então no silêncio e na quietude da floresta percebeu que aquelas criaturas detestáveis estavam conversando. Suas vozes tinham um som fino, estridente e chiado, mas ele podia entender muitas das palavras que diziam. Estavam conversando sobre os anões!

– Foi uma luta difícil, mas valeu a pena! – disse uma. – Eles sem dúvida têm uma pele ruim e grossa, mas aposto que têm bom suco.

– É, vão ser um bom banquete, depois de ficarem pendurados um tempinho – disse outra.

– Não os deixe pendurados por muito tempo – disse uma terceira. – Não estão gordos como deviam. Não comeram muito bem ultimamente, acho eu.

– Matem-nos, estou dizendo – chiou uma quarta. – Matem agora e deixem pendurados e mortos por algum tempo.

– Já estão mortos agora, eu garanto – disse a primeira.

– Isso é que não! Vi um se debatendo agora há pouco. Acordando de novo, depois de um bee-lo sono. Vou lhes mostrar.

Dizendo isso, uma das aranhas correu ao longo de uma corda até alcançar uma dúzia de embrulhos pendurados em fila num mesmo galho alto. Bilbo ficou horrorizado, agora que os notava pela primeira vez, balançando nas sombras, ao ver um pé de anão surgindo do fundo de um dos embrulhos, ou aqui e ali a ponta de um nariz, um pedaço de barba ou de capuz.

A aranha se dirigiu para o embrulho mais gordo – "É o pobre Bombur, aposto", pensou Bilbo – e deu um forte beliscão no nariz que estava de fora. Ouviu-se um grito abafado lá dentro, e um pé surgiu e chutou a aranha, direto e forte. Bombur ainda vivia. Bilbo ouviu um ruído como o de uma bola murcha sendo chutada, e a aranha enraivecida caiu do galho, conseguindo segurar-se em seu próprio fio bem em cima da hora.

As outras riram. – Você estava certa – disseram elas –, a carne está viva e ainda por cima dando pontapés!

– Logo vou dar um fim nisso – chiou a aranha furiosa, subindo de novo no galho.

Bilbo percebeu que chegara o momento de fazer alguma coisa. Não podia subir para atacar as feras e não tinha nada com que atirar; mas, olhando em volta, viu que naquele lugar havia muitas pedras no que parecia ser o leito de um riacho seco. Bilbo era ótimo em atirar pedras e não demorou muito para que encontrasse uma bela pedra, lisa e em forma de ovo, que se encaixava perfeitamente em sua mão. Quando menino, costumava praticar atirando em bichos, até que coelhos e esquilos, e até mesmo pássaros, fugiam de seu caminho como um relâmpago quando o viam abaixar-se; e, mesmo adulto, ele passara grande parte de seu tempo jogando malha, dardos, tiro-ao-alvo, boliche e outros jogos não violentos do tipo mira e arremesso – na verdade sabia fazer um monte de coisas, além de soprar anéis de fumaça, propor adivinhas e cozinhar, que eu ainda não tive tempo de lhes contar. Não há tempo agora. Enquanto Bilbo apanhava pedras, a aranha alcançava Bombur, que logo estaria morto. Naquele momento Bilbo atirou. A pedra acertou em cheio a cabeça da aranha, que caiu sem sentidos da árvore, estatelando-se no chão, com todas as pernas para o ar.

A próxima pedra passou zunindo através de uma grande teia, arrebentando suas cordas; a aranha que estava no meio dela caiu – plof – morta. Depois disso houve grande confusão na colônia das aranhas, e garanto-lhes que elas esqueceram os anões por algum tempo. Não podiam ver Bilbo, mas podiam muito bem adivinhar a direção de onde as pedras vinham. Depressa como um raio, foram correndo e balançando na direção do hobbit, lançando seus longos fios em todas as direções, até que o ar parecia cheio de armadilhas ondulantes.

Bilbo, entretanto, logo se esgueirou para um outro lugar. Ocorreu-lhe a idéia de atrair as furiosas aranhas cada vez mais para longe dos anões, se pudesse; fazê-las ficar curiosas, excitadas e raivosas, tudo ao mesmo tempo. Quando umas cinqüenta tinham chegado ao lugar onde ele antes estivera, Bilbo jogou mais algumas pedras nelas e em outras que tinham parado mais atrás; depois, dançando em meio às árvores, começou a cantar uma canção para enfurecê-las e atraí-las todas para onde estava, e também para permitir que os anões ouvissem sua voz.

Foi isto o que cantou:

Aranha velha e gorda tecendo sua teia!
Velha e gorda aranha, você não me apanha!
Aranhinha! Aranhinha!
Você não vai parar?
Largue dessa teia e venha me pegar!

Aranhoca, aranhoca, você é só barriga,
Aranhoca, aranhoca, você é uma boboca!
Aranhinha! Aranhinha!
Você já vai descer?
Não pode me prender: aqui em cima estou na minha!

Uma canção não muito boa, talvez, mas vocês devem se lembrar de que ele mesmo teve de improvisá-la, num momento muito delicado. O efeito, de qualquer forma, foi o esperado. Enquanto cantava, jogou mais algumas pedras e bateu os pés no chão. Praticamente todas as aranhas do lugar foram atrás dele: algumas desceram ao chão, outras correram ao longo dos galhos, pulando de árvore em árvore ou jogando novas cordas através dos espaços escuros. Seguiram no encalço do barulho mais depressa do que ele esperava. Estavam terrivelmente raivosas. Além das pedras, nenhuma aranha jamais gostou de ser chamada de "Aranhoca", e "boboca", é claro, é ofensivo para qualquer um.

Bilbo correu para se esconder num lugar diferente, mas várias das aranhas tinham agora ido para diversos pontos da clareira onde viviam, e se ocupavam em tecer teias em todos os espaços entre os troncos das árvores. O hobbit logo ficaria preso numa cerca densa de teias feita em toda a sua volta – pelo menos essa era a idéia das aranhas. Parado no meio dos bichos caçando e tecendo, Bilbo juntou toda a sua coragem e começou uma nova canção:

Aranha gordona, aranha bobona,
tecendo a teia pra me pegar.
Minha carne é gostosa, é a mais saborosa,
mas você não consegue me achar!

Eu estou aqui, aranhinha malvada;
você é gorda, você é modorrenta.
Você não me pega, por mais aplicada,
em sua teia gosmenta.

Com isso, virou-se e percebeu que o último espaço entre duas altas árvores fora fechado por uma teia – mas, por sorte, não uma teia adequada, apenas longos fios de teia de aranha, duplamente grossos, passados apressadamente para a frente e para trás de um tronco a outro. Empunhou então sua pequena espada. Cortou os fios em pedaços e saiu cantando.

As aranhas viram a espada, embora eu ache que não sabiam do que se tratava, e imediatamente todo o bando foi correndo atrás do hobbit pelo chão e pelos galhos, pernas peludas pulando, pinças e fiandeiras estalando, olhos esbugalhados, cheios de espuma e ira. Seguiram-no floresta adentro até que Bilbo não ousou avançar mais. Então, mais silencioso que um rato, ele voltou.

Tinha muito pouco tempo, sabia disso, antes que as aranhas frustradas voltassem para suas árvores, onde estavam pendurados os anões. Nesse intervalo teria de resgatá-los. A pior parte do serviço era alcançar o longo galho do qual pendiam os embrulhos. Acho que não teria conseguido se, por sorte, uma aranha não tivesse deixado uma corda pendurada; com sua ajuda, embora a corda grudasse nas mãos e o machucasse, ele subiu – mas deparou com uma aranha velha, modorrenta, malvada e gorda que ficara para trás vigiando os prisioneiros, e estivera ocupada a beliscá-los para ver qual era o mais suculento. Pensara em começar o banquete enquanto as outras estavam longe, mas o Sr. Bolseiro estava com pressa e, antes que a aranha soubesse o que se passava, sentiu a ferroada do hobbit, rolou do galho e caiu morta no chão.

O próximo serviço de Bilbo era libertar um anão. O que devia fazer? Se cortasse a corda na qual estava pendurado, o pobre anão cairia de uma altura razoável. Meneando o corpo ao longo do galho (o que fez com que os pobres anões dançassem e balançassem como frutos maduros), alcançou o primeiro embrulho.

"Fili ou Kili", pensou ele, por causa da ponta de um capuz azul que aparecia em cima. "Mais provavelmente Fili", pensou ele, ao ver a ponta de um nariz comprido saindo do meio dos fios. Conseguiu, debruçando-se, cortar a maioria dos fios fortes e pegajosos que o prendiam, e então, chutando e se debatendo muito, a maior parte de Fili emergiu. Receio que Bilbo realmente tenha rido ao vê-lo mexendo os braços e as pernas enrijecidos enquanto dançava suspenso pelas axilas nas cordas das aranhas, exatamente como um desses brinquedos engraçados que se equilibram num arame.

De um modo ou de outro, Fili conseguiu subir no galho, e depois fez o que pôde para ajudar o hobbit, embora sentisse enjôo e mal-estar por causa do veneno das aranhas e por ter ficado suspenso e amarrado a maior parte da noite e o dia seguinte, apenas com o nariz de fora. Levou um tempo enorme até que conseguisse retirar aquela coisa nojenta dos olhos e sobrancelhas, e, quanto à barba, teve de cortá-la quase que por inteiro. Bem, os dois começaram a içar primeiro um anão e depois outro, para então cortarem os fios que os prendiam. Nenhum deles estava melhor que Fili, e alguns estavam pior. Alguns mal tinham conseguido respirar (narizes grandes algumas vezes são úteis, como vocês podem perceber) e outros tinham sido mais envenenados.

Dessa maneira, resgataram Kili, Bifur, Bofur, Dori e Nori. O pobre Bombur estava tão exausto – era o mais gordo e fora o mais beliscado e cutucado – que simplesmente rolou do galho e caiu estatelado no chão, por sorte sobre folhas, e lá ficou. Mas ainda havia cinco anões pendurados na ponta do galho quando as aranhas começaram a voltar, mais cheias de ira do que nunca.

Bilbo imediatamente foi para a ponta do galho mais próxima do tronco e manteve afastadas as que subiam. Tirara o anel ao resgatar Fili e esquecera-se de colocá-lo de novo, e todas começaram a esbravejar e chiar.

– Agora vemos você, sua criaturinha nojenta! Vamos devorá-lo e deixar sua pele e seus ossos pendurados numa árvore. Ugh! Ele tem um ferrão, não é? Bem, vamos pegá-lo mesmo assim, e depois vamos pendurá-lo de cabeça para baixo por um ou dois dias.

Enquanto isso acontecia, os outros anões trabalhavam com o restante dos cativos, cortando os fios com suas facas. Logo todos estavam livres, embora não estivesse claro o que aconteceria depois. As aranhas os haviam capturado com muita facilidade na noite anterior, mas eles estavam desprevenidos e no escuro. Desta vez parecia que seria travada uma luta horrível.

De repente, Bilbo notou que algumas aranhas haviam se juntado ao redor de Bombur no chão, prendendo-o de novo, e agora o arrastavam para longe. Deu um grito e golpeou com a espada as aranhas que estavam à sua frente. Elas rapidamente abriram caminho e ele tropeçou e caiu da árvore bem no meio das que estavam no chão. Para elas, sua pequena espada era algo novo em matéria de ferrões. Como voava de um lado para o outro! Brilhava com gosto quando as feria. Meia dúzia foi morta antes que o restante delas recuasse e deixasse Bombur para Bilbo.

– Desçam! Desçam! – gritou ele para os anões que estavam no galho. – Não fiquem aí em cima ou serão amarrados de novo! – Pois Bilbo vira aranhas juntando-se em todas as árvores vizinhas, e arrastando-se ao longo dos galhos acima das cabeças dos anões.

Os anões desceram, pulando, escorregando ou caindo, todos os onze num monte, a maioria deles muito trêmulos e com pouco controle das pernas. Ali estavam finalmente, doze, contando o pobre Bombur, amparado de um lado pelo primo, Bifur, e do outro pelo irmão, Bofur; Bilbo dançava e balançava a sua Ferroada; centenas de aranhas enfurecidas observavam-nos com olhos esbugalhados, em toda a volta e em cima deles. A situação parecia desesperadora.

Então começou a batalha. Alguns dos anões tinham facas, outros paus, e todos eles podiam pegar pedras, e Bilbo tinha seu punhal élfico. Repetidas vezes as aranhas foram rechaçadas, e muitas morreram. Mas aquilo não podia continuar por muito tempo. Bilbo estava quase exausto; apenas quatro dos anões conseguiam se manter de pé com firmeza, e logo todos seriam vencidos como moscas inermes. As aranhas já começavam a tecer suas teias em toda a volta deles, de uma árvore a outra.

No fim, Bilbo não conseguia pensar em nenhum plano, a não ser deixar que os anões conhecessem o segredo de seu anel. Sentia muito por isso, mas era inevitável.

– Vou desaparecer – disse ele. – Vou ver se consigo atrair as aranhas; e vocês devem ficar juntos e correr para a direção oposta. Lá para a esquerda, que é mais ou menos a direção do local onde vimos as fogueiras dos elfos pela última vez.

Foi difícil fazê-los entender, porque todos eles estavam zonzos, e por causa dos gritos, pancadas e pedradas, mas, por fim, Bilbo sentiu que não podia demorar nem mais um segundo

– as aranhas fechavam cada vez mais o círculo. De repente, colocou o anel e, para grande surpresa dos anões, desapareceu.

Logo o som de "Aranhoca" e "boboca" chegou do meio das árvores à direita. Aquilo perturbou muito as aranhas. Pararam de avançar e algumas foram na direção da voz. "Aranhoca" as enfurecia tanto que perderam o controle. Então Balin, que compreendera o plano de Bilbo melhor que os outros, conduziu um ataque. Os anões juntaram-se e, mandando uma saraivada de pedras, empurraram as aranhas para a esquerda e romperam o círculo. Atrás deles, os gritos e a canção cessaram de repente.

Desejando com todas as forças que Bilbo não tivesse sido capturado pelas aranhas, os anões seguiram em frente. Mas não com a rapidez necessária. Estavam enjoados e cansados, e só conseguiam avançar cambaleando, embora muitas das aranhas viessem logo atrás deles. De vez em quando, tinham de se virar e lutar contra as criaturas que os estavam alcançando; algumas aranhas já estavam nas árvores acima deles, jogando para baixo seus longos fios grudentos.

As coisas pareciam estar indo muito mal de novo, quando, de repente, Bilbo reapareceu e inesperadamente atacou pelo flanco as aranhas atônitas.

– Em frente! Em frente! – gritou ele. – Eu cuido das ferroadas!

E assim fez. Voava para trás e para a frente, golpeando os fios das aranhas, cortando suas pernas e apunhalando seus corpos gordos quando chegavam perto demais. As aranhas inchavam de raiva, esbravejavam e espumavam, chiando maldições horríveis; mas tinham um medo mortal de Ferroada, e não ousavam chegar muito perto, agora que ela reaparecera. Assim, por mais que praguejassem, suas presas se distanciavam, lentamente, mas sem parar. Era uma situação das mais terríveis, e pareceu levar horas. Mas, finalmente, no momento exato em que Bilbo sentiu que não conseguiria levantar a mão para nem mais um golpe sequer, as aranhas de súbito desistiram, não os seguiram mais, e voltaram desapontadas para a sua colônia escura.

Os anões então notaram que haviam chegado à borda de um círculo onde houvera fogueiras de elfos. Se era uma daquelas que tinham visto na noite anterior, não sabiam dizer. Mas parecia que um pouco de boa mágica ainda permanecia em alguns pontos, e disso as aranhas não gostavam. De qualquer forma, ali a luz era mais verde, e os ramos menos grossos e ameaçadores, e todos tiveram uma oportunidade de descansar e tomar fôlego.

Ficaram ali deitados por algum tempo, bufando e ofegando. Mas logo começaram a fazer perguntas. Exigiam detalhadamente explicado todo o negócio do desaparecimento, e o achado no anel interessou-os tanto que por alguns instantes esqueceram seus problemas. Balin, em particular, insistia em ouvir outra vez a história de Gollum, com adivinhas e tudo, com o anel no lugar adequado. Mas, depois de algum tempo, a luz começou a diminuir, e então outras perguntas foram feitas. Onde estavam, onde estava a trilha, onde havia comida, e o que iriam fazer? Fizeram essas perguntas vezes e vezes, e era do pequeno Bilbo que pareciam esperar as respostas. Com isso vocês podem perceber que haviam mudado muito de opinião sobre o Sr. Bolseiro e passado a sentir um grande respeito por ele (como Gandalf dissera que fariam). Na verdade, esperavam realmente que ele pensasse em algum plano maravilhoso para ajudá-los, e não estavam apenas resmungando. Sabiam muito bem que, não fosse pelo hobbit, logo teriam sido mortos, e agradeceram-lhe muitas vezes. Alguns até se levantaram e e se curvaram ao chão diante dele, embora caíssem devido ao esforço e não conseguissem pôr-se de pé de novo por algum tempo. Saber a verdade sobre o desaparecimento não alterou de modo algum a opinião deles sobre Bilbo, pois perceberam que o hobbit tinha certa inteligência, além de sorte e um anel mágico – e todas as três coisas são posses muito úteis. Na verdade, elogiaram-no tanto que Bilbo começou a sentir que, afinal de contas, realmente havia nele algo de aventureiro destemido, mas teria se sentido bem mais destemido se houvesse algo para comer.

Mas não havia nada, nada mesmo: e nenhum deles estava em condições de sair para procurar algo ou para encontrar a trilha perdida. A trilha perdida! Nenhuma outra idéia vinha à cabeça cansada de Bilbo. Apenas ficou sentado, observando à sua frente as intermináveis árvores, e, depois de algum tempo, todos ficaram em silêncio novamente. Todos menos Balin. Muito depois de todos terem parado de falar e fechado os olhos, ele continuou murmurando e rindo consigo mesmo.

– Gollum! Ora, ora! Então foi assim que ele passou por mim, não é? Agora eu sei! Foi se esgueirando, não é, Sr. Bolseiro? Botões todos esparramados na soleira da porta! Bom e velho BilboóBilbo, Bilbo-bo-bo-bo. – E então adormeceu, e fez-se silêncio completo por um longo tempo.

De repente, Dwalin abriu um olho e olhou em volta. – Onde está Thorin? – perguntou ele.

Foi um choque terrível. É claro que só havia treze deles, doze anões e um hobbit. Onde estaria Thorin? Ficaram perguntando-se que destino maligno fora-lhe reservado, mágica ou negros monstros, e, perdidos na floresta, sentiam calafrios. Um a um caíram no sono, num sono desconfortável e cheio de sonhos horríveis, enquanto a tarde se transformava em noite escura; e ali vamos deixá-los por enquanto, por demais cansados e indispostos para montarem guarda ou se revezarem na vigia.

Thorin fora capturado muito mais depressa que eles. Vocês se lembram de Bilbo caindo no sono como uma pedra, no momento em que entrava no círculo de luz? Logo em seguida fora Thorin quem avançara, e no momento em que as luzes se apagaram ele caiu feito uma pedra encantada. Todo o barulho dos anões perdidos na noite, seus gritos quando as aranhas os pegaram e prenderam, e todos os sons da batalha do dia seguinte, passaram por ele sem que os ouvisse. Então os Elfos da Floresta vieram até ele, amarraram-no e levaram-no embora.

Os participantes do banquete eram Elfos da Floresta, é claro. Não são um povo mau. Se têm algum defeito, é sua desconfiança de estranhos. Embora sua mágica fosse forte, mesmo naqueles dias eram cautelosos. Eram diferentes dos Altos Elfos do oeste, além de mais perigosos e menos sábios. Pois a maioria deles (juntamente com seus parentes espalhados nas colinas e montanhas) descendia das antigas tribos que nunca foram para o Reino Encantado no oeste. Para lá foram os Elfos da Luz, e os Elfos das Profundezas e os Elfos do Mar, onde viveram por séculos, e tornaram-se mais belos, sábios e eruditos, inventando sua mágica e seu habilidoso ofício na confecção de coisas belas e maravilhosas, antes que alguns retornassem ao Grande Mundo. No Grande Mundo, os Elfos da Floresta permaneciam no crepúsculo de nosso Sol e nossa Lua, mas amavam mais as estrelas; vagavam nas grandes florestas que cresciam viçosas em terras agora perdidas. Moravam de preferência perto das bordas das florestas, das quais podiam às vezes escapar em caçadas, ou para montar e correr à luz da lua ou das estrelas através das terras abertas; depois da chegada dos Homens, apegaram-se mais e mais ao entardecer e ao crepúsculo. Mas ainda continuavam sendo elfos, e isso quer dizer Bom Povo.

Numa grande caverna a algumas milhas da fronteira da Floresta das Trevas, do lado leste, vivia naquela época o seu maior rei. Diante de suas enormes portas de pedra um rio corria, que vinha das alturas da floresta e continuava até os pântanos no sopé das terras altas e cheias de bosques. Essa grande caverna, de cujos flancos saíam incontáveis cavernas menores, serpeava por baixo da terra e tinha muitos corredores e amplos salões; mas era mais iluminada e agradável que qualquer moradia de orc e não tão profunda nem tão perigosa. Na verdade, a maioria dos súditos do rei vivia e caçava nos bosques abertos e tinha casas ou cabanas no chão e nos galhos das árvores. As faias eram suas árvores favoritas. A caverna do rei era o seu palácio, o lugar seguro onde guardava seu tesouro, e a fortaleza de seu povo contra os inimigos.

Era também o calabouço para seus prisioneiros. Assim, para a caverna levaram Thorin – não com muita gentileza, pois eles não morriam de amores por anões e pensavam que ele era um inimigo. Nos dias antigos, haviam travado guerras com alguns anões, a quem acusavam de roubarem seus tesouros. É justo dizer que os anões contavam uma história diferente, e diziam que apenas pegaram o que lhes era devido, pois o rei dos Elfos negociara com eles para que trabalhassem seu ouro e prata brutos, e depois recusara-se a pagar-lhes o que devia. Se o Rei dos Elfos tinha um fraco, era por tesouros, especialmente prata e pedras brancas, e, embora seu estoque fosse rico, estava sempre ávido por mais, já que ainda não detinha um tesouro tão grande como o dos grandes Reis Élficos de antigamente. Seu povo não fazia mineração nem trabalhava metais ou pedras; também não se preocupava muito com o comércio ou com o cultivo da terra. Tudo isso os anões sabiam muito bem, embora a família de Thorin não tivesse nada a ver com a velha disputa de que falei. Conseqüentemente, Thorin, quando desfizeram o encantamento e ele voltou a si, ficou furioso com o tratamento que lhe haviam dispensado; além disso estava determinado a não permitir que lhe arrancassem nenhuma palavra sobre ouro ou pedras preciosas.

O rei lançou um olhar severo a Thorin, quando este foi trazido à sua presença, e fez muitas perguntas. Mas Thorin só dizia que estava morrendo de fome.

– Por que você e seu povo tentaram por três vezes atacar meu povo em sua festa? – perguntou o rei.

– Nós não os atacamos – respondeu Thorin –, viemos mendigar porque estávamos morrendo de fome.

– Onde estão seus amigos agora, e o que estão fazendo?

– Não sei, mas acho que estão morrendo de fome na floresta.

– O que estavam fazendo na floresta?

– Procurando comida e bebida, porque estávamos morrendo de fome.

– Mas o que os trouxe para a floresta? – perguntou o rei furioso.

Diante dessa pergunta Thorin fechou a boca e não disse uma palavra.

– Muito bem! – disse o rei. – Levem-no e o mantenham a salvo, até que se sinta inclinado a dizer a verdade, mesmo que espere um século.

Então os elfos prenderam-no com correias e fecharam-no em uma de suas cavernas mais profundas, com fortes portas de madeira, e lá o deixaram. Deram-lhe comida e bebida, ambas em abundância, embora não muito boas; pois os Elfos da

Floresta não eram orcs, e comportavam-se razoavelmente bem até mesmo com seus piores inimigos quando os capturavam. Os únicos seres vivos com quem não tinham clemência eram as aranhas gigantes.

Ali, no calabouço do rei, ficou o pobre Thorin; e, depois de sentir-se grato pela refeição, começou a imaginar o que teria acontecido com seus infelizes amigos. Não demorou muito para que descobrisse; mas isso pertence ao próximo capítulo e ao início de outra aventura, na qual o hobbit mais uma vez mostrou sua utilidade.

CAPÍTULO IX

BARRIS SOLTOS

No dia seguinte à batalha com as aranhas, Bilbo e os anões fizeram um último e desesperado esforço para encontrar uma saída antes que morressem de sede e de fome. Levantaram-se e foram cambaleando na direção em que oito entre os treze acreditavam estar a trilha; mas nunca chegaram a descobrir se estavam certos. O final daquele dia na floresta já se apagava no negrume da noite quando, de repente, surgiu à volta deles a luz de muitas tochas, como centenas de estrelas vermelhas. Surgiram Elfos da Floresta com seus arcos e flechas, e gritaram para que os anões parassem.

Ninguém pensou em lutar. Mesmo que os anões não estivessem num estado tal que ficaram realmente felizes por serem capturados, suas pequenas facas, as únicas armas que tinham, não teriam sido de nenhuma utilidade contra as flechas dos elfos, que podiam atingir o olho de um pássaro no escuro. Dessa forma, eles simplesmente pararam, sentaram-se e esperaram – todos menos Bilbo, que colocou o anel e esgueirou-se depressa para o lado. Foi por isso que, quando os elfos amarraram os anões numa longa fila, um atrás do outro, e os contaram, não encontraram nem contaram o hobbit.

Tampouco o ouviram ou perceberam andando atrás da luz de suas tochas, guardando certa distância, enquanto os elfos conduziam seus prisioneiros floresta adentro. Todos os anões foram vendados, mas isso não fazia muita diferença, pois nem mesmo Bilbo, com os olhos descobertos, conseguia ver por onde estavam indo, e nem ele nem os outros sabiam de onde tinham partido. Bilbo fez tudo o que pôde para acompanhar as tochas, pois os elfos forçavam os anões a avançarem na maior velocidade possível, mesmo doentes e exaustos como estavam. O rei havia-lhes ordenado que se apressassem. De repente, as tochas pararam, e o hobbit teve apenas o tempo suficiente para alcançá-las antes que começassem a atravessar a ponte. Era a ponte que cruzava o rio na direção dos portais do rei. A água corria escura, rápida e forte lá embaixo; na extremidade oposta havia portões diante da abertura de uma enorme caverna incrustada no flanco de uma encosta íngreme coberta de árvores. Ali as grandes faias desciam para a margem, até suas raízes tocarem o rio.

Pela ponte os elfos foram empurrando seus prisioneiros, mas Bilbo hesitava lá atrás. Não gostava nem um pouco da aparência da abertura da caverna, e decidiu não abandonar os amigos apenas a tempo de sair correndo atrás dos últimos elfos antes que os grandes portões do rei se fechassem atrás deles com um estrondo.

Lá dentro os corredores eram iluminados pela luz vermelha das tochas, e os guardas-élficos cantavam em sua marcha ao longo das passagens sinuosas, entrecruzadas e ecoantes. Essas passagens não eram como as das cidades dos orcs: eram menores, menos entranhadas na terra, e continham um ar mais limpo. Num grande salão com pilares talhados na pedra estava sentado o Rei Élfico, num tronco de madeira esculpida. Em sua cabeça via-se uma coroa de bagas e folhas vermelhas, pois mais uma vez chegara o outono. Na primavera usava uma coroa de flores silvestres. Na mão segurava um cajado entalhado de carvalho.

Os prisioneiros foram trazidos à sua presença, e, embora lhes lançasse um olhar severo, o rei ordenou aos seus homens que os desamarrassem, pois estavam esfarrapados e cansados. – Além disso, eles não precisam de cordas aqui – disse ele. – Quem é trazido para dentro de minhas portas mágicas não tem como escapar.

Fez um interrogatório longo e rigoroso, perguntando aos anões sobre seus feitos, onde estavam indo e de onde vinham; mas não conseguiu deles mais notícias do que conseguira de Thorin. Estavam carrancudos e zangados, e nem mesmo fingiram ser educados.

– O que fizemos, ó, rei? – disse Balin, que era o mais velho dos que estavam ali. – Seria crime estar perdido na flores-

O Portão do Rei Élfico

ta, com fome e sede, e ser capturado por aranhas? Será que as aranhas são seus animais de estimação, já que o fato de as termos matado o deixa zangado?

É claro que tal pergunta só deixou o rei mais zangado que nunca, e ele respondeu: – É crime perambular por meu reino sem permissão. Esquecem-se de que estavam em meu reino, usando a estrada feita por meu povo? Não é verdade que por três vezes vocês perseguiram e incomodaram meu povo na floresta, despertando as aranhas com toda a confusão que fizeram? Depois de todo o incômodo que causaram, tenho o direito de saber o que os traz aqui, e, se não me disserem agora, vou mantê-los todos presos até que tenham aprendido bom senso e boas maneiras.

Ordenou então que os anões fossem colocados cada um numa cela separada, e que recebessem comida e bebida; mas não deviam ultrapassar a porta de suas pequenas prisões, até que pelo menos um deles estivesse disposto a contar tudo o que ele queria saber. Mas não lhes disse que Thorin também estava preso ali. Foi Bilbo quem descobriu.

Pobre Sr. Bolseiro – durante um tempo longo e cansativo ele viveu completamente sozinho naquele lugar, sempre se escondendo, nunca ousando tirar o anel do dedo, mal atrevendo-se a dormir, mesmo quando estava enfiado nos cantos mais escuros e remotos que podia encontrar. Para ter algo a fazer, começou a circular pelo palácio do Rei Élfico. Os portões fechavam-se por mágica, mas algumas vezes, quando agia com rapidez, conseguia sair. De quando em quando, companhias de Elfos da Floresta, algumas vezes sob a liderança do rei, saíam para caçar e para fazer outras coisas na floresta e nas terras ao leste. Nessas ocasiões, se Bilbo conseguia ser bem ligeiro, podia esgueirar-se bem atrás deles, embora isso fosse perigoso. Mais de uma vez quase ficou preso nas portas, no momento em que elas se fechavam com um baque depois da passagem do último elfo; apesar disso, Bilbo não ousava marchar em meio a eles por causa de sua sombra (mesmo sendo ela trêmula e tênue na luz das tochas), ou por medo de que alguém tropeçasse nele e o descobrisse. E quando saía, o que não era muito freqüente, não tirava nenhum proveito. Não queria abandonar os anões e, na verdade, não sabia para onde ir sem eles. Não conseguia acompanhar os elfos caçadores o tempo todo em que estes estavam fora e, assim, nunca descobria os caminhos para fora da mata e ficava vagando infeliz pela floresta, morrendo de medo de se perder, até que tivesse uma oportunidade de retornar. Também sentia fome do lado de fora, pois não era um caçador; mas dentro da caverna conseguia sobreviver de uma maneira ou outra, roubando comida de despensas ou mesas, quando não havia ninguém por perto.

"Sou como um ladrão que não consegue escapar, e precisa continuar roubando miseravelmente a mesma casa dia após dia", pensava ele. "Esta é a parte mais melancólica e monótona desta aventura maldita, cansativa e desconfortável! Gostaria de estar em minha toca hobbit, ao pé do fogo acolhedor de minha própria lareira, com a lamparina brilhando!" Muitas vezes também desejava poder enviar uma mensagem de socorro ao mago, mas isso era obviamente impossível; logo percebeu que, se havia algo a fazer, teria de ser feito pelo Sr. Bolseiro, sozinho e sem ajuda.

Finalmente, depois de uma ou duas semanas daquela vida furtiva, ele conseguiu, observando e seguindo os guardas, aproveitando todas as oportunidades possíveis, descobrir onde cada anão estava preso. Encontrou todas as doze celas em diferentes partes do palácio e, depois de algum tempo, aprendeu a movimentar-se por ali com facilidade. Qual não foi sua surpresa quando um dia ouviu uns guardas conversando e ficou sabendo que havia um outro anão também preso, num lugar especialmente profundo e escuro. Adivinhou imediatamente, é claro, que se tratava de Thorin; depois de algum tempo descobriu que sua suspeita estava correta. Por fim, depois de muitas dificuldades, conseguiu encontrar o lugar quando não havia ninguém por perto, e trocar algumas palavras com o líder dos anões.

Thorin estava por demais arrasado para continuar zangado diante de seus infortúnios, e até começava a pensar em dizer ao rei tudo sobre seu tesouro e sua busca (o que mostra como estava desanimado), quando ouviu a vozinha de Bilbo pelo buraco da fechadura. Mal pôde acreditar no que ouvia. Logo, porém, decidiu que não podia estar enganado; aproximou-se da porta e, aos sussurros, teve uma longa conversa com o hobbit.

Foi assim que Bilbo conseguiu levar em segredo o recado de Thorin a cada um dos anões aprisionados, dizendo-lhes que Thorin, seu líder, também estava preso ali no palácio, e que ninguém deveria revelar sua missão ao rei, não por enquanto, não antes que Thorin se manifestasse. Pois Thorin sentia-se outra vez encorajado, depois de ouvir como o hobbit resgatara seus companheiros às aranhas, e estava mais uma vez determinado a não obter o próprio resgate prometendo ao rei uma parte do tesouro, até que toda e qualquer esperança de escaparem de alguma outra maneira tivesse desaparecido, na verdade, até que o notável Sr. Invisível Bolseiro (de quem passara a ter um conceito realmente muito alto) desistisse por completo de pensar em algo mais inteligente.

Os outros anões concordaram totalmente quando receberam o recado. Todos achavam que suas partes do tesouro (que consideravam suas, apesar da situação e do dragão ainda não vencido) sofreriam sérios danos se os Elfos da Floresta reivindicassem para si uma quota, e todos confiavam em Bilbo. Exatamente o que Gandalf dissera que aconteceria, como vocês podem ver. Talvez esse fosse um de seus motivos para ir embora e abandoná-los.

Bilbo, entretanto, não se sentia tão confiante quanto eles. Não gostava da idéia de que todos dependessem dele, e desejava ter o mago ao seu lado. Mas isso de nada adiantava: provavelmente toda a extensão escura da Floresta das Trevas colocava-se entre os dois. Sentado, pensou e pensou, até sua cabeça quase explodir: mas não lhe ocorria nenhuma idéia brilhante. Um anel de invisibilidade era uma coisa ótima, mas não tinha muita utilidade para quatorze pessoas. Mas, é claro, como vocês imaginaram, que no fim ele resgatou os amigos, e foi assim que aconteceu.

Um dia, bisbilhotando e vagando pelo palácio, Bilbo descobriu uma coisa muito interessante: os grandes portões *não* eram a única entrada para as cavernas. Um rio passava embaixo de algumas das regiões mais baixas do palácio, juntando-se ao Rio da Floresta num ponto um pouco mais a leste, além da encosta íngreme onde ficava a abertura principal. No local onde esse curso de água subterrâneo saía da encosta da montanha havia uma comporta. Ali, o teto de pedra descia quase até a superfície das águas, e dele um portão móvel de ferro podia ser abaixado até tocar o leito do rio, para impedir que alguém saísse ou entrasse. Mas o portão ficava aberto com freqüência, pois muita coisa entrava e saía pela comporta. Se alguém entrasse por ali, ver-se-ia num túnel escuro e irregular que conduzia direto ao coração da colina; mas o teto, num ponto onde passava sob as cavernas, fora cortado e tampado com grandes alçapões de carvalho. Estes davam para as adegas do rei. Ali estavam barris, barris, e mais barris; pois os Elfos das Floresta, e especialmente o seu rei, gostavam muito de vinho, embora não crescessem parreiras naquelas partes. O vinho e outras mercadorias eram trazidos de longe, de seus parentes do Sul, ou das vinhas dos Homens de terras distantes.

Escondendo-se atrás de um dos maiores barris, Bilbo descobriu os alçapões e sua utilidade, e, espreitando ali, ouvindo a conversa dos servidores do rei, ficou sabendo como o vinho e as outras mercadorias chegavam, por terra ou por água, até o Lago Comprido. Ao que parecia, uma cidade de Homens ainda prosperava ali, construída sobre pontes que avançavam sobre as águas, como uma proteção contra inimigos de todos os tipos, principalmente contra o dragão da Montanha. Da Cidade do Lago os barris eram trazidos pelo Rio da Floresta. Muitas vezes os barris eram simplesmente amarrados juntos, como grandes balsas, e conduzidos rio acima; outras vezes eram transportados em barcaças.

Quando os barris estavam vazios, os elfos jogavam-nos pelos alçapões, abriam a comporta, e os barris iam flutuando no rio, dançando, até serem conduzidos pela correnteza a um lugar distante, onde a margem formava uma saliência, perto da fronteira leste da Floresta das Trevas. Ali eram recolhidos, amarrados, e flutuavam de volta para a Cidade do Lago, que ficava perto do ponto onde o Rio da Floresta desembocava no Lago Comprido.

Bilbo ficou sentado por algum tempo pensando sobre aquela comporta, e imaginando se ela poderia ser usada na fuga de seus amigos, e, por fim, conseguiu os inícios desesperados de um plano.

A refeição da noite fora levada aos prisioneiros. Os guardas afastavam-se a passos largos pelos corredores, levando consigo a luz das tochas e deixando tudo na escuridão. Então Bilbo ouviu o mordomo do rei dizendo boa-noite ao chefe dos guardas.

– Agora venha comigo – disse ele – e experimente o vinho que acabou de chegar. Esta noite vou trabalhar duro tirando os barris vazios das adegas; então, vamos tomar um gole para facilitar o trabalho.

– Muito bem – disse, rindo, o chefe dos guardas. – Vou experimentá-lo com você, e ver se o vinho é digno da mesa do rei. Há um banquete esta noite, e não seria bom mandar bebida ruim lá para cima!

Ao ouvir isso Bilbo ficou todo alvoroçado, pois viu que a sorte estava ao seu lado e que tinha uma oportunidade imediata de tentar pôr em prática seu plano desesperado. Seguiu os dois elfos, até que eles entraram numa pequena adega e sentaram-se a uma mesa onde haviam sido colocados dois grandes jarros. Logo começaram a beber e a rir alegremente. Uma sorte extraordinária estava ao lado de Bilbo. Um vinho tem de ser forte para deixar zonzo um elfo da floresta; mas este vinho, ao que parecia, era da safra inebriante dos grandes jardins de Dorwinion, destinado não aos soldados ou servidores, mas apenas aos banquetes do rei, e a pequenas vasilhas, não aos grandes jarros do mordomo.

Em breve o chefe da guarda cabeceava de sono, depois apoiou a cabeça na mesa e adormeceu. O mordomo continuou a conversar e a rir sozinho por algum tempo, parecendo não notar o companheiro, mas logo a sua cabeça também caiu sobre a mesa, e ele adormeceu roncando ao lado do amigo. Então o hobbit esgueirou-se para dentro. Logo o chefe da guarda estava sem as chaves, enquanto Bilbo corria o mais que podia ao longo dos corredores que conduziam às celas. O grande molho de chaves parecia muito pesado para seus braços, e o coração muitas vezes subia-lhe à boca, apesar do anel, pois não conseguia impedir que as chaves de vez em quando produzissem um sonoro *clinque-clanque*, que fazia todo o seu corpo estremecer.

Primeiro, destrancou a porta de Balin, e depois trancou-a novamente com cuidado, assim que o anão saiu. Balin ficou extremamente surpreso, como vocês podem imaginar; mas, mesmo feliz como estava por sair da deprimente salinha de pedra, queria parar e fazer perguntas, saber o que Bilbo pretendia fazer, e tudo sobre o seu plano.

– Não há tempo agora! – disse o hobbit. – Apenas me siga! Precisamos ficar todos juntos e não correr o risco de nos separarmos. Todos nós devemos escapar, ou nenhum, e esta é a nossa última chance. Se formos descobertos, sabe-se lá onde o rei os colocará depois, com as mãos e os pés acorrentados também, imagino eu. Não discuta, seja bonzinho!

Depois foi de porta em porta, até que seus seguidores já eram doze – nenhum deles muito ágil, em parte por causa da escuridão, em parte por causa do longo confinamento. O coração de Bilbo disparava cada vez que um deles trombava com outro, ou resmungava ou cochichava no escuro. – Malditos anões barulhentos! – dizia consigo mesmo. Mas tudo correu bem, e eles não encontraram nenhum guarda. Na verdade, naquela noite havia um grande banquete de outono na floresta e nos salões superiores. Quase todo o pessoal do rei estava se divertindo.

Por fim, depois de muitas trapalhadas, chegaram ao calabouço de Thorin, num lugar bem profundo e, felizmente, não muito distante das adegas.

– Palavra de honra! – disse Thorin, quando Bilbo cochichou para que saísse e se juntasse aos amigos. – Gandalf disse a verdade, como de costume! Você é um ótimo ladrão, ao que parece, quando a ocasião se apresenta. Tenho certeza de que estaremos para sempre ao seu dispor, não importa o que aconteça depois disto. Mas o que faremos agora?

Bilbo percebeu que chegara a hora de explicar sua idéia, tanto quanto podia; mas não tinha muita certeza de como o plano seria recebido pelos anões. Seus receios eram inteiramente justificados, pois eles não gostaram nem um pouco da idéia, e começaram a resmungar em voz alta, apesar do perigo que corriam.

– Vamos ficar machucados e em pedaços. Vamos morrer afogados também, com certeza! – murmuraram eles. – Pensamos que você tinha algum plano sensato quando conseguiu pegar as chaves. Essa idéia é maluca!

– Muito bem! – disse Bilbo, bastante frustrado e também bastante irritado. – Voltem para as suas agradáveis celas, e eu vou trancar todos outra vez, e podem então ficar lá sentados confortavelmente pensando num plano melhor. Mas acho que não conseguirei as chaves de novo, mesmo que me sinta inclinado a tentar.

Aquilo era demais para eles, e todos se acalmaram. No fim, é claro, tiveram de fazer exatamente o que Bilbo sugerira, porque era obviamente impossível tentar encontrar um caminho para os salões superiores, ou lutar para sair pelos portões que se fechavam por mágica; e não adiantava ficar resmungando nos corredores até serem pegos de novo. Então, seguindo o hobbit, foram se arrastando para as adegas mais baixas. Passaram por uma porta pela qual puderam ver o chefe da guarda e o mordomo, ainda roncando felizes, com um sorriso no rosto. O vinho de Dorwinion traz sonhos profundos e agradáveis. Haveria uma expressão diferente no rosto do chefe da guarda no dia seguinte, embora Bilbo, antes de avançarem, tenha entrado na adega sorrateiramente e, num gesto de bondade, prendido novamente as chaves ao cinto dele.

– Isso vai poupá-lo de alguns problemas – disse o Sr. Bolseiro consigo mesmo. – Ele não era um mau sujeito, e foi bastante decente com os prisioneiros. Além disso, todos ficarão confusos. Vão pensar que fizemos uma mágica muito poderosa, que nos fez passar através de todas aquelas portas trancadas e desaparecer. Desaparecer! Precisamos trabalhar bem rápido, para que isso aconteça!

Balin recebeu ordens para ficar vigiando o guarda e o mordomo e avisar se eles se mexessem. O resto entrou na adega contígua onde ficavam os alçapões. Havia pouco tempo a perder. Logo, como sabia Bilbo, alguns elfos desceriam para ajudar o mordomo a jogar os barris vazios no rio através dos alçapões. Estes, na verdade, já estavam enfileirados no meio, esperando para serem empurrados. Alguns eram barris de vinho, e estes não eram de grande utilidade, pois era difícil abri-los sem muito ruído, e também seria difícil fechá-los de novo. Mas entre eles havia vários outros que tinham sido usados para trazer outras mercadorias, manteiga, maçãs e todo o tipo de coisa, para o palácio do rei.

Logo encontraram treze, cada um com espaço suficiente para um anão. Na verdade, alguns eram espaçosos demais, e, enquanto entravam, os anões pensavam com angústia nos solavancos e batidas que sofreriam lá dentro, embora Bilbo fizesse o possível para encontrar palha e outros materiais para embalá-los com o maior conforto possível num tempo tão curto. Finalmente, doze anões estavam acondicionados. Thorin dera um bocado de trabalho, virando-se e contorcendo-se em sua barrica, resmungando como um cachorro grande num canil pequeno, enquanto Balin, que veio por último, alvoroçava-se por causa dos buracos de ventilação, dizendo que estava sufocando mesmo antes de seu barril ter sido tampado. Bilbo fizera o possível para vedar os buracos laterais dos barris, e para fixar todas as tampas com a maior segurança possível, e agora estava outra vez sozinho, correndo de um lado para o outro e dando os últimos retoques nas embalagens, e esperando, desesperado, que seu plano desse certo.

Tudo fora feito no tempo exato. Apenas um ou dois minutos após a tampa do barril de Balin ter sido encaixada, veio o som de vozes e o brilho de luzes. Alguns elfos entraram nas adegas rindo, conversando e cantando trechos de canções. Haviam saído de um animado banquete em um dos salões, e queriam voltar o mais rápido que pudessem.

– Onde está o mordomo, o velho Galion? – perguntou um deles. – Não o vi à mesa hoje. Deveria estar aqui agora para nos mostrar o que devemos fazer.

– Vou ficar com raiva se o velho molenga se atrasar – disse um outro. – Não tenho vontade nenhuma de desperdiçar tempo aqui embaixo enquanto a música está animada lá em cima!

– Ha, ha! – veio um grito. – Aqui está o velho patife com a cabeça num jarro! Esteve num banquete particular, para ele e seu amigo, o capitão.

– Sacudam-no! Acordem-no! – gritaram os outros impacientes.

Galion não ficou nada satisfeito quando eles o sacudiram e acordaram, e menos ainda quando riram dele. – Estão todos atrasados – resmungou ele. – Estou aqui embaixo esperando, enquanto vocês ficam bebendo e se divertindo e se esquecem de suas tarefas. Não é de admirar que eu tenha adormecido de cansaço!

– Não é de admirar – disseram eles –, quando a explicação está bem à mão, num jarro! Vamos, dê-nos um gole de sua poção para dormir antes que comecemos! Não é preciso acordar o carcereiro aí. Pelo jeito, ele já bebeu a sua parte.

Beberam então uma rodada e ficaram muito alegres de repente. Mas não perderam completamente o senso. – Tenha dó, Galion! – gritaram alguns. – Você começou o banquete cedo demais e ficou desnorteado! Enfileirou aqui alguns barris cheios, ao invés dos vazios, a julgar pelo peso.

– Continuem o trabalho! – rosnou o mordomo. – Quando um vira-copos vagabundo fala em peso, isso não quer dizer nada. Estes são os que devem ir, e não os outros. Façam como eu mando!

– Muito bem, muito bem – responderam eles, rolando os barris até a abertura. – Que a sua cabeça role se as barricas do rei cheias de manteiga e do melhor vinho forem lançadas no rio para que os Homens do Lago banqueteiem de graça!

Rola, rola, rola
pela portinhola!
Força! Splash! Pronto!
Mais um dançando tonto!

Assim cantavam quando primeiro um barril, e depois outro, rolou até a escura abertura e foi lançado na água fria alguns pés abaixo. Alguns eram barris realmente vazios, outros traziam no bojo um anão cuidadosamente empacotado; mas todos foram descendo, um após o outro, com muitos choques e batidas, trombando com os outros lá embaixo, batendo em cheio na água, colidindo contra as paredes do túnel, e dançando rio abaixo.

Foi bem nesse momento que Bilbo de repente descobriu o ponto fraco de seu plano. É muito provável que vocês já tenham percebido há algum tempo, e estejam rindo dele, mas não acho que teriam feito nem a metade em seu lugar. É claro que ele mesmo não estava dentro de um barril, e nem havia ninguém para enfiá-lo em um, mesmo que houvesse oportunidade! Desta vez parecia que Bilbo realmente perderia os amigos (quase todos já tinham desaparecido através do escuro alçapão) e ficaria para trás, obrigado a esgueirar-se para sempre como um ladrão permanente nas cavernas dos elfos. Pois, mesmo que pudesse escapar imediatamente pelos portões superiores, tinha pouquíssimas chances de encontrar os anões outra vez. Não conhecia o caminho por terra para o lugar onde os barris eram recolhidos. Ficou imaginando o que aconteceria aos anões sem ele, pois não tivera tempo de contar-lhes tudo o que descobrira ou o que pretendia fazer quando estivessem fora da floresta.

Enquanto todos esses pensamentos passavam-lhe pela mente, os elfos, muito alegres, começaram a cantar uma música ao redor da porta do rio. Alguns já tinham ido puxar as cordas que levantavam o portão de ferro na comporta, a fim de soltar os barris assim que todos estivessem boiando lá embaixo.

Descendo a escura e rápida corrente
Retorna para a terra de tua gente!
Deixa o fundo dos antros das entranhas –
O norte e suas íngremes montanhas,
Onde a floresta grande e tenebrosa
Convive com as sombras pavorosa.
Para além do arvoredo vai, desliza,
Para o mundo da murmurante brisa,
Passando corredeiras e espraiados
Remansos de juncos delicados,
Pela névoa que branca sobrevoa
As águas noturnas das lagoas!
Segue, segue as estrelas que de assalto
Tomaram os céus e brilham lá no alto.
Muda teu rumo pelo amanhecer,
Por rápidos e areias vais descer,
Para o sul, sempre em frente para o sul!
Buscando a luz do dia, a luz do sol,
De volta às tuas pastagens, aos teus prados
Onde pascem tuas ovelhas e teu gado!
De volta aos teus jardins sobre as colinas
Onde há amoras inchadas e docinhas.
Já sob a luz do dia, à luz do sol,
Para o sul, sempre em frente para o sul!
Descendo a escura e rápida corrente
Retorna para a terra de tua gente!

Agora estavam rolando para a porta o último dos barris! Desesperado e sem saber mais o que fazer, o pobrezinho do Bilbo agarrou-se a ele e juntos os dois foram empurrados por sobre a borda. Splash! Caiu na água, debaixo do barril.

Veio à tona bufando e agarrando-se à madeira feito um rato, mas, a despeito de todos os seus esforços, não conseguia subir no barril. Toda vez que tentava, o barril rolava e o afundava de novo. Estava realmente vazio e flutuava como uma rolha. Embora com os ouvidos cheios de água, ainda conseguia ouvir os elfos cantando na adega acima. Então, de repente, os

Bilbo chega às cabanas dos elfos-jangadeiros

alçapões caíram e fecharam-se com estrondo, e as vozes sumiram. Estava no túnel escuro, flutuando na água gelada, completamente sozinho – pois não se pode contar amigos que estão dentro de barris.

Logo uma mancha cinzenta surgiu na escuridão à frente. Bilbo ouviu o ranger da comporta sendo içada, e viu-se em meio a uma confusão de tonéis e barris, dançando e batendo, todos se empurrando para passar sob o arco e sair para o rio aberto. Fez o possível para não ser empurrado e partido em pedaços, mas, por fim, o amontoado de barris começou a se separar e a passar, um a um, sob o arco de pedra para ganhar o rio. Ele então percebeu que de nada teria adiantado montar no barril, pois não havia espaço nem sequer para um hobbit entre o topo do barril e o teto abruptamente baixo onde ficava o portão.

Foram indo por sob os galhos que se projetavam das árvores das margens. Bilbo perguntava-se o que estariam sentindo os anões, e se estaria entrando muita água em seus barris. Alguns dos que passavam por ele flutuando na escuridão pareciam bem afundados na água, e ele imaginava que fossem estes que tinham anões no bojo.

"Espero ter fechado muito bem os barris", pensou ele mas, em breve, ficou por demais preocupado consigo mesmo para se lembrar dos anões. Conseguia manter a cabeça acima da água, mas estava tremendo, e imaginava se não iria morrer de frio antes que a sorte desse uma reviravolta, e por quanto tempo conseguiria agüentar, e se deveria correr o risco de se soltar e tentar nadar até a margem.

Logo a sorte realmente deu uma reviravolta: a correnteza carregou vários barris para um ponto perto da margem, e ali eles ficaram por algum tempo, presos em alguma raiz oculta. Então Bilbo aproveitou a oportunidade para subir pela lateral do barril enquanto ele estava apoiado em outro. Foi subindo como um rato naufragado, e deitou-se em cima, todo esticado, para manter o equilíbrio da melhor forma possível. A brisa era fria, mas melhor que a água, e Bilbo tinha esperanças de não rolar de repente e cair de novo no rio, quando os barris fossem outra vez levados pela correnteza.

Não demorou para que os barris se libertassem de novo e fossem virando e revirando rio abaixo, dirigindo-se para a correnteza principal. Ele então percebeu que manter-se montado era tão difícil quanto temera mas, de algum modo, conseguiu, embora fosse terrivelmente desconfortável. Por sorte, era muito leve, o barril era de bom tamanho e, como tinha alguns orifícios, já deixara entrar um pouco de água. Mesmo assim, era como tentar montar, sem rédea ou estribo, um pônei barrigudo que estivesse sempre querendo rolar na grama.

Foi assim que, finalmente, o Sr. Bolseiro chegou a um lugar onde as árvores rareavam dos dois lados. Ele conseguia ver o céu mais claro entre elas. O rio escuro alargava-se de repente e juntava-se ao curso principal do Rio da Floresta, que descia rápido das grandes portas do rei. Havia um trecho pálido de água que não era mais coberto pelas sombras, e na sua superfície fluida dançavam reflexos partidos de nuvens e estrelas. Então a água veloz do Rio da Floresta empurrou todo o grupo de tonéis e barris para a margem norte, onde cavara uma ampla baía. Esta tinha uma praia de cascalhos sob margens altas, e era protegida na extremidade leste por um cabo saliente de rocha sólida. Na praia rasa a maioria dos barris encalhou, embora alguns continuassem, indo bater contra o molhe rochoso.

Havia pessoas vigiando as margens. Trataram logo de empurrar os barris, juntando-os todos na água rasa e, depois de os contarem, amarraram-nos uns aos outros e os deixaram ali até a manhã seguinte. Pobres anões! Agora Bilbo não estava em situação tão ruim. Escorregou do barril e foi para a terra; depois, foi se esgueirando até algumas cabanas que avistara perto da margem da água. Bilbo já não pensava duas vezes para participar de uma ceia sem ser convidado se tivesse a oportunidade; fora obrigado a fazer isso muito tempo, e sabia agora muito bem o que era estar realmente faminto, e não apenas interessado nas iguarias de uma despensa bem suprida. Além disso, vira de relance uma fogueira entre as árvores, e isso o atraíra, porque suas roupas rasgadas e ensopadas grudavam-se-lhe ao corpo, frias e pegajosas.

Não é preciso contar-lhes muito sobre as aventuras dele naquela noite, pois agora estamos nos aproximando do fim da viagem ao leste, e chegando à última e maior aventura; por isso devemos nos apressar. Obviamente ajudado por seu anel mágico, Bilbo deu-se muito bem a princípio, mas foi descoberto no fim pelas suas pegadas molhadas e por causa da trilha de pingos que deixava aonde quer que fosse ou se sentasse; também começou a ficar resfriado e em qualquer lugar que tentasse se esconder era descoberto pelas sensacionais explosões de seus espirros mal-abafados. Logo havia uma grande confusão na vila ribeirinha, mas Bilbo escapou floresta adentro, carregando um pão, um odre de vinho, e uma torta, que não lhe pertenciam. Teve de passar o resto da noite molhado como estava, longe de qualquer fogueira, mas o vinho ajudou-o nisso e, na verdade, até cochilou um pouco sobre algumas folhas secas, embora o ano estivesse chegando ao fim e o ar estivesse frio.

Acordou outra vez com um espirro especialmente escandaloso. Já era manhã cinzenta, e havia uma confusão alegre lá embaixo perto do rio. Estavam fazendo uma jangada de barris, e os elfos-jangadeiros logo a estariam conduzindo correnteza abaixo até a Cidade do Lago. Bilbo espirrou de novo. Não estava mais pingando, mas sentia frio por todo o corpo. Desceu com a maior rapidez que suas pernas enrijecidas permitiam e chegou a tempo de subir no conjunto de barris sem ser notado no burburinho geral. Por sorte, naquela hora não havia sol para projetar uma sombra inconveniente e, por milagre, não voltou a espirrar por um bom tempo.

As varas eram empurradas com força. Os elfos que estavam na água rasa puxavam e empurravam. Os barris, agora amarrados todos juntos, rangiam e estalavam.

– Que carga pesada! – alguns resmungavam. – Estes barris estão afundados. Alguns não estão vazios. Se tivessem chegado à margem durante o dia, provavelmente poderíamos ter dado uma olhada no conteúdo.

– Não há tempo agora! – gritou o jangadeiro. – Empurre!

E lá se foram os barris, devagar no início, até passarem pelo ponto de rocha onde outros elfos esperavam para manobrá-los com varas, e então, cada vez mais rápido, eles alcançavam a correnteza principal e iam navegando rio abaixo, descendo na direção do Lago.

Tinham escapado dos calabouços do rei e atravessado a floresta, mas resta saber se estavam vivos ou mortos.

CAPÍTULO X

UMA ACOLHIDA CALOROSA

O DIA ficava mais claro e morno enquanto flutuavam. Depois de algum tempo, o rio contornou uma saliência íngreme que aparecia à esquerda. No sopé rochoso, a correnteza mais profunda passava borbulhando. De repente o penhasco foi diminuindo. As margens desapareceram. As árvores sumiram. Bilbo então viu uma paisagem.

As terras abriam-se amplas ao seu redor, cheias da água do rio que subdividia-se em centenas de cursos tortuosos, ou parava em pântanos ou lagos pontilhados de ilhotas por todos os lados; mas, mesmo assim, uma forte correnteza avançava pelo meio. E, na distância, a cabeça escura enfiada numa nuvem rasgada, assomava a Montanha! Não se viam seus vizinhos mais próximos ao nordeste nem o terreno acidentado que a ligava a eles. Sozinha se erguia, olhando para a floresta através dos pântanos. A Montanha Solitária! Bilbo viera de longe e enfrentara muitas aventuras para vê-la, e agora não gostava nem um pouco de sua aparência.

Escutando a conversa dos homens das jangadas e juntando as migalhas de informação que deixavam cair, Bilbo logo percebeu que tivera muita sorte em simplesmente poder avistá-la, mesmo daquela distância. Apesar do melancólico confinamento e da desconfortável posição (para não dizer nada dos pobres anões debaixo dele), ainda assim o hobbit tivera mais sorte do que havia imaginado. Toda a conversa era sobre as mercadorias que iam e vinham pelas águas e sobre o crescimento do comércio pelo rio, à medida que as estradas que saíam do leste na direção da Floresta das Trevas desapareciam ou caíam em desuso; os homens falavam também das contendas entre os Homens do Lago e os Elfos da Floresta, por causa da conservação do Rio e do cuidado com as margens. Aquelas terras haviam mudado muito desde os dias em que anões moravam

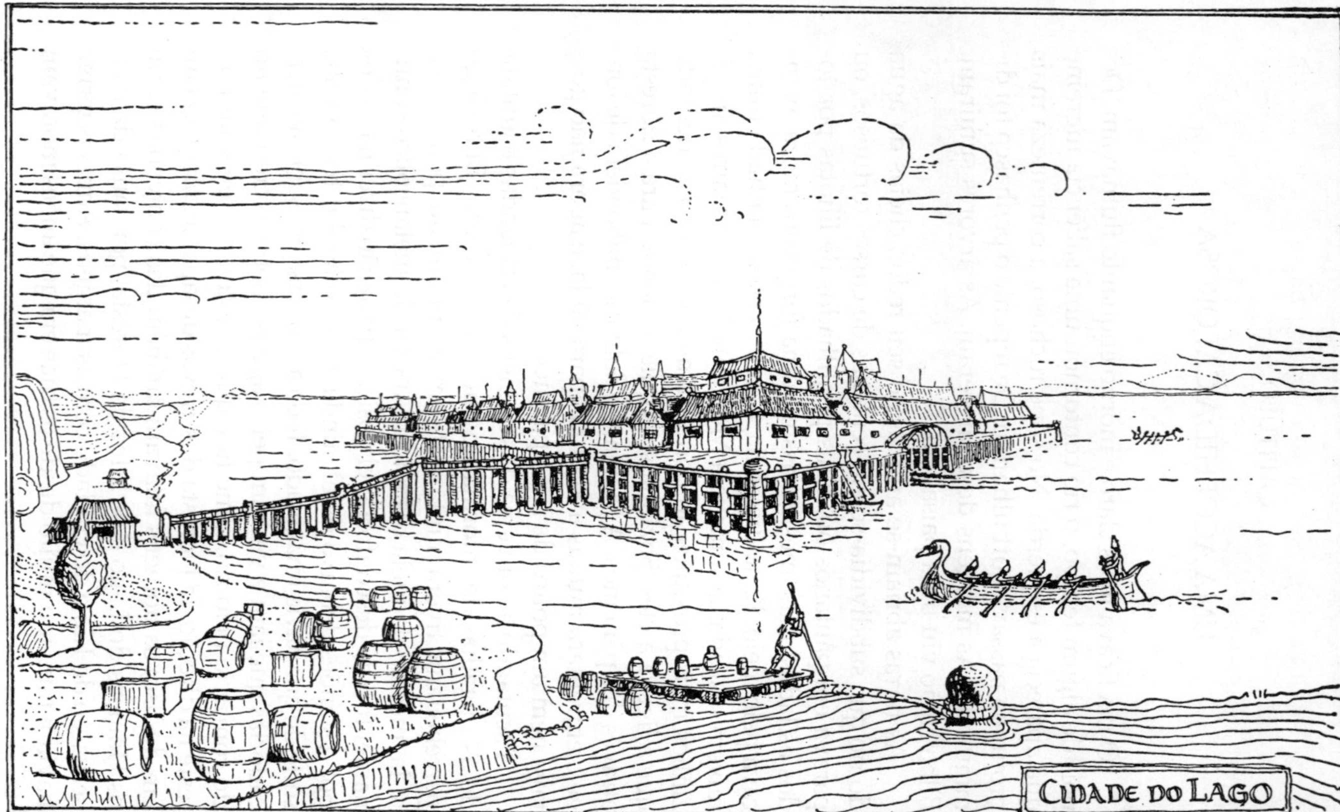
CIDADE DO LAGO

na Montanha, dias que agora a maioria das pessoas recordava como uma nebulosa tradição. Haviam mudado até mesmo nos últimos anos, e desde as últimas notícias que Gandalf recebera delas. Grandes enchentes e chuvas haviam aumentado o volume das águas que corriam para o leste; também houvera um ou dois terremotos (que alguns se inclinavam a atribuir ao dragão – fazendo alusão a ele principalmente com uma praga e um agourento aceno de cabeça na direção da Montanha). Os pântanos e charcos haviam avançado, espalhando-se dos dois lados. Trilhas tinham desaparecido, assim como vários cavaleiros e andarilhos que tentaram atravessar os caminhos perdidos. A estrada élfica que atravessava a floresta e pela qual os anões tinham seguido por recomendação de Beorn chegava agora a uma extremidade duvidosa e pouco usada na borda leste da floresta; só o rio ainda oferecia um caminho seguro das fronteiras da Floresta das Trevas no norte até as planícies rodeadas de montanhas mais além, e o rio era guardado pelo rei dos Elfos da Floresta.

Então vocês podem ver que, por fim, Bilbo seguira pela única estrada utilizável. O Sr. Bolseiro poderia ter ficado um pouco mais consolado, tremendo ali sobre os barris, se tivesse sabido que essa notícia havia chegado aos ouvidos de Gandalf e causado grande ansiedade no mago, e que agora ele estava na verdade terminando seus outros negócios (que não entram nesta história) e preparando-se para vir à procura da companhia de Thorin. Mas Bilbo não sabia de nada disso.

Tudo o que sabia era que o rio parecia continuar para sempre, e ele estava com fome, com um terrível resfriado, e não apreciava o modo como a montanha parecia franzir-lhe o cenho e ameaçá-lo à medida que se aproximava. Depois de algum tempo, entretanto, o rio tomou um curso mais para o sul e a Montanha recuou outra vez, e por fim, no final do dia, as margens foram ficando rochosas, o rio recolheu todas as suas águas espalhadas numa correnteza rápida e profunda, e eles foram deslizando em grande velocidade.

O sol já se escondera quando, fazendo uma outra curva em direção ao leste, o rio da floresta desaguou no Lago Comprido.

Ali havia uma grande foz com portões de pedra semelhantes a penhascos dos dois lados, os sopés cobertos por montes de cascalho. O Lago Comprido! Bilbo nunca imaginara que alguma extensão de água que não fosse o mar pudesse ser tão vasta. Era tão amplo que as margens opostas pareciam pequenas e distantes, mas tão comprido que não era possível ver sua extremidade norte, que apontava na direção da Montanha. Apenas pelo mapa é que Bilbo sabia que lá em cima, onde as estrelas da Foice já estavam piscando, o Rio Corrente, vindo de Valle, desaguava no lago e, junto com o Rio da Floresta, enchia de águas profundas o que devia antes ter sido um grande e profundo vale rochoso. Na extremidade sul as águas reunidas derramavam-se outra vez por sobre altas cachoeiras e corriam depressa para terras desconhecidas. No ar quieto do fim de tarde podia-se ouvir o ruído das cachoeiras como um rugido distante.

Não muito longe da foz do Rio da Floresta ficava a estranha cidade sobre a qual ouvira os elfos falando nas adegas do rei. Não fora construída na margem, embora houvesse algumas cabanas e edificações ali, mas exatamente sobre a superfície do lago, protegida da fúria do rio por um promontório rochoso que formava uma calma baía. Uma grande ponte feita de madeira conduzia até onde fora construída, sobre enormes estacas feitas de troncos de árvores, uma agitada cidade de madeira, não uma cidade de elfos, mas de Homens, que ainda ousavam morar ali, à sombra da distante montanha do dragão. Ainda prosperavam por causa do comércio que vinha do sul pelo grande rio e era carreado até a sua cidade, contornando as cachoeiras; mas nos grandes dias de outrora, quando Valle do Norte era rica e próspera, eles haviam sido abastados e poderosos e houvera frotas de barcos sobre as águas, alguns carregados de ouro e outros de guerreiros vestidos com armaduras, e houvera guerras e feitos que agora eram apenas uma lenda. As estacas podres de uma cidade maior ainda podiam ser vistas ao longo das margens quando as águas baixavam durante as secas.

Mas os homens se lembravam muito pouco disso tudo, embora alguns ainda cantassem velhas canções sobre os reis dos anões da Montanha, Thror e Thrain, da raça de Durin, e sobre a chegada do dragão e a queda dos senhores de Valle. Alguns também cantavam que Thror e Thrain retornariam e então rios de ouro correriam através dos portões da Montanha, e toda aquela terra ficaria repleta de novas canções e novos risos. Mas essa lenda agradável não afetava muito os afazeres diários da cidade.

Assim que a jangada de barris surgiu, barcos vieram remando das estacas da cidade, e vozes saudaram os condutores da jangada. Então cordas lançaram-se e remos, e logo a jangada foi retirada da correnteza do Rio da Floresta e rebocada, contornando a alta saliência rochosa, para a pequena baía da Cidade do Lago. Ali foi atracada num ponto não muito distante da cabeceira da grande ponte junto à margem. Logo viriam homens do sul para levar embora alguns barris, e os outros eles encheriam com mercadorias que haviam trazido para que fossem levadas correnteza acima para o lar dos Elfos da Floresta. Enquanto isso os barris foram deixados boiando na água, enquanto os elfos jangadeiros e os barqueiros iam divertir-se na Cidade do Lago.

Teriam ficado surpresos se pudessem ter visto o que aconteceu ali embaixo perto da margem depois que se afastaram e as sombras da noite caíram. Em primeiro lugar, um barril foi solto por Bilbo, levado até a margem e aberto. De dentro saíram gemidos, e também um anão muitíssimo infeliz. Havia palha úmida grudada na sua barba encharcada; sentia o corpo tão doído e enrijecido, tão ferido e escoriado, que mal conseguiu manter-se de pé, cambalear através da água rasa e deitar-se gemendo na margem. Tinha o olhar selvagem e esfomeado de um cão que ficou acorrentado e esquecido num canil por uma semana. Era Thorin, mas vocês só poderiam tê-lo reconhecido pela corrente de ouro e pelo capuz azul celeste, agora sujo e rasgado, com sua borla prateada sem brilho. Demorou algum tempo antes que ele pudesse ser ao menos polido com o hobbit.

– Bem, você está vivo ou morto? – perguntou Bilbo, bastante irritado. Talvez esquecesse que tivera pelo menos uma boa refeição a mais que os anões e também o uso de braços e pernas, para não falar de um maior suprimento de ar. – Você ainda está na prisão, ou está livre? Se quiser comida, e se quiser continuar com esta aventura idiota, que afinal de contas é sua e não minha, é melhor bater nos braços, esfregar as pernas e tentar me ajudar a libertar os outros, enquanto ainda há uma chance!

É claro que Thorin percebeu a sensatez do que Bilbo dissera; então, depois de mais alguns gemidos, levantou-se e ajudou o hobbit da melhor maneira que pôde. No escuro, patinhando na água gelada, tiveram um trabalho difícil e desagradável tentando descobrir quais eram os barris certos. Bater no casco e chamar ajudou a descobrir apenas seis anões que conseguiram responder. Estes foram desempacotados e levados até a margem, onde se sentaram ou deitaram, resmungando e gemendo; estavam tão encharcados, escoriados e encarangados que mal conseguiam perceber que haviam sido soltos ou mostrar-se adequadamente gratos por isso.

Dwalin e Balin eram dois dos mais infelizes, e não adiantava pedir que ajudassem. Bifur e Bofur estavam menos machucados e mais secos, mas deitaram-se e não moveram um dedo. Fili e Kili, porém, que eram jovens (em se tratando de anões) e também haviam sido empacotados com mais cuidado e com bastante palha em barris menores, saíram mais ou menos sorridentes, apenas com um ou dois ferimentos e um enrijecimento que logo passou.

– Espero nunca mais sentir o cheiro de maçãs outra vez! – disse Fili. – Meu barril estava cheio dele. Sentir o cheiro de maçãs eternamente quando você mal pode se mexer, está com frio e doente de fome, é de deixar qualquer um doido. Agora eu seria capaz de comer qualquer coisa deste vasto mundo, por horas a fio, mas não uma maçã!

Com a ajuda prestativa de Fili e Kili, Thorin e Bilbo finalmente descobriram e libertaram o restante do grupo. O pobre e gordo Bombur estava dormindo ou desmaiado; Dori, Nori, Ori, Oin e Gloin estavam ensopados e pareciam apenas semivivos; tiveram todos de ser carregados, um por um, e deitados na margem, completamente impotentes.

– Bem! Aqui estamos nós! – disse Thorin. – E acho que devemos agradecer às nossas estrelas e ao Sr. Bolseiro. Estou certo de que ele tem o direito de esperar por isso, apesar de desejar que ele tivesse arranjado uma viagem mais confortável. Mesmo assim, estamos todos inteiramente a seu dispor mais uma vez, Sr. Bolseiro. Sem dúvida vamos nos sentir adequadamente agradecidos quando tivermos comido e nos recuperado. Enquanto isso, o que vamos fazer?

– Sugiro a Cidade do Lago – disse Bilbo. – Que mais se poderia fazer?

Obviamente, mais nada; então, deixando os outros, Thorin, Fili, Kili e o hobbit foram pela margem até a grande ponte. Havia guardas na cabeceira, mas que não estavam vigiando com atenção, pois havia muito tempo que isso não era realmente necessário. A não ser por disputas esporádicas sobre tarifas fluviais, eles eram amigos dos Elfos da Floresta. Outras pessoas estavam longe, e alguns dos habitantes mais jovens da cidade duvidavam abertamente da existência de algum dragão na montanha, e riam dos barbas-brancas e das velhotas que diziam tê-lo visto voando no céu nos seus dias de juventude. Sendo assim, não é de surpreender que os guardas estivessem bebendo e rindo ao pé do fogo em sua cabana e não ouvissem o barulho do desembalamento dos anões ou os passos dos quatro batedores. Ficaram extremamente atônitos quando Thorin Escudo de Carvalho surgiu porta adentro.

– Quem é você e o que quer? – gritaram eles, levantando-se de um salto e procurando apanhar as armas.

– Thorin, filho de Thrain, filho de Thror, Rei sob a Montanha! – disse o anão numa em voz alta; e parecia ser exatamente isso, apesar das roupas rasgadas e do capuz enlameado. O ouro brilhava em seu pescoço e na cintura, seus olhos eram escuros e profundos. – Eu voltei. Desejo ver o Senhor de sua cidade!

Houve então um tremendo alvoroço. Alguns dos mais tolos saíram correndo da cabana como se esperassem que a Montanha se transformasse em ouro no meio da noite e que toda a água do lago ficasse imediatamente amarela. O capitão da guarda deu um passo à frente.

– E quem são estes? – perguntou ele, apontando para Fili, Kili e Bilbo.

– Os filhos da filha de meu pai – respondeu Thorin. – Fili e Kili, da raça de Durin, e o Sr. Bolseiro, que viajou conosco desde o oeste.

– Se vêm em paz, abaixem suas armas! – disse o capitão.

– Não temos nenhuma – disse Thorin, e era a pura verdade: suas armas haviam-lhes sido tomadas pelos Elfos da Floresta, assim como a grande espada Orcrist. Bilbo trazia sua pequena espada, escondida como de costume, mas não disse nada sobre isso. – Não precisamos de armas, nós que finalmente retornamos ao que é nosso, como foi anunciado em tempos remotos. Nem poderíamos lutar contra tantos. Levenos ao seu senhor!

– Ele está num banquete – disse o capitão.

– Mais um motivo ainda para nos levar até ele – interrompeu Fili, que estava ficando impaciente com toda aquela formalidade. – Estamos exaustos e morrendo de fome, trilhamos uma longa estrada, e temos companheiros doentes. Agora apresse-se e deixemos esse falatório de lado, ou o seu senhor poderá ter uma conversinha com você.

– Então sigam-me – disse o capitão, que, com mais seis homens, conduziu-os pela ponte, passando pelos portões e entrando no mercado da cidade. Era um amplo círculo de águas calmas, contornando grandes estacas sobre as quais haviam sido construídas as casas maiores, e por longos ancoradouros de madeira com muitos degraus e escadas que desciam até a superfície do lago. Num grande salão brilhavam muitas luzes e de lá vinha o som de inúmeras vozes. Passaram pelas portas e pararam piscando naquela luz, apreciando as longas mesas cheias de gente.

– Sou Thorin, filho de Thrain, filho de Thror, Rei sob a Montanha! Eu retornei! – anunciou Thorin da porta em voz alta, antes que o capitão pudesse dizer algo.

Todos se ergueram. O Senhor da cidade pulou de sua grande cadeira. Mas ninguém ficou mais surpreso que os jangadeiros dos elfos, que estavam sentados na extremidade inferior do salão. Correndo e parando diante da mesa do Senhor, eles gritaram:

– Estes são os prisioneiros de nosso rei que escaparam, anões vagabundos e andarilhos que não conseguiram apresentar nenhuma boa explicação sobre si mesmos, que entraram furtivamente na floresta e molestaram nosso povo!

– Isso é verdade? – perguntou o Senhor. Na verdade, achava isso muito mais provável do que o retorno do Rei sob a Montanha, se é que tal pessoa realmente um dia existira.

– É verdade que fomos injustamente capturados pelo Rei Élfico e aprisionados sem motivo quando retornávamos à nossa própria terra – respondeu Thorin. – Mas nem correntes nem barras podem atrapalhar o retorno anunciado outrora. Nem esta cidade pertence ao reino dos Elfos da Floresta. Eu me dirijo ao Senhor da cidade dos Homens do lago, e não aos jangadeiros do rei.

Então o Senhor hesitou e ficou olhando de um para o outro. O Rei Élfico tinha muito poder naquelas partes, e o Senhor não desejava inimizade com ele, nem considerava muito as velhas canções, tendo seu pensamento voltado para o comércio e as tarifas, para carregamentos e ouro, e a este hábito devia sua posição. Entretanto, outros pensavam de forma diferente, e logo a questão foi resolvida sem o auxílio dele. A notícia espalhara-se como fogo por toda a cidade. Dentro e fora do salão as pessoas gritavam. Os ancoradouros enchiam-se de pés apressados. Alguns começaram a cantar trechos de velhas canções sobre o retorno do Rei sob a Montanha: o fato de ser o neto de Thror, e não o próprio Thror, que retornara, não fazia nenhuma diferença para eles. Outros juntaram-se aos cantores e a canção ecoou alta e forte por todo o lago.

O Rei sob a montanha,
O Rei da pedra lavrada,
Senhor das fontes de prata,
Vai voltar à sua morada!

À sua cabeça sua coroa,
À sua harpa cordas novas;
Seu palácio ecoará
Ao som de antigas trovas.

A floresta na montanha
E a grama ao sol se agitam;
Sua riqueza jorra em fontes,
Rios de ouro palpitam.

Felizes correm riachos,
Queimam os lagos brilhando,
Não há pranto nem tristeza
Porque o Rei está voltando!

Isso é o que cantavam, ou mais ou menos isso, só que havia muito mais, e muita gritaria além da música de harpas e rabecas no meio de tudo. Na verdade, não se registrava tal alvoroço na cidade nem na memória do mais velho ancião. Os próprios Elfos da Floresta começaram a ficar surpresos e até mesmo com medo. É claro que não sabiam como Thorin havia escapado, e começaram a pensar que seu rei poderia ter cometido um grave erro. Quanto ao Senhor, viu que não restava mais nada a fazer exceto obedecer ao clamor geral, pelo menos por enquanto, e fingir que acreditava que Thorin era o que dizia ser. Assim, cedeu a ele a sua própria cadeira alta e acomodou Fili e Kili ao seu lado, em lugares de honra. Até Bilbo conseguiu um lugar na mesa principal, e não se fez nenhuma pergunta sobre como ele entrava na história – nenhuma canção aludira a ele, nem sequer do modo mais obscuro – na agitação geral.

Em seguida os outros anões foram trazidos para a cidade em meio a cenas de surpreendente entusiasmo. Foram todos tratados, alimentados, alojados e paparicados do modo mais delicioso e satisfatório. Uma grande casa foi cedida a Thorin e sua companhia; barcos e remadores foram colocados à sua disposição; multidões sentaram-se do lado de fora e cantaram canções o dia todo, e aplaudiam até quando algum anão mostrava a ponta do nariz.

Algumas das canções eram antigas, mas outras eram novas e falavam com confiança da morte súbita do dragão e de carregamentos de ricos presentes descendo pelo rio até a Cidade do Lago. Estas eram inspiradas principalmente pelo Senhor e não agradavam muito aos anões, mas, enquanto isso, estavam todos satisfeitos e logo ficaram fortes e gordos de novo. Na verdade, dentro de uma semana estavam recuperados, vestidos com roupas de tecido fino em suas cores apropriadas, com as barbas penteadas e aparadas, andando empertigados. Thorin comportava-se como se o reino já estivesse reconquistado e Smaug, partido em pedacinhos.

Então, como ele dissera, a boa vontade dos anões para com o pequeno hobbit crescia a cada dia. Não havia mais gemidos ou resmungos. Bebiam à saúde dele, davam-lhe tapinhas nas costas e faziam um estardalhaço à sua volta; o que vinha bem a calhar, pois ele não se sentia particularmente alegre. Não esquecera a aparência da Montanha nem o dragão e, além disso, estava com uma gripe de amargar. Espirrou e tossiu por três dias, e não podia sair, e mesmo depois disso seus discursos em banquetes limitavam-se a um "Buitíssibo obrigado".

Enquanto isso, os Elfos da Floresta tinham subido o Rio com seus carregamentos, e houve grande alvoroço no palácio do rei. Nunca fiquei sabendo o que aconteceu ao chefe dos guardas e ao mordomo. É claro que não se disse nada sobre chaves ou barris enquanto os anões permaneceram na Cidade do Lago, e Bilbo tomou o cuidado de nunca ficar invisível. Mesmo assim, acho, adivinhava-se mais do que se sabia, embora sem dúvida o Sr. Bolseiro continuasse envolvido por um certo mistério. De qualquer modo, o rei agora sabia da missão dos anões, ou julgava que sabia, e disse a si mesmo:

– Muito bem! Veremos! Nenhum tesouro atravessará a Floresta das Trevas sem que eu me pronuncie sobre o assunto. Mas acho que eles vão se sair mal, e que isso lhes sirva de lição! – Fosse como fosse, ele não acreditava em anões lutando e matando dragões como Smaug, e tinha fortes suspeitas de uma tentativa de roubo ou coisa do tipo, o que mostra que ele era um elfo sábio, mais sábio que os homens da cidade, embora não estivesse muito certo, como veremos no final. Mandou que espiões seus se infiltrassem pelas margens do lago e avançassem o máximo possível pelo norte na direção da Montanha, e aguardou.

Ao fim de duas semanas Thorin começou a pensar em partir. Deveriam conseguir ajuda enquanto ainda durava o entusiasmo na cidade. Não adiantaria nada esperar que as coisas esfriassem com a demora. Então falou ao Senhor e a seus conselheiros, e disse que ele e sua companhia deveriam partir em breve na direção da Montanha.

Então, pela primeira vez, o Senhor ficou surpreso e um pouco assustado e imaginou se, afinal de contas, Thorin não era mesmo um descendente dos antigos reis. Nunca imaginara que os anões realmente ousariam aproximar-se de Smaug, acreditava que eram impostores que, mais cedo ou mais tarde, seriam descobertos e desmascarados. Estava enganado. Thorin, é claro, era realmente o neto do Rei sob a Montanha, e ninguém sabe o que um anão é capaz de ousar ou fazer por vingança ou para recuperar o que é seu.

Mas o Senhor não ficou consternado por deixá-los ir. Eram hóspedes caros, e a sua chegada transformara tudo num longo feriado no qual os negócios ficaram em total marasmo. "Que vão incomodar Smaug, e vejam como ele os recebe!", pensou ele. – Certamente, ó, Thorin, filho de Thrain, filho de Thror! – foi isso o que disse. – Devem reivindicar o que lhes pertence. É chegado o tempo outrora anunciado. Toda a ajuda que eu puder oferecer-lhes será sua, e confiamos na sua gratidão quando o seu reino for reconquistado.

Assim, um dia, embora o outono já estivesse bem avançado, os ventos soprassem frios e as folhas caíssem depressa, três grandes barcos partiram da Cidade do Lago, carregados de remadores, anões, o Sr. Bolseiro e muitas provisões. Cavalos e pôneis haviam sido enviados por tortuosas trilhas para encontrá-los no ancoradouro previamente determinado. O Senhor e seus conselheiros desejaram-lhes boa viagem nas grandes escadarias do salão da cidade que desciam para o lago. Pessoas cantavam nos ancoradouros e nas janelas. Os remos afundavam na água, e eles partiram para o norte, subindo o lago na última etapa de sua longa jornada. A única pessoa completamente infeliz era Bilbo.

CAPÍTULO XI

NA SOLEIRA DA PORTA

Em dois dias eles atravessaram o Lago Comprido e entraram no Rio Corrente, e agora todos podiam ver a Montanha Solitária erguendo-se, alta e austera, diante deles. A correnteza era forte, e eles avançavam devagar. No final do terceiro dia, algumas milhas rio acima, aproximaram-se da margem esquerda ou ocidental e desembarcaram. Ali foram alcançados pelos cavalos com mais provisões e coisas de que necessitavam, além dos pôneis para seu próprio uso que lhes haviam sido enviados. Carregaram os pôneis com tudo o que puderam, e o resto foi estocado sob uma tenda, mas nenhum dos homens da cidade estava disposto a passar nem sequer uma noite com eles tão perto da sombra da Montanha.

– Não, pelo menos enquanto as canções não se tornarem realidade! – disseram eles. Naquelas regiões selvagens era mais fácil acreditar no Dragão e mais difícil acreditar em Thorin. Na verdade, o estoque não precisava de nenhum vigia, pois toda a região era vazia e desolada. Assim, a escolta deixou-os, partindo rapidamente pelo rio e pelas trilhas das margens, embora a noite já estivesse caindo.

Passaram uma noite fria e solitária e seus ânimos se abateram. No dia seguinte partiram outra vez. Balin e Bilbo cavalgavam atrás, cada um conduzindo um pônei bastante carregado; os outros iam um pouco à frente, fazendo um caminho lento, pois não havia trilhas. Rumaram para o noroeste, afastando-se do Rio Corrente e chegando cada vez mais perto de um grande contraforte da Montanha que se projetava para o sul, na direção deles.

Era uma jornada cansativa, silenciosa e sorrateira. Não havia risos, canções ou o som de harpas, e o orgulho e as esperanças despertadas em seus corações pelas antigas canções cantadas junto ao lago morriam numa penosa melancolia. Sabiam

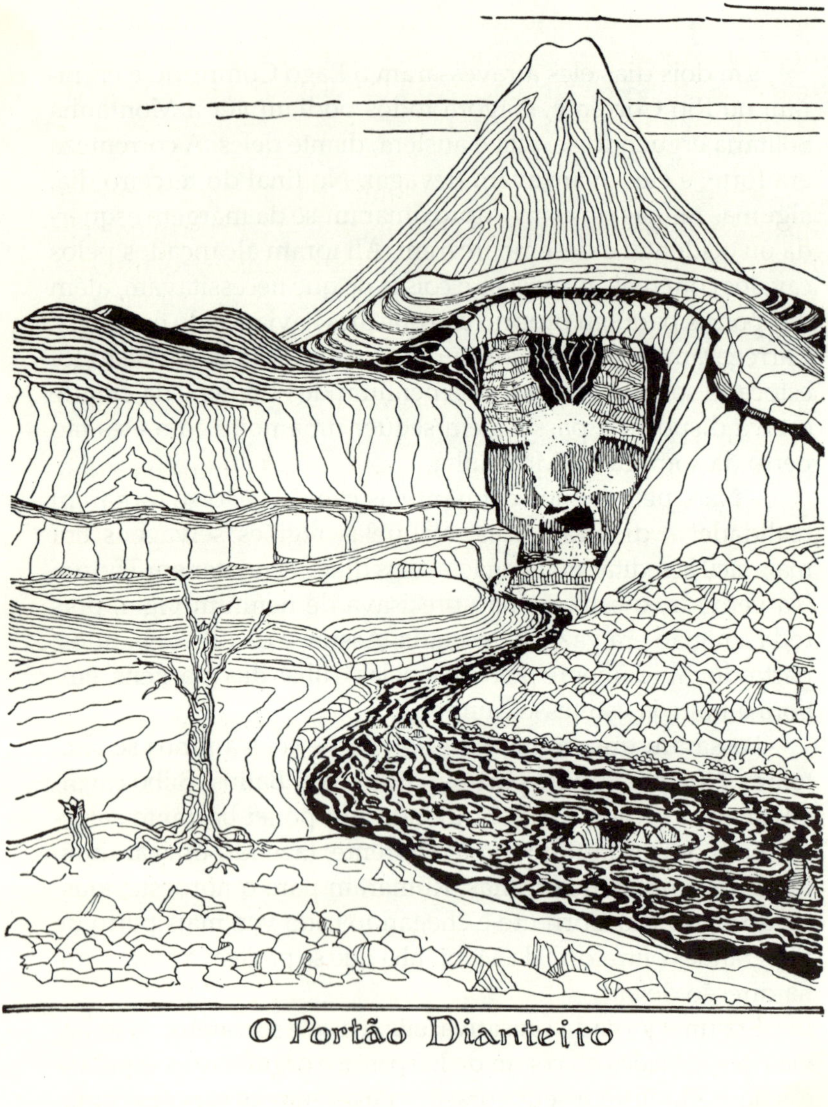

O Portão Dianteiro

que estavam se aproximando do final de sua viagem, e que esse final poderia ser terrível. A região ao redor tornava-se desolada e vazia, apesar de outrora, conforme Thorin lhes dissera, ter sido verde e bela. Havia pouca grama, e, em pouco tempo, não se via nem arbusto nem árvore, apenas troncos quebrados e enegrecidos que lembravam outros, desaparecidos muito tempo atrás. Haviam chegado à Desolação do Dragão, e haviam chegado ao final do ano.

Atingiram as fraldas da Montanha, porém, sem encontrar qualquer perigo ou sinal do Dragão, exceto o deserto que ele fizera em torno de seu covil. A Montanha erguia-se diante deles, escura e silenciosa, cada vez mais alta. Acamparam pela primeira vez no lado ocidental do grande contraforte sul, que terminava numa elevação chamada Morro do Corvo. Sobre ele houvera um antigo posto de guarda, mas não se atreviam a subir ainda, pois era exposto demais.

Antes de vasculharem os contrafortes ocidentais da Montanha em busca da porta oculta, na qual depositavam todas as suas esperanças, Thorin enviou uma expedição para espionar o terreno ao sul de onde ficava o Portão Dianteiro. Para esse propósito escolheu Balin, Fili e Kili, e com eles foi Bilbo. Avançaram sob os penhascos cinzentos e silenciosos até os pés do Morro do Corvo. Ali o rio, depois de fazer uma ampla curva contornando o desfiladeiro de Valle, afastava-se da Montanha em seu caminho para o Lago, rápido e ruidoso. A margem assomava estéril e rochosa, alta e íngreme sobre a correnteza; olhando por sobre a margem do rio estreito, espumando e chocando-se com os rochedos, podiam ver, no amplo vale à sombra dos braços da Montanha, as ruínas cinzentas de antigas casas, torres e muralhas.

– Ali está o que resta de Valle – disse Balin. – As encostas da montanha eram cobertas de verdes bosques e todo o vale que ali se abrigava era rico e agradável, nos dias em que os sinos soavam naquela cidade. – Tinha um ar melancólico e soturno ao dizer isso: fora um dos companheiros de Thorin no dia da chegada do Dragão.

Não se atreveram a seguir muito mais o rio na direção do Portão; mas continuaram além da extremidade do contraforte sul, até que, escondidos atrás de uma rocha, conseguiram ver a abertura escura e cavernosa feita num grande paredão rochoso entre os braços da Montanha. Dela brotavam as águas do Rio Corrente, e dali saía também vapor e fumaça escura. Nada se movia naquela desolação, exceto o vapor e a água, e, de vez em quando, um corvo negro e agourento. O único som que se ouvia era o som da água batendo nas pedras, e, de vez em quando, o crocitar rouco de uma ave. Balin arrepiou-se.

– Vamos voltar! – disse ele. – Não podemos fazer nada aqui! E eu não gosto dessas aves escuras; parecem espiãs do mal.

– O dragão ainda está vivo e nos salões sob a Montanha; é o que imagino pela fumaça – disse o hobbit.

– Isso não prova nada – disse Balin –, embora eu não duvide de que você esteja certo. Mas ele pode ter se afastado por algum tempo, ou pode estar deitado na encosta da Montanha montando guarda, e ainda assim acho que a fumaça e o vapor continuariam saindo daqueles portões: todos os salões devem estar cheios da sua fumaça nojenta.

Com esses pensamentos melancólicos, sempre seguidos por corvos crocitantes, fizeram desanimadamente o caminho de volta ao acampamento. Em junho haviam sido hóspedes na bela casa de Elrond, e agora, embora o outono lentamente se transformasse em inverno, aquele tempo agradável parecia ter sido anos atrás. Estavam sozinhos no perigoso deserto, sem esperanças de conseguir mais ajuda. Estavam no final de sua jornada, mas, ao que parecia, mais distantes que nunca do final de sua busca. A nenhum deles restava muito ânimo.

Pode parecer estranho, mas ao Sr. Bolseiro restara mais ânimo que aos outros. Muitas vezes pedia emprestado o mapa de Thorin para examiná-lo, ponderando sobre as runas e a mensagem das letras-da-lua que Elrond lera. Foi ele quem fez os anões começarem a perigosa busca na porta secreta na encosta ocidental. Mudaram então o acampamento para um longo vale, mais estreito que o grande vale ao Sul onde ficavam os

Portões do rio, e protegido por contrafortes mais baixos da Montanha. Dois destes projetavam-se para oeste nesse ponto, saindo da massa principal em longas cordilheiras de encostas íngremes que se precipitavam na direção da planície. No lado oeste havia menos sinais dos pés saqueadores do dragão, e um pouco de capim para os pôneis. Desse acampamento no oeste, coberto todo o dia pela sombra do penhasco e das encostas, até o sol começar a descer na direção da floresta, dia após dia eles partiam em grupos na busca penosa de trilhas que subissem a encosta da montanha. Se o mapa fosse verdadeiro, em algum lugar bem acima do penhasco, no topo do vale, devia estar a porta secreta. Dia após dia voltavam ao acampamento sem sucesso.

Mas, por fim, inesperadamente, encontraram o que estavam procurando. Fili, Kili e o hobbit desceram o vale um dia, e vagaram em meio às rochas amontoadas na ponta sul. Por volta do meio-dia, esgueirando-se atrás de uma enorme pedra que se erguia sozinha como um grande pilar, Bilbo encontrou o que pareciam ser degraus toscos conduzindo para cima. Seguindo-os alvoroçados, ele e os anões encontraram vestígios de uma trilha estreita, muitas vezes perdida, muitas vezes reencontrada, que continuava até o topo da cordilheira sul e que os levou finalmente até uma saliência ainda mais estreita, que avançava para o norte através do flanco da Montanha. Olhando para baixo perceberam que estavam no topo do penhasco, na parte superior do vale, e lá de cima podiam avistar o seu acampamento. Silenciosamente, agarrando-se à parede rochosa à direita, avançaram ao longo da saliência em fila indiana, até que a muralha se abriu e eles chegaram a uma reentrância entre paredões íngremes, calma e silenciosa, com o chão coberto de relva. A entrada que haviam encontrado não podia ser vista de baixo, por causa da inclinação do penhasco, nem de longe, porque era tão pequena que parecia apenas uma fenda escura, e nada mais. Não era uma caverna, pois abria-se para o céu, mas, na extremidade interna, erguia-se uma muralha plana que, na parte inferior, perto do chão, era lisa e aprumada como um trabalho de alvenaria, mas sem nenhuma junta ou fresta que se pudesse ver.

Não havia sinal de umbral, verga ou soleira, nem qualquer vestígio de barra, tranca ou fechadura; mesmo assim, não tinham dúvidas de que finalmente haviam achado a porta.

Bateram, empurraram e puxaram, imploraram que a porta se movesse, pronunciaram pedaços de encantamentos para abrir, e nada se moveu. Por fim, exaustos, descansaram no capim aos pés dela, e então, no fim da tarde, começaram a longa descida.

Houve alvoroço no acampamento aquela noite. De manhã prepararam-se para partir mais uma vez. Apenas Bofur e Bombur ficaram para trás, para vigiar os pôneis e as provisões que haviam trazido do rio. Os outros desceram o vale e subiram a trilha recém-descoberta até a saliência estreita. Ao longo desta não podiam carregar pacotes ou mochilas, de tão estreita e assustadora que era, ao lado um abismo de cento e cinqüenta pés terminando em rochas pontudas; cada um deles, porém, levava um bom pedaço de corda amarrado à cintura, e, por fim, chegaram sem contratempos à concavidade relvosa.

Ali fizeram seu terceiro acampamento, içando com as cordas aquilo de que necessitavam. Pelo mesmo caminho podiam de vez em quando baixar alguns dos anões mais ativos, como Kili, para trocar com os outros as últimas notícias, ou para revezarem-se na guarda lá embaixo, enquanto Bofur era içado para o acampamento superior. Bombur não queria subir nem pela corda nem pela trilha.

– Sou gordo demais para esses malabarismos – disse ele. – Ficaria zonzo e pisaria em minha própria barba, e então vocês seriam treze de novo. As cordas amarradas são finas demais para meu peso. – Para a sorte dele, isso não era verdade, como vocês vão ver.

Enquanto isso, alguns deles exploraram a saliência além da abertura e encontraram uma trilha que conduzia mais e mais para o alto da montanha; mas não ousaram aventurar-se muito por ali, e nem havia motivo para isso. Lá em cima reinava o silêncio, que não era quebrado por nenhum pássaro ou som, exceto o do vento nas gretas da pedra. Falavam baixo e nunca gritavam ou cantavam, pois o perigo espreitava em cada rocha. Os outros, que se ocupavam com o segredo da porta, não tiveram mais sucesso. Estavam ansiosos demais para se preocuparem com as runas ou com as letras-da-lua, e tentavam sem descanso descobrir onde, exatamente, na superfície lisa da rocha, estava escondida a porta. Haviam trazido da Cidade do Lago picaretas e ferramentas de vários tipos, e a princípio tentaram usá-las. Mas, quando golpeavam a rocha, os cabos estilhaçavam-se, seus braços estremeciam dolorosamente, e as peças de ferro quebravam-se ou entortavam como chumbo. O trabalho de mineração, perceberam claramente, de nada adiantava contra a mágica que mantinha fechada aquela porta; além disso, ficaram apavorados com o barulho dos ecos.

Bilbo achava que ficar sentado na soleira da porta era solitário e cansativo – na verdade, não havia uma soleira, é claro, mas, por brincadeira, costumavam chamar de "soleira" o pequeno espaço gramado entre a muralha e a abertura, lembrando as palavras de Bilbo muito tempo atrás, na festa inesperada em sua toca hobbit, quando dissera que podiam ficar sentados à porta até pensarem em alguma coisa. E sentar-se e pensar foi o que fizeram, ou vagar sem destino, e foram ficando mais e mais carrancudos.

Os humores haviam melhorado um pouco com a descoberta da trilha, mas agora todos afundavam no desânimo; apesar disso, recusavam-se a desistir e partir. O hobbit já não estava mais animado que os anões. Não fazia nada, a não ser sentar-se, recostado na rocha, e ficar olhando para o oeste pela abertura, por sobre o penhasco, por sobre as amplas terras, até à muralha negra da Floresta das Trevas, e as distâncias além, nas quais às vezes tinha a impressão de vislumbres das Montanhas Sombrias, pequenas e longínquas. Quando os anões lhe perguntavam o que estava fazendo, ele respondia:

– Vocês disseram que meu trabalho seria sentar na soleira da porta e pensar, para não dizer entrar; então, estou sentado pensando. – Mas receio que ele não estivesse pensando muito no trabalho, mas sim no que estava além da distância azul, a pacífica Terra Ocidental e a Colina, com sua toca hobbit embaixo.

Havia uma grande rocha cinzenta no meio da relva, e ele, taciturno, olhava para ela ou observava os grandes caracóis. Eles pareciam adorar a pequena reentrância, com suas frescas paredes de pedras, e havia vários deles, de tamanho avantajado, arrastando-se lenta e pegajosamente ao longo delas.

– Amanhã começa a última semana do outono – disse Thorin um dia.

– E o inverno vem depois do outono – disse Bifur.

– E depois disso o próximo ano – disse Dwalin –, e nossas barbas vão crescer e cair pelo penhasco e chegar ao vale antes que aconteça qualquer coisa aqui. O que o nosso ladrão está fazendo por nós? Já que tem um anel invisível, e deveria ser um ator especialmente bom além disso, começo a pensar que ele poderia ir pelo Portão Dianteiro e espionar um pouco as coisas!

Bilbo ouviu aquilo, pois os anões estavam nas pedras logo acima da reentrância em que o hobbit estava sentado. "Céus!", pensou ele, "então é isso que estão começando a pensar, não é? É sempre o coitado aqui que tem de livrá-los de suas dificuldades, pelo menos desde que o mago foi embora. O que é que eu vou fazer? Eu devia saber que algo pavoroso me aconteceria no final. Não acho que agüentaria ver a tristonha Valle outra vez, e quanto àquele portão fumegante!!!"

Naquela noite estava arrasado e mal conseguiu dormir. No dia seguinte todos os anões saíram em várias direções; alguns exercitavam os pôneis lá embaixo, outros perambulavam pela encosta da montanha. Bilbo ficou todo o dia sentado na reentrância relvosa, melancólico, olhando para a pedra ou para o oeste através da estreita abertura. Tinha uma estranha sensação de estar esperando alguma coisa. "Talvez o mago volte hoje de repente", pensou ele.

Quando levantava a cabeça, podia ver uma nesga da floresta longínqua. À medida que o sol caminhava para oeste, via-se um brilho amarelo por sobre as copas distantes, como se a luz atingisse suas últimas folhas pálidas. Logo viu a bola alaranjada do sol descer até o nível de seus olhos. Caminhou até a abertura e ali, pálida e tênue, uma lua nova esmaecida erguia-se por sobre a borda da Terra.

Naquele exato momento ouviu um estalido agudo atrás de si. Ali, na rocha cinzenta no meio da relva, estava um enorme tordo, negro como carvão, o peito amarelo-claro salpicado de pintas pretas. *Craque!* Capturara um caracol e o batia contra a pedra. *Craque! Craque!*

De repente, Bilbo entendeu. Esquecendo todo o perigo, postou-se sobre a saliência e chamou os anões, gritando e acenando. Os que estavam mais próximos vieram tropeçando pelas rochas, caminhando ao longo da saliência com toda a rapidez possível, imaginando que diabos estaria acontecendo; os outros gritavam, pedindo para serem içados pelas cordas (exceto Bombur, é claro: estava dormindo).

Bilbo explicou rapidamente. Todos ficaram em silêncio: o hobbit, de pé, ao lado da pedra cinzenta, e os anões balançando as barbas, observando impacientes. O sol descia cada vez mais, e todos perdiam as esperanças. Afundou atrás de um cinturão de nuvens avermelhadas e desapareceu. Os anões resmungavam, mas, mesmo assim, Bilbo ficou ali, quase sem se mover. A pequena lua mergulhava na direção do horizonte. A noite chegava. Então, de repente, quando quase não restava mais esperança, um raio vermelho do sol escapou como um dedo através de um rasgo de nuvem. Um fulgor de luz atravessou a abertura, entrou na reentrância e caiu sobre a superfície lisa da rocha. O velho tordo, que estivera empoleirado observando do alto, os olhos redondos, a cabeça pendendo para um lado, soltou um trinado repentino. Ouviu-se um forte estalido. Uma lasca da rocha separou-se da parede e caiu. Um buraco apareceu de repente a uns três pés do chão.

Depressa, tremendo, com medo de que a oportunidade desaparecesse, os anões correram para a pedra e a empurraram – em vão.

– A chave! A chave! – gritou Bilbo. – Onde está Thorin? – Thorin correu.

– A chave! – gritou Bilbo. – A chave que acompanhava o mapa! Tente agora enquanto ainda há tempo!

Então Thorin aproximou-se e tirou do pescoço a corrente que prendia a chave. Colocou-a no buraco. Serviu e girou! *Snap!* O brilho se apagou, o sol sumiu, a lua se foi e a noite tomou conta do céu.

Agora todos empurraram juntos e, lentamente, uma parte da muralha rochosa cedeu. Fendas longas e retas surgiram e foram se alargando. Uma porta de cinco pés de altura e três de largura foi se desenhando e, devagar, sem nenhum ruído, abriu-se para dentro. Foi como se a escuridão fluísse como um vapor do buraco na encosta da montanha, e uma escuridão profunda, na qual nada se via, abriu-se diante de seus olhos, uma boca escancarada que conduzia para dentro e para baixo.

CAPÍTULO XII

INFORMAÇÃO DE DENTRO

Por um longo tempo ficaram discutindo, parados no escuro, diante da porta, até que por fim Thorin falou:

– Agora é a vez de nosso estimado Sr. Bolseiro, que provou ser um bom companheiro em nossa longa estrada e um hobbit cheio de coragem e capacidade, que em muito excedem seu tamanho, e, se me permitem dizer, que tem uma sorte que excede em muito o quinhão normal, agora é a vez de ele desempenhar o serviço pelo qual foi incluído em nossa Companhia; agora é a hora de fazer por merecer sua Recompensa.

Vocês já estão familiarizados com o estilo de Thorin em ocasiões importantes, então vou poupá-los do resto do discurso, embora ele tenha se prolongado bastante. Com certeza era uma ocasião importante, mas Bilbo sentia-se impaciente. Àquelas alturas, ele também estava bastante familiarizado com Thorin e sabia aonde o anão queria chegar.

– Se está querendo dizer que acha que é serviço meu entrar em primeiro lugar pela passagem secreta, ó, Thorin, filho de Thrain, Escudo de Carvalho, que suas barbas nunca deixem de crescer – disse ele irritado. – Diga de uma vez por todas! Eu poderia recusar. Já livrei vocês de duas confusões que não estavam no acordo inicial; portanto, já mereço, acho eu, alguma recompensa. Mas "a terceira vez vale por todas", como costumava dizer meu pai, e, de certo modo, acho que não vou recusar. Talvez eu tenha começado a confiar mais em minha sorte do que nos dias antigos. – E, com isso, ele se referia à última primavera, antes de deixar sua casa, o que, no entanto, parecia ter ocorrido séculos atrás. – Mas, de qualquer modo, acho que vou dar uma espiada para acabar logo com isso. Agora, quem vem comigo?

Bilbo não esperava um coro de voluntários, e por isso não ficou desapontado. Fili e Kili pareciam incomodados e hesitaram, mas os outros nem fingiram se oferecer: exceto o velho Balin, o sentinela, que gostava bastante do hobbit. Disse que pelo menos entraria e talvez fizesse um pouco do caminho, pronto para chamar por socorro se necessário.

O máximo que se pode dizer em favor dos anões é isto: pretendiam pagar a Bilbo uma soma realmente alta por seus serviços; haviam-no trazido para fazer um serviço sujo por eles, e não se opunham a que o pobre sujeitinho o fizesse, se estivesse disposto; mas todos teriam dado o melhor de si para livrá-lo de qualquer enrascada em que pudesse se envolver, como fizeram no caso dos trolls no início das suas aventuras, antes que tivessem qualquer motivo especial para se sentirem agradecidos a ele. Em suma: os anões não são heróis, mas um povo calculista, que têm em alta conta o valor do dinheiro; alguns são ladinos e traiçoeiros, pessoas muito más; outros, não, são decentes o bastante como Thorin e Companhia, se não se espera muito deles.

As estrelas surgiam atrás dele, num céu pálido manchado de negro, quando o hobbit passou pela porta encantada e enfiou-se na montanha. Era mais fácil do que ele imaginara. Não não era uma entrada de orcs, nem uma caverna rústica dos Elfos da Floresta. Era uma passagem feita por anões, no auge de sua riqueza e talento: reta como uma régua, o chão e as paredes aplainados, avançando numa inclinação suave, constante, para algum fim distante na escuridão lá embaixo.

Depois de algum tempo, Balin desejou boa sorte a Bilbo e parou onde ainda era possível ver a silhueta esmaecida da porta e, por um truque dos ecos do túnel, ouvir o murmúrio das vozes dos outros lá fora. Então o hobbit colocou o anel e, advertido pelos ecos de que deveria tomar mais cuidado do que os hobbits normalmente tomam para não fazer nenhum barulho, prosseguiu silenciosamente, descendo, descendo, na escuridão. Tremia de medo, mas tinha o rosto sério e resoluto. Já era um hobbit muito diferente daquele que saíra de Bolsão, muito tempo atrás, sem um lenço no bolso. Agora não tinha um lenço havia séculos. Soltou o punhal na bainha, apertou o cinto e foi em frente.

– Agora você finalmente conseguiu, Bilbo Bolseiro – disse consigo mesmo. – Você se meteu na encrenca naquela noite da festa, agora deve sair dela e pagar por isso! Céus! que idiota eu fui e sou! – disse a sua parte menos Tûk. – Não tenho absolutamente nenhuma necessidade de tesouros guardados por dragões, e ele poderia ficar aqui para sempre, se eu pudesse acordar e descobrir que este túnel horroroso era o corredor de entrada de minha casa!

É claro que ele não acordou, e continuou sempre em frente, até que qualquer sinal da porta lá atrás desaparecesse por completo. Ele estava completamente sozinho. Logo teve a impressão de que começava a ficar quente. "Será mesmo uma espécie de brilho que vejo vindo lá embaixo?", pensou ele.

Era. À medida que seguia em frente, crescia cada vez mais, até que não restaram mais dúvidas. Era uma luz vermelha, que ia ficando cada vez mais vermelha. Além disso, não havia dúvida de que o túnel estava quente. Nuvens de vapor passavam flutuando e ele começou a suar. Um som, também, começou a pulsar em seus ouvidos, uma espécie de borbulhar, como o de uma grande panela no fogo, misturado com um ronco que parecia o ronronar de um gato gigante. Esse som cresceu, ate transformar-se no gorgolejo inconfundivel de um animal enorme, roncando lá embaixo, no clarão vermelho à frente do hobbit.

Foi nesse ponto que Bilbo parou. Ultrapassá-lo foi o gesto mais corajoso de toda a sua vida. As coisas tremendas que aconteceram depois não eram quase nada comparadas àquilo. Lutou a verdadeira batalha sozinho no túnel, antes mesmo de perceber o enorme perigo que estava à sua espera. De qualquer forma, depois de uma breve parada, ele avançou, e vocês podem imaginá-lo chegando ao fim do túnel, uma abertura do mesmo tamanho e da mesma forma da porta de cima. Através dela espia a cabecinha do hobbit. Diante dele está o grande e mais profundo porão ou calabouço dos anões antigos, bem na raiz da Montanha. Está quase escuro, de modo que sua vastidão pode ser apenas vagamente imaginada; mas, no chão de pedra junto à porta, ergue-se um grande clarão. O clarão de Smaug!

Lá estava ele, um enorme dragão vermelho-dourado, ferrado no sono; um ruído palpitante vinha de suas narinas e mandíbulas, junto com tufos de fumaça, mas, no sono, o fogo estava arrefecido. Embaixo dele, sob os membros e a grande cauda enrolada, e em torno dele, por todos os lados, espalhando-se pelo chão invisível, jaziam incontáveis pilhas de objetos preciosos, ouro trabalhado e ouro bruto, pedras e jóias, e prata, que a luz rubra tingia de vermelho.

Lá estava Smaug, as asas recolhidas como as de um morcego incomensurável, virado parcialmente para um lado, de modo que o hobbit podia ver a parte inferior de seu corpo, a barriga comprida e clara cravejada de pedras e fragmentos de ouro, de passar tanto tempo sobre leito tão precioso. Atrás dele, junto às paredes mais próximas, podiam-se entrever cotas de malha, elmos e machados, espadas e lanças penduradas, e, em fileiras, grandes jarros e vasos cheios de uma riqueza incalculável.

Dizer que Bilbo perdeu o fôlego não é uma descrição adequada. Não sobraram palavras para expressar a sua vertigem desde que os Homens mudaram a língua que aprenderam dos elfos, no tempo em que todo o mundo era maravilhoso. Bilbo já ouvira contar e cantar sobre tesouros de dragões, mas o esplendor, a cobiça e a glória de um tesouro assim eram desconhecidos para ele. Seu coração foi penetrado e dominado pelo encantamento e pelo desejo dos anões; ele observava, imóvel, quase esquecendo o temível guardião, o ouro além de qualquer preço ou conta.

Ficou observando durante o que pareceu um século, até que, arrastado quase contra a vontade, esgueirou-se da sombra da entrada e foi até a ponta mais próxima dos montes de tesouro. Acima dele, jazia o dragão adormecido, uma ameaça medonha mesmo dormindo. Agarrou uma grande taça de

Conversa com Smaug

duas alças, tão pesada quanto podia carregar, e lançou um olhar amedrontado para cima. Smaug mexeu uma asa, abriu uma garra e seu ronco mudou de tom.

Então Bilbo fugiu. Mas o dragão não acordou – não ainda –; teve outros sonhos, de ganância e de violência, deitado ali, no salão roubado, enquanto o pequeno hobbit voltava pelo longo túnel. Seu coração palpitava, e dominava-lhe as pernas um tremor ainda mais febril do que quando descera, mas, mesmo assim, agarrava a taça, e seu principal pensamento era: "Eu consegui! Isso vai mostrar a eles. Mais parecido com um dono de armazém do que com um ladrão, pois sim! Bem, ninguém mais falará no assunto."

E ninguém falou mesmo. Balin ficou exultante ao ver o hobbit novamente, e tão feliz quanto surpreso. Ergueu Bilbo e carregou-o para o ar livre. Era meia-noite e as nuvens haviam coberto as estrelas, mas Bilbo ficou deitado com os olhos fechados, tomando fôlego e deliciando-se com a sensação de ar fresco, quase sem notar o alvoroço dos anões ou como eles o elogiavam e lhe davam tapinhas nas costas, colocando-se ao seu dispor, com toda a família, por inúmeras gerações vindouras.

Os anões ainda passavam a taça de mão em mão e conversavam deliciados sobre a recuperação de seu tesouro quando, de repente, um enorme estrondo subiu pela montanha, como se um velho vulcão tivesse decidido entrar em erupção novamente. A porta atrás deles foi quase arrancada, impedida de fechar pela pedra que a calçava, mas, pelo longo túnel, vinham das profundezas os horríveis ecos, de urros e passos que faziam tremer o chão sob os pés deles.

Os anões esqueceram a alegria e os arroubos confiantes de um momento atrás e encolheram-se de medo. Ainda tinham de acertar as contas com Smaug. Não se pode excluir dos cálculos um dragão vivo que mora ao lado. Os dragões podem não fazer muito uso de toda a sua riqueza, mas geralmente conhecem cada peça dela, em especial depois de possuí-la por muito tempo, e Smaug não era exceção. Passara de um sonho ruim (no qual um guerreiro, absolutamente insignificante em tamanho, mas provido de uma espada afiada e grande coragem, figurava da maneira mais desagradável) para um cochilo, e do cochilo para o completo despertar. Havia um ar estranho na caverna. Seria uma corrente vinda daquele pequeno buraco? Nunca gostara muito dele, embora fosse tão pequeno, e agora olhava naquela direção, cheio de suspeitas, e perguntava-se por que nunca o bloqueara. Ultimamente chegara a imaginar que ouvia ecos abafados de batidas, que pareciam descer por ele até seu covil. Virou-se e esticou o pescoço para farejar. Então, deu pela falta da taça!

Ladrões! Fogo! Assassínio! Uma coisa assim não acontecia desde que viera para a Montanha! Sua fúria ultrapassava qualquer descrição – o tipo de fúria que só se vê quando pessoas ricas, que têm mais do que podem apreciar, de repente perdem algo que possuem há muito tempo, mas que nunca usaram ou quiseram. Arrotou fogo, o salão encheu-se de fumaça, ele sacudiu as raízes da montanha. Em vão forçou a cabeça contra a pequena abertura; depois, enrolando o corpo, rugindo como um trovão subterrâneo, saiu de seu covil profundo pela grande porta, pelos enormes corredores do palácio da montanha, subindo na direção do Portão Dianteiro.

Caçar por toda a montanha até capturar o ladrão, despedaçá-lo e pisoteá-lo, era seu único pensamento. Saiu portão afora, as águas erguendo-se num vapor feroz e sibilante, subiu em chamas pelos ares e foi pousar no topo da montanha, um jato flamejante verde e escarlate. Os anões ouviram o rumor horripilante de seu vôo e encolheram-se contra as paredes do terraço relvoso, escondendo-se debaixo das rochas, esperando de alguma forma escapar dos olhos temíveis do dragão caçador.

Ali teriam todos sido mortos, não fosse por Bilbo, mais uma vez. – Depressa! Depressa! – disse ele ofegante. – A porta! O túnel! Aqui não adianta.

Instigados por essas palavras, estavam a ponto de entrar no túnel quando Bifur soltou um grito: – Meus primos! Bombur e Bofur! Nós esquecemos, estão lá embaixo, no vale!

– Serão mortos, e nossos pôneis também, e todas as nossas provisões vão se perder – gemeram os outros. – Não podemos fazer nada.

– Bobagem! – disse Thorin, recuperando a dignidade. – Não podemos abandoná-los. Entrem, Sr. Bolseiro e Balin, e vocês dois também, Fili e Kili; o dragão não vai nos pegar a todos. Agora, vocês outros, onde estão as cordas? Sejam rápidos!

Aqueles foram talvez os piores momentos pelos quais já tinham passado. Os horríveis sons da fúria de Smaug ecoavam nas concavidades rochosas acima; a qualquer momento ele poderia descer em chamas, ou voar em redor e encontrá-los ali, perto da perigosa borda de penhasco, puxando as cordas como loucos. Bofur subiu, ainda em segurança. Bombur subiu, bufando e ofegando enquanto as cordas rangiam, e ainda em segurança. Içaram algumas ferramentas e pacotes de provisões e, então, o perigo estava em cima deles.

Ouviu-se um zumbido. Uma luz vermelha tocou as pontas das rochas. O dragão chegava.

Mal tiveram tempo de correr de volta para o túnel, puxando e arrastando seus pacotes, quando Smaug chegou zunindo pelo lado norte, lambendo as encostas da montanha com chamas, as grandes asas rugindo como vento. Seu hálito quente esturricou a grama diante da porta, entrou pela fenda que os anões haviam deixado e chamuscou a pele deles enquanto se escondiam. Chamas bruxuleantes subiam, as sombras negras das rochas dançavam. Depois tudo ficou escuro, enquanto o dragão passava novamente. Os pôneis rincharam aterrorizados, romperam as cordas e fugiram galopando. O dragão arremeteu para baixo, virou-se para persegui-los e depois sumiu.

– É o fim de nossos pobres animais! – disse Thorin. – O que Smaug vê não lhe escapa. Aqui estamos e aqui teremos de ficar, a não ser que alguém esteja disposto a percorrer desprotegido as longas milhas de volta ao rio com Smaug vigiando!

Não era um pensamento agradável! Desceram mais pelo túnel, e ali ficaram deitados, tremendo, embora estivesse quente e abafado, até a aurora brilhar palidamente pela fenda da porta. De vez em quando, durante a noite, podiam ouvir o rugido do dragão alado aumentar e depois sumir enquanto ele caçava ao redor das encostas da montanha.

Ele adivinhava, pelos pôneis e pelos vestígios dos acampamentos que descobrira, que homens tinham subido pelo rio e pelo lago e escalado a encosta da montanha pelo vale onde estavam os pôneis; mas a porta resistia aos seus olhos perscrutadores, e a pequena reentrância, com suas paredes altas, havia detido suas chamas mais violentas. Já caçara em vão por muito tempo, quando a aurora esfriou sua fúria e ele voltou ao seu leito de ouro para dormir – e para juntar novas forças. Não iria esquecer ou perdoar o furto, nem que mil anos o transformassem numa pedra fumegante, e ele podia esperar. Lenta e silenciosamente, voltou à sua toca e semicerrou os olhos.

Quando chegou a manhã, o terror dos anões diminuiu. Perceberam que perigos daquele tipo eram inevitáveis quando se lidava com tal guardião, e que ainda não adiantava desistirem da busca. Tampouco podiam sair dali agora, como observara Thorin. Os pôneis estavam perdidos ou mortos, e teriam de esperar algum tempo até que Smaug relaxasse a vigilância o suficiente para que pudessem arriscar-se a fazer o longo caminho a pé. Por sorte, tinham salvado uma quantidade de provisões que ainda duraria algum tempo.

Debateram longamente o que deviam fazer, mas não conseguiram pensar em nenhuma maneira de se livrarem de Smaug – o que sempre fora um ponto fraco em seus planos, como Bilbo sentia-se inclinado a observar. Então, como é da natureza de pessoas que estão completamente perplexas, começaram a reclamar do hobbit, culpando-o pelo que no início agradara tanto: por trazer uma taça e despertar tão cedo a ira de Smaug.

– O que mais vocês acham que um ladrão deve fazer? – perguntou Bilbo, furioso. – Eu não fui contratado para matar dragões, que é trabalho para guerreiros, mas para roubar tesouros. Comecei da melhor maneira que pude. Vocês esperavam que eu voltasse com toda a riqueza de Thror nas costas? Se há alguma reclamação a fazer, acho que eu posso falar. Vocês deveriam ter trazido quinhentos ladrões, não um. Tenho certeza de que isso reflete a capacidade de seu avô, mas vocês não podem dizer que me informaram claramente sobre a vasta extensão de sua riqueza. Eu precisaria de centenas de anos para trazer tudo para cima, mesmo que fosse cinqüenta vezes maior, e Smaug, manso como um coelho.

Depois disso é claro que os anões lhe pediram desculpas.

– O que propõe que façamos, Sr. Bolseiro? – perguntou Thorin, num tom polido.

– Não tenho nenhuma idéia no momento, se você se refere à remoção do tesouro. Isso, é claro, depende inteiramente de alguma virada da sorte e de nos livrarmos de Smaug. Dar cabo de dragões não é minha especialidade, mas vou fazer o possível para pensar no assunto. Pessoalmente não tenho esperança nenhuma, e gostaria de estar em casa, são e salvo.

– Não pense nisso. O que devemos fazer agora, hoje?

– Bem, se realmente querem meu conselho, eu diria que não podemos fazer nada além de ficar onde estamos. Durante o dia, sem dúvida, podemos sair com segurança suficiente para tomarmos ar. Talvez, em pouco tempo, um ou dois possam ser escolhidos para voltar à margem do rio e reabastecer nossas provisões. Mas, por enquanto, todo mundo deve ficar dentro do túnel durante a noite.

– Agora, vou fazer-lhes uma oferta. Tenho meu anel e vou descer hoje, ao meio-dia, pois a essa hora Smaug deve estar cochilando, e ver o que ele está preparando. Talvez algo aconteça. "Todo dragão tem seu ponto fraco", como dizia meu pai, embora eu tenha certeza de que não fosse por experiência própria.

É claro que os anões aceitaram prontamente a oferta. Já tinham passado a respeitar o pequeno Bilbo. Agora ele se tornara o verdadeiro líder da aventura. Começava a ter suas próprias idéias e planos. Quando chegou o meio-dia, ele se preparou para uma outra jornada montanha adentro. É claro que não gostava disso, mas não era tão ruim assim, agora que sabia o que o esperava. Se soubesse mais sobre dragões e suas manhas, teria sentido mais medo e menos esperança de pegar aquele cochilando.

O sol brilhava quando ele partiu, mas no túnel estava escuro como noite. A luz da porta, praticamente fechada, logo desapareceu à medida que descia. Seu avanço era tão silencioso como o de fumaça carregada pela brisa, e o hobbit sentia-se inclinado a orgulhar-se um pouco de si mesmo enquanto se aproximava da porta inferior. Via-se apenas um brilho dos mais tênues.

"O velho Smaug está exausto e adormecido", pensou ele. "Não pode me ver e não vai me ouvir. Anime-se, Bilbo." Esquecera-se, ou nunca ouvira falar, do olfato dos dragões. Também ocorre o incômodo fato de que, quando estão desconfiados, eles conseguem manter um olho semi-aberto e vigiando enquanto dormem.

Com certeza Smaug parecia estar num sono profundo, quase morto e apagado, quase sem roncar, apenas com um bafejo de vapor invisível, quando Bilbo espiou mais uma vez da entrada. Estava prestes a entrar no salão quando percebeu o brilho tênue, repentino e perscrutador de um raio vermelho por baixo da pálpebra do olho esquerdo de Smaug. Ele apenas fingia dormir! Estava vigiando a entrada do túnel! Depressa Bilbo recuou e abençoou a sorte de ter o anel. Então Smaug falou.

– Bem, ladrão! Posso sentir seu cheiro e seu ar. Ouço a sua respiração. Venha! Sirva-se de novo, tem muito e de sobra!

Mas Bilbo não era tão ignorante em matéria de dragões a ponto de fazer isso e, se Smaug esperava que ele chegasse mais perto com tanta facilidade, ficou desapontado. – Não, obrigado, ó, Smaug, o Tremendo! – retrucou ele. – Não vim por causa de presentes. Eu só queria dar uma olhada e ver se você é realmente grande como dizem as histórias. Eu não acreditava nelas.

– Agora acredita? – disse o dragão, de certa forma lisonjeado, mesmo não acreditando em uma palavra do que ouvia.

– Na verdade, canções e histórias não estão à altura da realidade, ó, Smaug, a Maior e Mais Importante das Calamidades – respondeu Bilbo.

– Você tem boas maneiras para um ladrão e um mentiroso – disse o dragão. – Parece estar familiarizado com o meu nome, mas eu tenho a impressão de não ter sentido seu cheiro antes. Quem é você e de onde vem, se me permite perguntar?

– Permito, é claro! Eu venho de baixo da colina, e sob as colinas e sobre as colinas meus caminhos conduziam. E através do ar. Sou o que caminha sem ser visto.

– Posso muito bem acreditar nisso – disse Smaug –, mas esse não pode ser o seu nome verdadeiro.

– Sou o descobridor de pistas, o cortador de teias, a mosca que dá ferroadas. Fui escolhido pelos números da sorte.

– Títulos encantadores! – zombou o dragão. – Mas os números da sorte nem sempre são os sorteados.

– Sou o que enterra vivos seus amigos e os afoga, e depois os retira vivos outra vez da água. Venho do fundo de uma bolsa, mas numa bolsa nunca fui metido.

– Essas coisas não parecem muito dignas de crédito – troçou Smaug.

– Sou o amigo de ursos e hóspede de águias. Sou o Ganhador do Anel e o Portador da Fortuna; e também sou o Montador de Barril – continuou Bilbo, começando a gostar de seu jogo de adivinhas.

– Assim está melhor – disse Smaug. – Mas não deixe que sua imaginação o leve muito longe!

Essa, naturalmente, é a forma de conversar com dragões, se não queremos revelar nosso próprio nome (o que é sensato), e não queremos enraivecê-lo com uma recusa direta (o que também é muito sensato). Nenhum dragão resiste à fascinação de conversar por enigmas e de perder tempo tentando entendê-los. Havia muito ali que Smaug não entendia de jeito nenhum (embora eu ache que vocês entendem, já que sabem tudo sobre as aventuras às quais Bilbo se referia), mas achava que entendia bastante, e ria maldosamente por dentro.

– Foi o que pensei ontem à noite – disse ele, sorrindo para si mesmo. – Homens do Lago, algum plano maldito daqueles miseráveis Homens do Lago, comerciantes de barris; se não foi isso, sou uma lagartixa. Não desço por aquele caminho há séculos e séculos, mas logo vou alterar isso!

– Muito bem, ó, Montador de Barril! – disse ele em voz alta. – Talvez "Barril" fosse o nome do seu pônei, ou talvez não, embora ele fosse bem gordo. Você pode andar sem ser visto, mas não andou todo o caminho. Deixe-me dizer que devorei seis pôneis a noite passada, e devo capturar e devorar todos os outros em breve. Como recompensa pela excelente refeição, vou lhe dar um conselho para seu próprio bem: não se envolva com anões mais do que puder evitar!

– Anões? – disse Bilbo, fingindo surpresa.

– Não me venha com conversa! – disse Smaug. – Conheço o cheiro (e o gosto) de um anão melhor do que ninguém. Não me diga que posso devorar um pônei que foi montado por um anão sem perceber! Você vai se dar mal, se andar com tais amigos, Ladrão Montador de Barril. Não me importo se voltar lá e disser isso a eles. – Mas ele não disse a Bilbo que havia um cheiro que não conseguia identificar de jeito nenhum, o cheiro de hobbit; estava muito além de sua experiência e deixava-o tremendamente perplexo.

– Imagino que tenha conseguido um bom preço pela taça da noite passada – continuou ele. – Vamos, diga, conseguiu? Não recebeu nada! Bem, é assim mesmo que eles agem. E imagino que estejam lá fora escondidos, e que o seu trabalho é fazer todo o serviço perigoso e pegar o que consegue, quando eu não estou olhando, para eles? E você vai conseguir uma parte justa? Não acredite nisso! Se conseguir sair vivo, terá muita sorte.

Bilbo começava a sentir-se realmente incomodado. Cada vez que o olho errante de Smaug, procurando-o nas sombras, passava luzindo por ele, o hobbit tremia, e era tomado por um desejo incontrolável de se revelar e dizer a verdade a Smaug. Na verdade, estava correndo o perigo terrível de ser subjugado pelo encanto do dragão. Mas, criando coragem, falou de novo.

– Você não sabe de tudo, ó, Smaug, o Poderoso – disse ele. – Não foi só o ouro que nos trouxe até aqui.

– Ha! Ha! Você admite o "nós" – disse Smaug rindo. – Por que não diz "nós quatorze" e acaba com isso, Sr. Número da Sorte? Folgo em saber que tinham outros negócios nestas partes além de meu ouro. Nesse caso, talvez não estejam perdendo totalmente seu tempo. – Não sei se lhe ocorreu que, mesmo que conseguisse roubar o ouro pouco a pouco, uma questão de cem anos, mais ou menos, você não conseguiria ir muito longe? Qual seria a utilidade do ouro na encosta da montanha? Qual seria a utilidade na floresta? Céus! Já pensou no produto? A décima quarta parte, acho eu, ou algo assim, eram esses os termos, não é? Mas e a entrega? E o transporte? E os guardas armados e as taxas? – Smaug riu alto. Tinha um coração perverso e manhoso, e sabia que seus palpites não erravam por muito, embora suspeitasse que os Homens do Lago estavam por trás dos planos e que a maior parte do que fosse pilhado iria parar na cidade à beira d'água, que em seus dias de juventude chamava-se Esgaroth.

Vocês mal vão acreditar, mas o pobre Bilbo realmente ficou bastante aturdido. Até aquele momento seus pensamentos e energias haviam se concentrado em chegar à Montanha e encontrar a entrada. Nunca se preocupara em imaginar como o tesouro seria removido, com certeza nunca imaginara como qualquer parte do que lhe cabia percorreria todo o caminho até Bolsão, Sob a Colina.

Agora uma suspeita desagradável começava a crescer em sua mente: será que os anões também tinham esquecido esse ponto importante, ou estavam todo o tempo rindo dele às escondidas? É esse o efeito que a conversa de um dragão tem sobre os inexperientes. É claro que Bilbo devia ter se precavido, mas Smaug tinha uma personalidade bastante irresistível.

– Eu lhe digo – respondeu ele, num esforço para permanecer leal aos amigos e não desistir de sua missão – que o ouro só nos ocorreu mais tarde. Viemos montanha acima e montanha adentro, pelas ondas e pelo vento, por *Vingança*. Com certeza, ó, Smaug, o incalculavelmente opulento, deve saber que o seu sucesso lhe trouxe alguns inimigos implacáveis?

Então Smaug riu de verdade – um som devastador que derrubou Bilbo no chão, enquanto lá em cima no túnel os anões se encolhiam, imaginando que o hobbit tivera um fim repentino e desagradável.

– Vingança! – resmungou ele, e a luz de seus olhos iluminou o salão do chão até o teto como um relâmpago escarlate. – Vingança! O Rei sob a Montanha está morto. E onde estão os parentes que ousem buscar vingança? Girion, Senhor de Valle, está morto, e eu devorei seu povo como um lobo entre cordeiros, e onde estão os filhos que ousem aproximar-se de mim? Eu mato onde quiser, e ninguém ousa resistir. Derrubei os guerreiros de antigamente, e hoje não há ninguém no mundo como eles. Naquela época, eu era jovem e tenro. Agora sou velho e forte, forte, forte, Ladrão nas Sombras! – disse ele, lambendo os beiços. – Minha armadura é como dez camadas de escudos, meus dentes são espadas, minhas garras, lanças, o choque de minha cauda é como um raio, minhas asas, como um furacão, e minha respiração é a morte!

– Eu sempre pensei – disse Bilbo, numa voz fina e apavorada – que dragões eram mais macios na parte de baixo, especialmente na região do, humm, peito; mas sem dúvida um dragão tão armado já pensou nisso.

O dragão interrompeu de repente sua gabolice. – Sua informação está antiquada – retorquiu ele. – Estou revestido na parte cima e na de baixo com escamas de ferro e resistentes pedras preciosas. Nenhuma lâmina pode atravessar o meu corpo.

– Eu devia ter adivinhado – disse Bilbo. – Com certeza não se pode encontrar em lugar algum rival para o Senhor Smaug, o Impenetrável. Que magnífico possuir um colete de finos diamantes!

– É, realmente é raro e maravilhoso – disse Smaug, ridiculamente satisfeito. Ele não sabia que o hobbit já vira de relance a sua peculiar proteção inferior na outra visita e estava ansioso por vê-la mais de perto, por motivos próprios. O dragão rolou pelo chão. – Veja! – disse ele. – O que me diz disto?

– Estonteantemente maravilhoso! Perfeito! Impecável! Assombroso! – exclamou Bilbo em voz alta, mas pensando por dentro: "Velho tolo! Há um bom pedaço no lado esquerdo do peito descoberto como um caracol fora da casca!"

Depois de ver aquilo, o único pensamento do Sr. Bolseiro era escapulir dali. – Bem, não devo deter Sua Magnificência por mais tempo – disse ele –, ou atrasar seu tão merecido repouso. Pegar pôneis dá trabalho, creio eu, quando eles têm uma grande vantagem. E ladrões também – acrescentou ele como lance de despedida, enquanto virava-se rapidamente e fugia túnel acima.

Foi uma observação infeliz, pois o dragão soltou sobre ele terríveis chamas, e, por mais que o hobbit corresse, não se distanciou o suficiente para ficar a salvo quando Smaug forçou a cabeça hedionda contra a abertura do túnel. Por sorte, não havia como espremer a cabeça inteira e a mandíbula pelo buraco, mas as narinas lançaram fogo e vapor para persegui-lo, e estes quase o alcançaram; ele foi avançando aos trambolhões, tomado de grande dor e medo. Estivera sentindo-se muito satisfeito com a esperteza de sua conversa com Smaug, mas o erro final devolveu-lhe a sensatez.

– Nunca se ri de dragões vivos, Bilbo, seu tolo! – disse ele consigo mesmo, e esse tornou-se mais tarde um de seus ditados favoritos e transformou-se depois num provérbio. – A aventura ainda não terminou – acrescentou ele, e aquilo era bem verdade.

A tarde transformava-se em noite quando ele saiu de novo, tropeçou e caiu desmaiado na "soleira da porta". Os anões o reanimaram, e medicaram suas queimaduras da melhor maneira que puderam; mas demoraria muito para que os cabelos da nuca e dos calcanhares crescessem de novo: estavam chamuscados e crestados até a raiz. Enquanto isso, seus amigos fizeram todo o possível para animá-lo; estavam ansiosos por novidades, e, especialmente, querendo saber por que o dragão soltara um rugido tão medonho, e como Bilbo tinha escapado.

Mas o hobbit estava preocupado e pouco à vontade, e eles tiveram dificuldades para arrancar-lhe alguma informação. Repensando agora os fatos, ele se arrependia de algumas coisas que havia dito ao dragão, e não estava ansioso por repeti-las. O velho tordo estava pousado numa rocha ali perto, a cabeça tombada para um lado, escutando tudo o que se dizia. Isto mostra como Bilbo estava de mau humor: ele apanhou uma pedra e jogou-a no tordo, que apenas se desviou e voltou para o seu lugar.

– Maldito pássaro! – disse Bilbo irritado. – Acho que está escutando, e não gosto do jeito dele.

– Deixe-o em paz! – disse Thorin. – Os tordos são bons e pacíficos. Esse pássaro é bem velho, e talvez seja o último remanescente da raça que vivia por aqui, tordos mansos nas mãos de meu pai e meu avô. Esses pássaros viviam muito e eram de uma raça mágica, e este pode até ser um dos que viviam naquele tempo, duzentos anos atrás ou mais. Os Homens de Valle tinham o dom de entender sua língua, e usavam-nos como mensageiros junto aos Homens do Lago e em outros lugares.

– Bem, ele vai ter notícias para levar à Cidade do Lago, sem dúvida, se é isso o que está querendo – disse Bilbo –, embora eu ache que não tenha sobrado ninguém que ainda se preocupe com a língua dos tordos.

– O que aconteceu? – gritaram os anões. – Continue a história!

Então Bilbo contou-lhes tudo o que conseguia lembrar, e confessou que estava com a terrível impressão de que o dragão descobrira muito a partir das adivinhas, dos acampamentos e dos pôneis. – Tenho certeza de que ele sabe que viemos de Cidade do Lago e tivemos ajuda do povo de lá, e tenho uma terrível sensação de que seu próximo movimento possa ser naquela direção. Gostaria sinceramente de nunca ter falado sobre o Montador de Barril; nestas paragens, até mesmo um coelho teria pensado nos Homens do Lago.

– Bem, bem! Isso não se pode remediar, e é difícil não se trair conversando com um dragão ou, pelo menos, é o que sempre ouvi dizer – disse Balin, ansioso por consolá-lo. – Se quer saber, acho que fez um ótimo trabalho. De qualquer forma, descobriu uma coisa muito útil, e voltou vivo, e isso é muito mais do que pode dizer a maioria das pessoas que conversaram com tipos como Smaug. Pode ser uma sorte e uma bênção você ter descoberto a parte vulnerável no colete do velho Dragão.

Aquilo fez a conversa mudar de rumo, e todos começaram a discutir matanças de dragões, históricas, dúbias e míticas, e os vários tipos de estocadas, facadas e golpes, e os diferentes estratagemas, meios e artes pelos quais esses atos haviam sido realizados. A opinião geral era que pegar um dragão dormindo não era tão fácil quanto parecia e que tentar espetar ou aguilhoar um dragão adormecido tinha mais probabilidade de terminar em desastre do que um valente ataque frontal. Durante toda a conversa o tordo ficou escutando, até que, por fim, quando as estrelas começaram a aparecer, ele abriu silenciosamente as asas e voou para longe. E, durante toda a conversa, as sombras iam se alongando e Bilbo ficava cada vez mais infeliz, e seus maus pressentimentos cresciam.

Por fim, ele os interrompeu. – Tenho certeza de que estamos correndo muito perigo aqui – disse ele –, e não vejo por que ficarmos aqui sentados. O dragão acabou com toda a relva e, de qualquer forma, chegou a noite e está frio. Mas sinto nos meus ossos que este lugar será atacado de novo. Agora Smaug sabe como eu desci até seu salão, e não tenham dúvidas de que ele vai adivinhar onde é o fim do túnel. Ele vai partir este lado da Montanha em pedacinhos, se necessário, para bloquear nossa entrada, e se formos esmagados vai ficar ainda mais satisfeito.

– Você está pessimista, Sr. Bolseiro! – disse Thorin. – Por que Smaug não bloqueou a extremidade inferior, se está tão interessado em impedir a nossa entrada? Ele não a bloqueou, ou teríamos ouvido.

– Não sei, não sei. Porque primeiro ele queria tentar me atrair de novo para dentro, acho eu, e agora talvez porque esteja esperando o final da caçada hoje à noite, ou porque não quer estragar seu dormitório se puder evitar. Mas eu gostaria que vocês não discutissem. Smaug vai sair a qualquer momento, e nossa única esperança é avançarmos pelo túnel e fecharmos a porta.

Ele parecia tão aflito que os anões acabaram fazendo como ele dizia, embora demorassem para fechar a porta – parecia um plano desesperado, pois ninguém sabia como ou se poderiam abri-la de novo por dentro, e a idéia de ficarem trancados num lugar cuja única saída passava pela toca do dragão não era apreciada por nenhum deles. Além disso, tudo parecia muito quieto, fora e dentro do túnel. Assim, por um longo tempo, ainda ficaram sentados, não muito longe da porta semi-aberta, e continuaram conversando.

A conversa desviou-se para as palavras maldosas do dragão a respeito dos anões. Bilbo desejou nunca tê-las ouvido ou que, pelo menos, pudesse ter certeza de que os anões estavam sendo absolutamente honestos quando declaravam que nunca haviam pensado sobre o que aconteceria depois que o tesouro fosse conquistado. – Sabíamos que seria uma aventura desesperada – disse Thorin –, e ainda sabemos disso; e ainda penso que quando conquistarmos o tesouro haverá tempo suficiente para pensarmos no que fazer. Quanto à sua parte, Sr. Bolseiro, asseguro-lhe que estamos mais que agradecidos e que poderá escolher a sua décima quarta parte assim que tivermos alguma coisa para dividir. Sinto muito que esteja preocupado com o transporte, e admito que as dificuldades são grandes – as terras não ficaram menos selvagens com o passar dos anos, muito pelo contrário –, mas faremos por você o que estiver ao nosso alcance, e dividiremos o custo quando chegar a hora. Acredite ou não, como quiser!

Daí a conversa enveredou para o próprio tesouro e para as coisas que Thorin e Balin recordavam. Imaginavam se tudo ainda estava intacto no salão lá embaixo: as lanças que haviam sido feitas para os exércitos do grande rei Bladorthin (morto muito tempo atrás) tinham uma ponta três vezes forjada, e suas hastes traziam graciosas incrustações de ouro, mas que nunca foram entregues ou pagas; escudos feitos para guerreiros mortos havia muito tempo; a grande taça de ouro de Thror, com duas alças, martelada e esculpida com motivos de pássaros e flores cujos olhos e pétalas eram de pedras preciosas; cotas de malha banhadas em ouro e prata, e impenetráveis; a armadura de Girion, Senhor de Valle, feita com quinhentas esmeraldas verdes como a relva, presente para o armamento de seu filho mais velho, montadas sobre uma cota de malha feita pelos anões, diferente de tudo o que fora feito antes, pois era trabalhada em prata pura, e era três vezes mais forte e poderosa que as de aço. Mas, mais bela dentre todas as coisas, era a grande pedra branca que os anões haviam encontrado embaixo das raízes da Montanha, o Coração da Montanha, a Pedra Arken de Thrain.

– A Pedra Arken! A Pedra Arken! – murmurava Thorin no escuro numa espécie de devaneio, com o queixo apoiado nos joelhos.

– Era como um globo de mil faces; brilhava como prata à luz do fogo, como água ao sol, como neve sob as estrelas, como chuva sobre a Lua!

Mas o encantamento do desejo pelo tesouro não agia mais sobre Bilbo. Durante toda a conversa ele quase nada ouvia. Era o que estava sentado mais perto da porta, um ouvido atento à espera de algum som lá fora, o outro alerta para outros ecos, além do murmúrio dos anões, para o sussurro de qualquer movimento nas profundezas.

A escuridão tornou-se mais profunda e ele cada vez mais inquieto. – Fechem a porta! – ele implorou. – Sinto o medo do dragão em meus ossos. Este silêncio agrada-me menos do que o rugido da noite passada. Fechem a porta antes que seja tarde demais!

Algo em sua voz provocou nos anões uma sensação de desconforto. Lentamente Thorin libertou-se de seus sonhos e, levantando-se, chutou a pedra que segurava a porta. Eles então a empurraram e ela se fechou com um estrondo. Não restou nem sequer vestígio do buraco da fechadura no lado de dentro. Estavam trancados na Montanha!

E foi por um triz. Mal haviam começado a avançar pelo túnel quando um golpe atingiu a encosta da Montanha como aríetes feitos de carvalhos da floresta e impelidos por gigantes. A rocha ribombou, as paredes racharam e pedras caíram do teto sobre suas cabeças. O que aconteceria se a porta ainda estivesse aberta, eu não gosto nem de pensar. Eles fugiram túnel abaixo, felizes por ainda estarem vivos, enquanto atrás, lá fora, ouviam o rugido e o estrondo da fúria de Smaug. O dragão partia as rochas em pedaços, esmagando parede e penhasco com as chicotadas de sua enorme cauda, até que o pequeno trecho elevado onde haviam acampado, o capim chamuscado, a pedra do tordo, as paredes cobertas de caracóis, a estreita plataforma e tudo o mais desapareceram numa confusão de pequenos fragmentos, e uma avalanche de pedras partidas caiu por sobre o penhasco no vale lá embaixo.

Smaug deixara seu covil silenciosa e furtivamente, alçara vôo e então flutuara na escuridão, pesado e lento como um corvo monstruoso, descendo com o vento para o oeste da Montanha, na esperança de pegar de surpresa alguma coisa ou alguém, e de espionar a abertura da passagem que o ladrão havia usado. O que tinham ouvido era a explosão de sua fúria quando não conseguiu encontrar ninguém nem ver coisa nenhuma, mesmo onde ele julgava que estivesse a saída.

Depois de extravasar sua raiva dessa forma, sentiu-se melhor e pensou consigo que, daquela direção, não seria mais incomodado. Enquanto isso, tinha mais do que se vingar. – Montador de Barril – bufou ele. – Seus pés vieram da beira da água, e pela água você veio, sem dúvida. Não conheço o seu cheiro, mas, se você não é um daqueles homens do Lago, teve a ajuda deles. Eles vão me ver e lembrar quem é o verdadeiro Rei sob a Montanha!

Ele se ergueu em chamas e foi para o sul, na direção do Rio Corrente.

CAPÍTULO XIII

FORA DE CASA

Enquanto isso, os anões estavam sentados na escuridão, em silêncio absoluto. Comiam pouco e pouco falavam. Não podiam calcular a passagem do tempo, e mal ousavam se mover, pois o sussurro de suas vozes ecoava e ressoava no túnel. Se cochilavam, acordavam na escuridão e o silêncio ainda persistia, sem trégua. Por fim, depois de dias e dias de espera, ao que parecia, quando estavam ficando sufocados e tontos por falta de ar, não puderam mais agüentar. Teriam recebido quase com alegria os ruídos do retorno do dragão. No silêncio, temiam algum truque maldoso dele, mas não podiam ficar ali sentados para sempre.

Thorin falou: – Vamos tentar abrir a porta! – disse ele. – Preciso sentir o vento em meu rosto ou morrerei. Acho que prefiro ser esmagado por Smaug ao ar livre a ter de sufocar aqui dentro! – Assim, vários dos anões levantaram-se e foram tateando até o ponto onde estivera a porta. Mas descobriram que a extremidade superior do túnel fora destruída e bloqueada por rochas partidas. A porta jamais seria aberta de novo, nem por chave nem pela mágica a que uma vez obedecera.

– Estamos presos! – gemeram eles. – Isto é o fim. Morreremos aqui.

Mas, de alguma forma, justamente quando os anões estavam mais desesperados, Bilbo sentiu o coração estranhamente leve, como se lhe tivessem tirado um fardo de sob o colete.

– Vamos, vamos! – disse ele. – "Enquanto há vida há esperança!", como costumava dizer meu pai, "a terceira vez vale por todas." Eu vou *descer* o túnel mais uma vez. Já fiz aquele caminho duas vezes, quando sabia que um dragão estava na outra ponta, então vou arriscar uma terceira visita quando não tenho mais certeza. De qualquer maneira, a única saída é por baixo. Acho que desta vez todos devem vir comigo.

No desespero, eles concordaram, e Thorin foi o primeiro a dar um passo à frente, colocando-se ao lado de Bilbo.

– Agora, tenham cautela! – sussurrou o hobbit. – E sejam tão silenciosos quanto possível! Pode não haver nenhum Smaug lá embaixo, mas também pode haver. Não vamos correr riscos desnecessários!

Foram descendo, descendo. Os anões, sem dúvida, não se comparavam ao hobbit em seu caminhar furtivo, e, ofegando e arrastando os pés produziam ecos que amplificavam os ruídos de forma alarmante: mas, embora Bilbo, amedrontado, parasse de quando em quando para escutar, nenhum ruído vinha lá de baixo. Quando julgava que estavam perto do fundo, Bilbo colocou o anel e foi em frente. Mas não precisava dele: a escuridão era completa, e todos estavam invisíveis, com ou sem anel. Na verdade, estava tudo tão negro que o hobbit chegou à abertura inesperadamente, apoiou-se no vazio, tropeçou e caiu para a frente, rolando de cabeça para dentro do salão!

Ficou ali, deitado, com o rosto virado para o chão, sem ousar se levantar ou mesmo respirar. Mas nada se movia. Não havia nenhum vislumbre de luz – a não ser o que lhe pareceu, quando finalmente abriu os olhos, um brilho fraco, branco, acima dele e distante na escuridão. Mas certamente não era uma faísca de fogo de dragão, embora o fedor quente do dragão fosse intenso no lugar, e o hobbit sentisse em sua boca o gosto do vapor.

Por fim o Sr. Bolseiro não pôde mais agüentar. – Maldito Smaug, seu verme! – gritou ele numa voz aguda. – Pare de brincar de esconde-esconde! Dê-me uma luz, e então venha me devorar, se é que pode me pegar!

Ecos fracos percorreram o salão invisível, mas não houve resposta.

Bilbo levantou-se e percebeu que não sabia em que direção se voltar.

– Agora eu me pergunto que droga de jogo Smaug está jogando – disse ele. – Não está em casa neste dia (ou nesta noite, ou o que quer que seja). Se Oin e Gloin não perderam suas pederneiras, talvez possamos conseguir um pouco de luz e dar uma espiada antes que a sorte mude.

– Luz! – gritou ele. – Alguém pode acender uma luz?

Os anões, é claro, ficaram muito alarmados quando Bilbo caiu com um baque dentro do salão; ficaram encolhidos, um bem junto do outro, exatamente onde ele os deixara, na ponta do túnel.

– Psiu! Psiu! – sussurraram eles, quando ouviram sua voz; e, embora isso tenha ajudado o hobbit a descobrir onde estavam, demorou bastante até conseguir arrancar mais alguma coisa deles. Mas, no fim, quando Bilbo começou a bater com os pés no chão e a gritar "luz" com toda a força de sua voz aguda, Thorin cedeu e mandou Oin e Gloin pegarem as mochilas na outra ponta do túnel.

Depois de um tempo, um brilho trêmulo mostrou que os dois estavam voltando, Oin, com uma pequena tocha de pinheiro acesa e Gloin com mais um feixe de tochas sob o braço. Rapidamente, Bilbo dirigiu-se até a porta e pegou a tocha, mas não conseguiu persuadir os anões a acenderem outras ou a se juntarem a ele. Como Thorin cuidadosamente explicou, o Sr. Bolseiro continuava a ser oficialmente o ladrão e o investigador da expedição. Se queria arriscar-se com a luz, isso era problema dele. Esperariam no túnel por um relatório seu. Assim, sentaram-se perto da porta e ficaram vigiando.

Viram o pequeno vulto escuro do hobbit caminhar através do salão, erguendo a luz tênue. Uma vez ou outra, enquanto ainda estava perto o suficiente, percebiam reflexos e um tilintar de metal quando o hobbit tropeçava em algum objeto de ouro. A luz tornava-se menor à medida que ele se afastava no amplo salão; depois começou a subir, dançando no ar. Bilbo estava escalando o grande monte do tesouro. Logo estava no topo, e ainda ia em frente. Então, viram-no parar e abaixar-se por um momento, mas não sabiam o motivo.

Era a Pedra Arken, o Coração da Montanha. Foi o que Bilbo imaginou pela descrição de Thorin; mas, realmente, não poderiam existir duas pedras iguais àquela, mesmo num tesouro assim tão esplêndido, mesmo em todo o mundo. Durante toda a escalada, o mesmo brilho branco reluzira diante dele, atraindo seus passos. Lentamente, ele cresceu, transformando-se num pequeno globo de luz pálida. Agora, à medida que ele se aproximava, uma faísca bruxuleante de muitas cores tingia sua superfície, refletindo e partindo a luz oscilante da tocha. Por fim o hobbit olhou para baixo e quase perdeu o fôlego. A grande pedra brilhava diante de seus pés com uma luz própria, que vinha de dentro dela e, mesmo assim, cortada e lapidada pelos anões, que a haviam retirado do coração da montanha muito tempo atrás, ela captava toda a luz que caía sobre sua superfície, transformando-a em dez mil faíscas de brilho branco, tocado pelas cores do arco-íris.

De repente, o braço de Bilbo foi na direção dela, por seu encantamento. Não podia envolvê-la em sua pequena mão, pois era uma pedra grande e pesada; mas ele a ergueu, fechou os olhos e a colocou no bolso mais fundo que tinha.

"Agora sou mesmo um ladrão", pensou ele. "Mas acho que devo contar isso aos anões – qualquer hora. Eles realmente disseram que eu poderia pegar e escolher a minha parte, e acho que eu escolheria isto, mesmo que eles ficassem com todo o resto!" Mesmo assim, tinha a incômoda sensação de que poder pegar e escolher não significava aquela pedra maravilhosa e de que aquilo ainda lhe causaria problemas.

Ele prosseguiu novamente. Desceu pelo outro lado do monte, e o brilho de sua tocha desapareceu da vista dos anões. Mas logo o avistaram na distância outra vez. Bilbo estava atravessando o salão.

Ele continuou, até chegar às grandes portas do outro lado, e ali uma corrente de ar o refrescou, mas quase apagou a luz da tocha. Espiou timidamente e viu de relance grandes corredores e o começo indistinto de amplas escadas que subiam para dentro da escuridão. E ainda não havia nenhum sinal ou ruído de Smaug. Estava quase se virando para retornar quando uma figura negra precipitou-se contra ele, roçando seu rosto. Deu um grito e um pulo, tropeçou e caiu para trás. A tocha caiu e se apagou!

– Apenas um morcego, imagino e espero! – disse ele arrasado. – Mas agora o que vou fazer? Para onde ficam o leste, o sul, o norte e o oeste?

– Thorin! Balin! Oin! Gloin! Fili! Kili! – gritou ele, o mais alto que podia: um débil ruído na vastidão negra. – A luz se apagou! Alguém venha ao meu encontro! Socorro! – Naquele momento, a sua coragem o abandonara completamente.

Os anões ouviram vagamente seus gritos, embora a única palavra que conseguiram entender tenha sido "socorro"!

– Agora, que diabo terá acontecido? – perguntou Thorin. – Com certeza não foi o dragão, ou ele não continuaria gritando.

Esperaram um ou dois instantes e ainda não ouviam ruídos de dragão; na verdade, não ouviam som nenhum, exceto a voz distante de Bilbo. – Venha, algum de vocês, arranje mais uma ou duas luzes! – ordenou Thorin. – Parece que temos de socorrer nosso ladrão.

– Agora é nossa vez de ajudar – disse Balin –, e estou disposto a ir. De qualquer modo, espero que não haja perigo, por enquanto.

Gloin acendeu várias outras tochas, e então todos saíram, um por um, e caminharam junto à parede, tão rapidamente quanto podiam. Não demorou muito para encontrarem o próprio Bilbo vindo em sua direção. Havia recuperado a calma assim que vira a luz das tochas.

– Apenas um morcego e uma tocha caída, nada de mais grave! – disse ele em resposta às perguntas. Embora ficassem muito aliviados, sentiam-se inclinados a se irritarem por terem sido assustados por nada; mas não sei o que teriam dito se ele lhes contasse sobre a Pedra Arken. O simples vislumbre do tesouro enquanto avançavam reacendera todo o fogo de seus corações de anões, e, quando o coração de um anão, mesmo o mais respeitável, é despertado por ouro e por pedras preciosas, ele de repente torna-se audaz e até feroz.

Na verdade os anões não precisavam mais serem instigados. Todos estavam agora ávidos por explorar o salão enquanto tinham a oportunidade, e dispostos a acreditar que, por enquanto, Smaug estava fora de casa. Cada um segurava uma tocha acesa, e enquanto olhavam, primeiro de um lado e depois de outro, esqueceram-se do medo e até da cautela. Falavam alto, e gritavam uns para os outros, pegando os antigos tesouros do monte ou da parede e erguendo-os na luz, acariciando-os e tateando-os.

Fili e Kili estavam quase de bom humor e, ao encontrarem ainda penduradas ali muitas harpas de ouro com cordas de prata, pegaram-nas e tocaram; como eram mágicas (e também não tinham sido tocadas pelo dragão, que tinha pouco interesse em música), ainda estavam afinadas. O salão escuro, que havia muito silenciara, encheu-se de melodia. Mas a maioria dos anões era mais prática: ajuntavam pedras e enchiam os bolsos, deixando cair entre os dedos, com um suspiro, o que não podiam carregar. Thorin não ficou atrás, mas, o tempo todo, vasculhava de um lado para o outro procurando algo que não conseguia encontrar. Era a Pedra Arken; mas ele ainda não a mencionara a ninguém.

Agora os anões tiravam das paredes cotas de malha e armas, e se armavam com elas. Thorin realmente parecia um rei, vestindo uma cota de anéis folheados de ouro, com um machado com cabo de prata num cinto incrustado de pedras escarlates.

– Sr. Bolseiro – gritou ele. – Aqui está o primeiro pagamento de sua recompensa! Tire seu casaco velho e vista isto!

Dizendo isso vestiu em Bilbo uma pequena cota de malha, feita para algum jovem príncipe élfico de outrora. Era de um aço prateado, que os elfos chamam *mithril*, e vinha acompanhada de um cinto de pérolas e cristais. Um elmo leve de couro estampado, reforçado na base com aros de aço, com pedras brancas incrustadas na borda, foi posto na cabeça do hobbit.

"Sinto-me magnífico", pensou ele, "mas tenho a impressão de que minha aparência é meio ridícula. Como ririam de mim lá em casa, na Colina! Mesmo assim, gostaria de ter um espelho à mão!"

Apesar de tudo, a mente do Sr. Bolseiro não ficou tão cativa do feitiço do tesouro como a dos anões. Muito antes que eles ficassem cansados de examinar as peças, ele se cansou, sentou-se no chão, e, nervoso, começou a se perguntar qual seria o fim daquilo tudo. "Eu daria grande parte dessas taças preciosas", pensou ele, "para poder beber um gole de algo estimulante nas tigelas de madeira de Beorn!"

– Thorin! – disse ele em voz alta. – E agora? Estamos armados, mas de que serviu qualquer armadura diante de Smaug, o Temível? Este tesouro ainda não foi reconquistado. Ainda não estamos procurando ouro, mas um modo de escapar; já arriscamos a sorte tempo demais!

– Você fala a verdade! – respondeu Thorin, recuperando o bom senso. – Vamos! Vou guiá-los. Nem em mil anos eu esqueceria os caminhos deste palácio. – Chamou então os outros, eles se reuniram e, erguendo as tochas acima de suas cabeças, passaram pelas portas escancaradas, não sem antes lançarem para trás muitos olhares cheios de cobiça.

Cobriram as brilhantes cotas de malha com as velhas capas, os elmos reluzentes com os capuzes rasgados e, um a um, foram caminhando atrás de Thorin, uma fileira de pequenas luzes na escuridão, detendo-se freqüentemente para escutar, temendo, mais uma vez, ouvir algum rumor da chegada do dragão.

Embora todos os velhos ornamentos estivessem deteriorados e destruídos, e embora tudo estivesse imundo e estragado pelas idas e vindas do monstro, Thorin conhecia cada corredor e cada curva. Subiram longas escadas, viraram e passaram por caminhos largos, ecoantes; viraram novamente e subiram mais escadas, e depois mais escadas ainda. Estas eram lisas, cortadas na pedra viva, largas e belas; e para cima os anões continuaram, sem encontrarem nenhum sinal de coisa viva, apenas sombras furtivas, fugindo diante da aproximação das tochas, que tremeluziam nas correntes de ar.

Apesar disso, os degraus não haviam sido feitos para pernas de hobbits, e Bilbo já sentia que não poderia prosseguir quando, de repente, o teto tornou-se alto e distante, além do alcance da luz das tochas. Podia-se ver um brilho fraco, branco, vindo de alguma abertura em cima, e o ar tornava-se mais leve. Diante deles, a luz fraca atravessava as grandes portas, que pendiam, queimadas e retorcidas, de suas dobradiças.

– Esta é a grande câmara de Thror – disse Thorin –, o salão dos banquetes e conselhos. Agora o Portão Dianteiro não está muito longe.

Atravessaram a sala arruinada. Mesas apodreciam ali; cadeiras e bancos jaziam de cabeça para baixo, chamuscados e deteriorando-se. Havia crânios e ossos no chão, em meio a jarros, tigelas, copos de chifre e poeira. Enquanto atravessavam novas portas na extremidade oposta, um ruído de água chegou aos seus ouvidos, e a luz cinzenta de repente ficou mais intensa.

– Ali está a nascente do Rio Corrente – disse Thorin. – Dali ele corre para o Portão. Vamos segui-lo!

De uma abertura escura numa parede de rocha saía uma água borbulhante, que corria rodopiando por um canal estreito, entalhado e tornado reto e profundo pela habilidade de mãos antigas. Ao lado, corria uma rua pavimentada com pedras, larga o suficiente para comportar muitos homens lado a lado. O grupo correu pelo caminho, fez uma curva ampla e... eis, diante deles, a plena luz do dia! À frente erguia-se um arco alto, que, mesmo gasto, estilhaçado e enegrecido como estava, ainda exibia os fragmentos de antigos entalhes. Um sol nebuloso enviava sua luz pálida por entre os braços da Montanha, e raios de ouro caíam no pavimento da entrada.

Um bando de morcegos assustados em seu sono pela fumaça das tochas passou numa rajada acima deles; à medida que iam para a frente, seus pés escorregaram nas pedras, lisas e viscosas devido à passagem do dragão. Agora, diante deles, a água caía ruidosamente para fora e descia espumando na direção do vale. Jogaram as tochas no chão e pararam para observar com olhos deslumbrados. Haviam atingido o Portão Dianteiro, e avistavam Valle.

– Bem! – disse Bilbo. – Nunca esperei que um dia estivesse olhando *para fora* desta porta. E nunca esperei ficar tão feliz em ver o sol de novo e sentir o vento em meu rosto. Mas, ui! Este vento está frio!

E estava. Uma brisa fria soprava do leste com uma ameaça do inverno próximo. Rodopiava acima e ao redor dos braços da Montanha, entrava no vale e suspirava por entre as rochas. Depois da longa estada nas sufocantes profundezas das cavernas assombradas pelo dragão, tremiam ao sol.

De repente Bilbo, percebeu que estava não só cansado, mas também morrendo de fome. – Parece que a manhã está chegando ao fim – disse ele – e, portanto, acho que é mais ou menos a hora do desjejum, se é que há algum desjejum. Mas sinto que a soleira da porta de Smaug não é o lugar mais seguro para uma refeição. Vamos para algum outro lugar onde possamos nos sentar tranqüilos por algum tempo!

– Certíssimo! – disse Balin. – E acho que sei que caminho devemos seguir: devemos ir para o velho posto de sentinela no canto sudoeste da montanha.

– A que distância fica? – perguntou o hobbit.

– A cinco horas de marcha, penso eu. Será um caminho difícil. A estrada que sai do Portão ao longo da margem esquerda do rio parece estar toda destruída. Mas olhem lá embaixo! O rio faz uma curva abrupta para o leste através de Valle, em frente à cidade arruinada. Naquele ponto havia outrora uma ponte, que conduzia a escadarias íngremes, que subiam pela margem direita, e depois para uma estrada que levava ao Morro do Corvo. Existe (ou existia) uma trilha que saía da estrada e subia até o posto. Uma escalada difícil também, mesmo se os antigos degraus ainda estiverem lá!

– Céus! – resmungou o hobbit. – Mais caminhada e mais escalada sem desjejum! Fico me perguntando quantos desjejuns e quantas outras refeições nós não perdemos dentro daquele buraco horrível sem relógio e sem tempo!

Na verdade, duas noites e o dia entre elas haviam se passado (e não totalmente sem comida) desde que o dragão esmagara a porta mágica, mas Bilbo perdera a noção do tempo e, por ele, podia ter sido uma noite ou uma semana de noites.

– Vamos, vamos! – disse Thorin rindo: seu humor começara a melhorar novamente, e ele remexia as pedras preciosas em seus bolsos. – Não chame meu palácio de buraco horrível! Espere até que esteja limpo e redecorado!

– Isso não vai acontecer até que Smaug esteja morto – disse Bilbo sombrio. – Enquanto isso, onde está ele? Eu daria um bom desjejum para saber. Espero que não esteja em cima da Montanha nos observando!

Aquela idéia perturbou muito os anões e eles rapidamente decidiram que Bilbo e Balin estavam certos.

– Temos de nos afastar daqui – disse Dori. – Sinto-me como se os olhos dele estivessem atrás de mim.

– É um lugar frio e deserto – disse Bombur. – Pode haver algo para beber, mas não vejo sinal de comida. Um dragão sempre estaria faminto nestas partes.

– Vamos! Vamos! – gritaram os outros. – Vamos seguir a trilha de Balin.

Sob a muralha rochosa, à direita, não havia trilha; então, seguiram em frente, com dificuldade, por entre as pedras do lado esquerdo do rio, e o vazio e a desolação logo aquietaram até o coração de Thorin. Descobriram que a ponte mencionada por Balin caíra muito tempo atrás, e a maioria de suas pedras agora era apenas blocos na correnteza rasa e ruidosa; mas atravessaram a água sem grandes dificuldades, encontraram os antigos degraus e escalaram a margem alta. Depois de trilharem um breve trecho, atingiram a antiga estrada e logo chegaram a um vale pequeno e estreito abrigado entre as rochas; ali descansaram por algum tempo e fizeram o desjejum que foi possível, *cram* e água principalmente. (Se querem saber o que é *cram*, só posso dizer que não conheço a receita, mas que é abiscoitado, conserva-se por tempo indeterminado, supõe-se que seja nutritivo e com certeza não tem graça nenhuma, sendo, na verdade, muito desinteressante, exceto como exercício de mastigação. Era feito pelos Homens do Lago para longas viagens.)

Depois disso, prosseguiram outra vez; agora a estrada rumava para o oeste, abandonava o rio, e a grande saliência do contraforte sul da Montanha aproximava-se cada vez mais. Por fim, alcançaram a trilha do morro. A escalada era íngreme, e eles avançavam com esforço e devagar, um atrás do outro, até que chegaram, no final da tarde, ao topo da cordilheira e viram o sol de inverno descendo para o oeste.

Ali encontraram um local plano, sem nenhuma parede em três lados, mas protegido ao norte por uma face rochosa na qual havia uma abertura semelhante a uma porta. Daquela porta tinha-se uma ampla vista de leste, sul e oeste.

– Aqui – disse Balin –, nos dias antigos, costumávamos sempre manter vigias, e aquela porta lá atrás conduz a uma câmara cavada na rocha, construída aqui como guarita. Havia vários lugares como este ao redor da Montanha. Mas parecia haver pouca necessidade de vigilância nos tempos de nossa prosperidade, e os guardas ficaram acomodados demais, talvez; do contrário, talvez fôssemos prevenidos sobre a chegada do dragão muito antes, e as coisas poderiam ter sido diferentes. Ainda assim, agora podemos ficar escondidos e abrigados por algum tempo, e vermos muito sem sermos vistos.

– Não vai adiantar muito, se fomos vistos vindo para cá – disse Dori, que estava sempre olhando para cima, na direção do pico da Montanha, como se esperasse ver Smaug empoleirado como um pássaro num campanário.

– Temos de correr esse risco – disse Thorin. – Não podemos avançar mais hoje.

– Apoiado! apoiado! – exclamou Bilbo, jogando-se no chão.

Na câmara de pedra haveria espaço para uma centena, e havia uma sala menor mais para dentro, mais retirada do frio. Estava completamente deserta; nem mesmo animais selvagens pareciam tê-la usado durante todos os dias do domínio de Smaug. Ali colocaram seus fardos, e alguns jogaram-se no chão e imediatamente adormeceram, mas os outros ficaram sentados perto da porta externa discutindo seus planos. Durante toda a conversa sempre voltavam ao mesmo ponto: Onde estava Smaug? Olhavam para o oeste e nada viam, olhavam para leste e nada viam e, ao sul, não se via nenhum sinal do dragão, mas um ajuntamento de muitos pássaros. Ficaram olhando, perplexos; mas não estavam mais próximos de compreender o que estava acontecendo quando surgiram as primeiras estrelas frias.

CAPÍTULO XIV

FOGO E ÁGUA

Agora, se vocês, assim como os anões, desejam ter notícias de Smaug, devem retornar àquela noite em que ele arrebentou a porta e saiu voando enfurecido, dois dias antes.

A maioria dos homens da Cidade do lago de Esgaroth estava em casa, pois a brisa soprava do negro leste e estava fria, mas alguns caminhavam nos cais, fitando, como gostavam de fazer, as estrelas que apareciam, brilhando nos trechos calmos do lago, à medida que surgiam no céu. Vista da cidade, a Montanha Solitária ficava em sua maior parte escondida atrás das colinas baixas que se erguiam na extremidade do lago e que formavam um vão pelo qual o Rio Corrente descia do norte. Com tempo bom, podia-se ver apenas seu alto pico e eles raramente dirigiam-lhe o olhar, pois era agourento e lúgubre mesmo à luz da manhã. Agora o pico desaparecera, oculto pela escuridão.

De repente, voltou a surgir; um breve lampejo o atingiu e se apagou.

– Vejam! – disse um. – As luzes de novo! Na noite passada os vigias as viram, acendendo e apagando, desde a meia-noite até a alvorada. Alguma coisa está acontecendo lá em cima.

– Talvez o Rei sob a Montanha esteja forjando ouro! – disse outro. – Já faz tempo que ele foi para o norte. Já era hora de as canções se revelarem verdadeiras.

– Que rei? – perguntou o outro num tom sinistro. – Com certeza é o fogo do Dragão saqueador, o único rei sob a montanha que conhecemos.

– Você está sempre prevendo coisas ruins! – disseram os outros. – Qualquer coisa, desde enchentes até peixes envenenados. Pense em algo alegre!

Então, de repente, uma grande luz surgiu no baixio das colinas e a extremidade norte do lago ficou dourada. – O Rei sob a Montanha! – gritaram eles. – Sua riqueza é como o Sol, sua prata, como uma fonte, seus rios de ouro são! O rio vem correndo dourado da Montanha! – exclamaram eles, e em todo o lugar janelas se abriam e pés se apressavam.

Mais uma vez houve tremendo alvoroço e entusiasmo. Mas o sujeito de voz sinistra foi correndo ter com o Senhor. – Quero ser um tolo, se não é o dragão que está vindo! – gritou ele. – Destruam as pontes! Às armas! Às armas!

Repentinamente soaram as trombetas de alerta, que ecoaram ao longo das margens rochosas. O entusiasmo cessou e a alegria transformou-se em pavor. Foi por isso que o dragão não os encontrou completamente despreparados.

Sem demora, tão grande era sua velocidade, puderam avistá-lo, uma grande centelha precipitando-se em sua direção, cada vez maior e mais brilhante, e nem o mais tolo duvidou de que as profecias revelavam-se erradas. Ainda assim, tinham algum tempo. Todas as vasilhas da cidade foram enchidas com água, todos os guerreiros foram armados, todas as flechas e lanças estavam prontas, e a ponte que conduzia à terra foi derrubada e destruída, antes que o rugido da terrível aproximação de Smaug ficasse mais alto, e a superfície do lago se encrespasse, rubra como o fogo, debaixo do bater hediondo de suas asas.

Em meio a gritos, gemidos e berros dos homens ele irrompeu, passou na direção das pontes e viu seu intuito frustrado! A ponte se fora, e seus inimigos estavam numa ilha rodeada de águas profundas – profundas, escuras e frias demais para o seu gosto. Se mergulhasse, ergueria vapor e fumaça suficientes para cobrir de névoa toda a região por vários dias; mas o lago era mais poderoso que ele; extinguiria seu fogo antes que pudesse atravessá-lo.

Rugindo, avançou de novo sobre a cidade. Uma saraivada de flechas escuras cruzou os ares, retinindo e quebrando-se nas escamas e pedras de sua armadura, e suas hastes caíam, acesas pelo seu hálito, queimando e chiando, dentro do lago. Nenhuma exibição de fogos de artifício jamais imaginada estaria à altura do espetáculo daquela noite. Diante do zunido dos arcos e do clangor das trombetas, a fúria do dragão inflamou-se ao máximo, até deixá-lo cego e louco de ódio. Ninguém ousara fazer-lhe frente numa batalha por muitas eras; nem se atreveriam agora, não fosse pelo homem de voz sinistra (Bard era seu nome), que corria de um lado para o outro animando os arqueiros e instigando o Senhor a ordenar que lutassem até a última flecha.

O fogo saltava das mandíbulas do dragão. Durante algum tempo ele voou em círculos acima deles, iluminando todo o lago; as árvores nas margens brilhavam como cobre e sangue, com sombras agitadas de um negro profundo aos seus pés. Desceu então num vôo rasante, atravessando a chuva de flechas, imprudente em sua fúria, sem tomar o cuidado de expor aos inimigos apenas os flancos cobertos de escamas, buscando apenas atear fogo à cidade.

O fogo subia dos tetos de palha e das pontas das vigas de madeira quando o dragão arremetia e passava, embora tudo tivesse sido encharcado com água antes que ele viesse. Mais uma vez uma centena de mãos jogava água sempre que uma centelha aparecia. E o dragão voltava. Um golpe de sua cauda e o telhado da Casa Grande caiu e se destroçou. Chamas implacáveis erguiam-se na noite. Outro golpe, mais outro, e outra casa, e depois mais uma, explodiram em chamas e caíram; e, mesmo assim, nenhuma flecha era empecilho para Smaug nem o machucava mais que uma mosca dos pântanos.

Homens já saltavam para a água por todos os lados. Mulheres e crianças amontoavam-se em barcos carregados no lago do mercado. Armas eram atiradas ao chão. Havia choro e lamentação onde, pouco tempo atrás, cantavam-se canções sobre os anões, anunciando alegrias vindouras. Agora os homens amaldiçoavam seus nomes. O próprio Senhor voltava-se para seu barco dourado, na esperança de escapar remando em meio à confusão e salvar sua pele. Logo toda a cidade seria abandonada e queimada até a superfície do lago.

Essa era a esperança do dragão. Por ele, podiam todos entrar nos barcos. Ali, poderia divertir-se caçando-os, ou eles poderiam continuar lá até morrerem de fome. Se tentassem chegar à terra firme, ele estaria pronto. Logo atearia fogo a todas as matas das margens e secaria todos os campos e pastos. Por enquanto, estava apreciando a diversão de atormentar a cidade mais do que apreciara qualquer outra coisa em anos.

Mas ainda havia uma companhia de arqueiros que se mantinha firme em meio às casas em chamas. Seu capitão era Bard, de voz e rosto sombrios, a quem seus amigos tinham acusado de profetizar enchentes e peixes envenenados, embora conhecessem seu valor e sua coragem. Era descendente distante de Girion, Senhor de Valle, cuja esposa e filho haviam escapado da ruína descendo o Rio Corrente num passado distante. Agora ele atirava com um grande arco de teixo, até que lhe restou uma única flecha. As chamas estavam perto dele. Seus companheiros o abandonavam. Ele envergou o arco pela última vez.

De repente, vindo da escuridão, algo voejou sobre seus ombros. Ele levou um susto – mas era apenas um velho tordo. Sem receio, a ave empoleirou-se perto de sua orelha e trouxe-lhe notícias. Admirado, Bard percebeu que conseguia entender sua língua, pois o tordo era da raça de Valle.

– Espere! Espere! – disse-lhe a ave. – A lua está surgindo. Procure o vazio no lado esquerdo do peito do dragão quando ele voar sobre você! E, enquanto Bard detinha-se admirado, o tordo lhe contou sobre os acontecimentos na Montanha e sobre tudo o que ouvira.

Então Bard puxou a corda do arco até a altura da orelha. O dragão voltava, voando baixo, e, enquanto vinha, a lua ergueu-se sobre a margem leste e tingiu de prata suas grandes asas.

– Flecha! – disse o arqueiro. – Flecha negra! Deixei-a por último. Você nunca me decepcionou e eu sempre a recuperei. Ganhei-a de meu pai, e ele, de um passado remoto. Se é verdade que vem das forjas do verdadeiro Rei sob a Montanha, vá agora, e bom trabalho!

O dragão arremeteu mais uma vez, mais baixo do que nunca e, no momento em que se voltava para o mergulho, sua barriga brilhou, branca, as chamas das gemas faiscando no luar – exceto em um ponto. O grande arco zuniu. A flecha negra voou da corda, direto para o vazio no lado esquerdo do peito, perto de onde saía a pata dianteira. Ali entrou e sumiu, farpa, haste e pena, tão violento foi seu vôo. Com um guincho que ensurdeceu os homens, derrubou árvores e partiu pedras, Smaug arremessou-se em chamas pelo ar, virou-se e caiu das alturas, derrotado.

Caiu bem em cima da cidade. Seus últimos espasmos transformaram-na em centelhas e brasas. O lago invadiu-a com um rugido. Uma grande massa de vapor subiu ao céu, um branco repentino na escuridão sob a lua. Ouviu-se um chiado, um rodamoinho borbulhante, e, depois, silêncio. E esse foi o fim de Smaug e de Esgaroth, mas não o de Bard.

A lua crescente subia cada vez mais, e o vento soprava ruidoso e frio. Retorcia a névoa branca, transformando-a em colunas encurvadas e nuvens apressadas, e a conduzia para oeste, espalhando-a em fiapos sobre os pântanos diante da Floresta das Trevas. Viram-se então os vários barcos, pontos escuros na superfície do lago, e no vento vinham as vozes do povo de Esgaroth lamentando sua cidade, seus bens perdidos e casas arruinadas. Mas, na verdade, tinham muito pelo que agradecer, se pensassem bem, embora não pudesse esperar que o fizessem na ocasião: pelo menos três quartos da população da cidade haviam escapado com vida; as florestas, campos, pastos, gado e a maioria dos barcos estavam intactos; e o dragão estava morto. Ainda não se davam conta do que aquilo significava.

Ajuntavam-se em grupos na margem oeste, tremendo no vento frio, e suas primeiras reclamações e seu maior ódio dirigiam-se ao Senhor, que abandonara a cidade tão cedo, enquanto ainda havia alguns dispostos a defendê-la.

– Ele pode ter uma cabeça boa para negócios, especialmente os seus negócios – murmuravam alguns –, mas não tem serventia quando alguma coisa séria acontece! – E elogiavam a coragem de Bard e seu último disparo poderoso. – Se ao menos ele não tivesse sido morto – diziam todos –, faríamos dele rei. Bard, o abatedor de Dragões da linhagem de Girion! É uma pena que o tenhamos perdido!

E bem no meio da conversa, um vulto alto surgiu das sombras. Estava encharcado, os cabelos negros caíam molhados sobre o rosto e os ombros, e uma luz feroz brilhava em seus olhos.

– Bard não está perdido! – exclamou ele. – Ele mergulhou de Esgaroth quando o inimigo foi morto. Eu sou Bard, da linhagem de Girion; sou o matador do dragão!

– Rei Bard! Rei Bard! – gritaram eles; mas o Senhor rangeu os dentes.

– Girion era senhor de Valle, não rei de Esgaroth – disse ele. – Na Cidade do Lago sempre elegemos senhores entre os velhos e sábios, e nunca nos submetemos às regras de simples lutadores. Que o "Rei Bard" volte para seu próprio reino. Valle foi libertada por sua coragem, e nada impede a sua volta. E qualquer um que desejar pode acompanhá-lo, se preferir as pedras frias, sob a sombra da Montanha, às margens verdejantes do lago. Os sábios permanecerão aqui, mantendo a esperança de reconstruir nossa cidade, para ainda usufruir mais uma vez de sua paz e riqueza.

– Queremos o Rei Bard! – gritaram em resposta as pessoas que estavam perto. – Já estamos fartos dos velhos e dos contadores de dinheiro! – E as pessoas que estavam mais longe juntaram-se ao coro: – Queremos o Arqueiro, abaixo o Avarento – até o clamor ecoar ao longo da margem.

– Sou o último homem a subestimar o valor de Bard, o Arqueiro – disse o Senhor com cautela (pois Bard estava bem ao lado dele). – Esta noite ele conquistou um lugar eminente entre os benfeitores de nossa cidade, e merece inúmeras canções eternas. Mas por quê, ó, meu Povo? – e, nesse ponto, o Senhor levantou-se e falou numa voz bem alta e clara –, por que jogam toda a culpa em mim? Por qual falta devo ser deposto? Quem acordou o dragão de seu sono, se me permitem perguntar? Quem obteve de nós ricos presentes e grande ajuda, fazendo-nos acreditar que canções antigas tornar-se-iam verdade? Quem tirou vantagem de nossos corações moles e nossas fantasias de felicidade? Que tipo de ouro nos enviaram pelo rio como recompensa? Fogo de dragão e ruína! A quem devemos reclamar compensação por nossos prejuízos e ajuda para nossas viúvas e órfãos?

Como vocês podem ver, não era à toa que o Senhor conseguira aquela posição. O resultado de suas palavras foi que, por um momento, o povo esqueceu inteiramente a idéia de um novo rei e voltou seus pensamentos enfurecidos para Thorin e sua companhia. Palavras rudes e amargas foram proferidas em todos os lados, e alguns dos que haviam cantado mais alto as antigas canções agora gritavam na mesma altura que os anões tinham deliberadamente incitado o dragão contra eles!

– Tolos! – disse Bard. – Por que desperdiçar palavras e ódio com aquelas infelizes criaturas? Sem dúvida eles pereceram no fogo, antes que Smaug avançasse sobre nós. – Então, no momento em que falava, chegou-lhe ao coração a idéia do lendário tesouro da Montanha, que lá continuava, sem guarda ou dono, e ele se calou. Pensou nas palavras do Senhor, e em Valle reconstruída, cheia de sinos de ouro, se ao menos pudesse encontrar os homens para tanto.

Por fim, falou novamente: – Não é hora para palavras de ódio, Senhor, ou para considerar grandes planos de mudança. Há trabalho a fazer. Vou servi-lo ainda, embora, depois de algum tempo, possa pensar outra vez nas suas palavras e ir para o norte com qualquer um que esteja disposto a me seguir.

Então avançou em largos passos para ajudar na organização dos acampamentos e no cuidado dos doentes e feridos. Mas o Senhor, pelas costas, fechou o semblante enquanto ele se afastava, e permaneceu sentado no chão. Pensava muito, mas dizia pouco, a não ser para pedir em voz alta que alguém lhe trouxesse fogo e comida.

Agora, por toda a parte, Bard ouvia conversas, alastrando-se como labaredas entre o povo, a respeito do vasto tesouro que agora não era guardado por ninguém. Os homens falavam sobre a compensação que em breve teriam por todo o prejuízo, e sobre riqueza, para dar e vender, com a qual poderiam comprar coisas do sul; e isso os animava muito em sua desgraça. Tanto melhor, pois a noite era amarga e deprimente. Foi possível improvisar abrigo para uns poucos (o Senhor conseguiu um) e havia pouca comida (até o Senhor teve pouco). Muitos ficaram doentes por causa da umidade, do frio e da tristeza daquela noite e depois morreram, eles que haviam escapado ilesos da destruição da cidade; nos dias que se seguiram houve muita doença e fome.

Enquanto isso, Bard assumiu a liderança, organizando as coisas como queria, embora sempre em nome do Senhor, e teve a dura tarefa de governar o povo e dirigir os preparativos para protegê-los e alojá-los. Provavelmente a maioria deles teria morrido no inverno que agora perseguia rápido o outono, se não tivesse ajuda a seu alcance. Mas a ajuda chegou depressa, pois Bard imediatamente enviou mensageiros velozes rio acima até a Floresta, pedindo a ajuda do Rei dos Elfos da Floresta, e esses mensageiros haviam encontrado uma tropa já a caminho, embora fosse apenas o terceiro dia após a queda de Smaug.

O Senhor Élfico recebera notícias de seus próprios mensageiros e dos pássaros que amavam seu povo, e já sabia muito do que havia acontecido. Era mesmo grande a comoção entre os seres alados que viviam nas fronteiras da Desolação de Smaug. Grandes bandos voavam em círculos, e seus mensageiros de asas ligeiras voavam pelo céu de um lado para o outro. Sobre as fronteiras da Floresta houve assobios, gritos e pios. Pela Floresta das Trevas a notícia se espalhava: "Smaug está morto!" Folhas farfalhavam e orelhas assustadas se empinavam. Mesmo antes que o Rei Élfico partisse, a notícia havia passado para o oeste através dos pinheirais das Montanhas Sombrias; Beorn a recebera em sua casa de madeira, e os orcs estavam em conselho em suas cavernas.

– Esta será a última vez que ouvimos falar de Thorin Escudo de Carvalho, receio eu – disse o rei. – Teria feito melhor se permanecesse como meu hóspede. De qualquer forma – acrescentou ele –, a desgraça de uns é a sorte de outros. – Pois ele também não se havia esquecido da lenda da riqueza de Thror. Por isso o mensageiro de Bard encontrava-o agora avançando com muitos lanceiros e arqueiros; e corvos se juntavam aos montes acima dele, pois pensavam que a guerra despertava novamente, uma guerra como não houvera naquelas partes por longo tempo.

Mas o rei, quando recebeu os pedidos de Bard, condoeu-se, pois era o senhor de um povo bondoso e gentil; então, mudando o rumo de sua marcha, que a princípio se dirigia para a Montanha, apressava-se agora rio abaixo, rumo ao Lago Comprido. Não tinha barcos ou jangadas em número suficiente para seu exército, e eles foram obrigados a seguir um caminho mais lento, a pé, mas uma grande quantidade de mantimentos foi enviada na frente, pela água. Mesmo assim, os elfos têm os pés ligeiros e, embora naqueles tempos não estivessem muito acostumados com os pântanos e com as terras traiçoeiras entre a Floresta e o Lago, seu avanço foi rápido. Apenas cinco dias depois da morte do dragão eles chegaram às margens e contemplaram as ruínas da cidade. Foram bem recebidos, como seria de esperar, e os homens e seu Senhor estavam prontos a fazer qualquer acordo para o futuro em troca da ajuda do rei.

Os planos logo foram feitos. Com as mulheres e as crianças, os velhos e os incapacitados, o Senhor ficou para trás; e com ele também ficaram alguns artesãos e muitos elfos habilidosos; e ocuparam-se derrubando árvores e coletando a madeira enviada da Floresta. Começaram depois a erguer muitas cabanas perto da margem, como proteção contra o inverno iminente; e, também, sob a liderança do Senhor, começaram a planejar uma nova cidade, mais bela e maior que a anterior, mas não no mesmo lugar. Foram para o norte, mais longe da margem; pois, daquela época em diante, tomaram-se de pavor pela água na qual o dragão jazia. Ele nunca mais retornaria ao seu leito de ouro, mas estava frio como pedra, retorcido sobre o fundo dos baixios. Ali, durante eras, seus enormes ossos podiam ser vistos quando o tempo era bom, em meio às pilastras arruinadas da velha cidade. Mas poucos ousavam atravessar o ponto amaldiçoado, e ninguém atrevia-se a mergulhar na água gelada ou resgatar as pedras preciosas que caíam de sua carcaça putrefata.

Mas todos os combatentes que ainda eram capazes e a maioria do grupo do Rei Élfico aprontavam-se para marchar para o norte, na direção da Montanha. Foi assim que, onze dias depois da ruína da cidade, o líder de seu exército passou pelos portões de pedra, na extremidade do lago, e entrou nas terras desoladas.

CAPÍTULO XV

TEMPESTADE À VISTA

Agora voltaremos a Bilbo e aos anões. Durante toda a noite, um deles estivera vigiando, mas, quando chegou a manhã, ninguém tinha ouvido ou visto qualquer sinal de perigo. Mas os pássaros ajuntavam-se em bandos cada vez maiores. Vinham voando do Sul, e os corvos que ainda viviam nas redondezas da Montanha voavam em círculos e gritavam incessantemente lá em cima.

– Algo estranho está acontecendo – disse Thorin. – Acabou-se o tempo dos vôos errantes de outono, e estes são pássaros que moram sempre nos campos; há estorninhos e bandos de tentilhões, e lá, longe, vejo muitas aves carniceiras, como se houvesse uma batalha.

De repente, Bilbo apontou: – Lá está aquele velho tordo de novo! – exclamou ele. – Parece que escapou quando Smaug destruiu a encosta da montanha, mas acho que os caracóis não escaparam!

Era mesmo o velho tordo que estava lá e, no momento em que Bilbo o apontou, voou na direção deles e pousou numa pedra próxima. Então bateu as asas e cantou; depois inclinou a cabeça para um lado, como se quisesse escutar, e mais uma vez cantou e mais uma vez parou para escutar.

– Acho que está tentando nos dizer alguma coisa – disse Balin –, mas não consigo entender a língua desses pássaros; é muito rápida e difícil. Você entende, Bolseiro?

– Não muito bem – disse Bilbo (na verdade ele não estava entendendo nada) –, mas o velho camarada parece bastante aflito.

– Gostaria que ele fosse um corvo! – disse Balin.

– Pensei que não gostasse de corvos! Você parecia bastante intimidado quando passamos por aqui antes.

– Eram gralhas! Criaturas nojentas e suspeitas, além de rudes. Vocês devem ter ouvido os nomes feios que elas disseram quando passamos. Mas os corvos são diferentes. Havia grande amizade entre eles e o povo de Thror; sempre nos traziam notícias secretas, e recebiam como recompensa objetos brilhantes que cobiçavam para esconder em seus ninhos.

– Vivem muitos anos, têm uma memória boa e transmitem sua sabedoria aos filhos. Eu conhecia muitos corvos das rochas quando era menino. Este pico já foi chamado Morro do Corvo, porque havia um casal sábio e famoso, o velho Carc e sua esposa, que vivia acima da guarita. Mas não acho que tenha restado algum dessa raça antiga por aqui.

Assim que ele acabou de falar, o velho tordo gritou e imediatamente saiu voando.

– Não podemos entendê-lo, mas esse velho pássaro nos entende, tenho certeza – disse Balin. – Fiquem de olho agora, e vejam o que acontece!

Logo ouviu-se um bater de asas, e lá vinha o velho tordo e, com ele, vinha um outro pássaro, extremamente decrépito. Estava ficando cego, mal podia voar, e o topo de sua cabeça era calvo. Era um corvo idoso, de grande tamanho. Pousou no chão diante deles, bateu as asas devagar e fez uma mesura para Thorin.

– Ó, Thorin, filho de Thrain, e Balin, filho de Fundin – crocitou ele (e Bilbo conseguiu entender o que ele dizia, pois ele falava em língua comum, não na língua dos pássaros). – Sou Roäc, filho de Carc. Carc está morto, mas você o conhecia bem. Faz cento e cinqüenta e três anos que saí do ovo, mas não me esqueço do que disse meu pai. Agora sou o chefe dos grandes corvos da Montanha. Somos poucos, mas ainda nos lembramos do rei que havia antigamente. A maioria do meu povo está fora, pois há muitas coisas acontecendo no sul. Algumas coisas que lhes trarão alegria, e outras que não acharão tão boas.

– Vejam! Os pássaros estão se juntando e retornando à Montanha e a Valle, vindos do sul, leste e oeste, pois espalhou-se a notícia de que Smaug está morto!

– Morto! Morto? – gritaram os anões. – Morto! Então nosso medo foi em vão: e o tesouro é nosso! – Todos levantaram-se de um salto e deram cambalhotas de alegria.

– Sim, morto – disse Roäc. – O tordo, que nunca lhe caiam as penas, viu-o morrer, e podemos confiar nas suas palavras. Ele o viu cair lutando contra os homens de Esgaroth três noites atrás, quando a lua subia ao céu.

Demorou um pouco para Thorin conseguir que os anões fizessem silêncio e escutassem as notícias do corvo. Por fim, quando tinha contado toda a história da batalha, ele continuou:

– Estes são os motivos de alegria, Thorin Escudo de Carvalho. Pode voltar para seus salões em segurança; todo o tesouro é seu, por enquanto. Mas muitos, além dos pássaros, estão se juntando e vindo para cá. A notícia da morte do guardião já se espalhou, e a lenda da riqueza de Thror não se perdeu com os anos; muitos estão ansiosos por uma parte no espólio. Uma tropa de elfos já está a caminho, e pássaros carniceiros os acompanham, na expectativa de batalha e matança. Junto ao lago homens murmuram que seus infortúnios foram causados pelos anões, pois estão desabrigados e muitos morreram, e Smaug destruiu sua cidade. Também pensam em tirar compensação de seu tesouro, estejam vocês vivos ou mortos.

– Sua própria sabedoria deve decidir seu destino: mas treze é um número pequeno para os remanescentes do grande povo de Durin que outrora viveu por aqui e agora está espalhado e distante. Se quiser ouvir meu conselho, não confie no Senhor dos Homens do Lago, mas naquele que atirou no dragão com seu arco. Seu nome é Bard, da raça de Valle, da linhagem de Girion: é um homem soturno, mas sincero. Gostaríamos que houvesse paz outra vez entre anões, homens e elfos, depois da longa desolação; mas isso pode lhes custar caro em ouro. Era o que eu tinha a dizer.

Thorin então explodiu em ódio: – Nossos agradecimentos, Roäc, filho de Carc. Você e seu povo não serão esquecidos. Mas nenhuma parte de nosso ouro será levada por ladrões ou carregada por violentos enquanto estivermos vivos. Se quiser merecer ainda mais a nossa gratidão, traga-nos notícia de qualquer um que se aproximar. Também peço, se algum de vocês ainda é jovem e tem as asas fortes, que envie mensageiros para nossos parentes nas montanhas do norte, tanto a leste quanto a oeste daqui, contando-lhes as nossas dificuldades. Mas especialmente a meu primo Dain, nas Colinas de Ferro, pois ele tem muita gente bem armada, e mora mais perto deste local. Peça-lhes que se apressem!

– Não vou dizer se este plano é bom ou ruim – crocitou Roäc –, mas farei o que estiver ao meu alcance. – Então partiu voando lentamente.

– Agora, de volta à Montanha! – gritou Thorin. – Temos pouco tempo a perder.

– E pouca comida para comer! – gritou Bilbo, sempre muito prático nesses assuntos. De qualquer modo, achava que a aventura, propriamente falando, terminara com a morte do dragão, no que estava muito enganado, e teria dado quase toda a sua parte nos lucros pela resolução pacífica desses assuntos.

– De volta à Montanha! – gritaram os anões, como se não o tivessem ouvido; assim, Bilbo teve de voltar com eles.

Como vocês já souberam de alguns acontecimentos, vão perceber que os anões ainda tinham alguns dias à frente. Exploraram mais uma vez as cavernas e descobriram, como esperavam, que apenas o Portão Dianteiro permanecia aberto; todas as outras entradas (exceto, é claro, a pequena porta secreta) haviam sido bloqueadas e quebradas muito tempo atrás por Smaug, e não restava nenhum sinal delas. Começaram a trabalhar com afinco na fortificação da entrada principal e na construção de uma nova trilha a partir dela. Havia ferramentas em abundância, que haviam sido usadas por mineiros, escavadores e construtores de antigamente, e nesse trabalho os anões eram ainda muito habilidosos.

Enquanto trabalhavam, os corvos traziam-lhes notícias constantemente. Assim ficaram sabendo que o Rei Élfico desviara-se para o Lago, e que ainda lhes restava algum tempo para respirar. Melhor ainda, souberam que três de seus pôneis haviam escapado e vagavam à solta nas margens do Rio Corrente, não muito longe do ponto onde o resto de seus estoques fora deixado. Assim, enquanto os outros continuavam com seu trabalho, Fili e Kili, guiados por um corvo, foram enviados para encontrar os pôneis e trazer tudo o que pudessem.

Estiveram fora quatro dias e, então, souberam que os exércitos reunidos dos Homens do Lago e dos Elfos apressavam-se na direção da Montanha. Mas agora tinham mais esperanças, pois tinham comida para algumas semanas, se tomassem cuidado – principalmente *cram*, é claro, e estavam cansados dele; mas *cram* é muito melhor do que nada –, e o portão já estava bloqueado com uma parede de pedras quadradas assentadas a seco, mas muito grossa e alta, fechando a abertura. Havia buracos pelos quais poderiam olhar (ou atirar), mas nenhuma entrada. Eles entravam e saíam por meio de escadas, e içavam as coisas com cordas. Para a passagem do rio haviam preparado um pequeno arco baixo sob a nova parede; mas, perto da entrada, tinham alterado tanto o leito estreito que um amplo lago se estendia da encosta da montanha até o topo da cachoeira pela qual o rio corria na direção de Valle. Chegar até o Portão agora só era possível, a não ser a nado, ao longo de uma saliência estreita do penhasco, do lado direito de quem olhava da muralha. Haviam trazido os pôneis apenas até o topo da escada acima da velha ponte e, depois de descarregá-los, ordenaram que voltassem aos seus senhores, e os enviaram sozinhos para o sul.

Houve uma noite na qual, de repente, viram-se muitas luzes, como de fogueiras e tochas no sul, em Valle, diante deles.

– Chegaram! – exclamou Balin. – E o acampamento deles é muito grande. Devem ter atravessado o vale sob a proteção do crepúsculo, pelas duas margens do rio.

Naquela noite os anões dormiram pouco. A manhã ainda estava pálida quando viram uma companhia aproximando-se. De trás da muralha, observaram-nos subindo até o topo do vale e escalando a encosta lentamente. Logo puderam ver que homens do lago, armados para uma possível guerra, e arqueiros élficos estavam entre eles. Por fim, os que vinham na frente da companhia escalaram as pedras amontoadas e apareceram no topo da cachoeira; e muito grande foi a surpresa que tiveram ao ver o lago diante deles e o Portão bloqueado com uma muralha de pedras recém-cortadas.

Enquanto estavam parados, apontando e falando, Thorin interpelou-os: – Quem são vocês – chamou ele, numa voz bem alta – que se aproximam dos portões de Thorin, filho de Thrain, Rei sob a Montanha, como se viessem para uma guerra, e o que desejam?

Mas eles nada responderam. Alguns recuaram depressa, e os outros, depois de fitarem por um momento o Portão e suas defesas, logo os seguiram. Naquele dia o acampamento foi removido para um ponto a leste do rio, entre os braços da Montanha. As rochas então ecoaram com muitas vozes e canções, o que não acontecia havia muito tempo. Ouvia-se também o som de harpas élficas e de canções doces, e, quando os ecos chegavam até eles, era como se o ar ficasse mais quente, e sentiam a tênue fragrância das flores da mata desabrochando na primavera.

Então Bilbo desejou escapar da fortaleza escura, descer e juntar-se à alegria e aos banquetes junto às fogueiras. Alguns dos anões mais jovens também foram tocados em seus corações e murmuravam que as coisas deveriam ter acontecido de forma diferente, desejando que pudessem dar boas-vindas àquele povo, como amigos; mas Thorin tinha o semblante carregado.

Então os próprios anões pegaram as harpas e os instrumentos resgatados do tesouro, e fizeram música para apaziguar-lhe o ânimo; mas sua canção não era uma canção élfica, e era muito parecida com a que haviam cantado muito tempo antes, na pequena toca de hobbit de Bilbo.

Sob a Montanha alta e sombria
De novo o Rei em seu trono está!
Morto o inimigo, o Dragão do Perigo,
E sempre assim o mal tombará.

Cortante é a espada, comprida, a lança,
Rápida, a flecha, forte, o Portão;
Nem teme agouro quem busca seu ouro
Nossos anões justiça terão.

Operavam encantos anões de outrora,
Ao som do martelo qual sino a soar
Na profundeza onde dorme a incerteza,
Em salas vazias sob penhascos no ar.

Em colares de prata eles juntaram
A luz das estrelas; fizeram coroas
De fogo-dragão e do mesmo cordão
Tiraram o som de harpas e loas.

O rei da Montanha de novo domina!
Ó vós que passais, ouvi seu clamor!
Vamos correr! Não há tempo a perder!
De amigo e parente o rei quer dispor.

Pelas montanhas gritemos todos
"Vamos voltar para o nosso tesouro!"
Eis ao Portão o rei de plantão,
Suas mãos cheias de gemas e ouro.

Sob a Montanha alta e sombria
De novo o rei em seu trono está!
Morto o inimigo, o Dragão do Perigo,
E sempre assim o mal tombará.

Essa canção pareceu agradar a Thorin, e ele sorriu de novo e ficou contente; começou a avaliar a distância até as Colinas de Ferro e o tempo que Dain levaria para chegar à Montanha Solitária, se tivesse partido logo após receber a mensagem. Mas o coração de Bilbo ficou pesado, por causa da canção e da conversa: pareciam belicosas demais.

Na manhã seguinte, bem cedo, uma companhia de lanceiros foi vista atravessando o rio e subindo o vale. Traziam consigo a bandeira verde do Rei Élfico e a bandeira azul do Lago e avançaram até se postarem diante da muralha do Portão.

Mais uma vez Thorin interpelou-os em voz alta: – Quem são vocês, que vêm armados para a guerra até os portões de

Thorin, filho de Thrain, Rei sob a Montanha? – Dessa vez alguém respondeu.

Um homem alto, de cabelos escuros e rosto soturno, adiantou-se e gritou: – Salve, Thorin! Por que se esconde como um ladrão em seu covil? Ainda não somos inimigos, e alegramo-nos em saber que ainda estão vivos, o que é muito mais do que esperávamos. Não esperávamos encontrar ninguém vivo aqui, e, agora que nos encontramos, há assunto para uma parlamentação e conselho.

– Quem é você, e sobre o que gostaria de parlamentar?

– Eu sou Bard e por minha mão o dragão foi morto e seu tesouro, libertado. Não é assunto de seu interesse? Além disso, sou, por direito, descendente de Girion, de Valle, e o seu tesouro está misturado a grande parte das riquezas dos salões e cidades dele, roubadas pelo velho Smaug. Não podemos falar sobre esta questão? Em sua última batalha, Smaug destruiu as casas dos homens de Esgaroth, e eu ainda sou o servidor do Senhor deles. Venho como seu porta-voz, e pergunto se não pensa na tristeza e na miséria de seu povo. Eles o ajudaram na sua dificuldade e, como recompensa, vocês até agora só trouxeram destruição, embora, sem dúvida, esse não fosse o seu objetivo.

Aquelas palavras eram justas e verdadeiras, mesmo sendo proferidas com orgulho e rispidez, e Bilbo achou que Thorin admitiria imediatamente a justiça contida nelas. Não esperava, é claro, que alguém se lembrasse de que fora ele quem havia descoberto sozinho o ponto fraco do dragão: tanto melhor, pois realmente ninguém se lembrou. Também não contava, porém, com o poder que tem o ouro muito tempo guardado por um dragão nem com o coração dos anões. Nos últimos dias, Thorin passara muitas horas junto ao tesouro, e a avidez pelas riquezas dominava-o. Embora houvesse procurado especialmente a Pedra Arken, ainda cobiçava muitas outras coisas maravilhosas que lá jaziam e que encerravam velhas lembranças dos trabalhos e das tristezas de sua raça.

– Você coloca seu pior motivo por último, e no lugar principal – respondeu Thorin. – Ao tesouro de meu povo nenhum homem tem direito só porque Smaug, que o roubou de nós, também roubou-lhe a vida ou a casa. O tesouro não lhe pertencia para que seus malefícios devam ser reparados com uma parte dele. O preço dos bens e da assistência que recebemos dos Homens do Lago serão justamente pagos, no devido tempo. Mas não daremos *nada*, nem mesmo o valor de um pão, sob ameaça de força. Enquanto um exército armado estiver diante de nossas portas, vamos considerá-los inimigos e ladrões. Quero perguntar-lhe que parte da herança vocês teriam pago a meu povo, se nos tivessem encontrado mortos e o tesouro, sem guarda.

– Uma pergunta justa – replicou Bard. – Mas vocês não estão mortos, e nós não somos ladrões. Além disso, os ricos podem ter pena dos necessitados que os acolheram quando passavam necessidade. E, ainda assim, meus outros pedidos continuam sem resposta.

– Não vou parlamentar, como disse, com homens armados às minhas portas. Muito menos com o povo do Rei Élfico, de quem me lembro com pouca simpatia. Neste debate eles não têm lugar. Partam agora, antes que nossas flechas voem! E, se quiser falar comigo novamente, primeiro dispense o exército élfico e mande-o para a floresta, onde é seu lugar; então volte, depondo as armas antes de se aproximar da soleira.

– O Rei Élfico é meu amigo e socorreu o povo do Lago em sua necessidade, embora o povo nao pudesse reclamar-lhe nada além da amizade – respondeu Bard. – Dar-lhe-emos tempo para que se arrependa de suas palavras. Use de sua sabedoria antes que voltemos! – Eles então partiram e voltaram para o acampamento.

Antes que muitas horas se passassem, os porta-bandeiras voltaram, e os corneteiros deram um passo à frente e tocaram:

– Em nome de Esgaroth e da Floresta – gritou um deles –, dirigimo-nos a Thorin Escudo de Carvalho, filho de Thrain, que se intitula Rei sob a Montanha, e pedimos que considere com cuidado as exigências feitas, ou será declarado nosso inimigo. Ele deve entregar, pelo menos, um doze avos do tesouro a Bard, na condição de matador do dragão, além de herdeiro de Girion. Desta parte, o próprio Bard fará sua contribuição para ajudar Esgaroth; mas, se Thorin desejar a amizade e a honra das terras desta região, como outrora tinham seus antepassados, dará também algo de seu para o consolo dos homens do Lago.

Thorin então agarrou um arco de chifre e desferiu uma flecha contra o que falava. A flecha acertou o escudo e ficou ali fincada, tremendo.

– Já que esta é a sua resposta – disse ele então –, declaro a Montanha sitiada. Não poderão sair dela, até que, de sua parte, peçam uma trégua e uma negociação. Não levantaremos armas contra vocês, mas deixá-los-emos com seu ouro. Podem comê-lo, se quiserem!

Dizendo isso, os mensageiros partiram depressa, e os anões foram deixados considerando o assunto. Thorin ficara tão severo que, mesmo que os outros quisessem, não se atreveriam a criticá-lo; na verdade, porém, a maioria deles parecia pensar da mesma maneira – exceto, talvez, o velho e gordo Bombur, Fili e Kili. Bilbo, é claro, desaprovava inteiramente o rumo que a situação havia tomado. Já estava farto da Montanha e ficar sitiado dentro dela não o agradava nem um pouco.

– Todo este lugar ainda fede a dragão – resmungou ele consigo mesmo –, e me dá engulhos. E *cram* simplesmente já não me desce goela abaixo.

CAPÍTULO XVI

UM LADRÃO NA NOITE

AGORA os dias arrastavam-se, lentos e cansativos. Muitos dos anões passavam seu tempo empilhando e arrumando o tesouro, e Thorin falava da Pedra Arken de Thrain, e ordenava que os companheiros a procurassem em todos os cantos.

– Pois a Pedra Arken de meu pai – dizia ele – vale mais que um rio de ouro e, para mim, não tem preço. De todo o tesouro, aquela pedra me pertence, e vingar-me-ei de qualquer um que a encontre e a retenha consigo.

Bilbo ouviu aquelas palavras e ficou com medo, imaginando o que aconteceria se a pedra fosse encontrada, embrulhada numa velha trouxa de roupas esfarrapadas que ele usava como travesseiro. Mesmo assim, não falou dela, pois, à medida que o cansaço dos dias ficava mais pesado, o início de um plano desenhava-se em sua cabecinha.

As coisas estavam assim já havia algum tempo, quando os corvos trouxeram a notícia de que Dain e mais de quinhentos anões, avançando das Colinas de Ferro, estavam agora a cerca de dois dias de marcha de Valle, vindos do nordeste.

– Mas não podem chegar à Montanha sem serem notados – disse Roäc –, e receio que haja batalha no vale. Não acho boa essa idéia. Embora sejam um povo, não é provável que vençam o exército que os sitia, e, mesmo que conseguissem, o que ganhariam? O inverno e a neve vêm em seu encalço. Como poderão se alimentar sem a boa vontade e a amizade das terras ao redor? O tesouro provavelmente será a sua morte, embora o dragão não mais exista!

Mas Thorin não se abalou. – O inverno e a neve castigarão tanto os homens quanto os elfos – disse ele –, e eles podem achar sua moradia no ermo dura de agüentar. Com meus amigos atrás e o inverno em cima deles, talvez fiquem mais maleáveis.

Naquela noite Bilbo tomou uma decisão. O céu estava negro e sem lua. Logo que escureceu por completo, foi para o canto de uma câmara interna junto ao Portão e tirou de seu fardo uma corda, além da Pedra Arken embrulhada num trapo. Depois escalou a muralha. Apenas Bombur estava lá, pois era a sua vez de vigiar, e os anões mantinham apenas um vigia por vez.

– Está um frio terrível! – disse Bombur. – Queria poder acender uma fogueira aqui em cima, como a que eles têm no acampamento!

– Está bastante quente lá dentro – disse Bilbo.

– Aposto que sim; mas estou preso aqui até a meia-noite – resmungou o gordo anão. – Uma tarefa difícil, sem dúvida. Não que eu me atreva a discordar de Thorin, que sua barba cresça sempre mais; mas ele sempre foi um anão teimoso e cabeça-dura.

– Não tão dura quanto as minhas pernas – disse Bilbo. – Estou cansado de escadas e corredores de pedra. O que eu não daria para sentir a grama sob os pés!

– Eu daria qualquer coisa para molhar a garganta com uma bebida forte, e por uma cama macia depois de uma boa ceia!

– Não posso lhe oferecer essas coisas enquanto o cerco continuar. Mas já faz tempo que fiquei de vigia, e posso fazer o seu turno por você, se quiser. Não sinto sono esta noite.

– Você é um bom sujeito, Sr. Bolseiro, e aceito sua oferta agradecido. Se acontecer algo diferente, acorde-me primeiro, não se esqueça! Vou ficar deitado na câmara interna à esquerda, não muito longe daqui.

– Então vá! – disse Bilbo. – Vou acordá-lo à meia-noite, e você pode então acordar o próximo vigia.

Assim que Bombur se afastou, Bilbo colocou o anel, prendeu a corda, desceu pela muralha e se foi. Dispunha de cerca de cinco horas. Bombur dormiria (podia dormir a qualquer hora e, desde a aventura na floresta, estava sempre tentando recuperar os belos sonhos que tivera então), e todos os outros estavam ocupados com Thorin. Era improvável que algum deles, mesmo Fili ou Kili, fosse à muralha antes que chegasse o seu turno.

Estava muito escuro, e a estrada, depois que Bilbo deixou a trilha recém-construída e desceu rumo ao curso inferior do rio, era-lhe desconhecida. Por fim, chegou à curva onde deveria atravessar a água, se quisesse ir até o acampamento, como era o seu desejo. Naquele trecho o rio era raso, mas já largo, e atravessá-lo à pé, no escuro, não foi fácil para o pequeno hobbit. Já tinha quase chegado ao outro lado quando escorregou numa pedra redonda e caiu na água gelada. Mal tinha se arrastado até a outra margem, tremendo e bufando, quando surgiram na escuridão elfos com lamparinas, em busca do motivo do barulho.

– Aquilo não foi nenhum peixe – disse um. – Há um espião por aqui. Escondam as luzes! Vão ajudá-lo mais do que a nós, se for aquela criaturinha estranha que dizem ser empregado deles.

– Empregado, ora! – resmungou Bilbo, e, ao resmungar, soltou um espirro; os elfos imediatamente correram na direção do ruído.

– Um pouco de luz! – disse ele. – Estou aqui, se me procuram! – e, dizendo isso, tirou o anel e surgiu de trás de uma rocha.

Eles o agarraram imediatamente, apesar da surpresa. – Quem é você? É o hobbit dos anões? O que está fazendo? Como conseguiu passar por nossas sentinelas e chegar até aqui? – perguntavam eles, um após o outro.

– Sou o Sr. Bilbo Bolseiro – respondeu ele –, companheiro de Thorin, se querem saber. Conheço bem o seu rei, de vista, embora ele talvez não me conheça pessoalmente. Mas Bard vai lembrar-se de mim, e é particulamente Bard que desejo ver.

– É mesmo? – disseram eles – e qual seria o seu assunto com ele?

– Qualquer que seja, é assunto meu, meus bons elfos. Mas, se desejam voltar para suas florestas e sair deste lugar frio e triste – respondeu ele tremendo –, vão me levar depressa para perto de uma fogueira, onde eu possa me secar, e depois vão permitir que eu fale com seus líderes o mais depressa possível. Só tenho uma ou duas horas.

Foi assim que, cerca de duas horas após sua fuga pelo Portão, Bilbo estava sentado ao pé de uma fogueira acolhedora, diante de uma grande tenda, e ali também estavam sentados, fitando-o curiosamente, o Rei Élfico e Bard. Um hobbit trajando armaduras élficas, parcialmente embrulhado num cobertor velho, era um espetáculo novo para eles.

– Realmente, vocês sabem – Bilbo dizia, no seu melhor estilo comercial –, as coisas estão impossíveis. Pessoalmente, estou cansado da coisa toda. Gostaria de poder voltar para o oeste, para minha própria casa, onde as pessoas são mais sensatas. Mas tenho um interesse neste assunto –, um quatorze avos do tesouro, para ser preciso, de acordo com uma carta que, felizmente, acredito ter guardado. – Ele retirou do bolso de seu velho casaco (que ainda usava sobre a cota de malha), amarfanhada e muito dobrada, a carta de Thorin, que fora colocada embaixo do relógio, em cima da lareira, em maio!

– Uma parte nos *lucros*, vejam bem – continuou ele. – Estou ciente disso. De minha parte estou inteiramente disposto a considerar com cuidado todas as suas exigências e deduzir do total o que é justo antes de tirar a minha própria parte. Contudo, vocês não conhecem Thorin Escudo de Carvalho tão bem quanto eu o conheço agora. Asseguro-lhes, ele está disposto a ficar sentado sobre um monte de ouro e passar fome, enquanto vocês permanecerem aqui.

– Pois bem, que faça isso! – disse Bard. – Tamanho tolo merece passar fome.

– É verdade – disse Bilbo. – Entendo o seu ponto de vista. Ao mesmo tempo, o inverno está chegando depressa. Logo terão neve, e tudo mais, e as provisões serão um problema, mesmo para os elfos, imagino eu. Além disso, haverá outras dificuldades. Nunca ouviram falar de Dain e dos anões das Colinas de Ferro?

– Ouvimos, há muito tempo; mas o que ele tem a ver conosco? – perguntou o rei.

– É o que eu pensava. Percebo que tenho informações que vocês não têm. Dain, posso lhes assegurar, está agora a menos de dois dias de marcha daqui, trazendo consigo pelo menos quinhentos bravos anões; grande parte deles teve experiência nas terríveis guerras entre anões e orcs, das quais com certeza vocês já ouviram falar. Quando chegarem, pode haver problemas terríveis.

– Por que está nos dizendo isso? Está traindo seus amigos ou nos ameaçando? – perguntou Bard num tom sinistro.

– Meu caro Bard! – retorquiu Bilbo. – Não seja tão precipitado! Nunca conheci pessoas tão desconfiadas! Estou apenas tentando evitar problemas para todos. Agora, farei uma oferta!

– Vamos ouvi-la! – disseram eles.

– Vocês podem vê-la! – disse ele. – É isto! – e exibiu a Pedra Arken, jogando fora os trapos que a embalavam.

O próprio Rei Élfico, cujos olhos estavam acostumados a coisas belas e maravilhosas, levantou-se estupefato. Até Bard a contemplava, maravilhado, em silêncio. Era como se um globo repleto de luar pendesse diante deles numa rede tecida com o brilho de estrelas geladas.

– Esta é a Pedra Arken de Thrain – disse Bilbo –, o Coração da Montanha, e é também o coração de Thorin. Ele dá mais valor a ela que a um rio de ouro. Vou dá-la a vocês. Pode ajudar nas negociações. – Então Bilbo, não sem um estremecimento, nem sem um olhar de cobiça, entregou a maravilhosa pedra a Bard, que a segurou na mão, aturdido.

– Mas isto lhe pertence, para que possa dar? – perguntou ele finalmente, com esforço.

– Ah, sim! – disse o hobbit, incomodado. – Não exatamente, mas estou disposto a penhorá-la em troca de toda a minha parte, não percebem? Posso ser um ladrão, pelo menos é o que eles dizem: pessoalmente, nunca achei que fosse, mas sou um ladrão honesto, eu acho, mais ou menos. De qualquer forma, vou voltar agora, e os anões poderão fazer o que quiserem comigo. Espero que a pedra lhes seja útil.

O Rei Élfico olhou para Bilbo com nova surpresa. – Bilbo Bolseiro! – disse ele. – Você é mais digno de usar as armaduras dos príncipes élficos do que muitos que ficaram mais garbosos com elas. Mas duvido que Thorin Escudo de Carvalho pense da mesma forma. Talvez eu tenha mais conhecimento que você sobre anões em geral. Aconselho que permaneça conosco, e aqui será honrado e três vezes bem-vindo.

– Fico imensamente grato, com certeza – disse Bilbo, fazendo uma reverência. – Mas não acho que deva abandonar meus amigos assim, depois de tudo pelo que passamos juntos. E, além disso, prometi acordar o velho Bombur à meia-noite! Realmente preciso ir, e depressa!

Nada que pudessem dizer iria detê-lo; assim, providenciaram para ele uma escolta e, no momento em que partiu, tanto o rei como Bard prestaram-lhe homenagem. Quando atravessavam o acampamento, um velho, embrulhado numa capa escura, levantou-se da porta de uma tenda onde estava sentado e foi na direção deles.

– Muito bem! Sr. Bolseiro! – disse ele, batendo nas costas de Bilbo. – Você sempre demonstra ser mais do que se espera! – Era Gandalf.

Pela primeira vez em muitos dias Bilbo sentiu-se realmente feliz. Mas não havia tempo para todas as perguntas que imediatamente quis fazer.

– Tudo em seu tempo! – disse Gandalf. – Agora as coisas se aproximam do fim, a não ser que eu esteja enganado. Há coisas desagradáveis à sua espera, mas mantenha a coragem! *Pode ser* que você se saia bem. Há notícias a caminho que nem os corvos conhecem. Boa noite!

Confuso, mas feliz, Bilbo se apressou. Guiado até um vau seguro, atravessou-o sem se molhar, e então disse adeus aos elfos e subiu cautelosamente na direção do Portão. Começou a sentir um grande cansaço, mas era bem antes da meia-noite quando subiu mais uma vez pela corda – que ainda estava onde ele a deixara. Desamarrou-a, escondeu-a, e depois sentou-se na muralha e ficou pensando com ansiedade no que iria acontecer em seguida.

À meia-noite acordou Bombur e, então, por sua vez, enrolou-se no seu canto, sem ouvir os agradecimentos do velho anão (dos quais se sentia pouco merecedor). Logo estava ferrado no sono, esquecendo todas as preocupações até a manhã seguinte. Na verdade, estava sonhando com toucinho com ovos.

CAPÍTULO XVII

EXPLODE A TEMPESTADE

No dia seguinte as trombetas soaram cedo no acampamento. Pouco depois um único batedor foi visto correndo ao longo da trilha estreita. A certa distância, parou e saudou-os, perguntando se Thorin estava disposto a receber nova embaixada, já que havia novas notícias, e as coisas tinham mudado.

– Com certeza é Dain! – disse Thorin, ao ouvir aquilo. – Tiveram notícias de sua vinda. Achei mesmo que isso alteraria seus ânimos! Peça que venham em número pequeno e desarmados, e ouvirei – disse ele ao mensageiro.

Por volta do meio-dia, viram-se as bandeiras da Floresta e do Lago avançando novamente. Aproximava-se uma companhia de vinte homens. No início do caminho estreito, deitaram no chão espadas e lanças, e vieram na direção do Portão. Os anões viram que entre eles estavam também Bard e o Rei Élfico, à frente dos quais, um velho, envolto em capa e capuz, carregava um cofre de madeira guarnecido de ferro.

– Salve, Thorin! – disse Bard. – Ainda continua com a mesma opinião?

– Minha opinião não muda com o nascer e o pôr de alguns sóis – respondeu Thorin. – Vieram aqui para me fazer perguntas inúteis? A tropa élfica ainda não partiu, como ordenei! Até que isso aconteça, é em vão que vocês vêm até aqui negociar comigo.

– Então não existe nada pelo qual você cederia um pouco de seu ouro?

– Nada que você ou seus amigos tenham para me oferecer.

– E o que me diz da Pedra Arken de Thrain? – disse ele, e, no mesmo momento, o velho abriu o cofre e ergueu a pedra. A luz irrompeu de sua mão, clara e branca na manhã.

Thorin ficou mudo de espanto e perplexidade. Ninguém falou por um longo tempo.

Thorin, por fim, quebrou o silêncio, e sua voz estava embargada pela ira. – Essa pedra foi de meu pai, e é minha – disse ele. – Por que eu deveria comprar o que é meu? – Mas a surpresa dominava-o e ele acrescentou: – Mas como vocês encontraram a herança de minha casa, se é que há necessidade de fazer tal pergunta a ladrões?

– Não somos ladrões – respondeu Bard. – Dar-lhe-emos o que é seu em troca do que é nosso.

– Como a encontraram? – gritou Thorin, numa fúria crescente.

– Eu a dei a eles – guinchou Bilbo, que estava espiando por sobre a muralha, terrivelmente apavorado.

– Você! Você! – gritou Thorin, virando-se sobre ele e agarrando-o com ambas as mãos. – Seu hobbit miserável! Seu nanico, ladrão! – gritou ele, mais palavras, e chacoalhou o pobre Bilbo como se fosse um coelho.

– Pelas barbas de Durin! Queria que Gandalf estivesse aqui! Maldito seja ele por tê-lo escolhido! Que suas barbas fiquem secas! Quanto a você, vou jogá-lo às pedras! – gritou ele, erguendo Bilbo nos braços.

– Pare! Seu desejo foi realizado! – disse uma voz. O velho com o cofre jogou de lado o capuz e a capa. – Aqui está Gandalf! E já chega tarde, ao que parece. Se não gosta do meu Ladrão, por favor não lhe faça mal. Ponha-o no chão, e escute primeiro o que ele tem a dizer!

– Vocês todos parecem estar mancomunados! – disse Thorin, soltando Bilbo no alto da muralha. – Nunca mais terei negócios com magos ou seus amigos. O que tem a dizer, descendente de ratos?

– Céus! Céus! – disse Bilbo. – Tenho certeza de que tudo isto é muito incômodo. Você deve se lembrar de ter dito que eu poderia escolher minha décima quarta parte do tesouro! Talvez eu tenha entendido muito ao pé da letra. Disseram-me que os anões algumas vezes são mais educados nas palavras que nas ações. Mesmo assim, foi quando você parecia achar que eu tinha sido útil. Descendente de ratos, pois sim! É essa a gratidão, sua e de sua família, que me foi prometida, Thorin? Considere que dispus de minha parte como quis, e deixe as coisas como estão!

– Vou fazer isso – disse Thorin, ríspido. – E mandá-lo embora, e que nunca nos encontremos de novo! – Então virou-se e falou de sobre a muralha. – Fui traído – disse ele. – Estavam certos quando pensaram que eu não me esquivaria de resgatar a Pedra Arken, o tesouro de minha casa. Por ela darei um quatorze avos do tesouro em ouro e prata, deixando de lado as pedras; mas essa será considerada a parte prometida a este traidor, e com essa recompensa ele partirá, e vocês podem dividi-la como bem entenderem. Ele ficará com bem pouco, não duvido. Levem-no, se quiserem que ele viva; e minha amizade não o acompanha.

– Desça e vá para junto de seus amigos! – disse ele a Bilbo. – Ou vou jogá-lo lá embaixo.

– E o ouro e a prata? – perguntou Bilbo.

– Seguirão depois, como for possível combinar – disse ele. – Desça!

– Até então ficaremos com a pedra – gritou Bard.

– Você não está fazendo muito bela figura como Rei sob a Montanha – disse Gandalf. – Mas as coisas ainda podem mudar.

– Podem mesmo – disse Thorin. E tão grande era o fascínio do tesouro sobre ele que já ponderava se, com a ajuda de Dain, não conseguiria resgatar a Pedra Arken sem entregar a parte devida da recompensa.

E, assim, Bilbo desceu da muralha e, apesar de seus cuidados, partiu sem nada, exceto a cota de malha que Thorin já lhe dera. Vários dos anões sentiram em seus corações pena e vergonha ao vê-lo partir.

– Adeus! – gritou Bilbo para eles. – Podemos ainda nos encontrar como amigos.

– Fora daqui! – gritou Thorin. – Está usando uma armadura que foi feita pelo meu povo e é boa demais para você. Não pode ser atravessada por flechas, mas, se não correr, vou espetar seus pés miseráveis. Então seja rápido!

– Não tão depressa! – disse Bard. – Dar-lhe-emos um prazo até amanhã. Ao meio-dia voltaremos, para ver se você trouxe do tesouro a parte que deve ser trocada pela pedra. Se isso for feito sem traição, então partiremos, e o exército élfico voltará para a Floresta. Enquanto isso, passe bem!

Dito isso, voltaram para o acampamento; mas Thorin enviou mensageiros por intermédio de Roäc, para dizer a Dain o que se passara e pedindo que viesse com pressa e cautela.

Passaram-se aquele dia e a noite. No dia seguinte, o vento mudou para o oeste, e o ar ficou escuro e pesado. Ainda era cedo quando se ouviu um grito no acampamento. Batedores vinham avisar que um exército de anões surgira pelo contraforte leste da Montanha e agora apressava-se na direção de Valle. Dain havia chegado. Avançara durante a noite e, assim, encontrava-os antes do esperado. Cada um de seu povo vestia uma longa cota de malha de aço que descia até a altura dos joelhos e tinha as pernas cobertas com calções de uma malha metálica fina e flexível, cuja feitura era um segredo possuído pelo povo de Dain. Os anões são extremamente fortes para sua altura, mas a maioria destes era forte até mesmo para anões. Em batalha empunhavam pesadas achas de dois gumes, mas cada um também trazia ao cinto uma espada curta e larga e um escudo redondo pendurado nas costas. Tinham as barbas fendidas e presas nos cintos. Seus elmos eram de ferro, de ferro eram também os sapatos, e seus rostos eram ferozes.

Trombetas convocavam homens e elfos às armas. Logo podiam-se ver os anões subindo rapidamente pelo vale. Pararam entre o rio e o contraforte leste, mas alguns continuaram o caminho e, atravessando o rio, aproximaram-se do acampamento; ali deitaram as armas e levantaram as mãos em sinal de paz. Bard foi encontrá-los, e com ele foi Bilbo.

– Fomos enviados por Dain, filho de Nain – disseram eles quando interrogados. – Corremos ao encontro de nossos parentes na Montanha, uma vez que soubemos que o reino de antigamente foi restaurado. Mas quem são vocês, que se postam na planície como inimigos diante de muralhas defendidas? – Isso, é claro, na língua polida e antiquada de tais ocasiões, significava simplesmente: "Vocês não têm nada a fazer aqui. Vamos avançar; portanto, afastem-se ou lutaremos com vocês!" Pretendiam avançar por entre a Montanha e a curva do rio, pois aquele trecho estreito não parecia estar fortemente guardado.

Bard, é claro, recusou-se a permitir que os anões fossem para a Montanha. Estava determinado a esperar até que o ouro e a prata fossem trazidos em troca da Pedra Arken, pois não acreditava que isso seria feito se a fortaleza fosse guarnecida por uma companhia tão grande e belicosa. Haviam trazido com eles um grande estoque de suprimentos, pois os anões conseguem carregar fardos muito pesados, e quase todos do povo de Dain, apesar da marcha rápida, levavam enormes mochilas nas costas, além das armas. Resistiriam a um cerco por semanas e, a essa altura, mais anões poderiam chegar, e depois mais ainda, pois Thorin tinha muitos parentes. Além disso, também poderiam reabrir e guardar algum outro portão, de modo que os sitiadores teriam de cercar toda a montanha, e não estavam em número suficiente para isso.

Estes, na verdade, eram precisamente os seus planos (pois os corvos-mensageiros haviam trabalhado muito entre Thorin e Dain), mas, por enquanto, o caminho estava bloqueado; então, depois de palavras, os anões-mensageiros se retiraram, resmungando com suas barbas. Bard, assim, mais uma vez enviou mensageiros até o Portão; mas eles não encontraram nenhum ouro ou pagamento. Flechas foram desferidas, e os mensageiros voltaram desalentados. No acampamento havia grande agitação, como se em preparação para a batalha, pois os anões de Dain estavam avançando ao longo da margem leste.

– Tolos! – riu Bard. – Virem desta forma, embaixo do braço da Montanha! Não entendem de guerra acima do chão, não importa o que saibam sobre batalhas nas minas. Muitos de nossos arqueiros e lanceiros estão agora escondidos nas rochas sobre o flanco esquerdo deles. A malha dos anões pode ser boa, mas logo estarão em apuros. Vamos agora atacá-los pelos dois lados, antes que estejam completamente descansados!

Mas o Rei Élfico disse: – Permanecerei aqui por muito tempo antes de começar esta guerra por ouro. Os anões não podem passar por nós, a não ser que assim desejemos, nem fazer qualquer coisa sem que notemos. Vamos esperar que aconteça algo que traga a reconciliação. Nossa vantagem em número será suficiente se no final tivermos de chegar a uma batalha infeliz.

Mas ele esqueceu de considerar os anões. A idéia de que a Pedra Arken estava em poder dos sitiadores fervilhava em seus pensamentos; também adivinhavam a hesitação de Bard e seus amigos e resolveram atacar enquanto eles debatiam.

De repente, sem qualquer sinal, avançaram silenciosamente para o ataque. Arcos zuniam e flechas assobiavam; a batalha estava começando.

Mais de repente ainda, porém, a escuridão sobreveio com terrível rapidez! Uma nuvem negra cobriu o céu. Um trovão de inverno sobre o vento furioso ecoou pela Montanha, e um relâmpago acendeu-lhe o pico. E, abaixo do trovão, outra escuridão podia ser vista avançando num rodamoinho, mas não vinha com o vento, vinha do norte, como uma vasta nuvem de pássaros, tão densa que não se via nenhuma luz entre suas asas.

– Parem! – gritou Gandalf, que apareceu de repente, sozinho, com os braços erguidos, entre os anões que avançavam e as tropas à sua espera. – Parem! – gritou ele numa voz como o trovão, e seu cajado reluziu como um relâmpago. – O terror caiu sobre todos vocês! Ai de nós! Veio mais depressa do que eu esperava. Os Orcs estão sobre vocês! Bolg[1] do Norte está vindo, ó, Dain, cujo pai você matou em Moria. Olhem! Os morcegos estão sobre seu exército como um mar de gafanhotos. Vêm montados em lobos e trazem wargs consigo.

Todos foram tomados de surpresa e perplexidade. Enquanto Gandalf falava, a escuridão crescia. Os anões detiveram-se e olharam para o céu. Os elfos gritavam em muitas vozes.

– Venham! – chamou Gandalf. – Não há tempo para planejamentos. Que Dain, filho de Nain, venha depressa até nós!

Assim começou uma batalha que ninguém esperava, chamada a Batalha dos Cinco Exércitos e que foi extremamente

* Filho de Azog. Ver p. 24.

terrível. De um lado estavam os Orcs e os Lobos selvagens, e do outro estavam Elfos, Homens e Anões. Foi assim que aconteceu. Desde a morte do Grão-Orc das Montanhas Sombrias, o ódio de sua raça pelos anões acendera-se novamente e transformara-se em fúria. Mensageiros haviam percorrido todas as suas cidades, colônias e fortalezas, pois agora estavam decididos a conquistar o domínio do norte. Haviam conseguido notícias de maneiras secretas, e em todas as montanhas forjavam-se armas e armavam-se soldados. Então marcharam e juntaram-se, em colinas e vales, indo sempre por túneis ou sob a proteção da noite, até que, ao redor e sob a grande montanha Gundabad do Norte, onde ficava a sua capital, um vasto exército se reuniu, pronto para varrer tempestade. Souberam então da morte de Smaug, e seus corações se alegraram; apressaram-se, noite após noite, através das montanhas, e assim chegaram do norte, de repente, quase nos calcanhares de Dain. Nem mesmo os corvos sabiam de sua vinda até eles surgirem nas terras fendidas que dividiam a Montanha Solitária das colinas. O quanto Gandalf sabia não se pode dizer, mas ficou claro que ele não esperava aquele ataque repentino.

Este é o plano que ele fez, reunido com o Rei Élfico e Bard, além de Dain, pois o senhor dos anões agora se juntara a eles: os Orcs eram inimigos de todos e, com a sua chegada, todas as outras desavenças foram esquecidas. Sua única esperança era atrair os orcs para dentro do vale, entre os braços da Montanha; e eles mesmos deveriam guarnecer com homens os grandes contrafortes que davam para o sul e o leste. Ainda assim, seria perigoso, se os orcs estivessem em número suficiente para invadir a própria Montanha e, assim, atacá-los por trás e por cima; mas não havia tempo para fazer qualquer outro plano, ou para pedir socorro.

Logo a trovoada passou, voltando-se para o sudeste, mas a nuvem de morcegos veio, voando baixo, por sobre a saliência da Montanha, rodopiando acima deles, vedando toda a luz e enchendo-os de terror.

– Para a Montanha – gritou Bard. – Para a Montanha! Vamos tomar nossos lugares enquanto ainda há tempo!

No contraforte sul, nas encostas mais baixas e nas rochas aos seus pés, ficaram os Elfos; no contraforte leste ficaram homens e anões. Mas Bard e alguns dos homens e elfos mais ágeis subiram até o topo da saliência ao leste para ter uma visão do norte. Logo puderam ver as terras diante do sopé da Montanha enegrecidas por uma multidão que corria. Em pouco tempo a vanguarda contornou a extremidade do contraforte e invadiu Valle. Eram os mais rápidos montadores de lobos, e seus gritos e uivos já rasgavam o ar na distância. Alguns homens corajosos postavam-se enfileirados diante deles, num arremedo de resistência, e muitos caíram ali antes que o restante recuasse e fugisse para os dois lados. Como Gandalf esperava, o exército orc juntara-se atrás da vanguarda repelida, e agora derramava-se em ódio para dentro do vale, avançando impetuosamente entre os braços da Montanha, procurando o inimigo. Seus estandartes eram incontáveis, negros e vermelhos, e eles avançavam como uma onda furiosa e desordenada.

Foi uma batalha terrível, a mais apavorante de todas as experiências de Bilbo, e que naquele tempo mais odiou – o que quer dizer que, muitos anos depois, tornou-se a aventura de que mais se orgulhava e a que mais gostava de recordar, embora sua presença tivesse sido totalmente irrelevante. Na verdade, posso dizer que ele colocou o anel no início de tudo e desapareceu de vista, se bem que não de todo o perigo. Um anel mágico daquele tipo não é proteção completa num ataque orc, nem evita flechas e lanças; mas ajuda a sair do caminho e evita que a sua cabeça seja especialmente escolhida para um golpe avassalador de um espadachim orc.

Os elfos foram os primeiros a atacar. Seu ódio pelos orcs é frio e amargo. Suas lanças e espadas brilhavam no escuro com um clarão de chama fria, tão mortal era a ira das mãos que as empunhavam. Assim que o exército dos inimigos estava apinhado no vale, enviaram contra ele uma saraivada de flechas, e cada uma brilhava ao voar, como se acesa com agulhas de fogo. Atrás das flechas, mil de seus lanceiros desceram e atacaram. Os gritos eram ensurdecedores. As rochas ficaram negras com o sangue dos orcs.

No momento em que os orcs estavam se recuperando do ataque e o avanço dos elfos cessou, um rugido grave ecoou através do vale. Com gritos de "Moria!" e "Dain, Dain!", os anões das Colinas de Ferro mergulhavam pelo outro lado, empunhando seus alviões, e, com eles, vinham os homens do Lago com longas espadas.

O pânico tomou conta dos orcs e, mal se viraram para enfrentar o novo ataque, os elfos atacaram outra vez com contingente renovado. Muitos dos orcs já fugiam pelo rio para escapar da armadilha, e muitos de seus próprios lobos voltavam-se contra eles, despedaçando os mortos e feridos. A vitória parecia próxima, quando um grito ecoou dos picos acima.

Orcs haviam escalado a Montanha pelo outro lado e muitos já estavam nas encostas sobre o Portão; outros desciam precipitadamente, sem dar atenção aos que caíam gritando de penhascos e precipícios, para atacar os contrafortes por cima. Cada contraforte podia ser atingido por trilhas que desciam da massa principal da Montanha, ao centro, e os defensores estavam em número pequeno demais para barrar o caminho por muito tempo. Agora a vitória estava além de qualquer esperança. Tinham apenas estancado a primeira investida da onda negra.

O dia avançava. Os orcs juntaram-se de novo no vale. Ali um voraz exército de wargs vinha com a guarda pessoal de Bolg, orcs de enorme tamanho com cimitarras de aço. Logo, uma escuridão verdadeira cobria o céu tempestuoso, enquanto os grandes morcegos ainda rodopiavam ao redor das cabeças e orelhas de homens e elfos ou grudavam como vampiros nos caídos. Agora Bard lutava para defender o contraforte leste e, contudo, recuava aos poucos; os senhores élficos estavam encurralados junto ao seu rei no braço sul, perto da guarita no Morro do Corvo.

De repente, ouviu-se um grande grito, e do Portão veio um chamado de trombeta. Haviam esquecido Thorin! Parte da muralha, movida por alavancas, caiu no lago com um estrondo. O Rei sob a Montanha saltou à frente, e seus companheiros o seguiram. Capuz e capa haviam desaparecido; vestiam armaduras brilhantes, e uma luz vermelha flamejava em seus olhos. Na escuridão o grande anão reluzia como ouro no fogo que se apaga.

Rochas foram lançadas das alturas pelos orcs, mas eles resistiram, desceram até os pés da cachoeira e avançaram para a batalha. Lobos e montadores caíam ou fugiam diante deles. Thorin desferia golpes poderosos com seu machado, e nada parecia feri-lo.

– Aqui! Aqui! Elfos e Homens! Aqui! Ó, meu povo! – gritou ele, e sua voz vibrava como uma trombeta no vale.

Correndo, sem se preocupar com a ordem, desceram todos os anões de Dain em sua ajuda. Desceram também muitos dos Homens do Lago, pois Bard não pôde impedi-los, e, do outro lado, vieram muitos lanceiros dos elfos. Mais uma vez os orcs foram atacados no vale, e caíam aos montes até Valle ficar escura e horrenda com seus cadáveres. Os wargs foram dispersados e Thorin investiu contra a guarda pessoal de Bolg. Mas não conseguiu romper suas fileiras.

Atrás deles, em meio aos cadáveres dos orcs, jaziam homens e muitos anões, além de muitos belos elfos que deveriam ter vivido alegremente ainda por muitas eras na floresta. E, à medida que se aproximava da parte mais larga do vale, o ataque de Thorin ficava cada vez mais lento. Seu contingente era muito pequeno. Seus flancos estavam desprotegidos. Logo os atacantes foram atacados e acuados num grande círculo, enfrentando todos os lados, cercados em toda a volta por orcs e lobos que voltavam ao ataque. A guarda pessoal de Bolg arremeteu contra eles, uivando, e avançou sobre suas fileiras como ondas sobre morros de areia. Seus amigos não podiam ajudá-los, pois o ataque da Montanha recomeçou com força redobrada, e, dos dois lados, homens e elfos aos poucos estavam sendo derrubados.

Tudo isso Bilbo contemplava com tristeza. Ele se posicionara no Morro do Corvo com os Elfos – em parte, porque havia mais chance de escapar daquele local e, em parte (com o lado mais Tûk de sua mente), porque, se ia enfrentar uma última resistência desesperada, preferia, levando tudo em conta, defender o Rei Élfico. Gandalf, também, posso dizer, estava lá, sentado no chão como se meditasse profundamente, preparando, acho eu, um último golpe de mágica antes do fim.

E o fim não parecia muito distante. "Não vai demorar muito", pensou Bilbo, "para que os orcs ganhem o Portão e todos nós sejamos mortos ou acuados e capturados. Realmente, é o bastante para fazer a gente chorar, depois de tudo por que passamos juntos. Eu preferia que o velho Smaug ficasse com todo o maldito tesouro, não ver essas criaturas vis apossando-se dele e o pobre Bombur, e Balin, Fili e Kili e todo o resto perto de um fim trágico; e Bard também, e os Homens do Lago e os alegres elfos. Que desgraça! Ouvi canções de muitas batalhas, e sempre entendi que a derrota pode ser gloriosa. Parece muito incômodo, para não dizer desolador. Gostaria de estar longe de tudo isto."

As nuvens foram rasgadas pelo vento, e um pôr-de-sol vermelho cortou o oeste. Vendo o brilho repentino na paisagem sombria, Bilbo olhou em volta. Deu um grito forte; tivera uma visão que fazia seu coração pular: vultos escuros, pequenos, mas majestosos, contra a luminosidade distante.

– As Águias! As Águias! – gritou ele. – As Águias estão chegando!

Os olhos de Bilbo raramente se enganavam. As águias estavam descendo com o vento, fileira após fileira, num exército que devia reunir todos os ninhos do Norte.

– As Águias! As Águias! – gritou Bilbo, dançando e acenando com os braços. Se os elfos não podiam vê-lo, podiam ouvi-lo. Logo suas vozes juntaram-se ao grito, que ecoou através do vale. Muitos olhos curiosos voltaram-se para cima, embora não se pudesse ver nada, exceto das saliências ao sul da Montanha.

– As Águias! – gritou Bilbo mais uma vez, mas, naquele momento, uma pedra veio rolando de cima, bateu com toda a força em seu elmo; ele caiu com estrondo e perdeu os sentidos.

CAPÍTULO XVIII

A VIAGEM DE VOLTA

Quando Bilbo recuperou os sentidos, viu-se literalmente sozinho. Estava deitado nas pedras planas do Morro do Corvo e não havia ninguém por perto. Um dia sem nuvens, mas frio, se espalhava acima dele. Estava tremendo, frio como pedra, mas seu coração queimava como fogo.

– O que terá acontecido? – disse consigo mesmo. – De qualquer forma, ainda não sou um dos heróis caídos; mas acho que ainda há tempo para isso.

Sentou-se com dificuldade. Ao olhar para o vale, não viu nenhum orc vivo. Depois de algum tempo sua mente desanuviou-se um pouco, e ele teve a impressão de ver elfos movendo-se nas rochas embaixo. Esfregou os olhos. Com certeza, ainda havia um acampamento na planície, a alguma distância, e gente entrando e saindo pelo Portão. Anões pareciam ocupar-se removendo a muralha. Mas tudo estava quieto. Não se ouvia nenhum chamado e nenhum eco de canção. A tristeza parecia pairar no ar.

– Vitória, afinal das contas, acho eu! – disse ele, sentindo a cabeça dolorida. – Bem, parece uma coisa muito melancólica.

De repente, percebeu um homem subindo em sua direção.

– Olá! – chamou ele, com uma voz trêmula. – Olá! Quais são as novas?

– Que voz é esta que fala por entre as rochas? – perguntou o homem parando e olhando em volta, não muito longe de onde Bilbo estava sentado.

Bilbo então lembrou-se do anel. – Ora, ora! – disse ele. – Esta invisibilidade, afinal, tem às vezes suas desvantagens. Não fosse assim, acho que poderia ter passado uma noite quente e confortável na cama!

– Sou eu, Bilbo Bolseiro, companheiro de Thorin! – gritou ele, retirando apressadamente o anel.

– Que bom que o encontrei! – disse o homem avançando a passos largos. – Precisam de você e já o procuramos bastante. Teria sido contado entre os mortos, que são muitos, se Gandalf não dissesse que sua voz foi ouvida pela última vez neste lugar. Fui enviado para procurar aqui pela última vez. Está muito machucado?

– Um golpe na cabeça, acho eu – disse Bilbo. – Mas tenho um elmo e uma cabeça dura. Ainda assim, sinto enjôos e minhas pernas estão fracas.

– Vou carregá-lo até o acampamento no vale – disse o homem, erguendo-o com delicadeza.

O homem era rápido e tinha passos firmes. Não demorou muito e Bilbo foi colocado diante de uma tenda em Valle; e lá estava Gandalf, com o braço numa tipóia. Nem mesmo o mago escapara sem um ferimento, e havia poucos ilesos em todo o exército.

Quando Gandalf viu Bilbo, ficou muito feliz. – Bolseiro! – exclamou ele. – Nunca imaginei! Vivo, afinal de contas. *Estou* contente. Começava a me perguntar se mesmo a sua sorte não o teria abandonado! Uma coisa terrível e por pouco não acabou em desastre. Mas as outras novidades podem esperar. Venha! – disse ele num tom mais grave. – Você está sendo chamado – e, indo à frente, conduziu o hobbit para dentro da tenda.

– Salve, Thorin! – disse ele ao entrar. – Eu o trouxe.

Ali realmente estava deitado Thorin Escudo de Carvalho, cheio de ferimentos, a armadura rompida e o machado cheio de marcas jogados no chão. Ergueu os olhos quando Bilbo se aproximou.

– Adeus, meu bom ladrão! – disse ele. – Vou agora para os salões da espera, sentar-me ao lado de meus antepassados, até que o mundo seja renovado. Já que abandono agora todo ouro e prata, e vou para onde eles têm pouco valor, desejo partir com a sua amizade, e retiro minhas palavras e ações junto ao Portão.

Bilbo ajoelhou-se, cheio de tristeza. – Adeus, Rei sob a Montanha! – disse ele. – Esta é uma aventura amarga, se deve terminar deste modo, e nem uma montanha de ouro pode consertá-la. Mas fico feliz por ter partilhado os seus perigos. Foi muito mais do que qualquer Bolseiro merece.

– Não! – disse Thorin. – Há mais coisas boas em você do que você sabe, filho do gentil Oeste. Alguma coragem e alguma sabedoria, misturadas na medida certa. Se mais de nós dessem mais valor a comida, bebida e música do que a tesouros, o mundo seria mais alegre. Mas, triste ou alegre, agora devo partir. Adeus!

Bilbo voltou-se, saiu e sentou-se embrulhado num cobertor; e, acreditem ou não, chorou até ficar com os olhos vermelhos e a voz rouca. Era uma pequena e boa alma. Na verdade, demorou muito até que conseguisse fazer uma graça de novo.

– Foi uma sorte – disse consigo mesmo – que eu tenha acordado na hora em que acordei. Gostaria que Thorin estivesse vivo, mas fico feliz porque nos separamos como amigos. Você é um tolo, Bilbo Bolseiro, e fez uma grande confusão com aquela história da pedra; e houve uma batalha, apesar de todos os seus esforços para comprar a paz e a tranqüilidade, mas acho que você não pode ser culpado por isso.

Tudo o que aconteceu depois que perdeu os sentidos, Bilbo ficou sabendo mais tarde, mas provocou-lhe mais tristeza que alegria, e agora ele sentia-se farto da aventura. Não via a hora de viajar de volta para casa. A viagem, porém, foi um pouco retardada, e então, enquanto isso, vou lhes contar um pouco do acontecido.

Já fazia tempo que as Águias desconfiavam da concentração de tropas dos orcs; o movimento nas montanhas não podia escapar totalmente à sua vigilância. Portanto, elas também tinham se juntado em grandes bandos, sob o comando da grande Águia das Montanhas Sombrias, e, por fim, farejando de longe a batalha, desceram em grande velocidade, seguindo o vento, na hora exata. Foram elas que desalojaram os orcs das encostas da Montanha, jogando-os em precipícios, ou empurrando-os, confusos e aos gritos, para o meio de seus inimigos. Não demorou muito para que libertassem a Montanha Solitária, e homens e elfos de ambos os lados do vale pudessem por fim vir ajudar na batalha na parte baixa.

Mas, mesmo com a ajuda das Águias, o inimigo ainda estava em maior número. Naquela última hora, surgiu o próprio Beorn – ninguém sabia como ou de onde. Veio sozinho, na forma de um urso, e, em sua ira, parecia quase um gigante.

O rugido de sua voz era como tambores e armas, e ele jogava orcs e lobos para fora de seu caminho como se fossem palha e penas. Avançou sobre a sua retaguarda e irrompeu no círculo como trovão. Os anões ainda resistiam, protegendo seus senhores numa pequena colina arredondada. Então Beorn abaixou-se e ergueu Thorin, que caíra atravessado por lanças, e levou-o para longe do combate.

Voltou depressa, e com ira redobrada, de modo que nada podia detê-lo, e nenhuma arma parecia feri-lo. Dispersou a guarda pessoal e derrubou e esmagou o próprio Bolg. Então o medo dominou os orcs, e eles fugiram em todas as direções. Mas, com a chegada de uma nova esperança, o cansaço abandonou seus inimigos e eles perseguiram os orcs de perto e evitaram que a maioria deles escapasse. Empurraram muitos deles para dentro do Rio Corrente, e os que haviam fugido para o sul ou para o oeste eles acossaram nos pântanos em torno do Rio da Floresta, e ali a maioria dos últimos fugitivos pereceu, enquanto os que foram para o reino dos Elfos da Floresta acabaram mortos ao chegar ou forçados a entrar e morrer no meio da escuridão sem caminhos da Floresta das Trevas. Canções contaram que três partes dos orcs guerreiros do norte pereceram naquele dia, e as montanhas tiveram paz por muitos anos.

A vitória fora assegurada antes do cair da noite, mas a perseguição ainda continuava quando Bilbo retornou ao acampamento, e não havia muita gente no vale, exceto os mais gravemente feridos.

– Onde estão as Águias? – perguntou ele a Gandalf naquela noite, deitado e embrulhado em muitos cobertores.

– Algumas estão na caçada – disse o mago –, mas a maioria voltou para seus ninhos. Não queriam ficar aqui e partiram com a primeira luz da manhã. Dain coroou seu líder com ouro e jurou-lhes amizade eterna.

– Sinto muito, quero dizer, gostaria de tê-las visto outra vez – disse Bilbo sonolento. – Talvez eu as veja no caminho de volta para casa. Partirei logo, acho.

– Assim que quiser – disse o mago.

Na verdade, demorou alguns dias até que Bilbo realmente partisse. Enterraram Thorin bem fundo sob a Montanha, e Bard colocou a Pedra Arken sobre seu peito.

– Que fique ali até que a Montanha caia! – disse ele. – Que ela possa trazer boa sorte para todo o seu povo que aqui morar no futuro.

Sobre seu túmulo o Rei Élfico depositou então Orcrist, a espada élfica que fora tomada de Thorin no cativeiro. Contam as canções que ela brilhava na escuridão quando inimigos se aproximavam, e a fortaleza dos anões não podia ser pega de surpresa. Ali, então, Dain, filho de Nain, passou a morar, tornando-se Rei sob a Montanha, e, com o tempo, muitos outros anões juntaram-se ao seu trono nos antigos salões. Dos doze companheiros de Thorin restaram dez. Fili e Kili haviam tombado ao defendê-lo com o escudo e o corpo, pois Thorin era irmão mais velho de sua mãe. Os outros permaneceram com Dain, pois Dain dividiu muito bem o tesouro.

Não se falou mais, é claro, em dividir o tesouro como havia sido combinado, entre Balin e Dwalin, Dori, Nori e Ori, Oin e Gloin, Bifur, Bofur e Bombur – ou Bilbo. Mas mesmo assim, um quartorze avos de todo o ouro e toda a prata, trabalhados ou brutos, foi entregue a Bard, pois Dain disse: – Vamos honrar o acordo feito pelo morto, e ele agora guarda consigo a Pedra Arken.

Mesmo um quatorze avos era riqueza extremamente grande, maior do que a de muitos reis mortais. Daquele tesouro Bard enviou muito ouro para o Senhor da Cidade do Lago e recompensou seus seguidores e amigos com generosidade. Ao Rei Élfico ofereceu as esmeraldas de Girion, as pedras que ele mais amava, e que Dain lhe havia devolvido.

A Bilbo, ele disse: – Este tesouro é tão seu quanto meu, embora velhos acordos não possam ser cumpridos, já que tantos têm direito a reivindicá-lo por o terem recuperado e defendido. Mas, embora você tenha se mostrado disposto a deixar de lado seus direitos, gostaria que as palavras de Thorin, das quais ele se arrependeu, não se cumprissem: que lhe daríamos pouco. Quero que sua recompensa seja a maior que a de qualquer outro.

– Muita gentileza sua – disse Bilbo. – Mas realmente é um alívio para mim. Como eu conseguiria levar todo esse tesouro para casa, sem guerra e matança ao longo de todo o caminho, não sei dizer. E não sei o que faria com ele quando chegasse em casa. Tenho certeza de que o tesouro fica melhor em suas mãos.

No fim, acabou levando apenas duas pequenas arcas, uma cheia de prata, a outra cheia de ouro, que um pequeno pônei poderia carregar. – É tudo o que posso levar – disse ele.

Por fim, chegou a hora de dizer adeus aos amigos. – Adeus, Balin! – disse ele. – E adeus, Dwalin, e adeus, Dori, Nori, Ori, Oin, Gloin, Bifur, Bofur e Bombur! Que suas barbas nunca fiquem ralas! – E, virando-se para a Montanha, acrescentou: – Adeus, Thorin Escudo de Carvalho, e Fili e Kili! Que a lembrança de vocês nunca desapareça!

Então os anões inclinaram-se diante do Portão, mas as palavras ficaram presas em suas gargantas. – Adeus, e boa sorte, por onde quer que vá! – disse Balin por fim. – Se chegar a nos visitar de novo, quando nossos salões mais uma vez forem belos, então o banquete será realmente esplêndido.

– Se alguma vez passarem por meu caminho – disse Bilbo – não hesitem em bater na porta! O chá é servido às quatro, mas qualquer um de vocês será bem-vindo a qualquer hora.

Então virou-se.

O exército élfico estava em marcha e, embora tristemente diminuído, muitos sentiam-se felizes, pois agora o mundo do norte seria mais alegre por muitos longos dias. O dragão estava morto, os orcs, derrotados, e seus corações esperavam ansiosos que o inverno se fosse e chegasse uma primavera de felicidade.

Gandalf e Bilbo cavalgavam atrás do Rei Élfico e, ao seu lado, caminhava em largos passos Beorn, mais uma vez na forma de homem, e ele ria e cantava em voz alta na estrada. Assim, continuaram até aproximarem-se das fronteiras da Floresta das Trevas, ao norte de onde saía o Rio da Floresta. Então pararam, pois o mago e Bilbo não queriam entrar na floresta, embora o rei insistisse para que ficassem um pouco em seu palácio. Pretendiam seguir ao longo da borda da floresta, contornar a extremidade norte, no ermo que ficava entre ela e o início das Montanhas Cinzentas. Era uma estrada longa e melancólica mas, agora que os orcs estavam derrotados, parecia-lhes mais segura que as terríveis trilhas sob as árvores. Além disso, Beorn também estava indo naquela direção.

– Adeus, ó, Rei Élfico! – disse Gandalf. – Que a floresta verde seja alegre, enquanto o mundo ainda é jovem! E que alegre também seja todo o seu povo!

– Adeus, ó, Gandalf! – disse o rei. – Que você sempre apareça quando for mais necessário e menos esperado! Quanto mais vezes aparecer em meus salões, mais ficarei satisfeito!

– Peço-lhe – disse Bilbo, gaguejando e sem muita coragem – que aceite este presente! – e mostrou uma cota de malha de prata e pérolas que Dain lhe dera ao se despedirem.

– O que fiz por merecer um presente como este, ó, hobbit? – perguntou o rei.

– Bem, ah, eu pensei, não sabe? – disse Bilbo, bastante confuso – que, ah, um pequeno agradecimento pela sua, ah, hospitalidade. Quero dizer que mesmo um ladrão tem sentimentos. Bebi muito de seu vinho e comi muito de seu pão.

– Aceito o presente, ó, Bilbo, o Magnífico! – disse o rei em tom grave. – E nomeio-o amigo dos elfos e abençoado. Que sua sombra nunca diminua (caso contrário, roubar ficaria fácil demais)! Adeus!

Então os elfos voltaram-se na direção da Floresta, e Bilbo partiu em sua longa estrada para casa.

Bilbo passou por muitas dificuldades e aventuras até chegar em casa. O Ermo ainda era o Ermo e naqueles dias havia muitas outras criaturas ali além de orcs; mas ele foi bem guiado e bem protegido – o mago estava ao seu lado, e Beorn também, na maior parte do caminho – e não passou por mais nenhum grande perigo. De qualquer forma, quando chegou o solstício de inverno, Gandalf e Bilbo haviam percorrido todo o caminho de volta, ao longo das duas bordas da Floresta, passando pelas portas da casa de Beorn; ali os dois ficaram por um tempo. A Época de Iule naquela região era alegre e quente; e homens vieram de lugares distantes para banquetearem a pedido de Beorn. Os orcs das Montanhas Sombrias agora eram poucos e estavam apavorados, escondidos nos buracos mais profundos que podiam encontrar, e os wargs tinham desaparecido da floresta; portanto, os homens viajavam sem medo. Na verdade, Beorn depois tornou-se um grande chefe daquela região, governando uma ampla extensão de terra entre as montanhas e a floresta; e conta-se que por muitas gerações os homens de sua linhagem tiveram o poder de assumir a forma de ursos, e alguns eram homens rudes e maus, mas a maioria tinha o coração de Beorn, mesmo não tendo seu tamanho e sua força. Em seu tempo, os últimos orcs foram expulsos das Montanhas Sombrias e uma nova paz reinou na borda do Ermo.

Era primavera, uma bela primavera com tempo ameno e sol claro, quando Bilbo e Gandalf finalmente despediram-se de Beorn e, embora sentisse saudades de casa, Bilbo lamentou ter de partir, pois as flores dos jardins de Beorn não eram menos maravilhosas na primavera que no auge do verão.

Por fim subiram pela longa estrada e atingiram exatamente a passagem onde os orcs os haviam capturado antes. Mas chegaram de manhã àquele ponto elevado e, olhando para trás, viram um sol branco brilhando por sobre as extensas terras. Atrás estava a Floresta das Trevas, azul na distância, e verde-escura na extremidade mais próxima, mesmo na primavera. Lá, bem distante, estava a Montanha Solitária, na linha do horizonte. No seu pico mais alto, a neve ainda não derretida tinha um brilho pálido.

– Assim, chega a neve depois do fogo, e mesmo os dragões chegam ao fim! – disse Bilbo, dando as costas à sua aventura. A parte Tûk estava ficando muito cansada, e a parte Bolseiro ficava a cada dia mais forte. – Agora só queria estar em minha própria poltrona! – disse ele.

CAPÍTULO XIX

A ÚLTIMA ETAPA

Foi em Primeiro de Maio que os dois finalmente chegaram à borda do vale de Valfenda, onde ficava a Última (ou a Primeira) Casa Amiga. Mais uma vez a noite começava, e os pôneis estavam cansados, especialmente o que levava a bagagem, e todos sentiam necessidade de descanso. Enquanto desciam a trilha íngreme, Bilbo ouviu os elfos ainda cantando nas árvores, como se não tivessem parado desde que ele partira: e, assim que chegaram às clareiras mais baixas da floresta, os elfos irromperam numa canção, muito parecida com a que haviam cantado antes. Era alguma coisa assim:

Seco está o dragão,
Seus ossos espalhados;
A armadura partida,
O esplendor humilhado!
Se em ferrugem morre a espada,
Coroa e trono perecem
Com a força e com o ouro
Que os homens favorecem,
Aqui a grama vai crescendo,
As folhas se agitando,
A água clara correndo,
E os elfos vão cantando.
Venha! Tra-la-la-láli!
De volta para o vale!

Mais brilhante que as gemas,
Muito mais, são as estrelas,
A lua é bem mais branca
Do que a prata, venha vê-la;
Mais ilumina o fogo

Ao anoitecer no lar
Do que o ouro lavrado,
Então por que vagar?
Oh! Tra-la-la-láli!
Volte para o vale!

Ei! Aonde você vai,
Tão tarde regressando?
O rio vai correndo,
E as estrelas queimando!
Aonde vai tão carregado,
Tão triste e deprimido?
Aqui os elfos e suas damas
Recebem o oprimido
Com tra-la-la-láli!
Volte para o vale!
Tra-la-la-láli
Fa-la-la-láli
Fa-la!

Então os elfos do vale saíram para cumprimentá-los e conduzi-los através do rio até a casa de Elrond. Ali foram calorosamente recebidos e naquela noite havia muitos ouvidos ansiosos por escutar a história de suas aventuras. Foi Gandalf quem falou, pois Bilbo estava quieto e sonolento. Sabia da maior parte da história, pois fizera parte dela, e ele mesmo contara um bom pedaço para o mago no caminho de volta ou na casa de Beorn; mas, de vez em quando, abria um olho e punha-se a escutar, quando chegava uma parte da história que ainda não conhecia.

Foi assim que ficou sabendo onde Gandalf estivera, pois ouviu as palavras do mago a Elrond. Ao que parecia, Gandalf estivera num grande conselho dos magos brancos, mestres de tradição e boa mágica, e que, por fim, haviam expulsado o Necromante de sua escura fortaleza, ao sul da Floresta das Trevas.

– Em breve, agora – Gandalf estava dizendo –, a Floresta ficará, de certo modo, mais segura. O norte estará livre daquele horror por muitos longos anos, espero. Mesmo assim, gostaria que ele fosse banido do mundo.

– Seria realmente bom – disse Elrond –, mas receio que isso não venha a acontecer nesta era do mundo, ou em muitas eras seguintes.

Terminada a história de suas viagens, contaram-se outras histórias, e ainda outras histórias, histórias de antigamente, e histórias de coisas novas, e histórias fora do tempo, até que a cabeça de Bilbo caiu para a frente, e ele ficou roncando confortavelmente num canto.

Ao acordar viu-se numa cama branca, e a lua brilhava através de uma janela aberta. Sob ela muitos elfos cantavam com vozes altas e cristalinas, nas margens do rio.

Em júbilo cantemos em uníssono!
Nas copas sopra o vento e sobre a grama,
Abre-se a lua, florescem as estrelas,
A torre da Noite luz derrama.

Em júbilo cantemos todos juntos!
A relva é macia, os pés têm asas!
O rio é de prata, vão-se as sombras;
É belo o mês de maio em nossa casa.

Cantemos baixinho, tecendo-lhe os sonhos!
Sem nunca deixá-lo, embalemos seu sono!
O errante repousa! Seja leve o travesseiro!
Dorme e sonha tranqüilo! Amieiro e Salgueiro!

Calado, Cipreste, até o dia romper!
Desce, Lua, do céu! Escura seja a terra!
Silêncio, Carvalho, Freixo e Espinheiro!
Águas, calai, até a luz abrir na serra!

– Bem, Povo Alegre! – disse Bilbo, olhando para fora. – Que horas são, pela lua? Sua cantiga acordaria um orc bêbado! Mesmo assim, agradeço.

– E seus roncos acordariam um dragão de pedra, e, mesmo assim, agradecemos – responderam eles, rindo. – Está chegando a alvorada, e você dormiu desde o início da noite. Amanhã, talvez, esteja curado de seu cansaço.

– Um pouco de sono traz uma grande cura na casa de Elrond – disse ele –, mas cura o mais que puder. Um segundo boa-noite, belos amigos! – E, dizendo isso, voltou para a cama e dormiu até o final da manhã.

O cansaço logo o abandonou naquela casa, e ele dançou e divertiu-se, de manhã e de noite, com os elfos do vale. Mas, agora, mesmo aquele lugar não poderia detê-lo por muito tempo e ele sempre pensava em sua casa. Depois de uma semana, portanto, disse adeus a Elrond e, deixando-lhe alguns pequenos presentes que ele não poderia recusar, partiu na companhia de Gandalf.

No momento em que abandonavam o vale, o céu escureceu no oeste, diante deles, e vento e chuva vieram ao seu encontro.

– A época de maio é alegre! – disse Bilbo, enquanto a chuva batia em seu rosto. – Mas demos as costas às lendas e estamos voltando para casa. Acho que este é o primeiro gostinho dela.

– Ainda temos uma longa estrada pela frente – disse Gandalf.

– Mas é a última estrada – respondeu Bilbo.

Chegaram ao rio que marcava a fronteira do Ermo e ao vau abaixo da margem íngreme, do qual vocês talvez se lembrem. O rio estava caudaloso, por causa da neve que se derretia com a aproximação do verão e da chuva, que durara todo o dia; atravessaram com certa dificuldade e seguiram em frente, enquanto caía a noite, na última etapa de sua viagem.

Esta foi bem parecida com a primeira, a não ser pelo fato de que a companhia era menor e mais silenciosa; além disso, desta vez não havia trolls. Em cada ponto da estrada, Bilbo recordava os acontecimentos e as palavras de um ano atrás – para ele, mais pareciam dez –, tanto que, é claro, percebeu rapidamente o lugar onde o pônei caíra dentro do rio e onde desviaram-se do caminho e tiveram a desagradável aventura com Tom, Bert e Bill.

Não muito longe da estrada, encontraram o ouro dos trolls, que eles haviam enterrado, ainda escondido e intacto. – Tenho o suficiente para toda a vida – disse Bilbo, depois que desenterraram o ouro. – É melhor você ficar com este, Gandalf. Aposto que pode achar utilidade para ele.

– É verdade, eu posso! – disse o mago. – Mas metade para cada um! Você pode descobrir que tem mais necessidades do que imagina.

Guardaram então o ouro em sacos e colocaram-nos sobre os pôneis, que não gostaram nem um pouco da idéia. Depois disso, avançaram mais devagar, pois caminhavam a maior parte do tempo. Mas a terra estava verde e havia muita grama pela qual o hobbit caminhava alegremente. Limpava o rosto com um lenço de seda vermelho – não, nenhum dos seus sobrevivera, e ele havia tomado aquele emprestado de Elrond –, pois junho trouxera o verão, e o tempo estava claro e quente outra vez.

Como todas as coisas chegam a um fim, até mesmo esta história, houve um dia em que finalmente avistaram a terra onde Bilbo nascera e fora criado, onde os contornos da paisagem e das árvores eram-lhe tão familiares quanto suas mãos e os dedos dos seus pés. Chegando a uma elevação, pôde ver na distância a Colina; parou de repente e disse:

Estradas sempre em frente vão,
Sob copas, sobre pedras a passar,
Por cavernas sempre sem o sol,
Por rios que nunca vêem o mar:
Sobre a neve que o inverno semeia,
Pelas flores que junho cultua,
Sobre seixos, sobre o verde capim,
E sob as montanhas da lua.

Estradas sempre em frente vão
Sob nuvens e estrelas a passar,
Mas os pés que percorrem os caminhos
Um dia para casa vão voltar.
Olhos que fogo e espada conheceram
E em antros de pedra horror pungente,
Um dia verdes prados recontemplam
E as colinas e as matas de sua gente.

Gandalf olhou para ele. – Meu querido Bilbo! – disse ele. – Há algo errado com você! Não é mais o hobbit que era.

E, assim, atravessaram a ponte, passaram pelo moinho perto do rio, e chegaram à porta de Bilbo.

– Céus! O que está acontecendo? – gritou ele. Havia grande confusão, e pessoas de todos os tipos, respeitáveis e não respeitáveis, amontoavam-se diante da porta, e muitos entravam e saíam – sem, nem ao menos, limpar os pés no capacho, como notou Bilbo irritado.

Se ele ficou surpreso, eles ficaram ainda mais. Tinha chegado no meio de um leilão. Havia um grande aviso em preto e vermelho pendurado no portão, dizendo que, no dia vinte e dois de junho, os senhores Fossador, Fossador e Covas venderiam em leilão os pertences do falecido e ilustríssimo Senhor Bilbo Bolseiro, de Bolsão, Sob a Colina, Vila dos Hobbits. A venda começaria às dez horas em ponto. Era quase hora do almoço, e a maioria das coisas já fora vendida por vários preços, que variavam de quase nada a pouquíssima coisa (como é comum acontecer em leilões). Os primos de Bilbo, os Sacola-Bolseiros, estavam, na verdade, ocupados medindo os cômodos da casa para ver se sua mobília caberia. Em resumo, Bilbo estava "Supostamente Morto", e nem todos que diziam isto ficaram tristes ao perceber que a suposição estava errada.

A volta do Sr. Bilbo Bolseiro criou enorme distúrbio, sob a Colina e sobre a Colina, e na outra margem do Água; foi muito mais que um prodígio. O incômodo legal, na verdade, durou anos. Demorou muito tempo até que se admitiu que o Sr. Bilbo Bolseiro estava vivo novamente. Foi muito difícil convencer as pessoas que tinham feito barganhas especialmente boas na Liquidação, e, no fim, para ganhar tempo, Bilbo teve de comprar de volta muitas peças de sua própria mobília. Muitas de suas colheres de prata desapareceram misteriosamente, e nunca se explicou o fato. Pessoalmente, ele suspeitava dos Sacola-Bolseiros. De sua parte, estes nunca admitiram que o Bolseiro que voltara era o genuíno e nunca mais tiveram boas relações com Bilbo. Realmente, eles queriam muito viver na sua agradável toca-hobbit.

Na verdade, Bilbo descobriu que perdera mais do que colheres – perdera sua reputação. É verdade que, desde então, foi sempre um amigo-dos-elfos e teve o respeito dos anões, magos e de todas essas pessoas que sempre passavam por ali; mas não era mais respeitável. Na verdade, era considerado por todos os hobbits da vizinhança como "esquisito" – exceto por seus sobrinhos e sobrinhas do lado Tûk, mas mesmo estes não eram encorajados pelos pais a manter relações com ele.

Sinto dizer que ele não se importava. Estava muito satisfeito, e o som da chaleira no fogo tornou-se, desde então, ainda mais musical do que fora nos dias pacatos antes da Festa Inesperada. A espada, ele pendurou sobre a lareira. A cota de malha foi colocada num mancebo no corredor (até que a emprestou a um Museu). Boa parte do ouro e da prata foram gastos em presentes, tanto úteis como extravagantes – o que, até certo ponto, explica a afeição de seus sobrinhos e sobrinhas. O anel mágico ele guardou em grande segredo, pois usava-o principalmente quando chegavam visitantes desagradáveis.

Começou a escrever poesia e a visitar os elfos; e, embora muitos balançassem a cabeça e pusessem a mão na testa, dizendo "Pobre Bolseiro!", e, embora poucos acreditassem em alguma de suas histórias, ele foi muito feliz até o fim de sua vida, que foi extraordinariamente longa.

Numa manhã de outono, alguns anos depois, Bilbo estava sentado no estúdio, escrevendo suas memórias – pensava em dar-lhes o título de "Lá e de Volta Outra Vez, as Férias de um Hobbit" – quando ouviu a campainha soar. Eram Gandalf e um anão; e o anão era Balin.

– Entrem! Entrem! – disse Bilbo, e logo eles estavam acomodados em poltronas ao lado do fogo. Se Balin notou que o casaco do Sr. Bolseiro era agora mais amplo (e tinha botões de ouro verdadeiro), Bilbo também notou que a barba de Balin estava várias polegadas mais comprida e que seu cinto de pedras era muito majestoso.

Conversaram sobre o tempo que passaram juntos, é claro, e Bilbo perguntou como as coisas estavam indo nas terras da

Montanha. Parecia que iam muito bem. Bard reconstruíra a cidade de Valle e haviam-se juntado a ele homens da Cidade do Lago, do sul e do oeste; toda a região tornara-se outra vez rica e fértil, e a desolação agora estava cheia de pássaros e flores na primavera e de frutas e banquetes no outono. A Cidade do Lago fora reconstruída e estava mais próspera do que nunca, e muita riqueza subia e descia o Rio Corrente; e naquelas partes havia amizade entre elfos, anões e homens.

O velho Senhor tivera um final triste. Bard dera-lhe muito ouro para socorrer o povo do Lago, mas, sendo o tipo de pessoa que pega facilmente tal doença, contraiu o mal do dragão, pegou a maior parte do ouro, fugiu com ele e morreu de fome no Ermo, abandonado pelos companheiros.

– O novo Senhor é mais sábio – disse Balin – e muito popular, é claro, pela prosperidade atual. Estão fazendo canções que dizem que em seu tempo correm rios de ouro.

– Então as profecias das antigas canções tornaram-se verdade, de certa forma! – disse Bilbo.

– É claro! – disse Gandalf. – E por que não deveriam? Com certeza você não deixou de acreditar nas profecias só porque contribuiu em parte para realizá-las? Você não acha, não é mesmo, que todas as suas aventuras e fugas foram conseguidas por mera sorte, apenas para seu próprio benefício? Você é uma ótima pessoa, Sr. Bolseiro, e gosto muito de você; mas, afinal de contas, você é apenas uma pessoazinha neste mundo enorme!

– Ainda bem! – disse Bilbo, rindo, e ofereceu-lhe a vasilha de fumo.

O Salão do Bolsão

Se você está interessado em hobbits, saberá muito mais sobre eles em *O Senhor dos Anéis*:

1. *A Sociedade do Anel*
2. *As Duas Torres*
3. *O Retorno do Rei.*

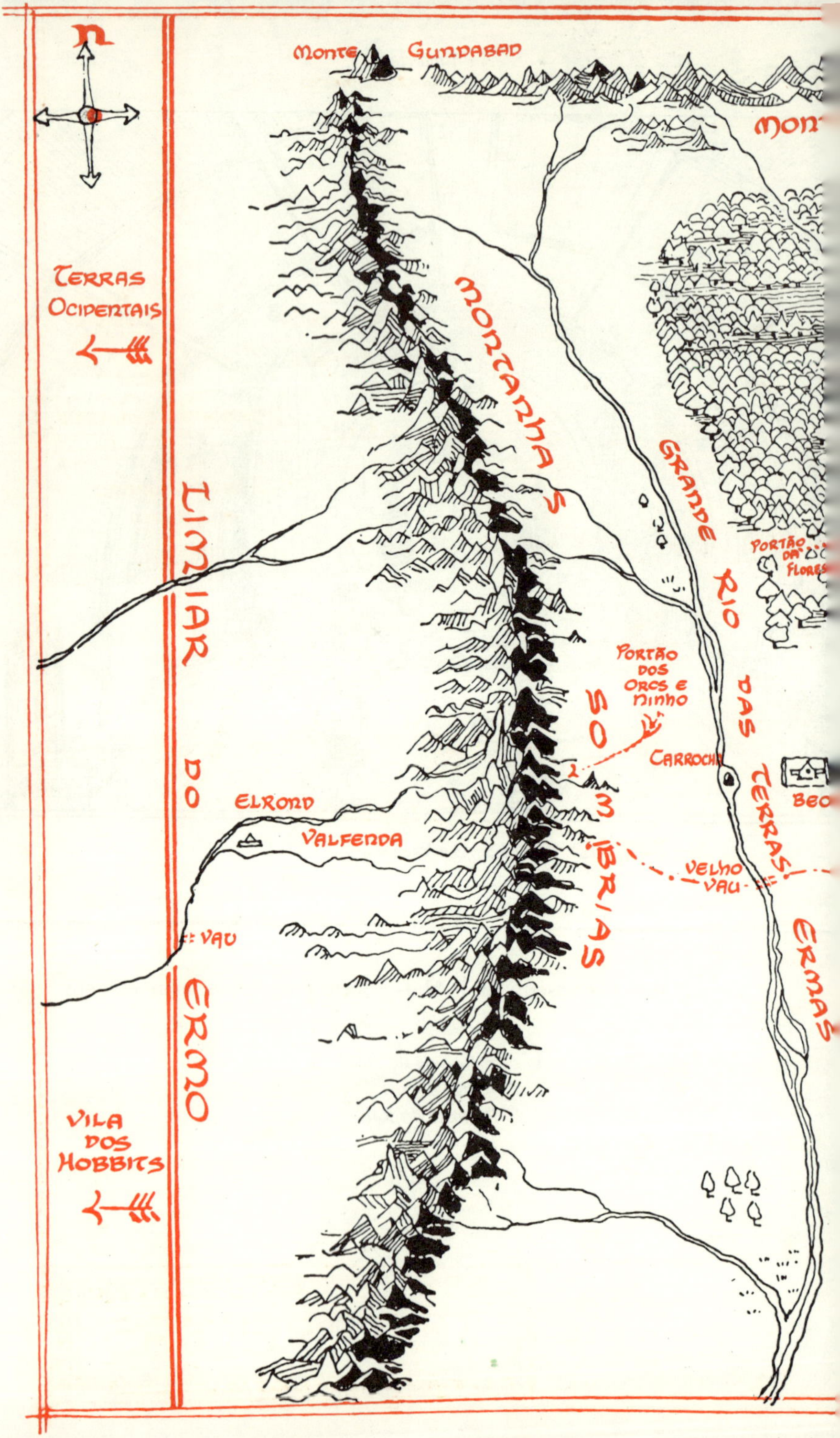

N
Monte Gundabad
Mont
Terras Ocidentais
Montanhas Sombrias
Limiar do Ermo
Grande Rio das Terras Ermas
Portão da Flores
Portão dos Orcs e Ninho
Carrocha
Beo
Elrond
Valfenda
Velho Vau
Vau
Vila dos Hobbits

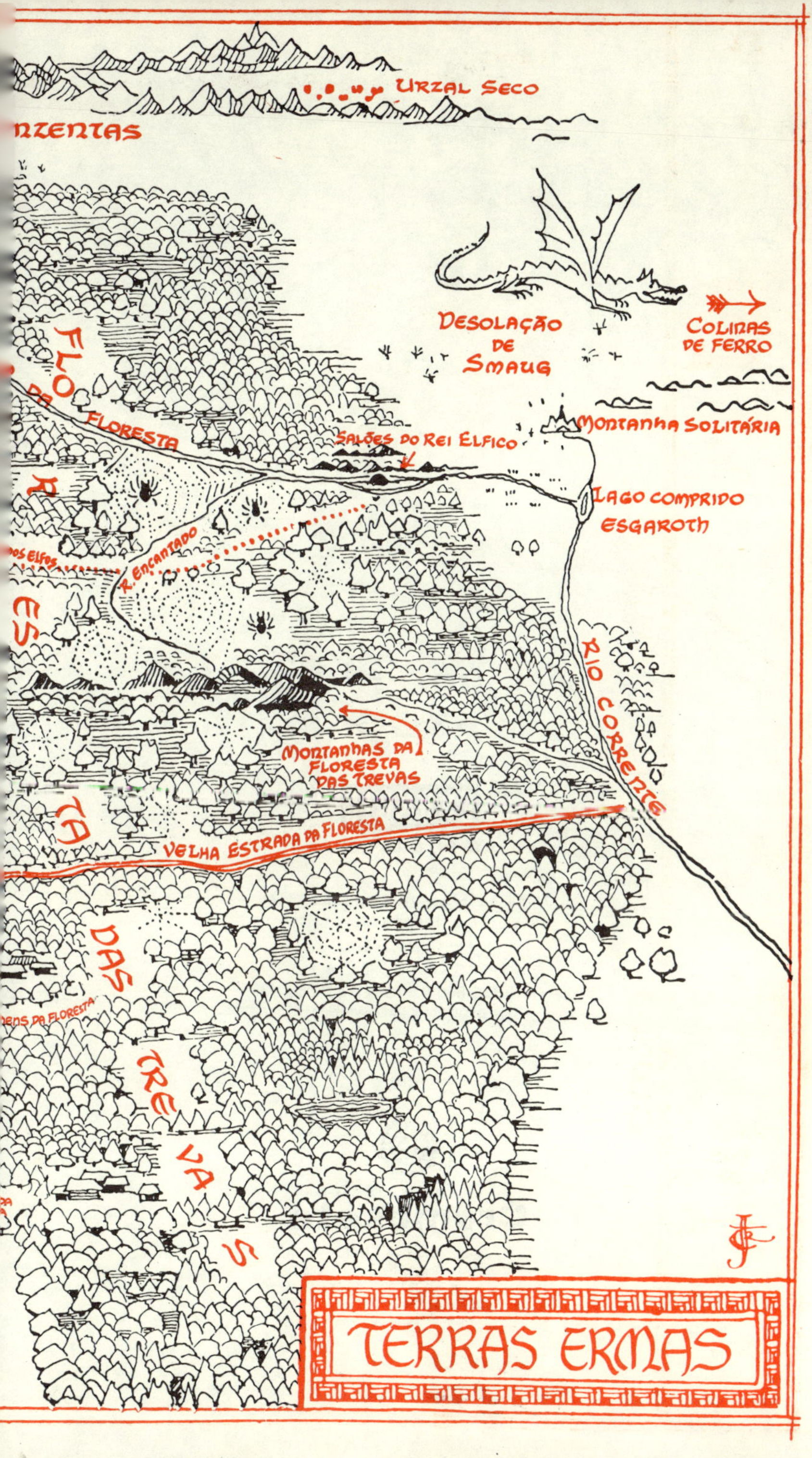
URZAL SECO
DESOLAÇÃO DE SMAUG
COLINAS DE FERRO
MONTANHA SOLITÁRIA
SALÕES DO REI ÉLFICO
LAGO COMPRIDO
ESGAROTH
R. ENCANTADO
RIO CORRENTE
MONTANHAS DA FLORESTA DAS TREVAS
VELHA ESTRADA DA FLORESTA
FLORESTA DAS TREVAS
TERRAS ERMAS

PAPEL
CHAMOIS
a arte de ler

O MIOLO DESTE LIVRO FOI IMPRESSO EM
PAPEL CHAMOIS FINE DUNAS 70 G/M²,
PRODUZIDO PELA
RIPASA S/A CELULOSE E PAPEL
A PARTIR DE EUCALIPTOS PLANTADOS EM
SEUS PARQUES FLORESTAIS.

IMPRESSÃO E ACABAMENTO
Cromosete
GRÁFICA E EDITORA LTDA.
Rua Uhland, 307 Vila Ema
03283-000 São Paulo SP
Tel./Fax (11) 6104.1176
E-mail cromosete@uol.com.br